Ulrike Renk

Echo des Todes

ULRIKE RENK, 1967 in Detmold geboren, studierte in Aachen Anglistik, Soziologie und Literaturwissenschaften.

Heute lebt sie mit ihrer Familie am Niederrhein.

Das Wochenendhaus am Rursee sollte der Ort sein, wo Constanze van Aken und ihr Freund Martin vom Stress ausspannen. Während sie in Aachen als Psychologin arbeitet, ist er in Köln als Rechtsmediziner tätig. Doch dann wird ein Mörder aus der Haft entlassen, der Constanze vor Gericht Rache schwor, und sie erhält seltsame Briefe. Als man ganz in der Nähe eine Leiche findet, wird das Haus in Hechelscheid mehr und mehr zu einem unheimlichen Ort. Auch der Hund, den Constanze sich anschafft, trägt nicht zu ihrer Beruhigung bei. Im Gegenteil, er entdeckt eine zweite Leiche.

Ulrike Renk

Echo des Todes

Eifelthriller

aufbau taschenbuch

ISBN 978-3-7466-2549-2

Aufbau Taschenbuch ist eine Marke der
Aufbau Verlag GmbH & Co. KG

1. Auflage 2009

Umschlaggestaltung morgen, Kai Dieterich
unter Verwendung eines Motivs von Warren Gebert
Satz LVD GmbH, Berlin
Druck und Binden CPI – Clausen & Bosse, Leck
Printed in Germany

www.aufbau-verlag.de

Für C.

Die Parasiten benötigen zwei Wirte, um zu überleben: den Zwischenwirt und den Hauptwirt. Im Laufe dieser Entwicklung ändern sie ihre Form. Jeder der Wirte ermöglicht ihnen ein neues Lebensstadium.

Prolog

Die staubtrockene Luft roch nach abgeerntetem Weizen. Er kurbelte das Fenster hoch, blickte sich noch einmal um. Niemand war zu sehen. Langsam stieg er aus, verschloss sorgfältig die Wagentür. Dann ging er den kleinen Pfad entlang in den Wald hinein. Nach dem gleißenden Sonnenlicht war es hier duster, und er spürte die Gewissheit, dass er sich verlieren konnte.

Nach einer Weile verließ er den Pfad, kämpfte sich durch das Unterholz.

Verdorrte Brombeerzweige verfingen sich an seiner Hose. Die Bäume waren auf der Wetterseite mit Moos bewachsen, an manchen rankte sich Efeu empor, bedeckte die Stämme, verschlang sich zu einem dichten Netz. Die Äste der Bäume griffen ineinander, als wollten sie Eindringlingen den Zugang verwehren. Es roch modrig.

Er streifte einen Efeuzweig mit der Hand, hatte plötzlich das merkwürdige Gefühl, die Pflanze wollte sich um ihn schlingen.

Hier war es, die richtige Stelle. Er nickte und ging zufrieden zurück, orientierte sich an der Kirche.

Die Sonne spiegelte sich in den Fensterscheiben des alten Hauses, das sich an den Friedhof schmiegte. Passend für sie, dachte er. Sein Atem ging in kurzen, schnellen Stößen, das Adrenalin schoss in einem Schwall durch seine Blutbahn.

Er sah Constanze aus dem Haus kommen und duckte sich, obwohl er wusste, dass sie ihn nicht sehen konnte.

Ihre Verletzlichkeit und Unbekümmertheit machten sie aus und zu einem perfekten Opfer. Es war jedoch noch zu früh, viel zu früh. Er würde sich Zeit lassen, Zeit nehmen. Sie streckte ihren Körper, lief dann los, durch die Wiesen in Richtung Wald. Dort, wo er zuvor gewesen war.

Im Haus war es angenehm kühl. Langsam ging er durch die Räume, strich mit den Fingerspitzen über den rauen Putz. Im Schlafzimmer lag ihr T-Shirt. Er nahm es hoch, roch daran. Es duftete nach ihr und ihrem Vanilleparfüm. Sie würde es nicht vermissen, und wenn doch, dann war ihm das auch recht.

Er ging wieder nach unten, nahm ihr Handy, las die Einträge, notierte sich einige Nummern. In der Küche trank er einen Schluck Milch aus der Flasche. Der Gedanke, dass sie ihren Mund auch an den Flaschenhals legen könnte, erregte ihn.

Dann verließ er das Haus.

Er hatte Zeit.

Lange hatte er gewartet, sich die Rache ausgemalt, seinen Triumph geplant. Er würde nichts überstürzen, sondern ihre Angst schüren und genüsslich auskosten.

Die Sonne schien auf sein Gesicht.

Er begann zu lachen.

Kapitel 1

»Ich habe Hunger. Was gibt es?«

»Pasta.« Meine Stimme sank um zwei Grad. Die Küche in dem Ferienhaus in der Eifel war noch im Rohbau. Wir hatten im Hauswirtschaftsraum eine Kochplatte provisorisch auf den Kühlschrank gestellt. Ein Drei-Gänge-Menü konnte man dort nicht zubereiten. Bisher hatte es mich nicht gestört, aber langsam war ich die ewig gleichen Gerichte leid.

Ich war vor einer Stunde aus Aachen in Hechelscheid eingetroffen, Martin kam gerade aus Köln. Vor gut einem Jahr wählten wir Hechelscheid, ein idyllisches, aber abgelegenes Dorf am Rursee, als Treffpunkt zwischen unseren beiden Arbeitsstätten und kauften uns ein Wochenendhaus.

»Nicht schon wieder Nudeln. Ich habe einen Grill gekauft, Kohle und Fleisch.« Er lächelte und küsste mich. »Hallo, meine Süße.«

»Meine Süße« – ich stutzte. Das sagte er nur, wenn er etwas von mir wollte. Während er die Einkäufe auspackte, warf er mir einen verstohlenen Blick zu, den ich zwar bemerkte, aber nicht deuten konnte. Etwas war faul, aber ich kam nicht darauf, was es war. Statt nachzufragen, nahm ich eine Flasche Weißwein aus dem Kühlschrank und entkorkte sie.

Der Wein war eiskalt und herrlich erfrischend. Ich nahm das Glas mit nach oben, öffnete die Fenster des Schlafzimmers weit. Die Hitze stand im Raum, ich fühlte mich ausgelaugt und klebrig.

Martin baute den Grill im Hof auf und summte zufrieden vor sich hin. Auch er hatte sich ein Glas Wein genommen. Immerhin schien er gute Laune zu haben.

Eine halbe Stunde später saßen wir auf der Terrasse. Auf

dem wackeligen Grill glühte die Kohle. Ich hatte frisches Brot und Salat mitgebracht. Wir tranken das zweite Glas Wein.

»Warum bist du so spät?«, fragte ich ohne Vorwurf. Er war Rechtsmediziner, und Tote hielten sich nicht an Termine oder Arbeitszeiten. Es war Freitagabend. Eigentlich hätte er schon mittags Dienstschluss gehabt.

»Eine Leiche. Ein toter Mann.« Martin nippte am Weinglas. »Hier am Rursee.«

»Wirklich? Ein Segel- oder Badeunfall?«

Es war fast Herbst, aber der späte August geizte nicht mit Sonne und schwül-warmem Wetter.

»Nein, ein Toter im Wald.«

»Ein Spaziergänger? Hitzschlag?« Ich riet. Normalerweise war Martin nicht so sparsam, wenn es um Informationen ging.

»Noch wissen wir nicht viel. Ein Mann, unidentifiziert. Zwischen vierzig und fünfzig. Er muss schon eine Weile tot gewesen sein. Ein Kind hat ihn gefunden. Ein junges Mädchen.« Seine Stimme klang monoton, sachlich.

»Ja, ich weiß«, sagte ich zu schnell und schluckte.

Erstaunt sah er mich an. »Woher?«

»Nadine, das Mädchen, das ihn gefunden hat, ist meine Patientin. Ihre Mutter hat mich heute angerufen. Das Kind war entsetzt. Sie erzählte, dass die Leiche sich bewegte. Es waren die Maden.« Ich sah in mein Glas, als würde dort etwas schwimmen. »Es ist zwar warm, aber nicht so heiß. Für einen Madenteppich, der die Leiche zum Tanzen bringt, braucht es einige Tage.«

»Gut aufgepasst.« Martin stand auf, wendete das Fleisch, setzte sich wieder. »Was seltsam ist: Nur der Genitalbereich und die Beine sind zersetzt. In den Augen, der Nase und der Mundhöhle waren weniger Maden oder Eier.«

Das war wirklich merkwürdig. Fliegen gehen an jedes Aas, und zwar schon wenige Minuten nach Eintreten des Todes. Sie legen ihre Eier an den weichsten Stellen des Körpers, das sind normalerweise das Gesicht, Augen, Mund, Nasenhöhlen.

Die geschlüpften Maden fressen das Gewebe, entwickeln sich, werden zu Fliegen, legen Eier an der nächsten weichen Stelle.

»Ist nicht dein Ernst?« Ich schaute ihn an. An seinen Schläfen zeigten sich die ersten grauen Haare, um seine Augen war ein Netz von Falten, trotzdem sah er nicht alt aus. Mit vierundvierzig war Martin acht Jahre älter als ich, ein Unterschied, der ihm, aber nicht mir zu schaffen machte. Mich belasteten ganz andere Dinge.

»Doch. Und dass es keine Schmeißfliegen, sondern Stallfliegenmaden sind, ist auch merkwürdig.« Wieder stand er auf. »Das Fleisch ist fertig.«

»Stallfliegen und nur der Unterleib war betroffen? Das ergibt einen Sinn.« Ich zerschnitt mein Steak, es war genauso, wie ich es am liebsten mochte, außen kross, innen blutig.

»Ja, genau. Die Muskeln erschlaffen, der Darm und die Blase entleeren sich ... Fäkalien. Darauf gehen Stallfliegen.« Er lud sich Salat auf seinen Teller, brach das Brot, reichte mir ein Stück. »Der Mann ist vermutlich nicht im Wald gestorben.«

Ich legte das Messer zur Seite. »Meinst du, es war Mord?«

»Nein.« Martin schüttelte den Kopf. »Nicht zwangsläufig. Trotzdem – wir müssen ihn genauer untersuchen.«

»Irgendwelche Anhaltspunkte?«

»Nichts. Mal abwarten, was die Staatsanwältin anordnet. Ich werde den Toten auf jeden Fall röntgen, um zu sehen, ob die Knochen verletzt sind. Die Wunde im Bauchraum ist nicht tief. Sie kann, muss aber nicht von einem Messer stammen.«

Ich nahm mein Glas, drehte es zwischen den Fingern, stellte es wieder auf den Tisch.

»Und was ist mit dir? Ein Notfall? Weil das Mädchen die Leiche gefunden hat?« Martin nahm sich ein weiteres Steak, sah mich fragend an, ich schüttelte den Kopf. Der Hunger war mir vergangen. Es machte mir nichts aus, über seine Fälle zu sprechen. Doch manchmal riefen die klinischen Details grausame Bilder hervor.

»Ja, Nadine Simmer. Sie war vor einiger Zeit meine Patientin. Scheidung der Eltern, Magersucht des Mädchens als Folge. Eigentlich war ich der Meinung, dass sie die Pubertät nun gut überstehen würde, sollten keine weiteren Katastrophen eintreten.«

»Sollten? Es gab eine Katastrophe?«

»Du weißt doch selbst, wie der Tote aussah, wie er roch. Ich werde morgen mit ihr sprechen. Heute hatte der Arzt ihr ein Beruhigungsmittel gegeben.« Als Kinder- und Jugendpsychiaterin machte ich selten Notfalltermine. Dieser Fall war eine Ausnahme. Ich hatte überlegt in Aachen zu bleiben, um Nadine am nächsten Morgen zu besuchen und dann in die Eifel zu fahren, aber ich hatte Martin die ganze Woche nicht gesehen und mich auf den Abend mit ihm gefreut. »Ihr wurde schlecht, sie hat sich übergeben, sagte die Mutter. Die Gefahr, dass sie Essen aus irgendeinem Grund wieder ablehnt, war immer latent vorhanden. Und nun verweigert sie die Nahrungsaufnahme.«

»Wirst du es in den Griff bekommen?« Martin lehnte sich zurück, sah mich nachdenklich an.

»Das weiß ich noch nicht. Vielleicht gibt es sich von selbst, sie bekommt Hunger, isst wieder. Vielleicht auch nicht. Wenn man einmal eine Leiche gerochen hat, vergisst man den Gestank nicht.«

»Ja.« Martin nickte bedächtig.

Kapitel 2

Die Abendsonne schien auf unsere kleine Terrasse. Martin verschränkte die Arme vor der Brust, legte den Kopf in den Nacken, schloss die Augen. Er räkelte sich wie eine Katze, ich sah in ihm die pure Lust am Leben, am Atmen. Seufzend stand ich auf, räumte den Tisch ab. Ich war unruhig, musste etwas tun.

»Gibt es sonst noch etwas, was dir Sorgen macht?« Martin hatte die Augen wieder geöffnet, schaute mich nachdenklich an.

»Nein, wieso?«

»Ich dachte nur.«

»Du dachtest was?«

Martin winkte ab. Ich spürte, dass mehr hinter der Frage steckte, beschloss zu warten, bis er von sich aus sprach.

Das Geschirr trug ich in den Hauswirtschaftsraum. Abwaschen gestaltete sich schwierig, da wir noch keine Spüle besaßen. Ich füllte eine große Plastikschüssel mit heißem Wasser aus der Dusche. Immerhin funktionierte das Badezimmer. Das heiße, seifige Wasser fühlte sich gut an. Vielleicht sollte ich später ein Bad nehmen. Kerzen, Duftöl, schöne Musik … Martin, der mir den Rücken einseifte. Ich verlor mich in meinen Gedanken.

»Kann ich helfen?« Die Frage war rhetorisch. Er hatte das Geschirrtuch schon genommen und trocknete die Teller ab. »Zum Fliesen ist heute wohl zu spät. Leider.«

»Wieso ist es zu spät? Wir haben doch die beiden Strahler.« Ich drehte mich zu ihm um.

»Eigentlich hast du recht.«

»Und uneigentlich?«

»Bin ich müde.« Er gähnte, lachte dann. »Ich schau gleich mal, wenigstens anfangen könnte ich.« Wir hatten das Haus in einem schlechten Zustand gekauft. Die Wände waren solide, aber der Rest marode. Wir entkernten es und begannen, es Stück für Stück zu renovieren. Dann wurde er wieder ernst. Ich sah es in seinem Gesicht. Da war etwas, was ihn beschäftigte.

»Wo sind die Weingläser?« Ich suchte nach einem unverfänglichen Anfang, irgendetwas, um ihn ins Gespräch zu ziehen.

»Die stehen noch draußen. Schön ist es, aber es wird dämmerig. Da sind doch diese Gartenfackeln, wir haben sie bisher nicht ausprobiert …«

Ich nickte, zog mir eine Strickjacke über und folgte ihm nach draußen. Martin zündete die Fackeln an. Den Grill hatte er an die Seite geräumt, noch glühten die Kohlen sanft.

Der Wind rauschte in den Bäumen, die Tiere riefen sich »Gute-Nacht-Rufe« zu.

»Außer von der Mutter des Mädchens hattest du keinen Anruf?« Diesmal vermied er es, mich anzusehen.

»Nein.« Ich schwieg. Neben Martin kann ich für gewöhnlich gut schweigen, wir müssen den Raum zwischen uns nicht mit Geplapper füllen. Diesmal aber spürte ich Unruhe in mir.

»Bromkes hat mich angerufen.«

Werner Bromkes war Staatsanwalt in Aachen und mit uns befreundet. »Was wollte er?«

»Theißen ist entlassen worden.«

»Wer?«

»Robert Theißen. Einer deiner ersten Fälle.«

Seit ich während meines Studiums im Alexianer, der Klinik für Psychiatrie und Psychologie, gearbeitet hatte, machte ich hin und wieder Gutachten für das Gericht. Gutachter waren rar, und es hatte sich herumgesprochen, dass ich meine Berichte schnell verfasste.

»Ich erinnere mich gerade nicht«, log ich, schaute an Martin vorbei und wusste, dass ich mich damit verriet. »Aber schön, dass du meine Fälle kennst.«

»Es war ein Mord. Er hat seine Frau erschlagen. Mit einem Hammer.«

»Ach, der … und?«

»Er hat auf Unzurechnungsfähigkeit plädiert. Du hast ihm volle Schuldfähigkeit bescheinigt.«

»So kann es gehen. Das ist Jahre her. Und jetzt ist er draußen?«

»Acht Jahre ist es her. Ja, er ist raus aus dem Vollzug. Fertig.« Martin sah mich an, hielt mich mit seinem Blick fest. Ich erkannte seine Besorgnis. »Fertig« – das klang, als wäre Theißen auf einem Lehrgang gewesen. Was sollte ich antworten?

Wunderbar? Gott stehe uns bei? Natürlich erinnerte ich mich an den Fall. Es war ein klares Eifersuchtsdrama. Die Frau hatte den Mann wegen eines anderen verlassen. Theißen traf sich mit seiner Frau zu einem klärenden Gespräch. Im Laufe des Abends kam es zu Handgreiflichkeiten, dann erschlug er sie mit einem Vorschlaghammer. Ich tippte damals auf Vorsatz, denn was macht so ein Werkzeug im Esszimmer? Man konnte den Vorsatz jedoch nicht nachweisen. Schließlich wurde er für Totschlag im Affekt verurteilt. Während der Verhandlung hatte er mich mit dem kältesten Leck-mich-Blick angesehen, den ich jemals erlebt hatte. Und nun war er draußen. Fertig. Und Bromkes sah ihn als Gefahr an – als Gefahr für mich.

»Theißen hasst dich, Conny.« Martin lehnte sich vor, sah mich an.

»Mag sein. Da ist er nicht der Erste und sicherlich auch nicht der Letzte.« Ich biss mir auf die Lippe. Gestern hatte mir jemand einen Lachsack auf den Schreibtisch gelegt, als ich kurz einkaufen war. Normalerweise schloss ich meine Praxis ab, wenn ich sie verließ, diesmal hatte ich es vergessen. Die Arzthelferin meiner Kollegin und Freundin Stephanie, mit der ich mir die Praxisräume teilte, hatte ein waches Auge auch auf meine Tür, deshalb machte ich mir keine Gedanken. Jetzt fühlte ich mich versucht, den Lachsack hervorzuholen und ihn zu betätigen.

»Er könnte sich rächen wollen.«

Ich stieß die Luft aus, eine Spur zu laut. »Ich bitte dich. Kalte Rache nach acht Jahren? Das ist ja arktisch.«

»Er hatte genügend Zeit, um sich darüber Gedanken zu machen.« Martin rutschte mit seinem Stuhl zur Seite, brachte Distanz zwischen uns.

»Hat Werner dich angerufen, um mich zu warnen?«

»Ich dachte, er hätte dich auch angerufen.«

»Hat er nicht. Warum auch? Wenn er mich über jeden Häftling informieren würde, über den ich ein Gutachten erstellt habe, könnten wir ununterbrochen telefonieren.«

»Ich mache mir nur Sorgen. Du lebst gefährlich, willst es aber nicht einsehen.«

»Ich bin erwachsen, Martin. Und alles andere gehört zum Berufsrisiko.«

Ich schob meinen Stuhl zurück. Martin war mit meiner Tätigkeit als Gutachterin nicht glücklich. Er machte kein Geheimnis daraus.

»Du arbeitest auch für die Polizei«, sagte ich ihm und wusste, dass ich ihn und mich mit der Argumentation belog. Seine Klientel war tot, und meine Klienten hatten sie getötet.

Die Gefahr für mich sah ich nicht wirklich oder wollte sie nicht sehen. Letztes Jahr war ich allerdings durch eine Unachtsamkeit der Gefängniswachen in die Gewalt eines Häftlings geraten. Nur für kurze Zeit, ein paar Minuten. Es war die Hölle gewesen. Noch jetzt bekam ich eine Gänsehaut bei dem Gedanken daran. Damals war ich mir sicher, dass meine letzte Stunde geschlagen hatte. Der Mann strotzte vor Testosteron und unterdrückter Gewalttätigkeit. Eine blasse Narbe an meinem Hals zeugte von dem Ereignis. Meine Hände zitterten plötzlich, ich ballte sie zu Fäusten. Den Weg ins Haus ging ich mit festen, entschlossenen Schritten.

Ich ließ Wasser in die Wanne ein. Wir hatten sie behalten, wohl aber neu beschichten lassen. Nun glänzte die weiße Emaille, und die Klauenfüße leuchteten golden. Sehen konnte ich das nicht, denn das Licht der zehn Teelichter, die ich anzündete, reichte nicht dazu aus. Die Farben des Tages waren verblichen, die Dämmerung war hereingebrochen. Der Boiler gab asthmatische Geräusche von sich, aber das tat er immer. Trotzdem erhitzte er das Wasser zuverlässig. Schon bald war das Badezimmer mit Dampf gefüllt, der sich bewegte, wenn ich mich bewegte. Ich ließ meine Kleidung fallen und stieg in die Wanne. Heiß musste es sein, und das war es. Langsam ließ ich mich niedersinken, glitt unter Wasser, schloss die Augen. Um mich herum war es still. Die Vögel hatten aufgehört zu zwitschern, hier gab es keinen Verkehrslärm. Deshalb hatten wir das Haus gekauft, wegen der Ruhe.

Irgendwo knackte es. Ich fuhr hoch, verfluchte Martin, und im nächsten Atemzug mich. An diesem Tag war die Angst in die Eifel eingezogen.

Kapitel 3

»Erst hab ich die Turnschuhe gesehen.« Nadines Gesicht war verquollen, sie zog die Nase hoch. Ich reichte dem Mädchen eine Packung Taschentücher. »Und dann der Gestank. Anfangs dachte ich, es wäre Jauche. Aber es war schlimmer.«

Obwohl Nadine geduscht und sich umgezogen hatte, schien immer noch ein Hauch davon in der Luft zu hängen. Ich kannte den Geruch und würde mich nie daran gewöhnen.

»Ich dachte, jemand hat Klamotten in den Wald geworfen.« Sie schluckte, schnäuzte sich die Nase. »Aber dann hat es sich bewegt.«

»Was hast du gemacht?« Ich gab meiner Stimme einen beruhigenden Klang.

»Ich bin einen Schritt nach vorne gegangen. Da war dieses Bein in der Jogginghose – es schien zu zucken, so hin und her, ganz komisch. Ein Mann lag da, das sah ich und dann ...« Sie stockte, ballte die Hand zur Faust, kaute auf den Knöcheln.

»Ja?« Ich wollte sie nicht drängen, sie sollte die Bilder von sich aus loswerden.

»Der Mann lag auf dem Rücken, als würde er schlafen, aber ...«

»Aber?«

»Aber dann hab ich sie gesehen, ganz viele, sie krochen überall herum, sie waren auf ihm, überall, er hat sich gar nicht bewegt, es waren die Viecher, die sich bewegten ...« Ihre Stimme wurde lauter, höher, verstummte dann.

Nadine saß auf ihrem Bett in einem Zimmer, das typisch

für eine Sechzehnjährige war. Ein Schreibtisch mit Computer, eine Stereoanlage, diverse Poster an den Wänden. In einem Regalfach bewahrte sie ihre alten Stofftiere auf.

Das Mädchen drückte ein zusammengeknülltes Kissen gegen ihren Bauch. Ihre langen, blonden Haare hingen strähnig herunter, ihre Haut war bleich. Sie hatte Ringe unter den Augen.

»Nadine, ich weiß, dass das ekelig aussah und furchtbar roch. War das das Schlimmste? Hat es dir Angst gemacht?«

»Es war so ... widerlich. Und es hat so gestunken. Mir wird jetzt noch schlecht, wenn ich daran denke.« Sie schüttelte sich, presste wieder die Faust auf den Mund.

»Hast du dich übergeben?«

»Ja, sofort. Und nachher wieder. Und vorhin auch noch mal, aber es kommt nichts mehr. Ich muss nur würgen und würgen und würgen.«

Ich redete mit ihr, brachte sie dazu, ein wenig Tee zu trinken, und nahm ihr das Versprechen ab, es später mit Suppe zu probieren. Mit ihrer Mutter vereinbarte ich, dass sie sich am Montag bei mir melden sollte.

Ich war am Morgen aus der Eifel nach Aachen gefahren, um mit Nadine zu reden. Zur selben Zeit fuhr Martin in Richtung Köln zum Rechtsmedizinischen Institut. Abends wollten wir uns wieder in unserem Wochenendhaus treffen.

Nach dem Gespräch mit dem Mädchen fuhr ich kurz zu meiner Praxis am Neumarkt. Eigentlich wollte ich nur den Anrufbeantworter abhören, doch vor der Glastür, die zu der Gemeinschaftspraxis führte, lagen zwei Chrysanthemen. Friedhofblumen. Ich nahm sie auf, zerdrückte die Blüten in meiner Hand und warf sie dann in einen der städtischen Abfallbehälter am Platz. Die Praxis betrat ich nicht. Stattdessen setzte ich mich in meinen Wagen und fuhr zurück in die Eifel. Ich verdrängte jeden Gedanken an Theißen. Für einen Samstagnachmittag mit Sonnenschein schaffte ich es relativ schnell, aus der Stadt herauszukommen. Die Bundesstraße war überraschenderweise frei. Nur wenige Motorradfahrer überholten mich auf der Himmelsleiter. Nach Fringshaus war ich fast alleine auf der Straße. Ich ließ den Gasthof hinter mir und fuhr in Richtung Konzen. Hier wuchsen die letzten Rotbuchenhecken, die typisch für das Hohe Venn sind. Immer wieder schweifte mein Blick ab. In manche haushohen Hecken waren Fensterlöcher geschnitten, so dass ich Blicke auf die Häuser erhaschen konnte.

Martin und ich liebten die Eifel und das Venn. Immer wieder waren wir dort gewandert, hatten unsere freie Zeit in der harschen Landschaft verbracht. Er hätte dort noch weitere Jahre an den Wochenenden zelten mögen, aber ich fühlte mich inzwischen zu alt dazu, wollte zur Ruhe kommen. Bei dem Gedanken musste ich lachen, immerhin war ich zehn Jahre jünger als Martin. Vor zwei Jahren waren wir nach einer Tour in Woffelsbach eingekehrt. Der Nachbarort Rurberg wurde von Touristen überrannt, aber in Woffelsberg war es ruhiger. Nach dem reichhaltigen Essen liefen wir am Ufer entlang in Richtung Hechelscheid. An einem Hang zwischen den beiden Dörfern stand eine kleine verlassene Kapelle, die von einem alten Friedhof umgeben war. Eine hohe Mauer aus Sandsteinen fing den Friedhof zum Hang hin ab. Ein kleines Haus schmiegte sich unten an die Mauer, bildete eine seltsame Einheit mit ihr. Das Haus stand zum Verkauf, ein Schild kündete davon, wohl schon seit Jahren, denn die Tafel stak schief im Boden, die Schrift war verwittert. Martin sah die Anzeige gar nicht, er interessierte sich nur für den alten Friedhof, ich musste ihn erst darauf aufmerksam machen.

»Zum Verkauf«, murmelte er. »Soso.« Dann stapfte er weiter durch die Pfützen und Schlammlöcher. Ich ließ ihn ziehen, sah mir das Haus an. Das Gelände war abschüssig, die Rückwand des Hauses war die Friedhofsmauer. Es dauerte eine Weile, bis ich das durchschaute. Das hintere Dachfenster wies direkt auf die Grabsteine.

Ich fand das Gebäude zauberhaft, aber Martin begeisterte sich für den Gedanken, dass er im Wohnzimmer auf einer

Höhe mit den Gräbern jenseits der Mauer sein würde. Ein makaberer Gedanke, der zu seinem Job passte. Für Martin waren Leichen wissenschaftliche Objekte, denen man das Geheimnis ihres Todes entlocken musste. Ihn störte ihr Geruch nicht mehr – der süßlich ätzende Geruch, der sich wie eine Schicht auf Haut und Haar legt, trotz Schutzoverall in Pullover und Hosen kriecht, jedes Aftershave und Duschgel überdeckt. Im Haus roch man davon jedoch nichts.

»Nebenan«, sagte er damals breit grinsend, »liegen quasi meine Klienten.«

Darüber konnte ich nicht lachen, doch ein halbes Jahr später unterschrieben wir den Kaufvertrag.

Ich betätigte den Fensterheber und ließ die frische Luft in den Wagen strömen. Das Radio hatte hier keinen Empfang mehr, ich schaltete um auf CD- Spieler, drehte die Lautstärke hoch. Mendelssohns Elias. Es war Martins CD, er musste sie vergessen haben. Meine Gedanken waren ein Labyrinth, in dem ich mich verlaufen konnte, sie passten sich den Serpentinen der Straße an. Ich hatte immer irgendwo mit Martin leben, einen Mittelpunkt finden wollen. Ob in der Eifel dieser Ort war? Die Straße war bedeckt mit Kuhfladen, ich verlangsamte das Tempo und der Chor sang: »Gott, erhöre uns.«

Kapitel 4

Das Klingeln meines Handys riss mich aus meinen Gedanken.

»Conny, wo bist du?« Es war Martin. Seine Stimme klang angespannt.

»Hinter Konzen, fast schon bei Simmerath.«

»Ich hatte einen Unfall.«

Ich bremste unwillkürlich, hielt die Luft an.

»Mir ist nichts passiert, mach dir keine Sorgen. Aber der Wagen muss in die Werkstatt.«

»Was ist passiert?«

»Jemand hat mir die Vorfahrt genommen. Kannst du mich abholen?«

»Ich werde mindestens eine Stunde nach Köln brauchen.«

»Das macht nichts. Ich habe hier noch zu tun.«

Nach anderthalb Stunden endlos scheinender Fahrt parkte ich meinen Wagen auf Martins Stellplatz vor der Uniklinik. Ich war durchgeschwitzt, mein Nacken war verspannt. Der Asphalt schien in der Hitze zu glühen. Im Gebäude war es jedoch so kühl, dass mich fröstelte. Um diese Uhrzeit war fast niemand mehr da, und meine Schritte hallten durch den langen Flur. Die Tür zu Martins Büro stand auf, ich konnte seine Stimme hören.

»Was genau meinst du damit, Werner?«

Ich lugte um die Ecke. Martin saß an seinem Schreibtisch, den Rücken mir zugewandt, die Füße auf der Fensterbank. Er strich sich mit der Hand über den Hinterkopf, das tat er meistens, wenn er nachdachte. Ich wollte mich bemerkbar machen, doch seine Worte hielten mich zurück.

»Hast du mit Constanze gesprochen?«

Werner – das war Werner Bromkes, der Staatsanwalt. Hatten die beiden nicht erst gestern miteinander telefoniert?

»Für wie gefährlich hältst du ihn wirklich?« Martin nahm die Füße von der Fensterbank und lehnte sich vor. Sein Rücken sah angespannt aus. Ging es wieder um Theißen?

»Was soll ich tun? Soll ich noch mal mit ihr sprechen? Du kennst sie doch, sie wird es herunterspielen.« Er drehte sich um, sah mich, beendete das Gespräch mit einer Floskel und legte auf.

»Hallo, Conny.«

»War das Bromkes? Worüber habt ihr gesprochen?«

»Erzähle ich dir später.«

Ich spürte Wut in mir hochsteigen. Die beiden hatten über mich gesprochen, über etwas, was mit mir zu tun hatte. Ich hasste es, hingehalten zu werden. Doch bevor ich noch etwas dazu sagen konnte, kam jemand den Gang entlang.

»Martin, bist du noch da?« Ich erkannte die Stimme von Maria, Martins Assistentin. Sie trug den gleichen weißen Kittel wie er, hatte ihre dunklen Locken zu einem Knoten zusammengesteckt. Sie war klein, zierlich, Konfektionsgröße nach meiner Schätzung zweiunddreißig bis vierunddreißig, Schuhgröße ähnlich. Mit Sicherheit wurde sie in jedem guten Kindermodeladen fündig.

Ich dagegen war groß, knappe eins achtzig. Kleidergröße achtunddreißig. Über meine Schuhgröße sprach ich nicht gerne. Aber noch bedauerlicher waren meine Haare. Straßenköterfarben und glatt.

»Hallo, Conny.« Ihr Blick streifte mich nur. Sie ging an mir vorbei zum Schreibtisch. »Kannst du noch mal kommen? Ich bin mir nicht ganz sicher, was unseren John Doe angeht.« So nannte sie den unbekannten Toten.

»Was ist mit ihm?« Martin stand auf. Ich folgte den beiden den Flur entlang zu der Glastür, die zu den Untersuchungsräumen führte. Im Umkleideraum blieb ich unschlüssig stehen. Ein süßlich-fauliger Geruch lag in der Luft. Noch nicht mal die starken Desinfektionsmittel konnten ihn überdecken.

Martin und Maria hatten die Schwingtüren zum Untersuchungsraum aufgestoßen und gingen hinein. Die Türen blieben offen. Auf dem rechten Edelstahltisch lag ein Mann. Ich atmete durch den Mund.

»Schau mal hier.« Maria zog die Plastikabdeckung von dem Toten, deutete auf den Bauchraum. Martin beugte sich vor. »Hast du inzwischen irgendetwas, was auf die Todesursache hindeutet?«

»Nein. Aber ich bin mit den Untersuchungen noch nicht fertig. Ich wollte dir etwas zeigen, bevor ich die Organe entnehme.« Maria trat neben ihn. »Hier.« Sie deutete auf die Leistengegend des Mannes. »Was ist das?«

»Eine klaffende Wunde. Könnte eine Stichverletzung sein. Vielleicht ist es aber auch eine Bisswunde post mortem von einem Tier. Die Ränder sind ausgefranst. Das Fleisch ist schon sehr von den Maden zerfressen. Gib mir mal Handschuhe.«

Das schmatzende Geräusch, als er sich die Latexhandschuhe überzog, verursachte mir eine Gänsehaut. Ich stand in der Tür und beobachtete die beiden. Sie gingen entspannt und vertraut miteinander um. Ein leichter Anflug von Eifersucht stieg in mir hoch. Martin hatte mich hierher bestellt, um ihn abzuholen. Hätte ich gewusst, dass er noch arbeiten wollte, wäre ich später gekommen.

»Schwer zu sagen.« Martin zog die Wundränder auseinander. »Die Wunde geht tief, aber ich kann nicht erkennen wie tief. Es sieht wie ein Riss aus. Gib mit mal ein Lineal.«

Maria hatte das durchsichtige Plastiklineal schon von der Arbeitsplatte geholt und reichte es ihm nun.

»Fünf Zentimeter. Tief genug für eine Stichwunde. Die Verwesung ist zu weit fortgeschritten, wir werden wahrscheinlich nicht mehr feststellen können, ob diese Verletzung prae oder post mortem geschehen ist.«

»Soll ich mit der Untersuchung fortfahren?«

Martin warf einen Blick auf die große Uhr, die an der Wand über den Tischen hing. »Ich versuche, die Staatsanwältin zu erreichen. Es besteht der Verdacht auf einen gewaltsamen Tod. Bring ihn zurück in den Kühlraum, ohne Anordnung werden wir nicht weitermachen. Möglicherweise will die Dezernentin bei der Untersuchung dabei sein.«

Martin hob die Hand des Toten und betrachtete sie. »Hast du die Fingernägel schon gesäubert?«

Seine Assistentin schüttelte den Kopf.

»Seltsam, die Fingernägel sind sauber. Kein bisschen Dreck zu sehen. Geschnitten sind sie auch.«

Er ging um den Tisch herum und sah sich die andere Hand an. »Mach bitte Fotos von den Händen und den Armen.«

»Habe ich schon. Sie sind in der Akte.«

»Braves Mädchen.« Martin nahm die Akte und zwinkerte ihr zu.

»Brauchst du noch länger?« Meine Stimme klang bissig. Martin sah mich erstaunt an. Für einen Moment hatte ich das Gefühl, dass er mich vergessen hatte und überrascht war, mich zu sehen. Dann gingen wir endlich.

»Ich kann meinen Wagen Montag aus der Werkstatt holen.« Martin öffnete das Fenster, während ich mich durch den Verkehr kämpfte. Im Gegensatz zu seinem Touran hatte mein Golf keine Klimaanlage. Die Hitze stand im Wagen. Ich roch den Verwesungsgeruch, der aus seiner Kleidung kam. Martin nahm den Geruch nicht mehr wahr und bestritt vehement, dass er überhaupt zu bemerken war.

»Was ist denn genau passiert?« Ich schluckte meinen Ärger herunter, bemühte mich freundlich und interessiert zu klingen.

»Wir waren mittags beim Chinesen etwas essen. Dann hat jemand mir die Vorfahrt genommen. Der Kotflügel ist hin, die Fahrertür ließ sich nicht mehr öffnen. Aber uns ist zum Glück nichts passiert.«

Wir, uns – ich kaute auf diesen Worten herum.

»Mit wem warst du unterwegs?«

»Mit Kollegen. Spielt das eine Rolle?« Plötzlich klang er verärgert.

Mit Maria, dachte ich, sprach es aber nicht aus. War da etwas zwischen den beiden, oder bildete ich mir das nur ein? Ich war müde, erschöpft, der Rücken tat mir weh, und ich hatte das Gefühl, aus jeder Pore zu schwitzen. Es war der denkbar schlechteste Augenblick für einen Streit.

»Was wollte Werner von dir?«

»Werner?«

»Bromkes, der Staatsanwalt. Du hast mit ihm telefoniert, als ich kam.«

»Ja.« Martin strich sich mit beiden Händen durch die kurzen Haare. Ich meinte es knistern zu hören. »Nichts, wir haben nur geredet.«

»Geredet? Du hast über mich gesprochen. Ich habe meinen Namen gehört.« Ich schnaubte wütend.

»Wir haben nur überlegt, wann wir uns mal wieder sehen. Ich wollte sie einladen zu uns. In die Eifel.«

»Was? Du willst Gäste einladen, bevor wir überhaupt eine Küche haben?« Ich spie die Worte aus.

»Es sind unsere Freunde, Werner und seine Frau. Wir fahren jedes Wochenende in die Eifel und haben es bislang ohne eine gängige Markenküche überlebt. Warum sollte ihnen das nicht auch gelingen?«

Auch Martin war müde, machte ich mir klar. Nicht streiten, Constanze, jetzt nicht streiten.

Zehn schweigsame Minuten später fuhr ich auf den Kölner Ring. Martin war eingeschlafen, bevor ich ihn noch einmal nach seinem Telefonat mit Werner Bromkes fragen konnte. Er wachte erst wieder auf, als ich auf den knirschenden Kies der Einfahrt unseres Hauses fuhr.

Kapitel 5

Ich setzte Wasser auf, kochte Pasta. Wir aßen schweigend auf der Terrasse, jeder in seine eigenen Gedanken versunken wie Karpfen im Teich.

»Ich muss noch Akten lesen«, sagte Martin und verzog sich ins Wohnzimmer. Ich blieb noch eine Weile auf der Terrasse sitzen, doch Dunst zog auf. Es wurde kühl. Mich fröstelte. Ich beschloss, in die Badewanne zu gehen. Auch in unserer Wohnung in Aachen hatten wir eine Badewanne, aber im Alltag duschte ich lieber. Baden war Entspannung, etwas für die Seele und nicht zum Sauberwerden. Ich zündete Duftkerzen an, goss jede Menge an Schaumbad in das heiße Wasser. Von unten hörte ich plötzlich die Flex. Martin schnitt Fliesen. Es klang wütend.

Nach dem Bad rubbelte ich mich mit einem harten Handtuch trocken. Meine Haut war rot und schien zu glühen. Meinen Bademantel hatte ich im Schlafzimmer vergessen, deshalb ging ich nackt durch den Flur. Ich warf einen Blick durch das Fenster. Draußen war es schwarz. Die Nacht hatte ein dunkles Tuch über die Gegend geworfen. Es gab keine Straßenlaternen, das nächste Nachbarhaus war etliche hundert Meter entfernt. Dunkelheit bekam hier eine ganz andere, tiefere Bedeutung als in der Stadt.

Mir war bewusst, dass man mich gut sehen konnte, falls dort draußen jemand stand, aber wer sollte das sein? Ich strich mir die feuchten Haare aus der Stirn, als könne ich so auch meine Gedanken wegwischen. Der Dielenboden knarzte, wie immer an dieser Stelle, aber diesmal zuckte ich zusammen. Fluchend öffnete ich die Schlafzimmertür. Warum hatten mich Martins Worte so verunsichert? Der Fall Robert Theißen war acht Jahren her, ich hatte ihn – nun ja, nicht vergessen, aber doch verdrängt. Es gab ganz andere Klienten, die viel deutlicher und offener Bedrohungen ausgesprochen hatten. Möglicherweise war Theißen in meinen Augen so gefährlich, gerade weil er es nicht getan hatte.

Im Schlafzimmer brannte das Nachtlicht auf meiner Bettseite. Dies Zimmer hatten wir gleich zu Anfang fertig gemacht. Wir schliffen die alten Dielen ab, strichen die Wände in warmen Farben, ließen neue, größere Fenster einbauen. Die Wände des Hauses waren aus dicken Sandsteinen, die Fensterleibungen tief. Ich hatte aus Kiefernholz stabile Fensterbänke eingebaut und mit Kissen gepolstert. Hier war einer meiner Lieblingsplätze im Haus. Nach und nach wollten wir das Haus ganz nach unseren Vorstellungen gestalten. Es sollte nur aus Lieblingsplätzen bestehen.

Ich nahm meinen Bademantel und setzte mich auf den Fenstersitz, zog die Beine an und legte meine Arme um sie. Von unten konnte ich verworrene Geräusche hören. Hin und wieder ein schrilles Sirren. Ich überlegte, mich anzuziehen und Martin zu helfen, entschied mich aber dagegen.

Etwas stand zwischen uns – nicht nur der Stress und die Anspannung, die ihn meistens befiel, wenn er einen neuen

Fall auf seinen Edelstahltisch bekam. Auch nicht seine Sorge um mich und seine Abneigung gegen meine Arbeit als Gutachterin. Da war noch mehr.

Als wir das Haus kauften, dachten wir, dass wir uns einen Traum erfüllen würden. Doch inzwischen war der erste Ansporn abgearbeitet und der Elan verpufft. Zeit schien schneller zu vergehen und immer knapper zu werden. Wir sollten, dachte ich, Handwerker einspannen.

Die Tür öffnete sich mit dem vertrauten Knarren.

»Hi.« Martin betrat den Raum nicht, sah mich fragend an.

»Ich habe das Wasser in der Wanne gelassen, es sollte inzwischen die richtige Temperatur für dich haben: lauwarm.« Ich musste schmunzeln.

»Ich habe heute Nachmittag geduscht, Conny.«

»Und anschließend hast du Fliesenkleber angerührt und bist auf dem Boden herumgerutscht.«

Martin schaute an sich herunter, hob den Blick wieder, seine Augen funkelten. »Du hättest mit dem Baden warten sollen. Obwohl, nein, ich hasse es, lebendig gekocht zu werden.«

Ich lachte. »Magst du noch ein Glas Wein?«

»Anschließend.«

Martin rumorte im Bad, als ich die Treppe hinunterging. Im Erdgeschoss war es dunkel. Ich betätigte den Lichtschalter, kniff die Augen gegen das grelle Licht der nackten Glühbirne zusammen. Die Weinflasche und die Gläser standen auf dem Tisch im Hof. Das Außenlicht brannte, und ein Nachtfalter, der aussah wie ein weißes Taschentuch, flatterte um die Lampe. Ich ging einen Schritt vorwärts, zögerte dann. Weiter als bis zur Terrassenbegrenzung konnte ich nicht sehen. Obwohl es immer noch warm war, kroch eine Gänsehaut meinen Rücken empor. Die Härchen in meinem Nacken stellten sich auf.

Ich griff mit der einen Hand nach den Gläsern, mit der anderen zog ich den Bademantel zusammen. Die Weinflasche war leer, doch im Kühlschrank war eine zweite.

Zum ersten Mal, seit wir das Haus hatten, prüfte ich, ob alle

Türen und Fenster geschlossen waren, bevor ich wieder nach oben ging.

Martin wartete schon im Schlafzimmer.

»Was hast du gemacht? Meine Arbeit begutachtet?« Er lächelte, nahm mir die Flasche und den Korkenzieher aus der Hand.

»Ich habe nur geschaut, ob alles zu ist.«

»Ach? Ist ein Unwetter im Anmarsch?«

Ich verkniff mir die böse Antwort, die schon fast auf meiner Zunge lag. Streit war das Letzte, was ich jetzt wollte. Ich drehte mich um und starrte wieder in die Dunkelheit.

»Conny, was ist los?« Martin trat hinter mich und legte seine Hand auf meinen Rücken.

»Nichts.«

»Das merke ich. Du hast dich noch nie für geschlossene Türen interessiert.«

»Du hast versucht, mir Angst einzujagen.«

»Wegen Theißen? Ja.«

»Aber das schaffst du nicht.« Ich sagte es bestimmt, mit mehr Überzeugung, als ich selbst besaß.

»Verdammt schade.« Er drehte mich zu sich und küsste mich auf den Mund.

Kapitel 6

Eine der wenigen Sachen, die wir von dem alten Mobiliar des Hauses behalten hatten, war ein großer Spiegel in einem massiven Holzrahmen. Die Scheibe war gesprungen, Martin wollte sie ersetzen lassen, ich nicht. Das gesprungene Glas hatte etwas, fand ich. Es symbolisierte für mich dieses alte Haus, das schon seit fast zweihundert Jahren existierte. Erinnerungen lauerten in jeder Ecke, jedem Winkel – Erinnerungen an Menschen, die einst hier gewohnt, das Haus mit Leben, Liebe, Trauer, Wut, Leidenschaft und Tod gefüllt hatten. Der Spiegel stand auf dem Boden unserem Bett gegenüber. Einige Kerzen flackerten vor ihm im Luftzug. Das Glas warf den Lichtschein mannigfaltig gebrochen zurück.

Ich konnte die Umrisse unserer Körper sehen, drehte mich zu Martin und strich ihm über die schweißnasse Haut, die glänzte, als wäre sie mit frischem Lack überzogen. Er atmete tief und gleichmäßig. Ich zog die leichte Decke über mich und schloss die Augen.

Als ich aufwachte, dämmerte es draußen. Ich griff neben mich, doch da waren nur die Laken. Verstört setzte ich mich im Bett auf. Die Kerzen waren gelöscht, nicht heruntergebrannt. Von Martin war nichts zu sehen. Ich zog meinen Bademantel über und ging nach unten. Er saß an dem Küchentisch, über Unterlagen gebeugt.

»Guten Morgen«, murmelte ich. »Konntest du nicht schlafen?«

Martin schüttelte den Kopf, ohne ihn zu heben. »Hab ich dich geweckt?«

»Nein. Seit wann bist du auf?« Ich betätigte den Schalter der Senseo-Maschine.

»Schon eine Weile. Gib mir den Kaffee, und leg du dich wieder hin. Es ist noch keine fünf.«

»Nette Aufnahmen.« Ich beugte mich über seine Schulter. Auf der schrundigen Holzplatte verteilt lagen Hochglanzbilder. Tatortfotos sowie Nahaufnahmen der einzelnen Körperteile des Toten. »Suchst du was Bestimmtes?«

»Ich weiß nicht. Ich bin wach geworden und hatte das sichere Gefühl, irgendetwas übersehen zu haben. Aber was? Ich komme einfach nicht darauf.«

Ich zog mir einen Stuhl heran und studierte die Bilder. »Warum die Arme und Hände? Was ist da, was dir seltsam vorkommt?«

»Wenn ich das nur wüsste ... Schau, er war Junkie. Siehst du die Einstiche?«

Nur mit geschultem Auge waren sie auf den Bildern zu erkennen, da sich die Haut verfärbt hatte und von Bissspuren überzogen war.

»Was war das? Ratten?« Ich deutete auf eine hässliche Wunde, um die Fliegen schwirrten.

»Vermutlich. Spitze Zähne, kann auch ein Marder oder ein Fuchs gewesen sein.«

Ich zog ein weiteres Foto heran, verglich die beiden. »Das ist der linke Arm, hier sehe ich die Einstiche. Hauptsächlich in der Armbeuge und auf dem Handrücken. Er kann noch nicht lange gespritzt haben.«

»Ja, das glaube ich auch. Ich werde ein Drogenscreening anordnen.« Martin machte sich eine Notiz.

Ich suchte unter den Bildern eines, das den Kopf des Toten zeigte. »Seine Haare sind zu kurz, du wirst keinen Zeitrahmen der Sucht feststellen können. Wenn er noch nicht lange gespritzt hat, wirst du es in den Haaren gar nicht nachweisen können.« Mein Blick blieb auf dem Bild haften. »Irgendwas ist komisch.«

»Ja, nicht wahr? Aber was?«

»Wir gehen davon aus, dass der Tote aus dem Obdachlosen-Milieu stammt, richtig?«

Martin nickt. Er stand auf und holte uns Kaffee.

»Martin, das kann nicht sein. Welcher Obdachlose geht zum Friseur? Was ist mit seinen Zähnen?«

Martin suchte nach der entsprechenden Notiz in den Unterlagen. »Kariös.«

»Und schlecht geputzt?«

Er setzte sich neben mich, sah mich nachdenklich an. »Das weiß ich gar nicht. Wenn ich jetzt so darüber nachdenke … Allerdings gibt es tatsächlich Tippelbrüder, die kurze Haare haben. Meistens dann, wenn sie Läuse oder Flöhe hatten. Rasieren geht schnell und ist einfach. Viele Unterkünfte haben doch diese Schergeräte – weißt du, was ich meine?«

»Haarschneidemaschinen. Aber es ist Sommer. Im Sommer werden die Unterkünfte nur selten aufgesucht.« Ich hob das Bild hoch. »Die Kleidung ist zerrissen.«

»Das kann auch von Tieren stammen.« Er nippte an seinem Kaffee, stellte die Tasse dann abrupt ab. »Maria hat die ersten Untersuchungen gemacht. Sie ist gründlich und gut. Trotzdem habe ich das Gefühl, dass wir etwas Entscheidendes übersehen.«

»Ich fahre dich nach Köln.«

Die Sonne stand schon hoch am Himmel, als ich zurückkehrte. Martin hatte ich am Institut abgesetzt. Als ich dort vom Parkplatz fuhr, sah ich Maria. Ich winkte grüßend zu ihr hinüber, doch sie schien durch mich durchzusehen. Was machte sie so früh im Institut? Es versetzte mir einen Stich.

Kapitel 7

Während der Heimfahrt dachte ich über die beiden nach. Ich war eifersüchtig, wusste aber nicht, wieso. Sie waren Kollegen und verstanden sich gut. Ich sollte mich für Martin freuen, aber ich tat es nicht.

Ich muss mich ablenken, dachte ich, als ich auf den Hof fuhr.

Meine Laufschuhe standen schmutzverkrustet in der Ecke des Schlafzimmers. Im Frühjahr war ich das letzte Mal gelaufen. Es wurde Zeit, liebgewonnene Rituale wieder aufzunehmen.

Im Hof machte ich ein paar Dehnungsübungen und trabte dann langsam in Richtung Wald an den Wiesen und ihren Gräben entlang, die ganz bedeckt waren mit Entengrütze. Die Angst der vergangenen Nacht war verschwunden.

Aus den Wiesen tönte der steigende und fallende Gesang der Grillen, die Luft war durchzogen mit Staub, der im Sonnenlicht glitzerte, es roch herrlich nach Heu und trockener Erde. Ich lauschte der Botschaft, dass das Leben großartig war.

Im Wald wurde die Luft kühler, der Boden war hier nicht ganz so trocken und hart, ich legte mit dem Tempo zu. Da ich wusste, wie mein Körper nach mehrmonatiger Laufpause reagieren würde, wählte ich die kurze Strecke. Das Laufen tat mir gut, auch wenn ich meine Muskeln schmerzhaft spürte.

Wind kam auf, und als ich auf den Hof zurückkehrte, schwang die Terrassentür sachte hin und her. Ich lachte lauthals, soviel zu meiner übergroßen Besorgnis – ich hatte glatt vergessen abzuschließen.

Im Kühlschrank war eine Flasche Wasser, die ich halb leer trank. Die Milchflasche stand neben dem Kühlschrank. Hatte ich heute Morgen vergessen sie zurückzustellen? Nachdenklich hob ich sie hoch. Sie war fast leer, dabei hatte ich die Milch doch gestern erst gekauft. Vielleicht hatte Martin heute Nacht davon getrunken. Unsicher stellte ich die Flasche in den Kühlschrank zurück. Dann schlüpfte ich aus den dreckigen Sachen und stopfte sie in eine Plastiktüte. Ich würde sie in unserer Wohnung in Aachen waschen müssen, da wir hier keine Waschmaschine hatte. Auch etwas, was ich so schnell wie möglich ändern wollte.

Das T-Shirt, das ich als Nachthemd trug, würde ich auch waschen. Ich suchte es im Schlafzimmer, dann im Bad, fand es nicht. Dinge verschwinden nicht, Constanze, sagte ich mir. Es wird irgendwo liegen. Ich hob die Decken und die Kissen an, sah unterm Bett nach, aber das T-Shirt blieb verschwunden.

Die Terrassentür stand offen, als ich vom Laufen zurückgekommen war. Hatte ich wirklich vergessen, sie zu schließen, oder war jemand hier gewesen? Jemand, der von der Milch getrunken und mein Nachthemd genommen hatte? Langsam ging ich durch das Haus, suchte nach Spuren, nach Auffälligkeiten. Standen die Stühle so da, als wir heute Morgen gefahren sind? Lag das Buch so auf dem Tisch? Ich war mir nicht sicher.

Martin hatte versucht, mir Angst zu machen. Er tat es aus Sorge. War die Sorge berechtigt? Konnte Theißen hier gewesen sein? War er es womöglich noch?

Im Haus war niemand. Vielleicht bildete ich mir das alles nur ein, wurde paranoid.

Ich beschloss, meine Angst zu überwinden, und setzte mich mit einer Tasse Kaffee auf die Terrasse in die Sonne. Bei jedem Geräusch zuckte ich jedoch zusammen, und immer wieder schaute ich mich um. Bis auf den Wind und einen vorwitzigen Hasen, der am Löwenzahn am Rande des Hofes knabberte, war nichts zu hören.

Die Zeit schien sich wie Sirup zu ziehen. Ich sehnte den Augenblick herbei, in dem Martin mich anrufen würde.

Eigentlich hatten Martin und ich uns unser Leben anders vorgestellt, damals, als wir uns ineinander verliebten. Er war verheiratet und für mich jemand, der somit absolut tabu war. Das Gefühl hielt nicht lange vor. Ich verliebte mich in ihn, in diesen Fremden, der meine Seele mit wenigen Worten berührt hatte. Damals hockten wir Abend um Abend in den Räumen der Rechtsmedizin, gebeugt über unsere Unterlagen. Im Raum nebenan lagerten die Toten in ihren kalten Schubladen. Schon bald wurde mir bewusst, dass die Fachrichtung nichts für mich war, dass mich die ständige Konfrontation mit dem Tod verrückt machen würde. Ich hielt nur aus, weil ich so Martin sehen, mit ihm reden konnte.

Irgendwann gab ich auf, weil ich es nicht mehr ertrug. Ich wechselte zur Psychiatrie, die Arbeit dort erfüllte mich, und bald ging es mir besser. Kinderpsychologie war der ideale Job für mich. Man erzielte schnelle Ergebnisse, konnte die Verbesserung des seelischen Zustands mitverfolgen. Martin vermisste ich jedoch schmerzlich.

Ein Jahr später traf ich ihn bei einer Veranstaltung auf dem Katschhof. Wir sahen uns und fielen uns in die Arme. Ich nahm an, dass er es rein freundschaftlich meinte, und wäre so gerne gleichgültiger gewesen. Nach zwei Bier erzählte er mir, dass er sich von seiner Frau getrennt hatte. Nach zwei weiteren Bier gingen wir in meine Wohnung. Von dem Tag an waren wir zusammen.

Das Schrillen des Telefons riss mich aus meinen Gedanken.

Ich stand auf und ging ins Haus. Innen war es deutlich kühler. Mein Handy legte ich aus Gewohnheit immer auf das Tischchen in der Diele, doch dort lag es nicht. Ich ging dem Klingeln nach und fand den Apparat im Hauswirtschaftsraum.

Das Display zeigte keine Nummer an.

»Ja?« Es war nur atmosphärisches Rauschen zu hören. Manchmal hatten wir hier keinen Empfang. »Hallo?«, rief ich lauter. »Martin? Bist du das? Soll ich dich abholen?«

Es klickte, das Gespräch war unterbrochen worden. Ich war mir sicher, zuletzt Atemgeräusche wahrgenommen zu haben. Nur wenige Leute hatten meine Handynummer. In Gedanken ging ich sie durch. Vielleicht hatte mich ja der Anrufer nicht gehört, möglicherweise war der Empfang doch gestört.

Langsam ging ich wieder nach draußen, das Handy immer noch in der Hand. Mir fiel niemand ein, der mich an einem Sonntag anrufen würde.

Irgendwo in der Nähe startete ein Auto. Es klang nach einem Sportwagen, einem zornigen Insekt. Der Motor heulte auf, der Wagen beschleunigte und fuhr davon. Ich sah nur die Staubwolke hinter der Wiese und ärgerte mich über rücksichtslose Ausflügler.

Das Telefon klingelte wieder. Ich ließ es vor Schreck beinahe fallen.

»Conny?« Martin klang müde und gereizt. »Ich mache hier gleich Feierabend.«

»Jetzt?«

»Ja, kommst du mich abholen?«

Ich dachte an die Milch und das T-Shirt, an mein Handy, das nicht dort gelegen hatte, wo ich es immer hintat. Ich fühlte mich beobachtet und unwohl. Den Gedanken an den Lachsack und die Blumen verdrängte ich.

»Ich würde lieber direkt nach Aachen zurückfahren.«

»Ist etwas passiert?« Ich konnte die Anspannung in seiner Stimme hören.

»Nein. Wahrscheinlich sehe ich nur Gespenster.«

Er schwieg einen Moment. »Wenn du nach Aachen willst, ist es Blödsinn, mich in Köln abzuholen. Ich setze mich in den Zug.«

»Ich fahre jetzt gleich. Seid ihr fertig? Habt ihr was gefunden?« Plötzlich wurde ich hektisch. Ich versuchte meinem Atem einen langsamen Rhythmus zu geben.

»Erzähle ich dir dann.« Martin legte auf. Mechanisch räumte ich den Tisch ab, verstaute Notizbuch, Stift und Handy in meiner Handtasche, spülte die Kaffeetasse. Dann zog ich mich um, machte das Bett und räumte grob auf.

Bevor ich das Haus verließ, überprüfte ich diesmal alle Fenster und Türen und kam mir komisch dabei vor. Eine seltsame Unruhe hatte mich gepackt und wollte mich nicht loslassen. Ich nahm das Handy aus meiner Tasche, schaute darauf. Martin hatte nicht noch einmal angerufen. Der kleine Lachsack war auch in meiner Tasche. Ich hatte ihn lustig gefunden, hatte überlegt, ob ich ihn bei Terminen benutzen konnte, um die Stimmung zu lockern. Plötzlich fand ich ihn nicht mehr witzig. Ich drückte den Knopf.

»HAHAHAHAHA!«

Ein unangenehmes Geräusch, jemand lachte mich aus. Theißen? War er in meiner Praxis gewesen? Hatte er den Lachsack dort hingelegt? Mich schauderte, und ich warf das Spielzeug in den Müll.

Ich war froh, als ich die kurvenreiche Straße hinunterfuhr und den Wald im Rückspiegel wachsen sah. Wolken zogen auf, die dunkler waren als der Abendhimmel. Die Luft schien zu stehen, ein Hindernis zu bilden. Es war nur meine Einbildung.

»Denn er hat seine Engel befohlen über dir«, sang der Chor auf der CD im Wechsler. Mendelssohn, Martins Musik. Ich versuchte, mich zu entspannen und mich auf ihn zu freuen.

Als ich hinter Konzen auf die Bundesstraße fuhr, platschten die ersten Regentropfen auf die Windschutzscheibe. Immer noch war die Luft stickig, und da ich keine Klimaanlage hatte, waren die Fenster heruntergelassen. Ich betätigte die

Fensterheber keinen Moment zu früh, denn plötzlich schien ein heftiger Monsunregen loszubrechen. Die Geschwindigkeit hatte ich vorher schon reduziert, doch nun kroch ich nur noch dahin. Eine Wasserwand stand vor mir, und der Staub auf dem Asphalt verwandelte sich in eine rutschige Schicht. Hinter mir hupte jemand, überholte dann rasant. Ein Sportwagen – ich hatte ihn nicht kommen sehen, konzentrierte mich auf den Sichttunnel, den meine Scheinwerfer auf der Straße schufen.

Als ich bei Kornelimünster abbog, blockierten Polizei und Rettungswagen die rechte Spur. Ein Auto war in den Graben gefahren. Ich hatte nicht die Nerven hinzuschauen. Ob es der kleine Sportwagen war? Wenn meine Augen mich in der Dunkelheit und bei dem Regen nicht getäuscht hatten, war der Wagen gelb-schwarz lackiert. Wieder musste ich an ein böses Insekt denken.

Auf der Oppenhoffallee fand ich keinen Parkplatz und stellte meinen Wagen entnervt in einer Seitenstraße ab. Es regnete kontinuierlich, wenn auch nicht mehr so heftig.

Ein paar Meter vor unserer Haustür blieb ich stehen. Der Regen war warm. Ich war durchnässt, legte den Kopf in den Nacken und fing einen Regentropfen mit der Zunge auf. Alle Unruhe fiel von mir ab, ich lachte wie ein kleines Kind.

Im Hausflur des Hauses aus der letzten Jahrhundertwende roch es so moderig wie immer, aber in unserer Wohnung duftete es nach Rosen und Vanille. Nachdem ich die feuchten gegen trockene Sachen getauscht hatte, setzte ich Teewasser auf. Mein Magen knurrte empfindlich, doch der Kühlschrank bot nichts, was mich ansprach. Ich wollte gerade Martin anrufen, als er die Wohnungstür aufschloss. Er nahm mich in die Arme und küsste mich ungewohnt fest auf den Mund.

»Hey!« Ich lachte. »Ich freue mich auch, dich zu sehen.«

Martin stellte den Metallkoffer mit seinen Utensilien in das Arbeitszimmer, ging dann ins Bad, ohne ein weiteres Wort zu sagen. Irgendetwas bedrückte ihn, er war anders als sonst. Ich nahm an, dass es mit dem Fall zu tun hatte. Mit einer Tasse

Tee zog ich mich ins Wohnzimmer zurück, wartete, bis er soweit war, zu mir zu kommen.

Ich musste eingenickt sein, denn als ich hochschrak, hatte es aufgehört zu regnen und Martin saß neben mir auf der Couch. Ich rieb mir über das Gesicht, sah ihn an. Er starrte auf den Parkettboden, hielt einen Becher in der Hand, hob ihn nun, schwenkte ihn. Ich roch Kaffeeduft.

»Hast du Hunger?«

»Hmm.«

»Ich liebe klare Aussagen, Martin.« Mein Lachen klang brüchig. »Ich habe Hunger, mächtig sogar, aber keine Lust zu kochen. Sollen wir etwas bestellen?«

Martin gab undefinierbare Laute von sich, ich interpretierte sie als »Ja« und griff nach dem Telefon, das auf dem Beistelltisch neben dem Sofa lag.

»Chinesisch? Pizza? Indisch? Türkisch?« Wir hatten eine lange Liste Bestelldienste im Telefon gespeichert, denn obwohl ich es genoss, ausgiebig zu kochen und zu essen, fehlte durch Martins unregelmäßige Arbeit oft die Zeit.

»Pizza ist okay.«

»Wo bleibt deine Abenteuerlust?«

Martin schaute mich an, er sah müde aus.

»Okay, okay. War ein Scherz. Ich bestelle Pizza und Salat, bezahle auch, aber im Gegenzug erzählst du mir von der Laus, die dir über die Leber gelaufen ist.«

Unser Lieblingsitaliener lieferte knappe zwanzig Minuten später.

»Möchtest du etwas trinken?«

Martin schüttelte den Kopf. Ich versuchte es noch mal. »Brauchst du irgendetwas anderes?«

»Urlaub brauche ich. Und zehn Stunden Schlaf am Stück. Eine neue Staatsanwältin wäre auch nicht schlecht.« Er zerteilte die Pizza, rollte ein Stück zusammen und schob es sich in den Mund. Ein Käsefaden zog sich vom Teller bis zu seinem Kinn. Es lag also an der Staatsanwältin, erleichtert atmete ich aus.

»Was ist mit der Drauer?«

»Nichts, gar nichts. Überhaupt nichts. Sie macht ihre Arbeit hervorragend.« Er lachte tonlos, es klang nicht heiter. »Sie hat den Fall für beendet erklärt.«

»Ihr habt den Fall aufgeklärt?«

»Nein, so würde ich das nicht nennen. Für die Drauer ist es kein Fall. Jemand ist gestorben. Punkt. Natürlich ist er auf der Liste der unidentifizierten Toten, und sie ist der Meinung, dass er dort auch bleibt. Niemand scheint ihn zu vermissen. Wir alle wissen, dass sich solche Fälle selten von alleine auflösen. Aber was soll es?«

»Kein Mord? Nur ein Todesfall?« Überrascht legte ich die Gabel beiseite und griff nach der Serviette.

»Für sie ist es zumindest so. Ich habe versucht, ihr alle meine Argumente begreiflich zu machen, aber sie hat sie mit einer Handbewegung vom Tisch gewischt. Ein obdachloser Junkie ist gestorben. Vielleicht hat er sich zu Tode gesoffen oder sich den goldenen Schuss gesetzt. Das passiert, es ist traurig, aber unsere Ressourcen sollten wir mit so etwas nicht blockieren.«

»Aber was ist mit den Fliegen? Und dem Drogenscreening?«

»Drauer hat es wohlwollend zur Kenntnis genommen, dass er vermutlich nicht im Wald gestorben ist. Sie hatte auch eine Erklärung, die tatsächlich plausibel klingt: John Doe und seine Kumpel haben sich einen netten Abend in einer Scheune gemacht. Welche Drogen er eventuell genommen hat, spielt in dem Fall keine erhebliche Rolle. Die Staatsanwältin hat das Screening abgelehnt. Doe verstarb, woran auch immer, zwei Tage später fing er mächtig an zu stinken. Die Kumpel brachten ihn zur letzten Ruhe in den Wald. Dort wurde er gefunden. Wir haben ihn gründlich untersucht, aber bisher keine Spuren von Fremdeinwirkung gefunden, nichts, was auf ein Gewaltverbrechen hindeutet. Einige Ungereimtheiten, aber keineswegs irgendetwas, was den Einsatz der Mordkommission erfordern würde. Akte zu, Fall geschlossen.«

Ich nickte. »Das ist doch gut, oder? Ich meine, es klingt tatsächlich plausibel. Er starb in einer Scheune, deshalb die Stallfliegen. Keine Anzeichen von Gewalt, kein Verbrechen. Was ist mit der Wunde im Bauch?«

»Die ist nach Eintritt des Todes entstanden. Die Röntgenbilder zeigen keine Auffälligkeiten an den Knochen, keinen Hinweis auf irgendwelche Stichwunden.« Martin stand auf, ging in die Küche. Ich hörte, dass er den Kühlschrank öffnete. Er kehrte zurück, blieb jedoch mit einer Bierflasche in der Hand im Türrahmen stehen. »Der Fall stinkt, aber ich habe keine Beweise, noch nicht einmal wirkliche Indizien. Es ist nur ein Gefühl.«

»Weibliche Intuition? Stimmt irgendetwas mit deinem Hormonhaushalt nicht?« Es sollte witzig klingen, aber ich bereute die Worte, sobald ich sie ausgesprochen hatte.

»Danke, Constanze.«

Ich sah ihm nach, er ging durch die Küche auf unseren kleinen Balkon. Nach einiger Zeit konnte ich eine Zigarette in der Dunkelheit aufglühen sehen. Martin rauchte sehr selten. Es gab nichts, womit ich den unbedarft gesagten Satz hätte wiedergutmachen können.

Wir hatten jahrelang erfolglos versucht, ein Kind zu bekommen. Es lag an ihm. Uns blieb nur noch die Möglichkeit einer künstlichen Befruchtung, doch ich sträubte mich dagegen. Nach Jahren Temperaturmessen, Sex nach Terminkalender, unzähligen Untersuchungen, Medikamenten und jeden Monat Hoffen, Bangen und schließlich niederschmetternder Verzweiflung bat ich um eine Pause. Ich wollte zu uns als Liebespaar zurückfinden, sah mich aber nur noch als Zuchtstute. Die Pause dauerte nun zwei Jahre.

Ich beschloss zu Bett zu gehen und zu lesen.

Martin folgte mir eine Stunde später. Er kuschelte sich an mich, was mich beruhigte.

»Weißt du«, murmelte er schon im Halbschlaf, »John Doe war Linkshänder, da bin ich mir fast sicher. Und das passt einfach nicht. Er hätte Rechtshänder sein müssen.«

Ich wollte nachfragen, aber seine Atemzüge wurden gleichmäßiger und tiefer.

»Wir sollten den Handyempfang im Haus noch mal überprüfen.« Ich streichelte ihn über die kurzen, grauen Haare. »Ich habe dich bei deinem ersten Anruf überhaupt nicht gehört.«

»Hab nur einmal angerufen ...« Er drehte sich um und schlief ein. Kopfschüttelnd löschte ich das Licht. Wahrscheinlich hatte sich nur irgendjemand verwählt, und ich maß der Sache zu viel Gewicht bei. Auch für die anderen Dinge gab es ganz sicher eine Erklärung. Ich stopfte mein Kissen zurecht und beschloss, mir keine unnötigen Gedanken mehr zu machen.

Der Telefonanruf verfolgte mich bis in meine Träume. Unruhig wälzte ich mich von einer Seite auf die andere, dämmerte weg, wurde wieder wach. Dann klingelte mein Handy und ich schreckte hoch.

Kapitel 8

»Wach auf. Du träumst, Conny.« Martin hielt mich fest.

Ich schaute auf den Wecker, fünf Uhr vierzehn. »Mein Handy hat geklingelt ...«

»Du hast geschrien, Constanze. Geklingelt hat hier nichts. Beruhige dich!«

Ich löste mich aus seinem Griff und stand auf.

»Wo willst du hin?« Martin ließ sich zurücksinken.

»Nur etwas trinken. Schlaf weiter.« Im Flur brannte wie immer das Licht. Ich tapste mit nackten Füßen über die kalten Fliesen. Mein Handy lag auf dem Tischchen im Flur. Ich nahm es hoch. Ein Anruf in Abwesenheit. Um zu sehen, wann angerufen worden war, musste ich in das Menü gehen. Ich drückte die Tastenkombination und war auf einmal im Telefonbuch. Ich drückte noch mal und hatte die Liste der vergangenen Anrufe gelöscht. Jetzt konnte ich nicht mehr feststellen, ob es heute Nacht geklingelt hatte oder ob der Anruf vom frühen Abend noch angezeigt worden war. Fluchend legte ich den Apparat hin und ging in die Küche. Ich trank einen Schluck Wasser. Langsam beruhigte ich mich, Martin hatte recht, es war sicher nur ein dummer Traum.

Am Montag strahlte die Sonne wieder. Martin holte frische Brötchen, las in aller Ruhe die Zeitung, kochte sich noch eine zweite Tasse Kaffee.

»Musst du nicht los?«, fragte ich verwundert.

»Drauer hat mir freigegeben.« Er verzog das Gesicht zu einer Grimasse. Es sollte wohl ein Lächeln sein.

»Dann kannst du ja in den Baumarkt fahren und die Armaturen für die Küche aussuchen. Ich vertraue deinem Geschmack.«

»Kann ich machen.«

»Glücklich bist du damit nicht.«

»Ich hasse ungeklärte Fälle. Noch mehr hasse ich es, wenn die Akten einfach geschlossen werden, obwohl das letzte Wort noch nicht gesagt worden ist.«

»Martin«, ich lächelte, »seit wann hältst du dich denn an Vorschriften? Wenn du ein Drogenscreening machen möchtest, weil du dich danach besser fühlst, dann mach es doch.«

»Ich soll gegen die Dezernentin handeln?«

»Wäre nicht das erste Mal.«

Er lachte laut. »Damit hast du verdammt recht.«

»Was hast du gemeint gestern Nacht? Das mit dem links- und rechtshändig?«

»Wir haben uns darüber unterhalten?« Er sah mich verblüfft an.

»Unterhalten würde ich das nicht nennen. Du hast beim Einschlafen davon gesprochen, vielleicht schon im Schlaf.«

»Die Fingernägel seiner linken Hand waren gerade abgeschnitten, die seiner rechten Hand rund. Der Zeigefinger der linken Hand hatte eine Delle. Die Muskulatur an der Seite war ausgeprägter als rechts. Und die linke Gesäßtasche seiner

Hose war ausgeleiert und wies deutlichere Gebrauchsspuren auf als die rechte.«

»Zeichen dafür, dass er Linkshänder war. Habt ihr seine Börse in der Gesäßtasche gefunden?« Ich nahm meinen Kaffeebecher. Martin schüttelte den Kopf. »Und was bedeutet das?«

»Die Einstichstellen waren am linken Arm.«

»Vielleicht war er Beidhänder, oder ist in der Kindheit umerzogen worden. Er war zwischen vierzig und fünfzig?«

»Ja. Ich weiß, dass es üblich war, Linkshänder umzuprogrammieren, bis man herausgefunden hat, wie schwachsinnig das ist. Trotzdem, seine Gebrauchshand war die Linke. Er konnte sich mit rechts noch nicht mal ordentlich die Fingernägel schneiden, und dann setzt er mit der rechten Hand Spritzen?«

»Du wirst das Rätsel vermutlich nicht lösen können, Martin, das ist dir doch klar?«

»Ja.« Er senkte den Kopf.

»Aber es ist dir wichtig. Na gut, dann fahr los. Es wird dir sowieso keine Ruhe lassen.«

»Was ist mit den Armaturen?«

»Die laufen uns nicht weg. Vor Freitag kommen wir nicht in die Eifel.«

Als ich aus der Dusche kam, stand er im Schlafzimmer und packte eine Tasche.

»Bleibst du länger weg?«

»Ich werde die Tests selbst machen müssen, kann ja nicht das Labor beauftragen. Das wird eine Weile dauern.«

»Du schläfst bei Andreas?«

Martin nickte. Als das Rechtsmedizinische Institut der RWTH Aachen vor ein paar Jahren geschlossen und Martin nach Köln versetzt wurde, war er zuerst jeden Tag gependelt. Die Fahrt war mühsam, und wenn er lange im Institut bleiben musste, grenzte es fast schon an suizidales Verhalten, nachts noch nach Aachen zu fahren.

Andreas, ein befreundeter Biologe, hatte in Köln eine Wohnung, die nach dem Auszug seiner Freundin viel zu groß für ihn alleine war. Er bot Martin ein Zimmer an. Anfangs nutzte Martin diese Möglichkeit nur selten, doch nach und nach richtete er sich dort häuslich ein, stellte einen Computer auf und blieb öfter in Köln.

Die Gefahr, dass er mit dem Auto verunglückte, war dadurch deutlich gesunken, was mich beruhigte. Trotzdem schlich sich eine gewisse Distanz in unsere Beziehung. Uns war das bewusst, und wir versuchten, daran zu arbeiten.

»Ist das okay?« Martin sah mich fragend an.

»Nein.« Ich lachte und hoffte, dass es nicht unehrlich klang. »Wir telefonieren.«

Eine halbe Stunde später öffnete ich die Tür meiner Praxis am Neumarkt. In der Kinderarztpraxis nebenan tobte schon der Mob. Montagmorgen und Notdienste waren dort die Hölle, man konnte meinen, dass Kinder nur am Wochenende krank wurden.

Mit der Kinderärztin Stephanie Baelen war ich schon lange befreundet. Seit einigen Jahren hatten wir eine Praxisgemeinschaft. Sie hatte ihre Räume links, ich rechts im Erdgeschoss des Hauses am Neumarkt. Wir teilten uns den Flur, den kleinen Hinterhof, und manchmal nahm ich ihre Arzthelferin in Anspruch, nicht oft allerdings. Ich hatte keinen wirklichen Bedarf für Personal. Buchhaltung und Termine schaffte ich alleine.

Mein Schlüssel klemmte, ich bekam die Tür kaum auf. Ich machte mir eine mentale Notiz, Kriechöl zu kaufen. In welchem Regal im Baumarkt Kriechöl zu finden war, sollten sie nicht wieder überraschend umgeräumt haben, wusste ich genau. Bei dem Gedanken musste ich lachen. Langsam, aber sicher entwickelte ich mich zur perfekten Heimwerkerin.

Ich trat in den kleinen Vorraum, öffnete die Türen und die Fenster. Ein Raum, das Wartezimmer, das fast nie benutzt wurde, wies zur Straße. Mein Praxiszimmer ging zum Hof. Dort waren bodentiefe Fenster eingelassen, ich öffnete sie weit. Die Luft stand nach dem Wochenende in den Räumen, der Durchzug tat gut.

Ich arbeitete fast nur mit Terminen. Heute stand ein Test auf den Plan, sonst nichts. Es gab genügend Schriftkram und Formulare, die ich ausfüllen musste, es war der ideale Tag für Buchhaltung.

Das Licht des Anrufbeantworters blinkte eifrig, doch ich brauchte erst eine Tasse Kaffee. Den Raum, der die Praxen verband, nutzten wir als kleine Küche.

Stephanie stand dort an den Schrank gelehnt und wartete darauf, dass der Kaffee durchgelaufen war.

»Pause?« Ich nahm einen Becher aus dem Regal und die Milch aus dem Kühlschrank. Sie war abgelaufen. Seufzend goss ich sie in den Ausguss.

»Wie war euer Wochenende? Habt ihr was geschafft in der Eifel?«

»Frag lieber nicht. Ich bin es leid und werde Handwerker beauftragen.«

»Das wird Martin aber gar nicht freuen, er will doch alles selbst machen.«

»Wahrscheinlich sage ich es ihm gar nicht erst, sondern stelle ihn vor vollendete Tatsachen.«

»Hoffentlich geht das nicht nach hinten los. Aber du hast die Ausbildung, du weißt, wie Menschen ticken, und wirst es schon richtig machen.« Meine Freundin schüttete uns beiden Kaffee ein.

»Menschen, ja. Zählen Männer dazu? Im Moment interessiert Martin sich nur für eine Person – ich bin es nicht.«

»Du lebst, Conny. Wärst du tot, hättest du sein ungeteiltes Interesse.«

Ich musste lachen. »Davon hätte ich dann auch nichts mehr.«

»Heute Morgen ließ sich die Eingangstür kaum öffnen.« Stephanie schaufelte drei Löffel Zucker in ihren Becher. »Ich werde wohl den Schlüsseldienst anrufen müssen.«

»Das Schloss meiner Tür hat auch geklemmt. Ein wenig Kriechöl wird es sicher richten.«

»Möglich. Ich möchte es trotzdem auswechseln.«

»Nur weil es klemmt? Du übertreibst, Steffi.«

»Kannst du dich noch daran erinnern, als in meiner Wohnung eingebrochen worden war? Da war das auch so mit dem Schloss. Ich habe den Zusammenhang erst später hergestellt, ich war zu schockiert. All das Chaos und das Gefühl, dass ein Fremder durch meine privaten Dinge gewühlt hat.« Sie schluckte. »Jedenfalls habe ich das im Nachhinein auch festgestellt – das Schloss war beschädigt und deshalb so schwer zu schließen.«

»Fehlt bei dir irgendetwas? Ist die Praxis durchsucht worden?« Ich stellte den Kaffeebecher hin, er schwappte über.

»Nein. Bei dir?«

»Ich glaube nicht …« Meine Stimme klang so unsicher, wie ich mich fühlte. »Warum sollte jemand in eine Kinderarztpraxis einbrechen?« Mein Herz klopfte. Es fühlte sich an wie ein kleines Tier, das in meiner Brust gefangen war.

»Die Medikamente habe ich überprüft, da fehlt nichts. Weder aus dem Medikamentenschrank noch aus dem Kühlschrank.«

»Hast du die Polizei angerufen?«

»Nein. Was sollte ich sagen? Ich hatte ein Déjà-vu? Es war wie damals, als bei mir eingebrochen wurde, nur das diesmal nichts fehlt und wahrscheinlich gar keiner da war?« Sie lachte trocken.

Theißen – der Name besaß inzwischen einen regelrechten Wohnrechtsstatus in meinem Kopf. »Und die alten Akten? Was ist mit denen?«

Die älteren Krankenakten lagerten im Flügelanbau des Hauses. Wir teilten uns den großen Raum. Stephanie hatte die linke, ich die rechte Seite. Dort bewahrte ich auch meine Gutachten auf.

»Da war ich heute noch nicht. Wer sollte alte Akten klauen und warum? Die Krankenkassen?«

Ich nahm ein Stück Küchenrolle und wischte die Kaffeepfütze von der Arbeitsplatte. Meine Hände zitterten. »Keine Ahnung.«

»Da ist doch was, Conny. Irgendwas hast du. Dafür muss ich kein Psychiater sein, um das zu sehen.«

»Unsinn. Wahrscheinlich machen wir uns gerade verrückt, und die Schlösser klemmen, weil sich das Holz der Türrahmen nach dem Regen verzogen hat.«

Ich sah sie nicht an, knüllte das Papier zusammen, warf es in den Müll und ging dann in den Anbau. Die Tür war abgeschlossen, ließ sich aber leicht öffnen. Ich stieß zischend den Atem aus. Mir war nicht bewusst gewesen, dass ich ihn angehalten hatte. Der Raum sah so aus wie immer. Verschlossene Aktenschränke. Durch das Fenster schien die Sonne. Ich nahm den Schlüssel aus der Tasche, schloss den Schrank mit meinen ersten Gutachten auf und atmete eine Ladung Staub ein. Da war die Akte Theißen, unberührt. Vor Erleichterung hätte ich weinen können.

Ich nahm sie mit in meine Praxis. Sorgsam betrachtete ich dort jeden Winkel, jede Ecke. Viel war da nicht. Ein Maltisch mit geordneten Utensilien, ein Regal mit Spielen. Alles andere bewahrte ich in schlichten, geschlossenen Schränken auf. Nippes und persönliche Bilder lenkten nur ab. An der Wand ein Strandbild und eines aus der Eifel. Fotos, von einem Freund am Computer bearbeitet und ein wenig verfremdet, großformatig kopiert und gerahmt. Etwas, wohin der Blick wandern und was ich als Grundlage zur Meditation verwenden konnte.

Hier war niemand gewesen, sagte ich mir, wozu auch?

Stephanie war inzwischen wieder in ihrer Praxis verschwunden. Ich hatte einen Blick in das Wartezimmer geworfen, es war gefüllt. Sie würde die nächsten Stunden beschäftigt sein.

Mein Kaffee war kalt geworden. Ich schüttete ihn weg, nahm mir neuen aus der Thermoskanne. Dann setzte ich mich an meinen Schreibtisch, die Akte »Robert Theißen« vor mir.

Kapitel 9

Immer noch blinkte der Anrufbeantworter. Ich drückte den Knopf, um die Nachrichten abzuhören. Einmal hatte jemand aufgelegt, ohne etwas zu sagen. Das kam häufiger vor. Eltern, die Hilfe suchten, sich aber nicht trauten, etwas zu sagen, sobald eine Maschine ansprang.

Werner Bromkes bat um Rückruf. Ich stöhnte.

Außerdem hatte Nadines Mutter auf Band gesprochen. Ihre Stimme klang verzerrt und hektisch, aber so sprach sie immer. Die Nachricht war nicht gut zu verstehen, auch sie bat um Rückruf.

Die erste Wahl wäre meine Patientin gewesen, doch ich wählte die Nummer des Staatsanwalts. Wahrscheinlich war er bei Gericht oder in einer Sitzung oder anderweitig beschäftigt. Ich würde ihn nicht erreichen, redete ich mir ein, und dann würde ich sofort bei Nadine Simmer anrufen. Drei Tage waren vergangen, seit sie die Leiche gefunden hatte. Nadine müsste darüber hinweg sein, und sicherlich wollte mir ihre Mutter genau das mitteilen.

Ich belog mich selbst und wusste es.

»Bromkes.« Seine Stimme klang nach einem durchgesoffenen Wochenende, doch so klang er immer.

»Van Aken. Hallo, Werner, du hattest angerufen?«

»Constanze. Wie geht es dir?«

»Gut.« Ich stockte. Für Smalltalk hatte ich keine Zeit. »Gibt es etwas?«

»Hm, ich bin immer noch nicht zum Oberstaatsanwalt berufen worden, falls du das meinst.« Er lachte. Ich hätte ihn erwürgen können.

»Werner, du hast angerufen, weshalb?«

»Stehst du unter Zeitdruck?«

»So wie immer.«

Wieder lachte er, diesmal klang es blechern. »Ich mag deinen Humor.«

»Und ich mag deutliche Ansagen. Wenn du nur plaudern möchtest, lass es uns vertagen.«

Schweigen. Nur das Rauschen in der Leitung war zu hören. Dann räusperte er sich. Ich sprach, bevor er etwas sagen konnte. »Geht es um Theißen? Dann verschone mich. Martin hat mich schon verrückt gemacht, mehr als mir lieb ist.«

»Theißen?« Wieder räusperte er sich, schien zu überlegen. »Ach, Theißen! Nein, deshalb habe ich nicht angerufen. Martin hat dich aufgemischt?«

»Ja, angeblich auf dein Drängen.« Ich wollte noch etwas hinzufügen, ließ dann aber den Satz so stehen. Therapeutisches Schweigen.

»Ich wollte keine Pferde scheu machen ...«

»Martin ist kein Pferd, bei ihm hast du es trotzdem geschafft.«

Er lachte, es klang gezwungen.

»Werner, gibt es tatsächlich etwas, was an Robert Theißen beunruhigend ist oder kann ich das Ganze vergessen?«

»Theißen hasst dich.«

»Woher willst du das wissen?«

»Er hat es gesagt.«

»Wann?«

»Immer wieder. Direkt nach der Verurteilung ...«

»Und dann?« Ich schmunzelte, sah förmlich, wie Bromkes sich wand.

»Großer Gott, willst du Protokolle? Er ist entlassen worden, und ich habe an dich gedacht. Ich weiß, wie du reagierst, nämlich so wie jetzt, und deshalb habe ich Martin angerufen. Seine Antennen sind sensibler.«

»Sensibler? Du stößt gerade ein Messer in meine Seele.«

»Er achtet mehr auf so etwas. Herrgott, du weißt, wie ich es meine.«

»Jetzt drehst du das Messer auch noch um. Ich sollte mir also Sorgen machen?«

»Theißen ist wahrscheinlich in Aachen. Du solltest es wissen, Conny. Das ist alles.«

»Das ist alles?«

»Nicht ganz. Er hatte eine ganze Sammlung Zeitungsausschnitte.« Werner räusperte sich.

»Das ist keine strafbare Handlung.« Ich lachte, spürte aber, wie sich Schweißperlen auf meiner Stirn bildeten.

»Die Artikel sind alle über dich.«

»Ich habe also einen Fan.«

»Conny, es muss nichts bedeuten, aber es könnte.«

»Solange er nicht in meine Nähe kommt und mich bedroht, besteht doch kein Grund zu Sorge.«

Werner schwieg. Ich wartete, aber er sagte nichts. Schließlich brach ich das Schweigen. »Deswegen hast du aber nicht auf meinen Anrufbeantworter gesprochen?«

»Nein.«

»Sagst du mir, weshalb, oder kommt jetzt erst der Werbeblock?« Ich trommelte mit den Fingern auf dem Schreibtisch. Stakkato. Bemerkte es, trommelte langsamer. Ritardando.

»Weißt du, Constanze, die meisten Frauen interpretieren, analysieren, fragen in Halbsätzen, sie gehen in Kreisen und Spiralen. Du bist anders. Immer geradeheraus, auf den Punkt. Manchmal macht mir das Angst.«

»Tut mir leid. Kommst du jetzt auch auf den Punkt? Ohne dass ich noch Stunden bohren muss?«

»Wir haben einen komplizierten Fall. Großfamilie. Fünf Kinder, wahrscheinlich auch fünf Väter. Die Mutter wechselt die Partner wie ihre Wäsche. Laut Aussagen der Nachbarn gibt es aber zwei Männer, die relativ konstant da sind.« Er holte tief Luft.

»Eine Traumfamilie.«

»Genau.«

»Und wo ist das Problem?«

»Eins der Kinder, das jüngste, vier Monate, ist tot. Todesursache ungeklärt, Untersuchungen laufen. Du weißt, wie groß der Mediendruck werden kann. Das Jugendamt war eingeschaltet, konnte aber nicht viel unternehmen. Wir verdächtigen den einen Mann.«

»Des Mordes?«

»Vielleicht war es ein Unfall oder Totschlag im Affekt. Vielleicht stimmt auch gar nichts davon. Jedenfalls wollen wir schnell handeln.«

»Und was willst du von mir? Ein Gutachten?«

»Nein, soweit sind wir noch nicht. Aber ich habe überlegt, ob du dir die Familie nicht mal ansehen kannst, mit den Kinder sprechen ... die Männer, hm ... nun ja, sagen, was du zu ihnen meinst, zumindest zu dem einen.«

»Wenn ich mit den Kindern spreche, läuft es auf ein Gutachten hinaus, Werner. Dann kann ich aber nicht die Erwachsenen beurteilen. Ich wäre nicht mehr objektiv. Das weißt du doch. Ist das jetzt ein Auftrag?«

Ich hörte ihn atmen, merkte, dass er überlegte.

»Nein, ich kann dir darüber noch keinen Auftrag geben. Weißt du, der Mann ist ein windiger Hund, so kommt es mir jedenfalls vor. Er ist freundlich, beantwortet die Fragen, wird nicht laut. Er hat Arbeit, ist nicht ungepflegt. Trotzdem bringt er etwas in mir zum Schwingen, was mich beunruhigt.«

»Aha. Und jetzt?«

»Kannst du nicht mal vorbeischauen, wir wollen ihn heute noch mal befragen. Ich will im Grunde nur deine Meinung, deine Einschätzung.«

»Inoffiziell?« Bromkes antwortete nicht. Ich rieb mir über das Gesicht. Inoffiziell bedeutete, dass ich keine Rechnung schreiben konnte. Es bedeutete aber auch, dass Bromkes mir etwas schulden würde. »Okay, Werner. Eine Hand wäscht die andere. Ich tue dir den Gefallen, und du schickst jemanden von der Spurensicherung hierher, auch inoffiziell.«

»Wieso?«

»Wir hatten heute Morgen Probleme mit den Türen. Stephanie meinte, dass jemand versucht haben könnte, hier einzubrechen. Es fehlt nichts, es ist auch nichts durchsucht worden, jedenfalls nicht erkennbar.«

»Hattet ihr Ärger in der letzten Zeit? Unangenehme Patienten?«

»Nein. Ich weiß auch nicht, ob es nicht einfach an dem Regen lag und sich die Türen nur verzogen haben. Trotzdem …«

»Theißen?«

Diesmal schwieg ich. Konnte es wirklich sein, dass er versucht hatte, in die Praxis einzubrechen? Aus welchem Grund? Vielleicht war er hier gewesen und hatte seine Akte gesucht und nicht gefunden. Obwohl mir der Schweiß auf der Stirn stand, schauderte ich.

»Komm heute Nachmittag um drei zum Revier. Ich schicke dir gleich jemanden von der Spurensicherung vorbei. Falls er etwas findet, erstattest du Anzeige.« Das war kein Hinweis, es war ein Befehl.

Ich seufzte.

»Tue mir noch einen Gefallen: sieh zu, dass du nicht mehr alleine weggehst, dass immer jemand weiß, wo du bist, dass dein Handy immer aufgeladen und angeschaltet in deiner Tasche ist. Achte auf deine Umgebung.«

Vorsichtsmaßnahmen gegen Stalking, sie waren mir bekannt. »Ja, und ich werde mein Zimmer aufräumen und die Milch austrinken, Papi.«

Kapitel 10

Sollte ich Stephanie sagen, dass jemand von der Spurensicherung vorbei kam, oder würde es sie zusätzlich nervös machen? Ich entschied mich abzuwarten.

Die Telefonnummer von Frau Simmer stand in meinen Unterlagen. Ich nahm die Akte aus dem Schreibtisch. Bevor ich zu ihnen gefahren war, las ich mir nur flüchtig durch, was ich damals notiert hatte. Heute Morgen studierte ich die Notizen genauer. Als wir die Behandlung beendeten, erschien Nadine mir gefestigt. Ich hoffte, dass sie ihre Krise überwunden hatte, und wählte die Nummer. Es klingelte bestimmt zehnmal, dann sprang der Anrufbeantworter an, und ich hinterließ eine Nachricht.

Um elf Uhr kam Laurenz, fast sechs Jahre alt. Der Kindergarten hatte Kontakt mit mir aufgenommen, sie fanden den Jungen auffällig. Die Eltern meinten, dass ihr Sohn nur lebhaft sei, stimmten aber einem Test zu. Die Anamnese war unauffällig, das Protokoll der Erzieherin zeugte von einer erhöhten Aktivität und Konzentrationsmangel.

Laurenz hatte heute seinen dritten Termin bei mir. Beim ersten Besuch wanderte er ruhelos durch mein Büro, fasste alles an, was anzufassen war, und reagierte nicht auf Fragen. Beim zweiten Besuch bat ich die Mutter, anwesend zu sein. Sie setzte sich in die Ecke und las eine Hochglanzzeitschrift. Der Junge malte ohne Begeisterung, antwortete einsilbig, sprühte jedoch eine unterdrückte Energie aus, so dass es im Raum zu knistern schien. Sein Bild erschien mir bemerkenswert. Auf dem Weg nach draußen lobte die Mutter ihren Sohn und kündigte einen Besuch im Fastfood-Restaurant an. Das Kind war gut konditioniert. Ich führte ein langes Gespräch mit beiden Elternteilen, bat sie, ein Verhaltensprotokoll anzufertigen, und gab ihnen einen Fragebogen mit. Heute sollte die Mutter wieder draußen warten.

Ich nahm die Kiste mit den Autos aus dem Schrank, breitete den Teppich aus, auf dem Straßen abgedruckt waren. Einen Moment lang beobachtete mich das Kind. Dann setzte er sich an den kleinen Tisch, nahm sich ein Blatt und einen Buntstift.

»Willst du nicht mit den Autos spielen?«, fragte ich ihn.

»Nein, Autos sind doof.«

»Habt ihr ein Auto?« Ich setzte mich auf den Teppich, nahm zwei Spielzeugwagen aus der Kiste.

»Papa.«

»Papa hat ein Auto?« Der Junge nickte. Er starrte angestrengt auf das Papierblatt vor ihm, vermied es, mich anzusehen.

»Ja.« Er scharrte mit den Füßen, rutschte auf dem Stuhl hin und her und kaute auf dem Bleistift. Zeichen für Hyperaktivität oder für ein deutliches Unwohlsein. Ich tippte auf letzteres.

»Ich möchte, dass du dich zu mir setzt.«

Er hob den Blick, kniff die Augen zusammen. »Auf den Teppich?«

Ich nickte. Zögernd stand er auf, kam zwei Schritte auf mich zu, blieb dann aber wieder stehen.

»Ich spiele nicht gerne mit Autos. Mama mag das nicht.«

So etwas hatte ich mir schon gedacht. »Hier darfst du es.«

Er setzte sich neben mich, griff nach zwei Modellautos. Einen Moment lang schob er sie über die Teppichstraße, dann ließ er sie aufeinander zufahren. Er wiederholte das Spiel. Ich zog mich zurück, beobachtete ihn. Nachdem der eine Wagen zwei Reifen verloren hatte und das Plastikdach abgebrochen war, griff er wieder in die Kiste. Er wühlte eine Weile, nahm dann einen Krankenwagen und ein Polizeiauto.

»Die machen ja nichts«, murmelte er enttäuscht und imitierte lautstark Sirenengeräusche.

Wenn das seine übliche Art war, mit Autos zu spielen, konnte ich die Mutter ein wenig verstehen. Ich beobachtete ihn noch eine Weile. Er wiederholte sein Spiel. Die Autos fuhren ineinander, Polizei und Krankenwagen kamen. Ich versuchte mich spielerisch einzubringen, doch er ignorierte mich. Seine Stimme wurde immer lauter, in seinem Gesicht zeigten sich hektische Flecken. Ich brach das Spiel ab, bat ihn, noch ein Bild zu malen, und ging in das Wartezimmer zur Mutter.

»Wir haben mit Autos gespielt.«

»War nicht zu überhören.« Sie betrachtete ihre sorgfältig lackierten Nägel und fuhr sich dann durch die langen Haare.

»Spielt er immer so?«

»Ich habe alle Autos weggepackt, seit damals ...«

Damals? »Seit wann?«

Jemand klopfte an die Tür und ich drehte mich ärgerlich

um. Normalerweise führte ich diese Art von Gesprächen in meinem Büro, aber ich wollte nicht vor Laurenz mit ihr sprechen.

»Frau Doktor van Aken?« Ein Mann mit einem Pferdeschwanz, einem schwarzen Pullover und Jeans öffnete die Tür. Er trug einen silberfarbenen Koffer, so einen, wie Martin ihn auch benutzte. »Feldheim, Kripo. Bromkes schickt mich.«

»Kleinen Moment.« Der Mann sah sichtlich genervt auf seine Armbanduhr. Ich hasste es, so unter Druck gesetzt zu werden, verstand ihn jedoch. »Vielleicht können Sie mit der Eingangstür schon mal anfangen?«

»Sie meinen die Tür ganz vorne?«

»Genau, da wo ›Praxisgemeinschaft‹ steht.« Ich lächelte ihn freundlicher an, als ich mich fühlte.

»Kripo? Ist etwas passiert?« Zum ersten Mal, seit ich sie kannte, schien Laurenz' Mutter tatsächlich an etwas Interesse zu haben.

Ich wandte mich wieder ihr zu. »Sie wollten mir erzählen, seit wann Laurenz so auffällig spielt.«

»Seit wann?«, fragte sie unsicher. »Das weiß ich gar nicht mehr so genau.«

Sie blickte an mir vorbei in Richtung Tür, ein Nerv an ihrem Mundwinkel zuckte. Ich meinte, eine leichte Röte an ihrem Hals zu erkennen.

»Ich will kein genaues Datum, nur den ungefähren Zeitrahmen.«

»Ich sagte doch, dass ich es nicht mehr weiß.« Sie klang deutlich verärgert. »Nicht mehr«, sie hatte es gewusst und vergessen? Verdrängt? Ihr Blick wanderte unruhig durch den Raum, der Nerv zuckte immer noch. Ich war mir sicher, dass sie genau wusste, seit wann ihr Sohn auffällig war und auch warum. Heute war jedoch nicht der Tag, um den Dingen auf den Grund zu kommen. Wir vereinbarten einen weiteren Termin, und ich machte mir eine Notiz, den Vater anzurufen. Ihn hatte ich bisher nur einmal kurz zu sehen bekommen.

Kapitel 11

Hauptkommissar Feldheim von der Spurensicherung stand vor der Eingangstür und betrachtete sie kopfschüttelnd.

»Gefällt Ihnen die Tür nicht?« Ich reichte ihm die Hand.

»Bromkes sprach von einem möglichen Einbruch.«

»Richtig.«

»Aber es fehlt nichts?«

»Hundert Punkte.« Ich lachte leise. Vermutlich hielt er mich für durchgedreht.

»Was genau dachten Sie denn, dass ich machen kann? Fingerabdrücke nehmen?« Er schüttelte wieder den Kopf und wies auf die Glastür. Obwohl die Putzfrau jeden Abend die Tür abwischte, war das Glas um den Griff jetzt schon von Abdrücken übersät. Kinder mit schmierigen Händen, Mütter, die ihren Kindern schnell noch das Gesicht und die Finger mit Feuchttüchern abwischten, bevor sie dann die Tür aufdrückten, eingecremte, schwitzige, dreckige Hände – alles kam vielfach vor.

»Das Schloss klemmte heute Morgen. Hier und auch an der Tür zu meiner Praxis.«

»Und da rufen Sie die Spurensicherung und nicht den Schlüsseldienst?« Er ging in die Hocke, musterte das Schloss. Nach einem Moment öffnete er seinen Metallkoffer, entnahm ihm Latexhandschuhe und eine Lupe. Wieder sah er sich das Türschloss genau an. »Es könnte manipuliert worden sein.«

»Wirklich?« Ich beugte mich vor und roch sein Aftershave. Zu süßlich für meinen Geschmack.

»Ja, aber um das genau zu überprüfen, muss ich das Schloss ausbauen und Ihren und den Schlüssel Ihrer Kollegin mitnehmen und Tests machen.« Er richtete sich wieder auf. »Es ist nichts gestohlen worden?«

»Nein, das sagte ich schon.« Ich kam mir wie ein zurechtgewiesenes kleines Kind vor und spürte, dass ich ärgerlich wurde. »Darum geht es auch gar nicht.«

»Worum geht es dann? Sehen Sie, gute Frau, ich kann hier so nicht viel feststellen. Ich könnte Abdrücke nehmen, ich könnte das Schloss ausbauen, ich könnte auch noch andere Sachen machen, aber ohne begründeten Verdacht? Ich verschwende Ihre und meine Zeit.«

»Würden Sie sich die Tür zu meiner Praxis auch noch ansehen?« Ich wies in den Flur.

»Aber sicher. Ich schaue mir auch gerne die Räume an, und wenn Sie wollen, baue ich tatsächlich die Schlösser aus und nehme sie mit.«

Er packte seinen Koffer zusammen und folgte mir in den Flur. Die schlichte Holztür zu meiner Praxis war augenscheinlich sauberer. Er ging wieder in die Hocke und betrachtete das Schloss, seufzte.

»Hier sind deutlich weniger Spuren. Ich könnte versuchen die Fingerabdrücke zu sichern. Gibt es einen Verdächtigen?« Er warf mir einen Blick zu und nickte dann. »Ist er in der Datei?«

»Ja.« Ich schluckte. Der Gedanke, dass Theißen in mein Leben eingedrungen war, hatte etwas Bedrohliches. Ich wollte das Gefühl nicht zulassen. »Es ist … unwahrscheinlich, aber …«

»Quatsch. Bromkes hätte mich nicht aus Jux und Dollerei hierher geschickt.« Er öffnete seinen Metallkoffer und nahm verschiedene Utensilien heraus. »Ich kann mit diesem Magnetpulver feinste Abriebspuren sichtbar machen. Die kann ich dann abkleben und sichern. Anschließend säubern wir das Schloss, und Sie benutzen Ihren Schlüssel. Dann wiederholen wir die Prozedur und sehen, ob mehr oder weniger Abrieb zu finden ist. Aber zuerst versuche ich, Fingerabdrücke zu sichern.«

»Möchten Sie einen Kaffee?« Ich wartete sein Nicken nicht ab, fast alle Kripobeamten leben von Koffein und Nikotin. »Milch und Zucker?«, rief ich aus der Teeküche.

»Schwarz, drei Löffel Zucker, nicht umrühren.«

»Nicht gerührt und nicht geschüttelt.« Beinahe hätte ich

gefragt, ob er vielleicht eine Olive in den Kaffee wollte, doch das war ein interner Scherz zwischen Martin und mir.

Er sah mich prüfend an, als ich ihm den Kaffeebecher reichte. »Du bist doch die Conny, die Frau von Martin?«

Namen und Telefonnummern kann ich mir gut merken, Gesichter jedoch nicht. Agnosie ist der fachliche Ausdruck dafür. Bei mir ist es nicht krankhaft ausgeprägt, aber wenn mich jemand freundlich grüßt, kann ich meistens nicht einordnen, woher ich den Menschen kenne. Die Fleischfachverkäuferin, bei der ich regelmäßig einkaufe, gehört hinter die Wursttheke und nicht in den Park.

»Wir sind nicht verheiratet.« Ich räusperte mich.

»Aber ihr seid zusammen.« Er lachte und wies auf mein Türschild. »Psychiaterin, du legst vermutlich Wert auf genaue Definitionen. Ich habe ein paar Mal mit Martin zusammengearbeitet, und letztes Jahr warst du mit auf einer Feier, da sind wir uns vorgestellt worden.«

Er duzte mich mit einer Selbstverständlichkeit, die mich störte. »Haben Sie irgendetwas finden können? Spuren?«

Er nippte an dem Kaffee, gab mir dann die Tasse wieder. »Es sind ein paar Fingerabdrücke vorhanden, bei weitem nicht so viele wie an der Eingangstür. Einiges ist verwischt. Ich werde jetzt das Schloss untersuchen, aber viel Hoffnung auf ein brauchbares Ergebnis mache ich mir nicht.« Seine Stimme hatte den freundlichen Klang verloren.

Er sollte recht behalten.

Auf dem Weg in die Soers zum Polizeipräsidium ärgerte ich mich über mich selbst. Natürlich gab es keine Spuren, es gab auch keinen Einbruch. Es gab niemanden, der mich bedrohte, doch ich ließ mich von anderen verrückt machen. Der Staatsanwalt hatte meine Angst gespürt und sie ausgenützt. Deshalb war ich jetzt auf dem Weg zum Präsidium, wo ich mir einen vermeintlichen Kindesmörder ansehen würde, um ein Urteil zu fällen.

Verdammt, Constanze, du wirst unsachlich, unkritisch und hast eine psychotische Ader entwickelt, dachte ich. Trotzdem blickte ich häufig in den Rückspiegel. Mein Handy lag einsatzbereit in Griffweite.

Ich hoffte, den Termin so schnell wie möglich hinter mich zu bringen. Danach wollte ich zu Simmers fahren. Nadines Mutter hatte ich beim zweiten Versuch erreicht. Ihrer Tochter ging es besser, was mich erleichterte. Nadine hatte gegessen und gut geschlafen. Sie wollte mit mir reden, worüber konnte mir die Mutter nicht sagen. Ich versprach, noch heute bei ihnen vorbeizuschauen.

Die Autos krochen quälend langsam durch die Stadt. Die Strecke über die Krefelder Straße war kürzer, aber es würde wahrscheinlich länger dauern. Ich wählte den Soerser Weg und fand einen Parkplatz direkt vor dem Präsidium. Kein Wagen war mir gefolgt. Den Verkehr hatte ich genau beobachtet. Zwei weitere Minuten blieb ich noch sitzen und wartete, erst dann stieg ich aus.

Die Sonne stand gleißend am Himmel, der jedoch inzwischen nicht mehr satt blau war, sondern wie Aluminiumfolie aussah. Wie eine Glocke schienen die Abgase über der Stadt zu liegen. Meine Haut fühlte sich klebrig an. Ich hoffte auf ein weiteres reinigendes Gewitter am Abend.

Im Besprechungszimmer roch es nach kaltem Rauch, Männerschweiß und billigem Deo. Auf dem Tisch lag ein Papptablett mit Teilchen, deren Zuckerguss hart und krustig geworden war. Zwei dicke Fliegen summten im Raum.

»Er ist noch nicht da, Conny.« Bromkes kam direkt zum Thema, es war mir recht.

»Habt ihr schon Ergebnisse aus der Rechtsmedizin?«

»Wir warten noch.«

»Was genau soll ich tun?« Ich fasste die Haare im Nacken zusammen, schlang sie zu einem losen Knoten und wischte mir flüchtig den Schweiß ab.

»Nur zusehen. Im Hintergrund.«

»Ganz passiv?«

Er nickte und schaute auf seine Armbanduhr. »Falls der Kerl überhaupt kommt. Eine halbe Stunde gebe ich ihm noch.«

»In der Stadt ist der Teufel los. Man könnte meinen, dass jeder Auto fährt, trotz des schönen Wetters. Ich habe die Hauptstraßen vermieden, sonst stände ich vermutlich noch auf der Monheimsallee.«

»Möchtest du etwas trinken? Kaffee?«

»Den schlechtesten Kaffee der Stadt? Nein, danke. Habt ihr Wasser? Kaltes Wasser?« Ich folgte ihm in die kleine Teeküche, nahm das Glas entgegen.

»Hat Feldheim etwas gefunden?« Werner Bromkes sah mich durchdringend an.

»An der Tür? Nein. Jede Menge Fingerabdrücke, aber keinen sicheren Hinweis darauf, dass jemand versucht hat einzubrechen.«

Bromkes nickte, und ich überlegte, ob das jetzt gut oder schlecht war. Einerseits war ich froh, dass wohl doch nicht eingebrochen worden war. Andererseits hing die latente Bedrohung wie ein Schatten über mir.

Jemand kam herein und nickte dem Staatsanwalt zu.

»Er ist da, packen wir's.«

Im Flur standen drei Männer, zwei in T-Shirts und Jeans, einer mit kurzärmeligem Hemd und Anzughose. Er reichte uns allen nacheinander die Hand. Sein Händedruck war fest, nicht unangenehm und die Handfläche nicht verschwitzt.

»Sie wollten noch einmal mit mir reden? Gibt es neue Erkenntnisse?«

»Kommen Sie hier rein.« Einer der Beamten öffnete die Tür zu einem kleinen Büro. Das Fenster stand weit auf, aber die Luft war zum Schneiden. »Setzen wir uns, Herr Koslowski.«

In der Ecke stand ein Stuhl, von dort aus konnte ich sein Gesicht und seine Körperhaltung beobachten, ohne genau in seinem Blickfeld zu sein. Bromkes blieb an der Wand gelehnt stehen.

»Ist es Ihnen recht, wenn wir das Gespräch aufzeichnen?«

»Ist das ein Verhör?« Koslowski lachte leise, er klang nicht beunruhigt.

»Nein, die Aufnahme ist eine reine Formsache.«

»Okay. Ich muss mir also keine Sorgen machen?« Er lächelte.

Seine Schultern waren breit, die Bizeps spannten die Hemdsärmel. Der Mann erschien durchtrainiert. Seine Schulter waren locker, die Halsmuskulatur auch, selbst die Kiefer erschienen nicht angespannt. War er derart selbstsicher, oder hatte er tatsächlich nichts zu verbergen? Trauer oder Besorgnis konnte ich nicht erkennen. War ihm der Tod des kleinen Jungen gleichgültig?

»Herr Koslowski, in welchem Verhältnis stehen Sie zu Frau Schneider?«

»Verhältnis trifft es relativ gut.« Wieder lachte er.

»Sie sind befreundet? Liiert?«

»Genau. Sie ist eine nette Frau, hin und wieder unternehmen wir etwas miteinander.«

»Hin und wieder? Wie oft ist das?«

»Das ist unterschiedlich. Mal so, mal so.«

»Können Sie das präzisieren?«

»Ich sagte doch, es ist unterschiedlich. Mal sehen wir uns dreimal in einer Woche, mal drei Wochen gar nicht. Je nachdem.«

»Nach was?«

»Nun ja, je nachdem, wie viel Zeit sie hat und wie gut wir uns gerade verstehen. Sie ist eine temperamentvolle Frau, verstehen Sie?«

»Sie würden aber sagen, dass Sie regelmäßigen Kontakt zu ihr haben?«

»So könnte man es ausdrücken.« Koslowski lehnte sich zurück, seine Hände lagen entspannt und locker auf seinen Oberschenkeln.

»Seit wann haben Sie Kontakt zu Frau Schneider?«

»Seit einigen Jahren. Mal eben mehr, dann weniger.«

»Frau Schneider hat mehrere Kinder.«

»Fünf.« Er zögerte, senkte kurz den Kopf. »Jetzt vier.« Seine Stimme war leiser geworden. Angemessene Anzeichen von Schmerz.

»Sind Sie der Vater von einem oder mehreren der Kinder?«

»Nicht dass ich wüsste.« Er lachte tonlos. »Ich habe sie gefragt, aber keine Antwort erhalten. War mir auch lieber so.«

»Es könnte jedoch sein?«

Diesmal antwortete er nicht.

»Hat Sie das Jugendamt deswegen angeschrieben?«

»Wegen was?«

»Der Vaterschaft.«

»Nein. Dafür hätte mich die Mutter ja angeben müssen, oder? Hat sie aber nicht. Wahrscheinlich weiß sie selbst nicht so genau, wer der Vater der Kinder ist. Als ich sie kennenlernte, gab es schon drei Kinder. Zwei weitere kamen dazu. Zuletzt Jason.«

Das Gespräch ging noch eine halbe Stunde so weiter. Sie fragten ihn wiederholt zu seinem Verhältnis zu den Kindern, zu seiner Arbeit, seinem Wohnsitz. Schließlich beendete der Hauptkommissar die Befragung. Ich war froh, den engen Raum verlassen zu können. Bromkes begleitete mich zu meinem Wagen.

»Und?«

»Er wird nervös, wenn das Jugendamt ins Gespräch kommt. Könnte sein, dass er Angst vor rechtlichen oder finanziellen Forderungen hat. Ich würde meinen, dass er eine distanzierte Beziehung zur Mutter hat, denn er hat sie nicht einmal beim Namen genannt. Aber das sind nur oberflächliche Beurteilungen, das weißt du.«

»Ja. Hältst du es für möglich, dass er dem Kind etwas angetan hat?«

»Werner, der Mann machte einen entspannten Eindruck. Er trauert nicht um das Kind, aber gleichgültig ist es ihm auch nicht. Ich bin mir nicht sicher, ob er emotionale Bindungen aufbauen kann. Um das festzustellen, bräuchte ich mehr Zeit mit ihm alleine.« Ich blieb stehen, kaute an meiner Unterlippe und bemerkte es. »Falls er das Kind getötet hat, ist er ein genialer Schauspieler.«

»Okay. Das hilft mir weiter.«

»Ich betone noch mal, dass dies meine ganz private Meinung ist. Nichts davon ist in irgendeiner Weise amtlich.«

»Ich weiß. Danke.« Er sah mich an, die Stirn in Falten gezogen.

»Es tut mir leid, dass ich dir nicht weiter helfen kann.«

»Das ist schon in Ordnung.« Werner zögerte. »Conny, pass auf dich auf.«

Kapitel 12

Es war schon fast fünf Uhr, als ich endlich meinen Wagen vor dem Haus in Burtscheid parkte, in dem Frau Simmer mit ihrer Tochter seit der Scheidung wohnte. Die Vorgärten der älteren Reihenhäuser waren liebevoll gepflegt, an den Haustüren hing Dekoration, Blumenkästen standen auf den Fensterbänken.

Frau Simmer öffnete mir prompt, und ich überlegte, ob sie am Fenster gestanden und gewartet hatte.

»Nadine ist in ihrem Zimmer. Kann ich Ihnen etwas zu trinken anbieten?«

»Nein, danke.«

»Wirklich nicht? Es macht keine Umstände.«

»Den Weg finde ich alleine.« Ich ließ sie im Flur stehen und ging die Treppe hoch nach oben. Nadine antwortete sofort auf mein Klopfen, auch sie schien gewartet zu haben. Ich trat ein, blieb einen Moment in der Tür stehen. Das Zimmer war aufgeräumt, das Fenster auf Kippe geöffnet. Nadine saß in ihrem Bett, das diesmal gemacht und mit einer geblümten Tagesdecke bedeckt war. Ihre Haare waren hochgesteckt, sie trug ein rosafarbenes Top und weiße Shorts. Die Haut glänzte in einem warmen Bronzeton und zeugte davon, dass das Mädchen in diesem Sommer viel Zeit an der frischen Luft verbracht hatte.

»Hallo, Nadine. Du wolltest mit mir reden?« Ich sah mich um, zog mir dann den Schreibtischstuhl heran und setzte mich.

»Vielen Dank, dass Sie noch mal gekommen sind, Frau van Aken.« Sie zog die Beine an sich und legte die Arme darum.

Ich wartete. Ein paar Minuten schwiegen wir beide, dann sah sie mich an, die Augenbrauen zusammengezogen.

»Sie sind doch Ärztin, oder?«

»Ich habe Medizin studiert und meinen Facharzt in der Psychiatrie gemacht.«

»Also sind Sie Ärztin.« Nadine stockte, sie zog eine Haarsträhne hinter dem Ohr hervor und drehte diese um den Finger. Zeichen von Verlegenheit. Mir war nicht ganz klar, worauf sie hinauswollte. Hatte sie ein medizinisches Problem?

»Deine Mutter sagte, dass es dir besser ginge. Ich finde auch, dass du viel besser aussiehst.«

»Mir ist nicht mehr schlecht.« Immer noch drehte sie die Haarsträhne.

»Aber du wolltest mit mir reden.«

»Ja. Wenn Sie Ärztin sind, dann … haben Sie doch so einen Eid geschworen?«

»Ja.«

»Und wenn ich Ihnen etwas erzähle, dann ist das unser Geheimnis, und Sie dürfen das niemandem erzählen …?«

»Du meinst die ärztliche Schweigepflicht?«

»Genau.« Sie zog eine weitere Haarsträhne aus dem Knoten. »Ich … Sie … es soll keiner erfahren.«

»Ich darf es wissen?«

»Nun, ich weiß ja noch nicht mal, ob es irgendeine Bedeutung hat. Oder vielleicht doch. Der tote Mann, ob der wohl Familie hatte?«

»Du willst über den toten Mann reden?«

Sie zog das Kissen hinter ihrem Rücken hervor und drückte

es sich vor den Bauch. So hatte sie auch das letzte Mal dagesessen, als ich hier war. Eine typische Schutzhaltung. Irgendetwas schien ihr Angst oder Kummer zu machen.

»Er hatte doch bestimmt Familie. Alle Menschen haben Familie. Eltern oder eine Frau und Kinder, Freunde. Er wird doch sicher vermisst.« Sie drückte das Kissen enger an sich.

»Das ist gut möglich.«

»Wer war er denn?«

»Der Mann? Das weiß ich nicht.«

»Können Sie es nicht herausfinden?« Nadine sah mich an, ihre Stirn war in Falten gezogen.

Ich zuckte zusammen. Wusste sie von Martin? Von seinem Job? Konnte sie aus irgendeinem Grund wissen, dass mich dieser tote Mann beschäftigte? Die Fotos von ihm kamen mir in den Sinn, seine leeren Augenhöhlen, die Arme, an denen Tiere gebissen und gezerrt hatten, die zerrissene Kleidung.

»Warum ist dir seine Identität wichtig?«

»Weil … es ist nur …« Sie zögerte, schluckte, griff hinter sich, zog die Hand aber wieder leer hervor. Ich beobachtete sie genau. Schweiß stand auf ihrer Stirn, hektische Flecken zeigten sich auf ihren Wangen.

»Was ist da?«

»Ach, ich weiß nicht. Es ist nur dieser Gedanke, ob die Polizei weiß, wer er war. Wie finden die das heraus? In den Filmen muss immer jemand kommen und ihn identifizieren.«

»Polizeiarbeit läuft meistens ganz anders als in Filmen. Wieso glaubst du, dass er identifiziert werden muss?«

»Ich dachte, das sei immer so.«

»Die meisten Menschen haben einen Personalausweis. Du bist sechzehn, du müsstest auch schon einen haben.«

»Ja, ich habe einen Ausweis. Deshalb ja.«

Ich konnte ihr nicht folgen, schwieg und hoffte, dass sie endlich sagen würde, was sie bedrückte.

»Die Polizei hat mich befragt, am Freitag. Aber ich konnte nicht viel sagen, musste immer weinen. Ob sie wohl noch mal kommen?«

»Das macht dir Angst? Das dich die Polizei noch mal befragt?«

Sie nickte zögernd.

»Warum macht dir das Angst? Waren die Beamten unfreundlich?«

»Nein, nein, überhaupt nicht. Das ist es auch gar nicht.« Sie stockte.

»Was ist es dann?«

»Wenn ich … sagen wir mal, ich hätte … hätte vergessen, etwas zu erwähnen, bin ich dann schuldig?« Wieder tastete sie hinter sich, als ob sie dort etwas verborgen hätte.

»Du glaubst, du hättest dich strafbar gemacht? Was hast du denn vergessen zu erzählen?«

Sie schwieg, kaute auf der Innenseite ihrer Wange. Dann sagte sie: »Wenn meinem Papa etwas zustoßen würde, dann würden wir es doch auch wissen wollen. Wir würden ihn vermissen. Ich würde ihn vermissen, Mama vielleicht nicht. Aber ich schon. Und ist es nicht schlimmer, nicht zu wissen, dass etwas passiert ist, als die Wahrheit zu erfahren? Ich meine, wenn er sich nicht mehr melden würde und ich ihn nicht mehr erreichen könnte, dann würde ich mir Sorgen machen.«

»Das ist richtig. Du glaubst also, jemand macht sich Sorgen und weiß nicht, dass seinem Vater oder Mann etwas passiert ist?«

Sie nickte wieder. »Aber in den Filmen haben sie so Methoden, alles herauszufinden, über das Blut und so, Fingerabdrücke … da finden sie immer alle. Da brauchen sie nicht unbedingt einen Personalausweis.«

»Nadine, hast du den Personalausweis des Toten?«

Ihr Gesicht veränderte sich, es war, als wäre ein Visier heruntergeklappt worden. Die Kiefermuskeln in Anspannung, der Mund straff und hart, ihre Augen hatten sich verengt. Sie reagierte nicht auf meine Frage.

»Nadine?«

»Es war doch nur eine Frage.« Ihre Stimme klang gepresst. Es brachte nichts, sie in die Ecke zu drängen. Was auch immer sie wusste oder hatte – sie musste mir freiwillig davon erzählen. Andererseits konnte es sein, dass sie etwas besaß, was für die Ermittlung wichtig war. Ich spürte ein Ziehen hinter meiner Stirn, Anzeichen von drohendem Kopfschmerz.

»Falls du irgendetwas weißt oder hast, solltest du die Polizei informieren. Ein Mensch ist gestorben. Du musst keine Angst haben, du hast dich nicht strafbar gemacht.«

»Aber Sie dürfen keinem etwas sagen.«

Fast schien es mir, als ob Triumph in ihren Augen aufleuchtete.

»Alles, was du mir anvertraust, bleibt unter uns, ja.«

»Auch meiner Mutter nicht?«

»Auch deiner Mutter werde ich nichts sagen, wenn du das nicht willst.«

»Gut. Darf ich Sie noch mal anrufen?«

Überrascht lehnte ich mich zurück. Gekonnt hatte sie das Gespräch beendet.

»Du kannst mich anrufen. Falls du noch mal mit mir reden willst, kannst du gerne in meine Praxis kommen.«

Ich erhob mich, Nadine nickte mir, ich war entlassen.

Unten im Flur wartete Frau Simmer. Konnte sie gelauscht haben? Wir hatten nicht übermäßig laut gesprochen, aber ich hatte nicht auf Geräusche vor der Tür geachtet. Andererseits war nichts gesagt worden, was geheim war.

»Sind Sie fertig, Frau van Aken?«

Ich nickte.

»Was wollte Nadine?«

»Nur mit mir reden.«

»Worüber? Ist es immer noch der Tote, oder hat es mit ihrem Vater zu tun?«

Ich verkniff mir einen Seufzer. Die Scheidung war Jahre her, aber manche Leute schafften es nie, einen Schlussstrich zu ziehen.

»Sie wollte mit mir reden. Wenn Sie wissen wollen, worüber, müssen Sie Ihre Tochter selbst fragen. Ich wünsche Ihnen einen schönen Abend.« Ich reichte ihr lächelnd die Hand und war froh, als ich in meinem Wagen saß und nach Hause fahren konnte.

Kapitel 13

Im Hausflur lag wie immer die Post. Rechnungen, Werbung, ein größerer Umschlag ohne Adressat, zwei Briefe von Kollegen, eine Einladung. Ich sortierte die Briefe, während ich die Treppe hochging.

Andreas, Martins Freund und Vermieter, hatte uns am Freitag zu seinem Geburtstag eingeladen. Die Karte war nett gestaltet, ein Puzzle.

Ich schloss die Wohnungstür auf, warf die Werbung auf den Altpapierstapel, legte die Rechnungen auf meinen Schreibtisch, nahm den Rest mit in die Küche. Ich öffnete die Balkontür, trat nach draußen. Die Abendsonne beschien das Haus und tauchte alles in warmes Licht. Der Balkon war nur knapp einen Meter tief, ging aber über die gesamte Hausbreite. Nur abends hatten wir hier Sonne, doch tagsüber waren wir sowieso unterwegs. Ich liebte die Wohnung, und so schön das Haus in der Eifel war, hier wollte ich nicht wegziehen. Meine Praxis und die Innenstadt waren zu Fuß zu erreichen.

Ich ging zurück in die Küche, öffnete den Kühlschrank. Bis auf ein Brötchen hatte ich heute noch nichts gegessen. Eine Flasche Weißwein lachte mich an. Ich schenkte mir ein Glas ein. Eiskalt und göttlich. Hunger verspürte ich nicht.

Der braune Umschlag ohne Absender lag auf dem Tisch und reizte meine Neugierde. Ich öffnete ihn. Eine CD und … ich stockte – schwarze Unterwäsche. BH und Höschen.

Ich schüttelte den Umschlag, fuhr mit der Hand hinein, nichts. Kein Brief, keine Karte, nichts.

Martin! Das hatte er früher, am Anfang unserer Beziehung, öfter gemacht. Damals waren es Kassetten mit seinen aktuellen Lieblingsliedern. Die Unterwäsche war eine ungewohnte Steigerung. Wollte er mir etwas sagen? Über seine unerfüllten Wünsche?

Für gewöhnlich trug ich weiße Wäsche und selten BHs. Meine Oberweite war überschaubar und mein Bindegewebe straff.

Ich nahm die Dessous in die Hand.

Martin ... was war los? Die CD war nicht beschriftet. Die silberne Oberfläche schillerte im Sonnenlicht. Ich ging ins Wohnzimmer, legte sie in den CD-Player ein. Ich hörte einen Herzschlag, nein, eine Trommel, eine Männerstimme, was sagte die? Dann setzte die Musik ein. Eine Frau sang, mein Herz raste.

»I know that I've been mad in love before ...«

Was tat Martin da und warum? Ich knüllte die Unterwäsche in meinen Händen, hörte auf das Lied. Es war eine bedrückende Melodie. Klavier, Streicher und dominant die Perkussion.

»Hey, hey, hey«, sang jemand im Hintergrund.

Das Lied hatte ich schon mal gehört, im Zusammenhang mit einem Film, aber mir wollte nicht einfallen, welcher es war. Ich trank das Glas Weißwein mit einem Schluck aus, alles um mich herum drehte sich und verwischte.

Unterwäsche! Martin schickte mir schwarze Unterwäsche und ein sehr erregendes Lied mit einem Beat, der den Puls beschleunigte. Ein deutlicheres Zeichen hätte er nicht setzen können. Es war nur dieses eine Lied auf der CD, es lief wieder und wieder.

Ich presste die Handballen gegen meine Augen und bemerkte es erst, als es anfing zu schmerzen. Was war hier los? Was wollte er mir sagen? Oder hatte es vielleicht mit Theißen zu tun? Nein, das konnte es nicht sein. Aber was war dann passiert? Beziehungen verändern sich, und hin und wieder geht ein Partner in eine Richtung, und der andere bekommt es nicht mit. Wenn dann die Konfrontation kommt, kann es zum Zusammenbruch des Gefüges führen.

Unsere Beziehung hatte ein fragiles, ein sehr sensibles Gerüst. Bisher hatte ich immer angenommen, dass wir durch unsere Gespräche in Kontakt geblieben waren, jetzt bezweifelte ich es.

Hatte ich ihn verletzt? »Really hurt me, Baby.« Womit? Oder hatte er das Lied wegen des Wortes »Baby« gewählt? Verletzte ihn der unerfüllte Kinderwunsch? Ich wusste es nicht. Ich nahm das Telefon, es wog schwer in meiner Hand. Ich zögerte, seine Nummer zu wählen.

Alles Grübeln brachte mich nicht weiter. Ich tippte die Kurzwahl. Es klingelte bestimmt fünfzehn Mal, bevor die Verbindung unterbrochen wurde. Auch beim zweiten Mal nahm er weder ab, noch sprang die Mailbox an. Fluchend legte ich das Telefon beiseite.

Mir war schwindelig, Schweißtropfen rannen meinen Hals hinunter. Ich fühlte mich dreckig und ausgelaugt. Eine Dusche würde mir guttun.

Im Bad betrachtete ich mich ausgiebig im Spiegel und nahm eine Wertung vor. Die Haare hingen schlaff herunter, meine Haut war schweißfeucht und gerötet, eine steile Falte stand auf meiner Stirn. Ich drehte mich zur Seite. Mein Busen war klein, aber gut geformt, der Bauch flach. Was für ein Blödsinn! Ich hatte mich in der letzten halben Stunde nicht verändert, und doch fühlte ich mich so, als läge plötzlich ein schweres Gewicht auf meinen Schultern.

Ich drehte die Dusche auf und wartete, bis das Wasser richtig heiß war. Dann stellte ich mich unter den harten Duschstrahl, ließ ihn auf meine Schultern prasseln. Nach und nach lockerten sich meine Muskeln.

Gerade als ich mich abtrocknete, klingelte das Telefon. Es lag immer noch im Wohnzimmer auf dem Sofa. Ich schlang das Handtuch um mich, meine Füße waren noch feucht, und ich rutschte beinahe auf dem Parkettboden aus. Fluchend griff ich nach dem Apparat, ließ ihn fast fallen, das Handtuch entglitt mir.

»Ja?« Ich holte tief Luft.

»Conny? Du hast bei mir angerufen.« Martin. Er klang so wie immer. Was hatte ich erwartet?

»Ja. Ja, ich wollte mit dir reden.«

»Im Moment ist es ganz schlecht. Hast du keine Nachrichten gehört?«

»Nein. Ich bin eben erst nach Hause gekommen. Was ist passiert?«

»Du, wenn nichts Wichtiges ist, lass uns nachher reden. Ich rufe dich an.«

»Martin, warte ... ich habe Post bekommen ...« Ich zögerte.

»Das ging aber schnell, ich dachte, es kommt erst morgen an.«

»Was hast du dir dabei gedacht? Ich meine, wieso ...« Ich suchte nach den richtigen Worten.

»Es war Andreas' Idee. Hör mal, ich muss wieder rein, sie warten auf mich. Bis später.« Er legte auf.

Ich starrte den Hörer an. Andreas' Idee? Was zum Teufel bedeutete das nun wieder? Ganz in Gedanken ging ich zum Fenster und sah auf die Straße. Es war Feierabendverkehr. Die meisten Parkbuchten waren schon belegt. Zwischen den Bäumen stand ein Mann und schaute zu unserem Haus, oder meinte ich das nur? Mir wurde bewusst, dass ich nackt war.

Grundgütiger, Constanze, was ist mir dir los? Sicherlich gibt es eine vernünftige Erklärung für alles. Ich hob das Handtuch auf, rubbelte durch meine nassen Haare und ging ins Schlafzimmer. Die Wohnung hatte drei große Zimmer. Wohnzimmer und Arbeitszimmer wiesen zur Straße, Schlafzimmer und Küche zum Garten, den niemand nutzte. Auch vom Schlafzimmer aus kam man auf den Balkon, die Tür hatte ich heute Morgen offen gelassen. Die Vorhänge bewegten sich sacht im Wind. Sie hoben und senkten sich, schienen nicht nur von dem Luftzug bewegt zu werden, sondern selbst zu atmen.

Ich zog ein frisches T-Shirt und eine bequeme Hose an, überlegte, was ich mit diesem angefangenen Abend machen sollte. Martin hatte etwas von Nachrichten gesagt, irgendetwas war passiert. Ich schaltete den Fernseher ein und hatte Glück, dass Lokalnachrichten kamen.

In einem Reihenhaus bei Bornheim war eine Familie tot aufgefunden worden. Vater, Mutter und drei kleine Kinder. Ich zog die Beine an mich, rieb mir angesichts des Grauens mit den Händen über das Gesicht. Ein Kamerateam war vor Ort, und während die Nachrichtensprecherin mit geschulter Stimme ihren Bericht vorlas, sah man, wie fünf Bahren aus dem Haus getragen wurden. Männer in weißen Schutzanzügen – die Spurensicherung. Dann erschien der Polizeisprecher. Im Hintergrund sah ich flüchtig Martin. Es gab noch keine gesicherten Erkenntnisse, aber die Polizei ging davon aus, dass der sechsunddreißigjährige Familienvater seine zwei Jahre jüngere Frau sowie die drei, fünf und sieben Jahre alten Kinder erstochen hatte, bevor er sich selbst erschoss.

Martin und seine Kollegen hatten diese Familie nun auf ihren blankgescheuerten Edelstahltischen.

Bei dem Gedanken wurde mir übel.

Kapitel 14

In den nächsten Tagen spielte sich in meinem Kopf immer wieder ein Film ab. Martin würde die Leichen untersuchen. Die Stichwunden mussten ausgemessen, Zeichen eines Kampfes gesucht werden. Waren die Kinder bei Bewusstsein, als sie ermordet wurden, oder hatten sie geschlafen? Das konnte man im Blut nachweisen, bei Angst wird jede Menge Adrenalin ausgeschüttet. Wo waren die Verletzungen, wie schnell war der Tod eingetreten und wodurch? Waren Organe betroffen, oder waren die Kinder verblutet?

Arbeit war gut gegen zu viele Gedanken, und ich beschäftigte mich mit den Problemen anderer Leute. Nach einer langen, quälenden Sitzung mit Laurenz' Eltern erfuhr ich schließlich, dass die Mutter vor zwei Jahren im angetrunkenen Zustand einen Verkehrsunfall verursacht hatte. Der Junge saß im Wagen und bekam alles mit. Der Unfallgegner wurde schwer verletzt, während der Junge und die Mutter nur Schrammen davontrugen. Seitdem spielte er die unverarbeitete Szene immer wieder nach, bis die Mutter ihm alle Spielzeugautos wegnahm. Sie sah in ihm einen unangenehmen Zeugen, war er doch dabei gewesen, als sie sich schuldig gemacht hatte. Das Thema wurde in der Familie totgeschwiegen, schien aber zwischen ihnen zu stehen.

Jetzt, da ich wusste, was das Kind beschäftigte, schlug ich eine Therapie vor. Auch der Mutter legte ich nahe, sich therapeutisch beraten zu lassen. Die Eltern stimmten mir in Hinsicht auf den Jungen zu. Ich wusste, dass ich nur sein Leiden mildern, nicht das Problem für ihn lösen konnte, solange die Eltern nicht bereit waren mitzuarbeiten. Immerhin war es ein erster Schritt.

Nadine machte einen Termin aus, sagte kurzfristig ab, machte einen weiteren Termin und erschien nicht. Ich setzte ihren Namen auf meine to-do-Liste, schob es aber vor mich her, sie anzurufen. Ich war mir nicht sicher, ob sie meine Verbindungen zur Polizei und zur Rechtsmedizin kannte. Eigentlich sollte das nicht der Fall sein, aber irgendetwas ließ mich zögern.

Mit Martin führte ich drei Tage lang Telefongespräche im Telegrafenstil: »Wie geht es dir?«

»Gut. Und dir?«

»Auch. Irgendetwas Wichtiges passiert?«

»Nein. Wann kommst du?«

»Sobald ich fertig bin.«

Er klang abgespannt und gestresst. Am Donnerstagmittag kam er endlich nach Hause, legte sich ins Bett und schlief bis zum Abend. Dann stand er kurz auf, duschte, aß etwas und legte sich wieder hin. Keine Zeit und nicht die richtige Stimmung, um ernste Gespräche zu führen. Die CD und die Unterwäsche hatte ich bisher nicht mehr erwähnt, obwohl es mir auf der Seele brannte. Ich hatte die Sachen in eine Schublade gestopft. Aus meinem Kopf konnte ich sie nicht verbannen, aber aus meinem Sichtfeld. Psychologische Tricks, die bei mir nicht wirkten.

Am Freitagmorgen schlief Martin noch, als ich ging. Zwei Termine in der Praxis, einer bei Gericht und eine Besprechung in der Psychiatrie standen auf meinem Plan. Als ich nach Hause kam, war es zwei Uhr vorbei. Martin schlief immer noch. Oder schon wieder.

Ungehalten kochte ich mir Kaffee. Eigentlich wollte ich noch in den Baumarkt. Freitags war Heimwerkertag. Das Wochenende stand an, und das Haus in der Eifel wartete. Ich hatte mehrere Nummern von Bauunternehmern herausgesucht, aber keinen von ihnen angerufen. Erst wollte ich mit Martin darüber sprechen. Nur wann?

Es war nach vier Uhr, als er wach wurde. Heute Abend waren wir bei seinem Freund Andreas in Köln eingeladen.

Martin tapste ins Bad, dann in die Küche. Ich hörte das Wasser kochen, die Kaffeemaschine gluckern, das Zuschlagen der Schranktüren, Klappern des Geschirrs. Er musste die Balkontür geöffnet haben, denn plötzlich drang eine Wolke süßlichen Duftes zu mir. Der Sommerflieder im verwilderten Garten hinter dem Haus blühte zum zweiten Mal.

Ich saß auf dem Ledersofa und wartete. Schließlich kam er zu mir, blieb in der Tür stehen.

»Hi.«

»Hallo.« Ich zögerte. In meinem Magen lagen Fragen und Sätze wie Sand im Flussdelta.

Martin sah mich an, sagte jedoch nichts.

»Was ist los?«, wollte ich fragen. »Was ist mit dir? Mit uns? Warum tust du das mit mir? Was soll die CD und willst du wirklich, dass ich Reizwäsche trage, und warum jetzt auf einmal?« Die Sätze blieben mir im Hals stecken.

»Wann fahren wir?«, fragte er. Seine Stimme klang rau, so als ob er seit Tagen nicht gesprochen hätte.

»Wann immer du willst.« Ich senkte den Kopf und schluckte die Tränen herunter. Feige war ich und schämte mich dafür.

Zwei Stunden später saßen wir im Wagen auf den Weg nach Köln. Ich fuhr den Touran, seinen Wagen. Im Kofferraum war alles für das Wochenende in der Eifel. »Ich habe keine große Lust auf die Fete«, sagte Martin. »Lass uns nur kurz hinfahren, wegbleiben können wir nicht.«

»Warum nicht? Ich rufe Andreas an und sage ab.« Ich lächelte, aber Martin schaute mich nicht an.

»Nein, das geht nicht. Ich habe die Einladungen mit ihm entworfen, die Fete geplant. Wir fahren hin und dann sofort in die Eifel. Ich brauche Ruhe. Wochenende. Zuhause.«

Zuhause. Das klang nach in mir, und ich hielt mich daran fest, während ich über den Ring auf die A4 fuhr. Martin lehnte seinen Kopf an die Lehne und schloss die Augen.

Bis Düren fuhren wir schweigend. Ich lauschte auf seinen Atem, er war gleichmäßig, aber nicht tief.

»Wie war es?«, fragte ich vorsichtig.

»Die Woche oder was meinst du?«

Ich nickte, wurde mir bewusst, dass er mich nicht ansah. »Ja, die Woche.«

»Scheußlich, so wie immer bei toten Kindern. Es war der Vater. Er hat das Küchenmesser genommen, erst die Mutter und dann die Kinder erstochen. Er war nicht präzise, hatte mehrere Anläufe pro Person gebraucht. Sie haben furchtbar gelitten.« Seine Stimme verzerrte sich, ich wollte ihn in den Arm nehmen, ihn festhalten und trösten. Ich berührte ihn am Oberschenkel und hatte den Eindruck, dass er zurück wich.

»Was macht John Doe?«

Er schüttelte den Kopf, sah aus dem Fenster. »Für ihn war keine Zeit. Die Staatsanwältin hat die Leiche freigegeben. Sie ist auf Staatskosten beerdigt worden. Ich habe zwar noch einige Spuren und Proben, aber der Fall ist abgeschlossen.«

»Denkst du noch darüber nach?«

»Um ehrlich zu sein, nein.«

Ich überlegte, ihm von Nadine zu erzählen. Von ihrem seltsamen Verhalten, dieser Geheimniskrämerei und meinem Verdacht, dass sie mehr wusste, als sie zugab. Ich hatte nicht bei ihr angerufen, und nun meldete sich mein schlechtes Gewissen. Vielleicht wollte sie, dass ich nachfragte, dass ich Interesse und Initiative zeigte.

Doch nun war Wochenende, und ich hatte eigene Probleme. Die CD und die Dessous hatte ich eingepackt, warum war mir nicht ganz klar. Sie Martin vorzulegen war natürlich dramatischer, als nur darüber zu reden. Dabei ging mir der Hang zur Dramatik eigentlich völlig ab.

»Wie viele kommen denn heute Abend?« Ich versuchte das Gespräch aufzunehmen.

»Keine Ahnung, Andreas hat über fünfzig Leute eingeladen, aber ich habe mich die Woche über nicht mehr um die Vorbereitungen kümmern können.«

»Es ist seine Fete, nicht deine.«

»Richtig, aber wir haben sie gemeinsam eingestielt.«

»Montag war ein wenig kurzfristig für die Einladungen.«

Martin schnaubte belustigt. »Nur du hast deine so spät bekommen, die anderen schon zwei Wochen früher. Ich habe deine vergessen.«

So wichtig war ich also. Ich biss mir auf die Unterlippe. Vor uns bremste ein Lastwagen. Ich schaltete einen Gang herunter. Wir kamen in eine der zahlreichen Baustellen. Manchmal erschien es mir, als ob diese Autobahn nur aus aneinander gereihten Baustellen bestand. Die nächsten Minuten fuhren wir schweigend, ich konzentrierte mich auf den Verkehr. Martin trommelte mit den Fingern an die Beifahrertür.

»Hey, so schlecht fahre ich gar nicht.« Ich versuchte einen Scherz, er ging nicht darauf ein. Nach zwei weiteren Minuten versuchte ich es noch mal. »Martin, dein Trommeln macht mich nervös.«

»Was?«

»Du … deine Finger …«

»Tut mir leid.« Er verschränkte die Arme vor der Brust, nahm sie herunter, knetete seine Hände.

»Was ist mit dir los?« Ich strich mit meiner rechten Hand leicht über seinen Arm. Er rieb sich über die Stirn, es sah aus, als ob er versuchte, die tiefen Kerben glattzureiben.

»Entschuldige, Conny. Darf ich rauchen?«

Verblüfft warf ich ihm einen Blick zu. Er sah bleich aus, gehetzt. Normalerweise rauchte er nie im Wagen.

»Es ist dein Auto – mach, was du willst.«

»Danke.« Er ließ das Fenster einen Spalt herunter, nahm eine Schachtel Zigaretten aus der Jackentasche, zündete sich eine an. Seine Hände zitterten. »Es ist der Fall, Conny. Er lässt mich nicht los.«

»Magst du reden?«

»Ich weiß nicht.«

»Manchmal hilft es, darüber zu sprechen, Martin.«

»Was wird das? Eine kostenlose Therapiestunde?« Er schnaufte. »Aber du hast natürlich recht. So wie meistens.«

»Ich gebe mein Bestes.«

»Hast du den Fall in der Presse verfolgt?« Er schaute mich zum ersten Mal an, zog an der Zigarette, als wäre es die letzte vor dem elektrischen Stuhl.

»Nein. Am Montag habe ich die Nachrichten gesehen. Es war grausam. Danach habe ich die Meldungen vermieden.«

»Bist du dir sicher, dass ich dir darüber erzählen soll?« Er zögerte kurz, fuhr dann aber fort, ohne auf eine Reaktion von mir zu warten. »Ganz scheußliche Geschichte. Drei tote Kinder, eine tote Mutter, der Vater war wahrscheinlich der Täter.« Er schluckte, zog wieder an der Zigarette, ließ das Fenster dann weiter herunter und schleuderte die Kippe nach draußen.

»Wahrscheinlich? Gibt es Zweifel?«

»Auf den ersten Blick gab es keine. Die Kinder lagen in ihren Zimmern, die Mutter im Schlafzimmer, der Vater hatte sich im Wohnzimmer erschossen. Den Schuss haben die Nachbarn gehört und daraufhin die Polizei gerufen. Das hat mich schon gewundert. Er hat seine Familie abgeschlachtet und sich Zeit dafür genommen. Betäubungsmittel konnte ich nicht nachweisen. Warum ist keiner nach draußen gelaufen? Warum hat niemand geschrien?« Er schüttelte den Kopf, wischte sich mit der Hand über das Gesicht. »Es klingt so unwahrscheinlich. Wir haben die Leichen gesichert, ich habe sie untersucht, Todesursache war klar. Sie sind allesamt erstochen worden. Bei dem einen Kind, einem Jungen, sieben Jahre alt, klaffte eine der Wunden sehr weit auf. Ich habe sie mir nur zufällig genauer angesehen. Der Knochen lag frei und sah irgendwie seltsam aus. Also habe ich ihn unterm Mikroskop untersucht. Die Wunde war durch ein Messer mit Sägeschneide verursacht worden.«

»Ja und?«

»Die Wunde war groß, aber die Wundränder glatt. Ich hab mir daraufhin die anderen Verletzungen noch mal angesehen. Alle Wundränder waren glatt, aber bei einigen ging der Schnitt tiefer, und in den Schichten darunter zeigten sich ausgefranste Spuren.«

»Zwei Messer?«

»Ganz genau. Allerdings haben wir nur eines am Tatort gefunden. Ein hochwertiges japanisches Küchenmesser. Das ist definitiv eine Tatwaffe.«

»Eine Tatwaffe?« Ich schaute ihn ungläubig an, fast eine Sekunde zu lang. Im letzten Augenblick sah ich die Bremslichter des Wagens vor mir. Ich trat auf die Bremse, der Wagen schleuderte leicht, ich fing ihn, stieß den Atem stoßweise aus. Mein Herz raste.

»Es müssen zwei Tatwaffen sein. Eine mit einer glatten Schneide, ein Wasabi-Messer. Das sind hochwertige Stahlmesser, die eine nur einseitig geschliffene Klinge haben. Sehr scharf. Sie haben aber keine Sägeschneide.«

»Kann die Verletzung am Knochen nicht durch etwas anderes hervorgerufen worden sein?«

»Was denn? Nein, es sind eindeutig Schnitte. Er hat, vermute ich, mit dem Wasabi-Messer zugestochen und dann … ja dann … keine Ahnung. Wir rätseln noch. Er muss so etwas wie ein Brotmesser genommen haben. Aber es gab kein Brotmesser am Tatort. Nirgendwo. Jetzt wird eine 3-D-Analyse gemacht. Das dauert.«

Ich kannte 3-D-Analysen noch mit Fäden. Da wurde jeder Blutstropfen an der Wand, am Boden, unter Tischen und Stühlen mit der Position der Leiche verbunden. Es wurde geschaut, ob die Tropfrichtung mit der Lage des Opfers übereinstimmte. So konnte man erkennen, wie sehr sich das Opfer gewehrt hatte, von wo die Verletzung ausging. Einen solchen Tatort hatte ich mitgesichert, damals. Das Zimmer sah nachher aus, als ob eine übereifrige Spinne dort gewirkt hätte. Fäden spannten sich von rechts nach links, oben nach unten und umgekehrt. Auf den ersten Blick sah es nur wirr aus, aber wenn man wusste, wonach man guckte, brachten diese Fäden gute Erkenntnisse in der Spurensicherung. Der Rechtsmediziner musste dann entscheiden, ob die Wunden zu den Spuren passten. Keine leichte Aufgabe, denn die Toten waren schon längst abtransportiert und hatten bei ihm auf dem Tisch gelegen.

Heutzutage wurde der Raum gefilmt, die Spuren digital festgehalten und ausgewertet. Es wurde ein dreidimensionales Bild angelegt und die möglichen Flugspuren der Bluttropfen eingezeichnet. Einen Kampf konnte man so sicher darstellen, die Bewegungen des Täters, die des Opfers. Man konnte den Einfallswinkel der Kugel oder den Einstichwinkel des Messers berechnen.

»Das heißt, du bist auf Abruf dieses Wochenende?« Es war im Grunde eine Feststellung, keine Frage.

»Wahrscheinlich. Sie haben die Wohnung durchkämmt, auf den Kopf gestellt. Es gab dort kein Messer mit Sägeschneide. Es muss aber eines geben. Mindestens zwei der Opfer haben die entsprechenden Spuren.«

»Und die anderen?« Ich dachte kurz nach. »Bei den anderen weißt du es erst, wenn du die Knochen untersucht hast.«

»Ja.« Martin stieß das Wort gepresst hervor.

Um die Knochen zu untersuchen, musste man sie freilegen, die Haut, die Muskeln, die Sehnen und das Fleisch entfernen.

Dann kamen sie in ein Säurebad. Mich schauderte. Ich wusste, dass Martin dann nur die Knochen sah und sie untersuchte, nicht aber den Menschen sah, dem die Knochen gehört hatten. Nicht immer gelang ihm das jedoch. Dies schien einer der wenigen Fälle zu sein, die ihm wirklich unter die Haut gingen. Wieder griff ich nach ihm, diesmal fasste ich seine Hand, drückte sie. Er entzog sich meinem Griff nicht, erwiderte ihn sogar. Erleichtert schloss ich kurz die Augen.

»Constanze, du musst hier rechts fahren, Richtung Friesenviertel.« Martin setzte sich auf, ließ meine Hand los, zeigte nach vorne. Wir hatten den Kölner Ring erreicht. Diese große Stadt war mir fremd geblieben. Ich wusste, wie ich auf dem schnellsten Weg zum Rechtsmedizinischen Institut gelangte, in die Innenstadt, zum Polizeipräsidium und zu Andreas' Wohnung. Vier Wege, mehr interessierte mich nicht.

Andreas hatte ein Lokal im Friesenviertel gemietet, um seinen vierzigsten Geburtstag angemessen zu feiern. Ich bog rechts ab.

»Maria kommt auch heute.« Martin starrte auf die Straße, als ob er eine Art Traktorstrahl in seinem Blick hätte und mich damit lenken könnte.

»Maria? Aha. Und?«

»Ich dachte nur, ich sage es vorher, damit es nachher keine Szene gibt. Sie arbeitet mit an dem Fall.«

»Dass ihr zusammenarbeitet, ist nicht strafbar.« Ich versuchte ein Lachen, es klang blechern.

»Bist du sauer?«

»Wieso, Martin? Weil ihr zusammenarbeitet oder weil sie auch eingeladen ist? Beides liegt doch nicht in deiner Hand.« Er hatte die Feier mit vorbereitet, fiel mir ein. Martin schwieg. Es klang bedenklich, oder spielte mir meine Phantasie einen Streich?

»Bist du böse?«, fragte er schließlich.

»Böse? Wieso?«

»Weil Maria kommt.«

»Sollte ich?«

»Ich habe das Gefühl, dass du sie nicht magst.«

»Sie mag mich nicht.«

»Wie kommst du darauf, Conny?«

Ich lachte schnaubend. »Sie grüßt mich nicht, sie sieht durch mich hindurch. Jedes Mal, wenn ich sie treffe, habe ich das Gefühl, ein Störfaktor zu sein.«

»Das bildest du dir ein.«

»Ja, sicher, Martin. Wo müssen wir lang?«

Er wies mir den Weg. Wir fuhren dreimal an dem Lokal vorbei. Es gab keinen Parkplatz im Umkreis, deshalb ließ ich Martin aussteigen und fuhr zurück zu einem Parkhaus.

Ich löste das Ticket, suchte mir einen Platz, parkte ein. Es kostete mich unglaubliche Überwindung, die Tür zu öffnen, auszusteigen, die Treppe hochzusteigen und auf die Straße zu treten. Dort blieb ich stehen und atmete den Smog ein. Die Lust auf den Abend war mir vollends vergangen.

Kapitel 15

Eine Qualmwolke kam mir entgegen, als ich die Tür des Lokals öffnete. Stimmengewirr und Musik. Meine Augen tränten sofort, und ich war froh, dass ich mich nur dezent schminkte.

Ich brauchte einen Moment, um mich zu orientieren. Jemand kam auf mich zugeschossen und umarmte mich – Andreas.

»Hey, was geht?« Ich drückte ihn. »Herzlichen Glückwunsch zum Geburtstag.«

»Constanze, Süße, schön, dass du da bist. Wir sehen uns viel zu selten.«

Du alter Heuchler, dachte ich. Ich bin dir so was von egal, ich bin nur hier, weil du mit Martin befreundet bist. Plötzlich kam ich mir vor wie der Appendix, der Wurmfortsatz des Darmes, seit Jahrtausenden überholt, ein Relikt.

»Was trinkst du?« Andreas faste mich um die Schultern, zog mich in den Raum. »Die meisten kennst du, oder? Ansonsten mach dich selbst bekannt.«

»Was trinkst du?« war nur eine Floskel. Schneller als ich antworten konnte, hatte er sich umgedreht und begrüßte neue Gäste. Natürlich, es war sein Geburtstag, und er musste jeden in Empfang nehmen. Ich war einfach nur kleinlich. Ich sah mich um, suchte Martin oder ein anderes bekanntes Gesicht und kämpfte mich zur Theke vor. Auf einem Podest spielte ein Band angestrengt Cover Songs aus den achtziger Jahren. Ich fand das übertrieben und zu früh, aber es war nicht mein Geburtstag und nicht meine Fete, und ich war zugegeben negativ eingestellt. Mir wurde bewusst, dass ich keinen Spaß haben wollte. Mein Blickt scannte den Raum, suchte nach einer Wolke aus dunklen Locken und der Frau dazu – Maria. Ich sah weder sie noch Martin.

Frustriert ging ich zur Bar und bestellte einen Martini.

»Conny?« Ein Mann, leicht gelocktes, dunkles Haar, sehr behaarte Unterarme, T-Shirt mit der Aufschrift: »It wasn't me«, Jeans und einem offenen Lächeln sah mich an. »Constanze van Aken?«

Ich starrte ihn an, versuchte in meinem Gehirn eine Synopse zu erwischen, die ihn in irgendeinen Zusammenhang mit Wer-weiß-was brachte und scheiterte. Er war nicht der nette Mann von nebenan, kein Mitarbeiter des Alexianers … vielleicht ein Verkäufer des Baumarkts? Ich wusste es nicht. Immerhin kannte er meinen Vornamen. Für solche Situationen hatte ich eine Forward-Handlung entwickelt. Er kannte mich, ich erkannte ihn nicht, somit war er in der Bringschuld.

»Hi. Nett dich zu treffen …?« Ich lächelte offensiv.

»Wolfgang – Wolfgang Bollendorf. Du kannst es immer noch nicht, stimmt's? Dir Gesichter merken, meine ich.« Er lachte ein warmes, tiefes Lachen.

Der Name sagte mir auch nichts. »Ach, Wolfgang. Bollendorf …« Ich zermarterte mein Hirn, brachte aber keine Erinnerung, keine Verbindung zustande.

»Das war mit dir schon früher so, im Studium. Ich weiß noch als wir einmal in der ›Tomate‹ saßen und ein Prof hereinkam, dich grüßte und du fragtest: ›Kennen wir uns?‹« Wieder lachte er, aber ich fühlte mich nicht ausgelacht.

»Ach ja? Du hast recht, Gesichter sind ein Problem. Wir haben zusammen studiert?«

»Ja, bis zum Physikum. Wir hatten nur am Rande miteinander zu tun, also keine Sorge, du hast nicht deinen besten Buddy vergessen.«

Jetzt musste ich lachen. »Okay. Aber wir waren zusammen weg, und ich habe mich unmöglich benommen? Nein, beantworte die Frage nicht.«

»Unfug, es war bekannt, dass du Schwierigkeiten mit Gesichtern hattest. Formeln konntest du dir fast fotografisch merken. Du warst immer begehrte Lernpartnerin. Wahrscheinlich«, er schmunzelte, »weil du nie wusstest, wie oft dir dein Gegenüber die Frage schon gestellt hatte.«

»Na super.« Ich zog eine Grimasse. »Das heißt, ich lief unter: die Blöde ohne Gesichtsgedächtnis, die ich hundertmal dasselbe fragen kann und sie meint, der ganze Kurs habe vor ihr gestanden? Nicht wirklich schmeichelhaft für mich.«

»Ach, so schlimm war das gar nicht. Dein Gedächtnis, was das Studium anging, war phänomenal. Ich habe dich immer beneidet. Auswendig lernen ist nicht mein Ding.«

»Mich beneidet? Danke. Ich nehme jedes Kompliment, das ich kriegen kann.« Ich bestellte ein großes Wasser. Wolfgang nahm ein Alt. Der Blick des Kellners war beinahe tödlich.

»Das mache ich immer in Köln.« Er beugte sich zu mir, flüsterte. »Alt bestellen. Einmal hat man mich des Lokals verwiesen, ich solle doch in Düsseldorf einkehren, wurde mir nahegelegt.«

»Böse.«

»Nein, nur provokant.« Er nippte an seinem Alt, griff in die Schale mit Erdnüssen, stopfte sich eine Handvoll in den Mund und kaute bedächtig.

»Welchen Facharzt hast du gemacht?«

»Keinen. Ich habe zu Pharmazie gewechselt.«

»Ach, das ist ja interessant.«

»Eigentlich nicht. Ich wollte Arzt werden. Aber dann starb mein Vater. Wir haben eine kleine Apotheke, und mein Vater nahm mir das Versprechen ab, dass ich sie übernehme. Noch führt meine Mutter den Laden, und ich kann in der Forschung arbeiten, aber irgendwann werde ich mich entscheiden müssen.«

»Versprechen auf dem Sterbebett? Das ist natürlich hart.«

»Ja. Am Anfang habe ich sehr gehadert.« Er sah mich an. »Aber nun ist es ganz okay. Was machst du?«

»Ich bin Kinderpsychiaterin und habe eine eigene Praxis in Aachen.«

»Ach ja, stimmt. Das hat meine Mutter mir erzählt.«

»Deine Mutter?«

»Ja, wir sind quasi Nachbarn.«

»Mein Gesichtsgedächtnis ist schlecht, war aber bisher nicht derart katastrophal, dass ich Nachbarn nicht mehr erkenne. Beginnender Alzheimer? Also wirklich, in der Nachbarschaft habe ich dich nicht wahrgenommen.«

»Kannst du auch gar nicht, ich bin selten da. Du hast Aspirin bei uns gekauft.«

Ich überlegte. Das letzte Mal hatte ich Aspirin vor einem halben Jahr gekauft. Martin war erkältet, er hatte leichte Temperatur und hustete ein wenig. Ein Status, der bei Menschen mit einem Y-Chromosom zum Tode führen oder wenigstens schwere Leiden auslösen kann.

In solchen Situationen war mein Lebensgefährte jedoch sehr pragmatisch. Aspirin war für ihn das Allheilmittel schlechthin. Kopfschmerzen, Verstopfung, Durchfall oder eben auch eine Erkältung werden von ihm so behandelt. Immer. Es war Wochenende, und wir waren in der Eifel. Eigentlich wollten wir Steckdosen anschließen. Die hatten wir auch dabei, sowie Kabel, Werkzeug, Kabelkanäle, Lüsterklemmen und was es sonst noch gibt. Aspirin stand nicht auf der Liste und war auch nicht bei den schon vorhandenen Vorräten.

Ich ging in die kleine Apotheke und kaufte die Tabletten, kochte Hühnersuppe und genoss für den Rest der Tage die Ruhe ohne Steckdosen und Umbau.

Das war allerdings in Hechelscheid gewesen und nicht in Aachen. Die Apothekerin war eine ältere, verhuschte Frau, an mehr konnte ich mich nicht erinnern. Wir hatten ein wenig geplaudert, aber meinen Namen hatte ich ganz sicher nicht erwähnt. Ich schüttelte den Kopf, lachte lautlos, meinen Namen musste ich auch nicht erwähnen. Die Frau wusste ihn bestimmt schon, bevor ich die Apotheke betreten hatte, und auch alle weiteren Informationen, die über uns im Umlauf waren.

»Du kommst aus Hechelscheid?«

»Ja. Tut mir leid. Keine Referenz, ich weiß.« Er warf mir einen schnellen Blick zu. »Ich bin aber ganz normal, ehrlich. Da ist nichts mit Inzucht oder so.« Er lächelte schief. Es sah tatsächlich nett aus.

Normalerweise achte ich auf Distanz, warum ich es diesmal nicht tat, wusste ich nicht, aber die Tat an sich war mir bewusst. Ich fasste Wolfgang an den Oberarm, drückte leicht. »Kein Problem, ich werde etwas anderes finden, Inzucht ist inzwischen langweilig.«

»Na, da bin ich ja beruhigt. Du weißt schon, dass Leute aus einem kleinen Dorf seltsam sein können?«

»Ja, das war mir bewusst. Ist ja irre. Du kommst aus Hechelscheid, hast mit mir studiert, wir haben gemeinsame Freunde.« Ich schaute mich um, Martin stand in einer Ecke, rege ins Gespräch vertieft. Neben ihm die Frau mit der dunklen Wolke aus Locken. Die beiden lachten. Ich winkte Martin zu, aber er sah mich nicht. Ich schluckte meine Enttäuschung herunter, der Abend hatte gerade erst angefangen. »Du kennst den Gastgeber, Andreas?«

Wolfgang lächelte. »Ich kenne einen Freund, der einen Freund kennt. Ich bin nur zufällig hier, bin nicht wirklich eingeladen. Mein Kumpel meinte, es spiele keine Rolle.«

»Die Welt ist im Grunde ein Dorf.«

»Ja, allerdings aufregender als Hechelscheid.«

Die nächste Stunde verbrachten wir damit, alte Erinnerungen aus Studienzeiten aufzufrischen. Jede Menge: »Weißt du noch …? Erinnerst du dich …? Kennst du den noch …?« Ich amüsierte mich.

Ein weiteres Mal schaute ich mich nach Martin um, fand ihn in der Menge nicht. Fünfzig Leute hatte Andreas eingeladen, jeder musste jemanden mitgebracht haben, der Raum war proppenvoll. Um uns herum war es laut, es wurde gelacht, erzählt, Musik spielte, irgendwann fingen einige Leute an zu tanzen. Andreas eröffnete das Buffet, das aus einem großen Topf Chili, Gulaschsuppe und Brot bestand.

»Typisch Andi, er hält nicht viel von gesunder Ernährung«, sagte ich und nahm dankend den Teller Chili entgegen, den Wolfgang mir mitbrachte.

»Ihr kennt euch näher?«

»Ja, seit ein paar Jahren. Martin, mein Lebensgefährte, wohnt bei ihm zur Untermiete.«

»Ihr wohnt nicht zusammen? Entschuldige, wenn ich so aufdringlich frage. Meine Mutter …« Er lachte, verschluckte sich an seiner Suppe, hustete, fing sich wieder. »Meine Mutter hat erzählt, dass du und dein Mann das Friedhofshaus gekauft haben.«

»Wir sind nicht verheiratet. Martin arbeitet in Köln. Die Woche über hat er bei Andreas ein Zimmer zur Untermiete.« Ich schaute mich um. Bis auf den Martini hatte ich bisher nur Wasser getrunken. Martin wollte fahren. Ich sah ihn immer noch bei Maria stehen. Er lachte, warf den Kopf in den Nacken, schien jede Menge Spaß zu haben. Ich bestellte einen Weißwein.

»Er wohnt in Köln zur Untermiete, du in Aachen, ihr habt das Haus in Hechelscheid. Kompliziert. Entschuldige, es geht mich gar nichts an.« Wolfgang nippte an seinem Alt. Es war erst das zweite Glas, er würde noch fahren können.

»Informationsfindung gehört zu deinem Job. Forschung nennt man es auch.« Ich trank einen Schluck Wein. »Es wurde erst kompliziert als die Rechtsmedizin von Aachen nach Köln umzog. Seit dem Hauskauf in der Eifel haben wir quasi drei Haushalte. Zwei, der in Köln gilt nicht.« Ich löffelte das Chili.

Wolfgang schnaubte belustigt. »Ist der Haushalt in Köln so wie das Essen hier? Das ist jetzt böse, vergiss es.«

Ich sah ihn an, zog die Luft ein. »Ich mag gutes Essen, koche leidenschaftlich gern.«

»Ist das eine Einladung?«

»Ja.« Einen Moment fühlte es sich komisch an, so als hätte er mich zu irgendetwas überredet, doch das hatte er nicht. Wahrscheinlich lag es daran, dass Martin weit weg und kein Teil der Unterhaltung war. »Leider ist unsere Küche in dem Friedhofshaus eher eine Baustelle, aber das soll sich bald ändern.«

Ich saß entspannt auf dem Barhocker, bis mich plötzlich etwas am Oberschenkel anstupste. Im ersten Moment konnte ich es nicht einordnen, saß ich doch am Ende der Theke, und links neben mir war niemand. Rechts saß Wolfgang. Meine Hand fuhr den Oberschenkel entlang, und da war es … warm, feucht, weich. Ich fuhr erschrocken hoch. Eine Hundeschnauze in meiner Hand, an meinem Bein. Es war ein größerer Hund, ein Schäferhundmischling. Er stand neben mir, wedelte mit der Rute.

»Wer bist du denn?«, fragte ich und kraulte ihn hinter den Ohren, die aufmerksam aufgestellt waren. »Und was bist du? Sorry, ich habe nichts, kein Leckerli.«

Wolfgang beugte sich vor. »Ein Köter. Was macht der denn hier? Gehört der niemanden?«

»Er ist doch ganz freundlich.«

»Charlie!«, rief jemand. »Charles, hierher. Nicht betteln.« Ein Mann kam auf uns zu. »Entschuldigung. Normalerweise belästigt er niemanden.«

Ich lachte. »Er hat mich nicht belästigt, er hat sich nur mit mir bekannt gemacht. Was ist das für eine Rasse?«

»Ein Schäfrador oder Labrahund.«

»Interessanter Mix.«

»Der Wurf ist eher zufällig entstanden. Charlie zeigte eine große Begabung, Fährten zu lesen. Wir haben ihn ausgebildet.«

»Er ist Polizeihund?«

»Er war es. Leichenspürhund.«

Ich zuckte zusammen. Immer noch leckte mir das Tier die Hand ab, ich zog sie zurück. »Er geht jetzt in Rente? So alt sieht er gar nicht aus.«

»Nein, er ist noch nicht alt. Fünf Jahre. Wir haben ihn vor einem halben Jahr bei einem Haus eingesetzt, das durch eine Gasexplosion zerstört worden war. Leider brach eine Decke ein, und er wurde verschüttet. Er brach sich den Hinterlauf.«

Charlie schien zu merken, dass ich ihn nicht mehr anfassen wollte. Er ging ein paar Schritte zurück.

»Ist da nichts mehr zu machen mit dem Bein?«

»Das Bein ist verheilt. Das ist nicht das Problem. Er ist seitdem traumatisiert.«

Ich nickte. Auch Tiere, vor allem hochintelligente und ausgebildete Hunde, konnten an ihrer Aufgabe zerbrechen.

»Guten Abend Erik.« Plötzlich stand Martin neben uns. Ich roch seine Bierfahne. »Wie geht es Charlie? Schon einen neuen Besitzer gefunden?«

»Nein. Kommt ihr weiter bei dem Fall? Die Staatsanwältin dreht schon durch, wenn wir nicht bald was Brauchbares haben.«

Ich stand auf. Jetzt würde ein Fachgespräch beginnen. Das musste ich mir nicht antun. Langsam ging ich durch den Raum, grüßte einige Bekannte. Es war spät geworden. Im Gespräch mit Wolfgang hatte ich die Zeit vergessen. Martin hatte doch gar nicht lange bleiben wollen. Nachdem ich eine Runde gedreht hatte, kehrte ich an die Bar zurück. Charlie war mir gefolgt, obwohl ich ihn nicht mehr beachtet hatte. Die beiden Männer waren immer noch ins Gespräch vertieft. Wolfgang war nicht mehr zu sehen.

»Zeit zum Aufbruch.« Ich schmiegte mich an Martin.

»Gleich.«

»Gleich« kannte ich, es war ein sehr dehnbarer Zeitbegriff. »Nein, jetzt. Ich bin müde.«

Kapitel 16

Aus »gleich« wurde eine halbe Stunde. Eine weitere halbe Stunde diskutierten wir. Martin wollte nüchtern bleiben, da ich nachts ungern fuhr. Nun hatte er aber Bier getrunken und wollte bei Andreas übernachten. Sein Zimmer hatte Andreas jedoch schon anderen Freunden überlassen.

Ich fuhr. Auf der Autobahn gab ich ordentlich Gas. Kurz vor Düren war meine Wut verraucht.

»Mit wem hast du dich eigentlich die ganze Zeit unterhalten?« Martins Augen waren geschlossen. Ich hatte angenommen, er wäre schon eingeschlafen.

»Wolfgang Bollendorf – wir haben zusammen studiert.«

»Er kommt mir bekannt vor.«

»Mag daran liegen, dass er unser Nachbar ist.«

»Im Ernst? Er kommt aus Aachen?«

»Nein, seine Mutter hat die Apotheke in Hechelscheid.«

»Und er kennt Andreas? Erstaunlich.«

Ich verschwieg, dass Wolfgang nur zufällig dort aufgetaucht war.

»Was sagst du zu Charlie?«

»Schöner Hund.« Wenn er kein Leichenhund wäre, dachte ich.

»Das finde ich auch. Erik sucht dringend einen neuen Besitzer für ihn.«

Ich fuhr von der Autobahn. Es war nach Mitternacht und kaum Verkehr.

»Conny, hast du gehört, was ich gesagt habe?«

»Sicher.«

»Und?«

Das konnte er nicht ernst meinen. »Du weißt, dass ich keinen Hund mehr will.«

»Oskar ist jetzt seit drei Jahren tot.«

»Genau. Und seit drei Jahren will ich keinen neuen Hund.«

»Er würde dir guttun.«

»Der Hund würde mir guttun? Was kann er denn noch – außer Leichen aufstöbern?«

»Ein Hund hat eine hohe soziale Komponente.«

»Ich bitte dich, Martin, du willst doch nicht sagen, dass ich einen Therapiehund brauche?« Ich schnaubte.

»Charlie braucht ein neues Zuhause, und auch wenn du es nicht zugeben willst: Du liebst Hunde, und Hunde lieben dich.«

»Pferde liebe ich auch. Sollen wir uns deshalb eins anschaffen?«

»Mein Gott, Conny, sei doch nicht so sarkastisch.«

»Warum geben sie den Hund ab? Nur, weil er nicht mehr arbeiten kann? Normalerweise bekommt er doch sein Gnadenbrot beim Hundeführer.«

»Eriks Frau ist schwanger.«

Das musste ich erst einmal verdauen. »Warum ist das ein Grund, ihn abzugeben?«

»Seit dem Unfall hat er sich verändert. Er ist unsicher, manchmal ein wenig hektisch. Er wurde verschüttet.«

»Das hat Erik mir erzählt. Also …« Ich zögerte. »Also haben sie Angst um das Kind?«

»Ich denke schon.«

»Wenn ich jetzt mal frei assoziiere, bedeutet das, dass du den Hund haben willst, weil du mit dem Kinderwunsch abgeschlossen hast.«

»Das ist sehr frei.« Er rieb sich über das Gesicht. »Eigentlich steht und fällt unser Kinderwunsch mit dir.«

Da hatte er recht. Ich fühlte mich so, als ob er mir gerade den schwarzen Peter in die Hand gedrückt hätte. »Ich muss darüber nachdenken.«

»Tust du seit Jahren.«

»Es ist keine einfache Entscheidung.«

»Richtig, und irgendwann ist der Zug abgefahren, dann brauchst du dich nicht mehr zu entscheiden.«

»Das klingt, als würde ich mich um Verantwortung drücken.«

»Es fühlt sich für mich so an.«

Ich bremste und fuhr an den Rand, stieg aus und holte tief Luft. Martin trat neben mich. Er steckte sich eine Zigarette an. »Ich wollte dich nicht verletzen, Conny.«

»Ich weiß.«

Er fasste nach meiner Hand, drückte sie. Ich lehnte mich an ihn. Es war klar, und die Sterne standen zitternd am Nachthimmel. Es roch nach Tannen und Staub.

»Wunderschön.«

»Ja.« Martin lachte leise.

»Was?«

»Ich wollte etwas anfügen, aber es wäre nicht romantisch herübergekommen.«

»So etwas wie: du auch?«

Martin nickte.

»Grundgütiger, Martin, wisch den Schleim weg.« Ich lachte und umarmte ihn, spürte seinen warmen Atem an meinem Hals. »Du willst es immer noch, oder?«

»Was?«

»Ein Kind.«

Er wurde kurz starr, nickte dann.

»Ich werde mich entscheiden. Versprochen. Spätestens bis Weihnachten.«

Er sah mich an, aus dem Blick wurde ein langer, warmer Kuss. »Wir sollten fahren.«

Diesmal zog sich die lange Fahrt über die Dörfer schier endlos hin. Martin berührte mich immer wieder stumm. Kurz bevor ich in den Weg zu unserem Haus einbog, fiel mir etwas ein. »Wir sollten noch einmal über Charlie reden.«

»Ist nicht dein Ernst?«

»Im Grunde liebe ich Hunde.«

Kapitel 17

Oskar war ein Mix aus Husky und Schäferhund gewesen. Sein Vater, Pepe, ein reinrassiger Husky mit extremen Ausbrecherallüren, hatte etliche Würfe gezeugt. Er war verrufen und verschrien. Irgendwann hatte der Besitzer ein Einsehen und ließ Pepe kastrieren. Ich hatte Oskar von Bekannten bekommen. Er war knapp drei Monate alt, verwurmt, voller Flöhe und unterernährt. Er wog kaum sechs Kilo. Ich fütterte ihn behutsam, bekämpfte die Parasiten und hatte einen absolut dankbaren Gefährten, den ich sehr liebte. Meine Eltern hatten immer Hunde, ich war den Umgang gewohnt. Absolut neu war das innige Gefühl, das uns verband. Als ich ihn einschläfern lassen musste, da er mit neun Jahren einen inoperablen Tumor hatte, schwor ich, nie wieder einen Hund bei mir aufzunehmen.

Wochen, Monate, Jahre vergingen, und jeden Morgen vermisste ich die warme Hundenase an meiner Hand oder meinem Arm, das fröhliche Hecheln, das mir sagte, es wäre Zeit aufzustehen. Ich vermisste sein »Geplauder«, denn Huskys bellen nicht, sie erzählen.

Ich vermisste die Spaziergänge und den warmen Hundekörper neben mir auf der Couch. Wenn es regnete oder sehr heiß war, sagte ich mir: Gut, dass du keinen Hund mehr hast, du müsstest mit ihm raus. Ich belog mich.

Doch Oskars Tod hatte mir das Herz gebrochen. Ich wollte

das nicht noch einmal erleben. Martin hatte Oskar akzeptiert, umgekehrt hatte es nicht so gut funktioniert. Trotzdem hatte mein Lebensgefährte gesehen, wie sehr ich litt. Im ersten Jahr hatte er mehrfach versucht, mich zu einem neuen Hund zu überreden. Ich widerstand der Versuchung standhaft. Irgendwann gab Martin auf. Anscheinend hatte er es aber nicht vergessen.

Ich fuhr in den Hof, parkte den Wagen vor der Tür und erstarrte. Als ich Sonntag gefahren war, hatte ich alle Türen mehrfach überprüft. Auch alle Lichter, da war ich mir sicher, hatte ich gelöscht.

Im Wohnzimmer brannte eine Lampe, der Lichtschein fiel warm und einladend durch das bodentiefe Fenster in den Hof.

Mir lief ein Schauer den Rücken hinunter. Mein erster Gedanke war, Bromkes anzurufen und die Polizei zu alarmieren.

Martin war ausgestiegen und hatte den Kofferraum geöffnet. Ich saß im Wagen, konnte mich nicht bewegen.

»Conny?«

»Ja?« Meine Stimme klang blechern und dünn.

»Ist was?«

»Das Licht brennt. Ich schwöre, ich habe es ausgemacht.«

Martin lachte. »Ja, sicher. Nun komm, lass uns hineingehen.«

»Das meine ich ernst, Martin.« Ich schnappte nach Luft. »Die Lampen habe ich ausgeschaltet, die Türen kontrolliert, als ich am Sonntag fuhr. Erinnerst du dich mit all deinen Edelstahltischtoten an unser letztes Wochenende?« Es klang ermahnend und wütend, dabei wäre ich so gerne sachlich geblieben.

»Schätzchen, das ist eine Stehlampe. Du siehst tagsüber noch nicht einmal, ob sie brennt. Wenn du sie angelassen hättest …« Er beendete den Satz nicht, verharrte neben der Autotür, schien die Lage abzuschätzen. »Hast du … hast du mit Bromkes gesprochen?«

Ich nickte, aber er sah nicht zu mir, starrte auf das Haus.

»Da gab es ein Problem mit der Eingangstür der Praxis Anfang der Woche … Ich habe Bromkes gefragt, und er hat jemanden von der Spurensicherung geschickt …«

»Das sagst du mir jetzt erst?« Er ging langsam in Richtung Tür. »Und?«

»Keine eindeutigen Spuren. Ich hatte es vergessen, weil ich dachte, du hättest mich verrückt gemacht und so …« Ich stieg aus, nahm die große Stabtaschenlampe, die im Türfach lag. Es war keine Waffe, aber immerhin hatte ich etwas in der Hand. »Martin, vielleicht sollten wir nicht …«

Er hörte nicht auf mich, ging zur Haustür, rüttelte daran. Sie war verschlossen.

Er stieß den Atem aus, zog den Schlüssel aus der Tasche, schloss auf. »Alles ist gut.«

Vorsichtig folgte ich ihm, wartete, bis er im Wohnzimmer die Terrassentür überprüft hatte. Sie war verschlossen. Erleichtert schenkte ich mir einen Grappa ein. Mein Herz pochte, ich fühlte mich flau. Es roch schal nach abgestandener Luft und Fliesenkleber. Martin öffnete die Fenster und Türen und ließ die milde Nachtluft ein.

»Conny, gibt es da irgendetwas, was dich beunruhigt?«

»Ich glaube, ich bin ein wenig paranoid. Werner und du, ihr habt mich verunsichert. War allerdings überflüssig. Theißen hat sich nicht blicken lassen.«

Ich nahm die Reisetasche und ging nach oben. Auch hier öffnete ich die Fenster weit. Im Hof kreisten zwei Fledermäuse.

Während ich die Tasche auspackte, lauschte ich den Geräuschen des Hauses. Martin räumte die Vorräte in den Kühlschrank, ließ Wasser laufen. Das Gebälk knarrte, ein leiser Wind fing sich unter der Dachtraufe.

Die Dessous und die CD hatte ich erfolgreich verdrängt. Sie fielen mir in dem Moment in die Hände, als Martin das Schlafzimmer betrat.

»Wow, nette Überraschung.« Er nahm den BH und hielt ihn hoch. »Farbwechsel?«

»Ja, überrascht war ich auch. Was hast du dir dabei gedacht?«

»Ich?«

»Du hast mir das doch geschickt, das und diese CD.«

»Nein.« Er schüttelte den Kopf. »Was ist da drauf?«

Mein Lachen kam zu rasch und war zu laut. Ich merkte, dass ich Gefahr lief, mein Gleichgewicht zu verlieren.

»Ein Lied – ich kenne es nicht. Nur ein Lied.«

»Kam das mit der Post?« Martin nahm mir die CD mit spitzen Fingern ab.

»Am Montag.«

»Hast du den Umschlag noch?«

»Natürlich nicht.«

»Es war meine Handschrift?«

Ich dachte nach, konnte mich nicht mehr erinnern.

»Im Auto ist mein Spurensicherungskoffer, darin müssten Beweistüten sein. Ich gehe runter, du bleibst hier.« Seine Stimme klang ruhig, aber bestimmend. Ich hörte ihn nach unten gehen, der Kies im Hof knirschte unter seinen Schuhen. Er öffnete die Wagentür, schloss sie wieder, ging zurück ins Haus. Er sperrte zweimal ab, und auch die Fenster machte er zu. Auf einmal war mir ganz kalt.

Kapitel 18

Ich schlief wenig und angespannt. In der Nacht kam Wind auf. Die Bäume am Haus rauschten. Obwohl wir gelüftet hatten, meinte ich, dass es modrig roch. Zweimal ging ich leise nach unten, trank einen Schluck und starrte in den Hof, der von einem Strahler erleuchtet wurde. Ich kontrollierte die Türen und Fenster. Als ein Kaninchen Haken schlagend über den Kies rannte, zuckte ich zusammen. Ich schlug die Arme um mich, so als müsste ich mich selbst umarmen.

Martin schlief anscheinend friedlich.

War es Theißen? War er hinter mir her? Jemand hatte mir aufreizende Wäsche geschickt. Wollte er, dass ich sie anzog? Erregte ihn der Gedanke? Die sexuelle Komponente war unübersehbar, und das machte mir mehr Angst als ein Drohbrief.

Gegen Morgen schlief ich ein, träumte unruhig. Als ich aufwachte, taten mir die Beine weh, so als sei ich in der Nacht vor irgendetwas davongelaufen.

Die Sonne stand schon höher am Himmel. Es war gegen zehn Uhr. Martin hatte Brötchen geholt. Auf der Terrasse hatte er liebevoll den Frühstückstisch gedeckt, frischen Orangensaft, eine Zeitung und auch weichgekochte Eier nicht vergessen. Ich zog den Gürtel meines Bademantels fest, küsste Martin und setzte mich ihm gegenüber.

»Soll ich dir einen Kaffee kochen?«, fragte er. Ich nickte stumm. Als er hineinging, schaute ich mich um. Ich hatte das Gefühl, beobachtet zu werden, aber niemand war zu sehen.

Martin stellte mir den Kaffee hin, ich nahm den Becher in beide Hände, ließ mir von dem Dampf das Gesicht feucht machen.

»Du siehst müde aus.« Er sah mich nachdenklich an.

»Meinst du, er war hier?« Ich trank vorsichtig einen Schluck, der Kaffee war zu heiß, aber köstlich.

»Nein, glaube ich nicht. Woher soll er von dem Haus wissen?«

Ich rieb mir über das Gesicht. »Ich fühle mich so hilflos, so ausgeliefert.«

»Ich habe schon mit Bromkes gesprochen. Nachher muss ich leider noch einmal nach Köln. Ich nehme die Sachen mit und gebe sie der Spurensicherung. Willst du mitkommen?«

Ich überlegte nur kurz. Natürlich hatte ich mich auf ein entspanntes Wochenende gefreut, doch trotz Martins beruhigender Worte fühlte ich mich im Moment alleine nicht sicher. Noch etwas fiel mir ein.

»Kannst du Erik anrufen? Ich würde mir Charlie gerne noch mal ansehen.«

Martin lachte. »Ich weiß nicht, ob Charlie ein Wachhund ist, aber die Begleithundprüfungen muss er ja abgelegt haben. Ja, aber ein Hund ist wirklich eine gute Idee in dieser Situation. Ich werde auch versuchen, in der nächsten Zeit öfter in Aachen zu sein.«

»Meinst du, es ist Theißen?« Ich flüsterte den Namen.

»Wer sonst? Hast du in der letzten Zeit Ärger gehabt? Ein unangenehmes Gutachten, seltsame Patienten?«

»Nein. Nichts, was ungewöhnlich war.« Ich dachte nach. »Wie ist das eigentlich, der Fall John Doe ist erledigt?«

»Warum fragst du?«

Ich erzählte ihm von Nadine, ihrem seltsamen Verhalten und meinem Verdacht, dass sie etwas am Tatort gefunden und mitgenommen hatte. Martin meinte, dass ich eventuell vorsichtig nachfragen sollte. Ansonsten maß er dem keine besondere Bedeutung bei, der Fall lag bei den Akten, ein anderer war in den Vordergrund getreten.

Gegen Mittag fuhren wir nach Köln. Die Türen hatte ich zweimal überprüft, sie waren ganz sicher verschlossen. Bromkes hatte die Kollegen der Spurensicherung informiert, sie warteten schon auf uns. Jemand nahm meine Aussage auf. Ich bedauerte, den Umschlag nicht aufgehoben zu haben. Eine Akte wurde angelegt, die Fingerabdrücke von Theißen hatte der Staatsanwalt zum Vergleich schon angefordert. Mit gemischten Gefühlen ließ ich die CD und die Wäsche im Labor der Spurensicherung. Auf dem Stoff würde man zwar keine Fingerabdrücke finden, aber vielleicht Fasern. In zwei Stunden sollten wir wiederkommen.

Wir fuhren zu Erik. Das Haus im Randbezirk von Köln hatte einen großen Garten mit zwei Zwingern. Charlie begrüßte uns, als wären wir gute alte Bekannte. Er leckte meine Hand und tanzte um mich herum. Ich beschäftigte mich eine Weile mit ihm, wir gingen eine Runde um den Block und tranken dann mit Erik und seiner Frau in der gemütlichen Küche Kaffee.

Ihr Babybauch war nicht zu übersehen. Ich bemerkte, dass ich sie nicht ansehen konnte. Als ich in mich hineinspürte, meinte ich Traurigkeit zu fühlen. Es war an der Zeit, ehrlich mit mir selbst zu sein und mich mit meinen Wünschen, Ängsten und Hoffnungen auseinanderzusetzen. Allerdings nicht sofort.

Wir sprachen lange über den Hund, der neben mir auf dem Boden lag und hin und wieder den Kopf hob, so als würde er aufmerksam das Gespräch verfolgen.

Ich bat mir Bedenkzeit aus. Martin quittierte es mit einem schiefen Lächeln.

»Wie lange wirst du überlegen wollen? Ein Jahr? Zwei?« Martin klang seltsam bitter. Er lenkte den Wagen durch den samstäglichen Verkehr zurück zum Labor der Spurensicherung.

»Ich will mir sicher sein, dass ich den Hund um des Hundes willen bei mir aufnehmen will und nicht, weil ich gerade im Moment einen Wachhund für eine gute Idee halte.«

»Das ist vernünftig, wobei ich einen Wachhund tatsächlich beruhigend finde.«

»Was mache ich mit ihm, wenn ich in der Praxis bin? Hier hat er einen Zwinger.«

»Sie haben doch gesagt, dass er meistens im Haus ist. Du kannst ihn doch mitnehmen.«

»In die Praxis? Wunderbarer Gedanke für die Kinder mit Angststörungen. Er ist nicht gerade ein Schoßhund.«

»Er könnte in den Hof. Dort eine Hütte aufzustellen, dürfte kein Problem sein.«

»Ich werde Stephanie fragen müssen.«

»Tue das.« Martin fand einen Parkplatz. Für einen Moment blieb ich im Wagen sitzen. Ob sie wohl Fingerabdrücke von Theißen gefunden hatten? Doch wollte ich das wirklich wissen? Ich gab mir einen Ruck und stieg aus.

Das Ergebnis war niederschmetternd. Außer meinen und

Martins Abdrücken hatte man nichts gefunden. Die Hülle sowie die CD waren sorgfältig abgewischt worden. Auch die Suche nach Fasern war negativ verlaufen.

»Komm.« Martin nahm mich in den Arm. »Ich lade dich zum Essen ein. Immerhin gibt es nun ein Aktenzeichen.«

»Wie beruhigend. Dann wissen die Kollegen der Mordkommission ja, unter welcher Nummer sie mich abheften müssen.«

Kapitel 19

Wir entschieden uns für einen Italiener, zu dem Martin offensichtlich öfter ging, denn der Kellner begrüßte ihn mit Handschlag und kannte seinen Namen.

Das Lokal hatte eine mit Wein umrankte Terrasse. Ich wählte einen Tisch in der Sonne. Im Hintergrund spielte Musik, Harfen und Streichinstrumente, die mich an Kaufhausmelodien erinnerte. Dritter Stock, Damenoberbekleidung.

Der Kellner brachte eine Flasche Rotwein und eine Karaffe Wasser. »Dasselbe wie immer, Dottore?«

Ich zog fragend eine Augenbraue hoch.

»Heute mal mit Karte.«

»Ich könnte Ihnen das Kalbsfilet empfehlen.«

»Vielleicht.« Martin lächelte, und der Kellner brachte die Karte.

»Du nimmst Rindercarpaccio auf Rucola.« Er legte die Fingerspitzen aneinander und sah mich an.

»Was macht dich so sicher?«

»Erfahrungswerte.«

Ich wählte Spaghettini mit Garnelen und kam mir trotzig vor. Das Essen war köstlich, aber ich konnte es nicht genießen.

»Was machen wir jetzt? Hechelscheid oder Aachen? Möchtest du mit Bromkes reden, mit jemanden von der Sitte?«

»Sitte?«

»Ich habe mir das Lied angehört, es ist aufreizend, sehr schwül irgendwie. Diese Trommeln ... und dazu schwarze Unterwäsche. Die ganze Geschichte hat eine sexuelle Note.«

»Irgendwie passt das nicht zu Theißen. Er hasst mich, wenn überhaupt.«

»Du meinst auch, dass es Theißen ist?«

»Wer sonst, Martin?«

»Eine Frage, auf die ich keine Antwort habe.« Er winkte dem Kellner. Dieser verschwand nach innen und kam kurz darauf mit zwei Espresso zurück. »Das Haus in Hechelscheid liegt relativ einsam. Ich kann nicht glauben, dass Theißen davon weiß. Wir stehen nicht im Telefonbuch. Unsere Adresse in Aachen herauszubekommen dürfte indes ein Leichtes sein. Allerdings wird er ja wohl kaum zum Balkon hochklettern. Die Nachbarn sind nett und aufmerksam, wenn auch unaufdringlich. Bromkes könnte sicher die Schutzpolizei einschalten und öfter eine Streife vorbeischicken.«

»Eine Streife, die dann die Oppenhoffallee entlangfährt? Was sollte das bringen?«

»Es ist deine Entscheidung.«

»Lass uns eine Leine, Näpfe und Futter holen. Eine Decke ... was noch?«

Martin lachte. »Ist das dein Ernst? Ein Körbchen, Spielzeug, Kauknochen, Leckerlis.« Er biss sich auf die Lippe, verzog das Gesicht. »Ist es eine Angstentscheidung?«

»Eher eine kognitive Risikoabschätzung.«

»Das klingt ausgesprochen psychokackig.«

»Es ist beides. Ich habe mich auch in den Hund verguckt, er ist ein liebenswertes Tier und braucht ein Zuhause, das können wir ihm bieten.«

»Bist du dir sicher? Es wäre Charlie gegenüber nicht fair, wenn du ihn in ein paar Wochen abschiebst, weil du dich nicht mehr bedroht fühlst.«

»Hey, das war mein Part, Martin. Du solltest für den Hund argumentieren.«

»Ich mag ihn sehr. Irgendwie hat er was.«

»Dann lass uns einkaufen und ihn dann abholen.«

»Ich denke, Erik hat alles, was Charlie braucht.« Martin bezahlte das Essen. Es war uns beiden klar, dass wir das restliche Wochenende in der Eifel verbringen würden, obwohl wir nicht mehr darüber gesprochen hatten.

Erik erwartete uns schon. »Ich habe es deinem Blick angesehen und gehofft, recht zu haben. Du hast dich in Charlie verliebt. Ich war mir sicher, dass ihr beide wiederkommen würdet.« Der Hund stand am Tor. Ich hockte mich hin, kraulte ihn hinter den Ohren.

»Wollt ihr ihn direkt mitnehmen?«, fragte Erik.

Ich nickte nur. Martin packte die Sachen ein, Charlie sprang ohne Zögern in unseren Wagen. Wir hielten kurz an einem Tiergeschäft. Martin besorgte zwei neue Spielzeuge, Futter und Kauknochen. Ich wartete mit Charlie im Wagen und sprach mit besänftigenden Worten auf ihn ein. Er hob den Kopf, sah mich mit seinen treuen Augen an, und mir wurde bewusst, dass ich eher mich selbst beruhigte als ihn. Gleichzeitig wurde mir klar, wie sehr ich in den letzten Jahren einen Hund vermisst hatte.

Wir fuhren gemütlich über die Landstraße. Immer wieder schaute ich nach hinten, aber Charlie lag friedlich auf seiner Decke.

Martin räusperte sich mehrfach.

»Hast du einen Frosch verschluckt?«, fragte ich lächelnd.

»Nein, aber ich wollte mit dir über etwas reden.«

»Spuck's aus.«

»Weißt du, ich mache mir seit Wochen Gedanken um das Haus.« Er stockte. Ich wartete. »Es war eine wunderbare Idee, es zu kaufen und auszubauen, aber ...« Wieder zögerte er.

»Sag nicht, dass du es verkaufen willst.« Ich setzte mich gerade hin, traute mich nicht, ihn anzusehen.

»Um Gottes willen, nein. Es ist nur so, dadurch, dass wir nur am Wochenende dort sind, kommen wir nicht wirklich voran. Ich weiß, wie wichtig es dir ist, dass wir alles selber machen, aber so langsam zehrt es an meinen Kräften. Ewig möchte ich nicht in einer Baustelle hausen.«

Ich musste lachen, prustete los, es brach aus mir heraus. »Das glaube ich nicht.«

Martin sah mich irritiert an. »Was?«

»Schatz, ich überlege seit Tagen, wie ich dir genau dasselbe sage und dir beibringe, dass wir lieber Handwerker beauftragen sollten. Ich habe mich nicht getraut, weil dir doch die Eigenleistung so wichtig ist – dachte ich.«

»Schön, dass wir darüber gesprochen haben.« Er schmunzelte. »Dann haben wir ja die Unklarheiten beseitigt und können uns um die Details kümmern. Morgen ist Sonntag. Sollte nichts Unerwartetes dazwischen kommen, fliese ich die Küche zu Ende. Dann machen wir mal eine Liste, was gemacht werden muss und wer dafür in Frage kommt.«

»Diese Liste habe ich schon gemacht.«

»Um so besser.«

Kapitel 20

Den Rest des Tages verbrachten wir mit dem Hund. Wir führten ihn durch das Haus, ließen ihn ausgiebig alles beschnuppern, drehten eine kleine Runde mit ihm, fütterten ihn, drehten noch eine Runde.

Später saßen wir in der Dämmerung auf der Terrasse.

Martin sah sich meine Handwerkerliste an, wir besprachen Details, er machte sich dazu Notizen. Ich trank ein Glas Wein, Martin ein Bier, und wir genossen den Abend. Den Gedanken an Theißen verdrängte ich.

Nachdem Martin um kurz vor zwölf ein letztes Mal mit dem Hund draußen war, zeigten wir ihm sein Körbchen, das wir im Flur vor dem Schlafzimmer aufgestellt hatten. Er legte sich ohne Probleme hin.

In der Nacht fuhr ich hoch, als eine Hundeschnauze an meinen Arm stupste. Charlie winselte leise. Ich kraulte ihn. Seufzend legte er sich vor mein Bett. Ein beruhigendes Gefühl. Ich schlief tief und traumlos.

Am Sonntag weckte uns Regen, der in Böen auf das Dach prasselte. Martin stand auf, sagte mir, dass ich liegen bleiben solle. Ich hörte ihn hinuntergehen, das Haus verlassen. Einen Moment stutzte ich, dann fiel mir Charlie ein. Ich drehte mich um und schlief wieder ein. Als ich wach wurde, dudelte unten leise das Radio, und es duftete nach Kaffee.

Ich blieb noch einen Moment liegen, streckte mich unter der warmen Decke aus und fühlte mich ganz und gar geborgen. Tropfen glitten ruckartig das Fenster hinunter. Schließlich stand ich auf. Es war empfindlich kühl geworden. Im Wind trieben die ersten gelben und roten Blätter. Im Schrank fand ich dicke Wollsocken und zog sie über.

Martin lachte, als er mich in seinen Bademantel gewickelt und mit den Socken an den Füßen sah. »Sommer vorbei?«

»Offensichtlich.«

Martin hatte den alten Küchentisch liebevoll gedeckt. Da die Wohnküche noch nicht fertig war, hatte der Tisch im Wohnzimmer einen vorläufigen Platz gefunden. Auch hier hatten wir versucht, die alten Dielen abzuschleifen, doch sie waren feucht und vermodert und splitterten. Martin riss sie heraus und verlegte neuen Dielenboden.

Bei einem Streifzug über einen holländischen Trödelmarkt entdeckten wir einen alten gusseisernen Ofen. Der Schornsteinfeger hatte keine Bedenken, und so fand der Ofen auf einer großen Stahlplatte in unserem Wohnzimmer ein neues Zuhause. Einmal hatten wir ihn bisher angehabt, danach wurde Sommer, und wir verlegten unser Leben nach draußen.

Nun brannte ein kleines Feuer im Ofen. Ich setzte mich im Schneidersitz davor und genoss die Wärme.

Martin reichte mir einen Kaffeebecher. »Hast du gut geschlafen?«

»Tief und fest. Wo ist Charlie?« Ich sah mich suchend um.

»Im Flur vor der Haustür. Der arme Kerl hat wohl begriffen, dass er bei uns bleiben muss.«

Ich nickte stumm.

Der Regen ließ nach, der Wind allerdings nicht. Martin machte sich daran, die Küche weiter zu fliesen. Ich kochte gerade Pasta, als sein Handy klingelte.

Er kam zu mir, wischte sich die Hände an der Hose ab. »Sie haben das Messer gefunden.«

»Das Messer?« Ich kam mir blöd vor, wusste im ersten Moment nicht, wovon er sprach.

»Die Familie, der Vater und die Kinder … der Fall …« Er stockte.

»Verdammt, ja. Wo war es?«

»Hinter einem Küchenschrank. Immerhin in der Wohnung, das heißt, einen Fremdtäter können wir ausschließen. Wahrscheinlich.« Martin grübelte.

»Wahrscheinlich, aber nicht sicher. Und jetzt?« Ich wusste die Antwort noch in dem Moment, in dem ich die Frage stellte. »Du musst nach Köln.«

»Ja. Das Messer war also in der Wohnung. Der Vater gilt immer noch als der Täter. Nun müssen wir genau schauen, welche Verletzungen wann wem zugefügt wurden. Das 3-D-Programm ist fertig, aber ausgewertet ist es noch nicht.«

»Du bist gefordert. Versteh ich.«

»Kann ich dich hier alleine lassen?« Martin fuhr sich durch die kurzen Haare.

»Ich habe morgen frei.«

»Du bleibst also hier?«

Einen Moment lang dachte ich nach. Wir waren mit einem Auto hier. Es gab keine Möglichkeit für mich, mit öffentlichen Verkehrsmitteln von Hechelscheid nach Aachen zu gelangen. Jedenfalls nichts, was keine Odyssee war.

»Was glaubst du, wann bist du damit durch, Martin?«

Er schaute auf seine Armbanduhr. »Ich weiß nicht. Spätestens morgen Abend. Dann könnte ich dich hier abholen.«

»Okay.«

»Wirklich? Ich kann dich auch jetzt nach Aachen fahren.«

Im Moment fühlte ich mich hier sicherer als in Aachen. Martin hatte recht, wie sollte Theißen oder sonst wer diese Adresse herausgefunden haben? Das Haus lag einsam, aber nicht abseits jeder Zivilisation. Charlie war aus dem Flur in das Wohnzimmer gekommen. Er stand zwischen uns, schaute von einem zum anderen, so als würde er der Unterhaltung folgen.

Ich lachte. »Ich bin ja nicht alleine. Charlie passt auf mich auf.«

»Der Hund hat noch keine Bindung zu dir. Es ist fraglich, ob er dich jetzt schon beschützen würde, Conny.«

»Er ist immerhin da. Fahr, Martin! Ich bleibe hier. Wir telefonieren, aber spätestens morgen Abend holst du mich ab.«

Als der Wagen vom Hof fuhr, saß ich immer noch vor dem Ofen, die Kaffeetasse in beiden Händen.

Der Morgen verrann in den Tag. Irgendwann raffte ich mich auf, duschte, ging mit dem Hund und legte anschließend ein paar Fliesen. Es war nicht schwer, Martin hatte mir gezeigt, wie es ging, und durch die kleinen Plastikkreuze hatten auch alle die gleiche Fugenkante.

Am späten Nachmittag tat mir das Kreuz weh. Der Regen hatte nachgelassen. Ich beschloss, einen längeren Spaziergang zu machen. Die Luft roch wie frisch gereinigt, der Staub war weggespült. Charlie und ich erkundeten die Gegend. Zu weit weg wollte ich noch nicht mit ihm und vor allem nicht in den Wald. Also gingen wir durch das Dorf, das wie ausgestorben wirkte. Kein Mensch war zu sehen, nirgendwo bewegte sich etwas. Mir kam ein Holzschnitt aus der Zeit der Pest in den Sinn. Leere Straßen und alte Häuser.

Der Hund trabte ergeben an meiner Seite. Er tat mir leid. Gerade als ich am Friedhof um die Ecke bog, trat jemand in meinen Weg. Ich schrak zusammen.

»Constanze.«

Ich zog den Hund zurück, spürte meine Unsicherheit. Wer kannte mich hier mit Namen? Charlie knurrte leise.

»Wolfgang!« Erleichtert erkannte ich meinen ehemaligen Kommilitonen. Ich strich Charlie beruhigend über den Kopf. »Herrje. Da haben wir das Haus seit einem Jahr, und ich treffe dich erst auf einer Feier in Köln und dann am übernächsten Tag hier. Verrückt.«

»Es ist kein Zufall. Ich habe nach dir Ausschau gehalten.« Er beugte sich vor und streckte dem Hund die Hand hin. Charlie bleckte die Zähne. »Seit wann habt ihr einen Hund? Davon wusste ich nichts.« Er richtete sich auf und lachte. »Die Dorftrommel funktioniert nicht mehr richtig. Ich werde sofort eine Fehlermeldung machen.«

»Tja, so ist das mit den Trommeln. Wir haben ihn erst seit gestern.« Ich zog die Schultern hoch, es fing wieder an zu regnen.

»Ist das etwa der Hund von der Fete?«

Ich nickte. Natürlich, er hatte ihn auch gesehen.

»Scheißwetter.« Wolfgang wischte sich einen Regentropfen von der Nase.

»Der Sommer ist vorbei.« Ich stockte, überwand mich dann. »Kann ich dich auf einen Kaffee einladen?«

»Darauf habe ich gehofft«, sagte er fröhlich und sah mich erwartungsvoll an.

»Wir leben auf einer Baustelle, es sieht beschissen aus.«

»Ich interessiere mich nicht für Innenarchitektur. Kannst du Kaffee kochen?«

»Nein, aber ich habe eine Senseo-Maschine. Komm.« Ich lachte laut, der Hund zuckte zusammen. Ich registrierte: Er war nervös, wir würden aufpassen müssen. Ich hatte Charlie aufgenommen, ohne Stephanie zu fragen. Das würde ich schnellstmöglich nachholen müssen.

Kapitel 21

»Ich glaube das nicht.« Wolfgang ging durch das Erdgeschoss, während ich Kaffee kochte. Seine Stimme hallte durch die Räume. »Himmel, ihr habt aber ganze Arbeit geleistet, das hätte ich nicht gedacht.«

»Dass wir ganze Arbeit leisten? Wieso nicht?« Ich stellte das Tablett mit den Bechern, Zucker, Milch und einigen alten, hart gewordenen Plätzchen auf den Tisch im Wohnzimmer. Ich hoffte, er würde die Plätzchen nicht probieren. Meine Hoffnung war vergebens, er griff sofort danach, kaute, grinste. »Selbstgebacken?«

»Ja, vor etwa zwanzig Jahren. Sorry. Ich habe nichts Frisches hier. Wir sind nicht auf Besuch eingestellt.«

»Ich höre immer nur ›wir‹ … Wo ist ›er‹ denn? In Köln habe ich auch keinen Mann an deiner Seite gesehen.«

Ich überlegte. Konnte das sein? War Martin nicht zu uns an die Bar gekommen? Erst war Erik da, und ich hatte mich ihm unterhalten und Wolfgang nicht mehr beachtet, und dann war Martin gekommen.

»Martin war auch auf der Fete, ihr müsst euch verpasst haben.« Ich lachte.

»Und wo ist er jetzt?« Wolfgang schaute sich um.

»Wieder in Köln. Arbeit.« Meine Stimme wurde ungewollt ernst.

»Am Sonntag? Was macht er beruflich?«

Wolfgang klang immer noch freundlich und offen. Ich schluckte und beschloss, nicht weiter auf seine Frage einzugehen.

»Möchtest du noch einen Kaffee?«

Er lachte. »Ich habe meinen noch nicht mal angerührt. – Danke. Was ihr aus dem Haus gemacht habt, ist irre.«

Schwache Wärme strahlte aus dem gusseisernen Ofen. Ich stand auf, um ein paar Scheite Holz nachzulegen.

»Ich kenne das Haus noch von früher.« Wolfgang nahm

den Kaffeebecher in beide Hände, so wie ich es auch immer tat, und streckte die Beine aus. »Es wirkt ganz anders.«

»Wieso?« Ich setzte mich ihm gegenüber auf das große Kissen auf dem Boden und schlug die Beine unter.

»Ach, das sind so Erinnerungen. Wir haben hier als Kinder gespielt. Es war immer das Geisterhaus ... der Friedhof nebenan ... wortwörtlich. Schau, auf der Ebene, auf der wir jetzt sitzen, liegt mein Opa ...« Er zögerte, fuhr dann leiser fort: »Und mein Vater. Da.« Er zeigte auf die Sandsteinwand.

Wir hatten die Wand unverputzt gelassen. Sie war gut zwei Meter dick. Das Rustikale und Ursprüngliche gefiel uns, aber es lag auch keiner unserer Ahnen auf der anderen Seite. Ich schluckte, pustete verlegen in meine Tasse. Mir fehlten unverfängliche Worte, um das Gespräch in eine andere Richtung zu lenken.

»Ich hätte nicht gedacht, dass irgendwer dem Haus ein solches Flair einhauchen könnte.« Wolfgangs Blick schweifte durch den Raum. »Die Böden habt ihr erneuert?«

Erleichtert stieß ich die Luft aus. Er war nicht bei seiner Familie hängengeblieben. Ich hätte nicht beantworten können, wie es sich neben seinem toten Vater schlief.

»Hier unten schon, da war nichts zu retten. Oben konnten wir die alten Dielen abschleifen.«

»Oben sind die Schlafräume?« Er klang interessiert, nicht neugierig.

Ich lächelte. »Ein Schlafraum. Ein zukünftiges Arbeitszimmer, ein späteres Gästezimmer. Das Bad.«

»Kein Kinderzimmer?« Er lachte, sah meinen Blick, senkte den Kopf. »Empfindliches Thema? Entschuldigung, wollte nicht aufdringlich werden.«

In dem Moment schloss ich ihn in mein Herz. Er war nett – mehr als das. Ich würde ihn zu meinem Freund machen, dachte ich. »Vorläufig kein Kinderzimmer, nein.«

»Es ist wirklich toll hier, ein Wohlfühlhaus.« Wolfgang trank seinen Kaffee aus.

»Das Haus hat mich von Anfang an bezaubert.«

»Hast du keine Angst? Ich meine … der Friedhof …«

Er lachte. »Ach, Quatsch! Ich hab all meine Kindheitserinnerungen im Kopf, aber damals stand das Haus leer, die Fensterläden klapperten im Wind, es roch immer modrig, und wahrscheinlich lebten hier ganze Generationen von Ratten und Mäusen. Irgendwo raschelte es immer. Kein Vergleich zu heute. Ihr habt ein wohnliches Zuhause geschaffen. Ist es ein Wochenendhaus?«

»Noch, ja.« Ich streckte meine Beine aus. »Danke für das Kompliment, aber seien wir ehrlich: Noch ist es eine Baustelle. Wir haben jetzt ein Jahr daran gearbeitet, es geht nicht sichtbar vorwärts.«

»Was muss gemacht werden? Kann ich helfen?« Er warf einen Blick auf seine Armbanduhr, schon das zweite Mal, seit er hier saß. Erst jetzt maß ich seinem hektischen Blick eine Bedeutung bei.

»Hast du noch einen Termin?«, fragte ich.

Wolfgang lachte tonlos. »Wirke ich getrieben? Ich habe eine Versuchsreihe laufen. Da gibt es enge Zeitfenster, die ich einhalten muss.«

»Was forscht du?« Ich versuchte mich zu erinnern, ob er das Thema schon genannt hatte; mir fiel nichts ein.

»Also, wenn ihr Hilfe braucht bei was auch immer – ich bin da.« Er stellte die Tasse auf den Tisch.

»Ja, wir brauchen Hilfe, aber von Fachleuten. Kennst du einen guten Schreiner, einen guten Klempner, einen guten Putzer. Handwerker sind eine Rasse für sich. Ich brauche zuverlässige Leute.«

Wolfgang schnaubte belustigt. »Handwerker und zuverlässig ist ein Widerspruch in sich. Ich denke darüber nach. Wann brauchst du die Leute?«

»Gestern? Letzte Woche?« Ich wollte heiter klingen.

»Ach?« Er schnaubte und stand auf. »Ihr wollt wirklich Hilfe, oder träumst du nur?«

Die Frage brachte mich etwas aus dem Konzept. Ich stand ebenfalls auf. Charlie hatte die ganze Zeit ruhig im Hausflur gelegen, aber nun erhob er sich, kam zu uns, stellte sich vor mich.

»Netter Hund.»Wolfgang beugte sich vor, ließ Charlie an seiner Hand schnüffeln. »Welche Rasse?«

»Schäflador.« Ich verkniff mir das Lachen.

»Kenne ich gar nicht. Eine der neuen Züchtungen?«

Im ersten Moment überlegte ich, ob er mich genauso auf den Arm nahm wie ich ihn, dann nickte ich nur.

»Ich denke über die Handwerker nach und werde meine Mutter fragen. Ich wohne zwar offiziell hier, habe aber eine wenig den Kontakt verloren, weil ich zu oft unterwegs bin.« Er richtete sich auf, schaute mich an. Mir schien, dass er verlegen aussah, die sanfte Röte unter seinen Augen verriet ihn.

»Kein Problem. Jeder Hinweis ist gut.«

»Wie lange … ich meine, wann …« Er lachte verlegen. »Ich komme mir vor wie ein Teenie. Kann ich dich morgen erreichen? Oder seit ihr, du, dann nicht mehr hier?« Er strich sich über die lockigen Haare, wirkte noch verlegener. »Wegen der Handwerker, meine ich.«

»Ich bin bis morgen Abend hier. – Danke, Wolfgang, jede Hilfe ist willkommen.«

»Hey, wir haben Professor Willems gemeinsam überstanden, der Rest ist easy.«

An den Professor erinnerte ich mich nicht mehr, aber ich nickte trotzdem. Ich hatte das Gefühl, einen Freund gefunden zu haben. »Hier ist meine Karte mit meiner Handynummer. Ruf mich an! Nicht nur wegen der Handwerker. Wir sind meistens am Wochenende hier.«

»Danke.« Er steckte die Karte ein.

»Das war eine Einladung.« Ich lächelte.

»Zum Essen?« Er schmunzelte. »Ich nehme dich beim Wort. Wirklich.«

Ich sah ihm hinterher. Erst als er den Hügel erklommen hatte und um die Ecke verschwunden war, fiel mir ein, dass ich keine Telefonnummer von ihm hatte und ihn nicht erreichen konnte. Ein wenig bedauerte ich es. Charlie stupste mich an und erinnerte daran, dass er noch nichts gefressen hatte. Ich machte den Hund glücklich.

Kapitel 22

Den Abend verbrachte ich vor dem Kamin und las ein Buch, das ich schon länger auf dem Nachttisch liegen hatte. Zweimal stand ich auf und versicherte mich, dass die Türen und Fenster geschlossen waren. Ich machte mir Gedanken darüber, ob es sich zu zwanghaftem Verhalten steigern würde. Im Notfall könnte ich Miriam Nebel, meine ehemalige Mentorin, aufsuchen und mich bei ihr auf die Couch legen. Sie war Mitte fünfzig, trug meistens weite, grellfarbene Gewänder.

»Meine Familie spricht sechs Sprachen gleich schlecht und alle auf einmal«, definierte sie ihren multikulturellen Hintergrund.

Sie war zu einer ganz besonderen Freundin geworden. Tatsächlich wäre sie die Einzige, an die ich mich mit Problemen wenden würde. Allerdings war es nicht ganz einfach, aus der Kollegenrolle zu schlüpfen und Hilfe anzunehmen. Ich schob den Gedanken weit von mir.

Gegen elf zog ich mir eine Jacke und Stiefel über, nahm den Hund an die Leine und atmete tief durch. Ich hatte einmal kurz mit Martin telefoniert. Er gab mir den Auftrag, ihn anzurufen, wenn ich mit dem Hund gehen würde. Er könnte so die ganze Zeit am Handy dabei sein.

Der Vorschlag war nicht schlecht, aber er würde meine Ängste nur vertiefen. Ich tat das Handy in die Jackentasche, seine Nummer war gedrückt. Dann öffnete ich die Tür. Charlie schien zu spüren, dass ich unsicher war. Er hob den Kopf, schnupperte ausgiebig, ging dann entschlossen los. Wir liefen am Friedhof vorbei Richtung Dorf. Die Luft war kalt und feucht, legte sich auf meine Haut. Ich schauderte. Ein paar Nachtvögel riefen sich etwas zu. Meine Schritte knirschten auf dem Kies.

Hin und wieder schnupperte der Hund mit erhobenem Kopf, aber er machte einen ruhigen Eindruck. Ich konnte mich atmen hören, flach und schnell, versuchte den Takt zu brechen.

Nach fünfzehn Minuten entspannten sich meine verkrampften Bauchmuskeln. Charlie erleichterte sich und drehte um, als wolle er mir sagen, dass es Zeit sei, nach Hause zu gehen. Auf dem Rückweg konnte ich die Nachtluft genießen. Nur ein paar Male drehte ich mich um, es war niemand da.

Ich schloss die Haustür hinter mir und lehnte mich dagegen. Dann erst wählte ich Martins Nummer. Er war erstaunt, als ich ihm sagte, dass ich wieder zu Hause war.

»Du solltest anrufen, wenn du losgehst, nicht wenn du ankommst.« Seine Stimme klang vorwurfsvoll.

»Ich weiß. Das Handy hatte ich griffbereit in der Jackentasche.«

»Wenn dich jemand von hinten gepackt hätte, hättest du es nicht benutzen können.«

»Wenn mich jemand von hinten gepackt hätte, wäre es eh zu spät gewesen, Martin.«

Er wusste, dass ich recht hatte. Wir versicherten uns gegenseitig unserer Liebe, und er versprach am nächsten Tag spätestens um fünf Uhr wieder hier zu sein.

Mitten in der Nacht schrak ich hoch. Zuerst wusste ich nicht, was mich geweckt hatte, doch dann hörte ich Charlie jaulen. Er war unten im Eingang liegen geblieben. Ich hatte die Schlafzimmertür, ohne nachzudenken, geschlossen. Nun wollte er zu mir und konnte nicht. Ich stand auf und ließ ihn herein. Er leckte mir über die Hand und legte sich mit einem tiefen Seufzer vor das Bett.

Eine halbe Stunde lang wälzte ich mich von einer Seite auf die andere, versuchte wieder in den Schlaf zu finden, dann gab ich auf. Das Paket von Theißen hatte eine eindeutige sexuelle

Bedeutung. Ich hatte seine Akte eingepackt und mitgenommen. Nun nahm ich sie aus der Reisetasche und las noch einmal meine alten Berichte.

Der Mord damals war eine Beziehungstat gewesen und hatte keine sexuelle Note gehabt. Er hatte seine Frau mit dem Hammer erschlagen, sie weder ausgezogen noch irgendwie positioniert. Die Polizei fand die Leiche auf dem Stuhl sitzend, der Hammer lag daneben, und Theißen war auf der Flucht. Nach drei Tagen wurde er bei einer Verkehrskontrolle verhaftet.

In seinen Aussagen war die Wut, die er seiner Frau entgegenbrachte, deutlich zu spüren. Es war eine Aggressionstat und hatte mit Trieb nichts zu tun.

Ich hatte ihm die normalen Fragen zu seiner Familie gestellt. Seine Mutter war Prostituierte, und wahrscheinlich war seine Kindheit erotisiert gewesen. Nicht selten gab es in einem solchen Umfeld die Verbindung von Sex und Gewalt. Doch bei den Tests war seine Reaktion unauffällig. Er war eindeutig heterosexuell, ihn sprachen Bilder, auf denen Frauen erniedrigt wurden, nicht an. Ich hatte kein besonderes Augenmerk auf seine Triebhaftigkeit gelegt. Auch jetzt fand ich keinen Hinweis auf einen perversen oder sexuellen Ansatz.

Es war natürlich möglich, dass er sich in der Haft verändert hatte. Vielleicht hatte er auch seine Lust auf mich projiziert und mit Hass gekoppelt. Völlig abwegig erschien mir das nicht, vor allem da ich die einzige Frau war, die bei seiner Verhandlung eine Rolle spielte.

Der Gedanke, im Fokus eines Triebtäters zu stehen, machte mich unruhig. Ich stand auf, ging in die Küche, um einen Schluck Wasser zu trinken und die Türen und Fenster zu kontrollieren. Es wurde zwanghaft. Angst ist immer ein schlechter Begleiter. Charlie war mir gefolgt. Er zeigte keine Anzeichen von Unruhe. Auch an der Haustür schnupperte er nur kurz, nichts schien seine Aufmerksamkeit zu erregen.

Das beruhigte mich. Ich ging zurück ins Bett und schlief gegen Morgen endlich ein.

Als ich aufwachte, wurde mir bewusst, dass Montag war und

Martin mich am Nachmittag abholen würde. Ich freute mich darauf, ihn zu sehen. Dass die Umstände so ganz anders sein würden, als ich es mir vorstellte, wusste ich da zum Glück noch nicht.

Kapitel 23

Die Luft war kühl und frisch, die Sonne schien von einem klaren Himmel. Ich ging mit dem Hund ins Dorf, holte Croissants und eine Zeitung, frühstückte auf der Terrasse. Mit Pullover ließ es sich gut aushalten.

Martin rief an und bestätigte, dass er mich abholen würde. Sie waren bei ihrem Fall kurz vor dem Abschluss. Auch Wolfgang meldete sich per SMS und schickte die Telefonnummer eines Maurers. Ich wählte die Nummer, aber dort lief nur der Anrufbeantworter, auf dem ich eine Nachricht hinterließ.

Gegen Mittag aß ich eine Kleinigkeit, packte dann unsere Sachen zusammen. Immer wieder schaute ich auf die Uhr, doch die Zeit zog sich zäh wie Sirup. Ich wusste, dass ich mich beschäftigen musste. Es war helllichter Tag. Meine Ängste hatten sich in einen dunklen Winkel zurückgezogen, nur um gegen Abend wieder hervorzukriechen. Das war mir bewusst, aber manchmal reicht Wissen nicht aus, um damit umzugehen.

Ich beschloss, mit Charlie einen langen Spaziergang zum Rursee zu machen. Noch war ich mir nicht ganz sicher, wie weit ich Charlies Bein belasten durfte. Bisher hatte er jedoch weder gehumpelt, noch das Bein nachgezogen.

Ich nahm ihn an die Leine, verschloss das Haus und ging los. Wir liefen um das Dorf herum in Richtung Wald. Von dieser Seite führte ein asphaltierter Weg durch den Wald zum See hinunter, anders als der Pfad bei uns hinter dem Haus, der nur ein Trampelpfad war.

Es roch würzig nach feuchter Erde und verrottetem Laub.

Charlie lief neben mir her, schnupperte hier und da und schien sich wohlzufühlen. Immer wieder kontrollierte ich seinen Gang, konnte aber nichts Auffälliges feststellen.

Ich merkte, dass ich den Hund in den wenigen Tagen schon sehr in mein Herz geschlossen hatte. Ab und an warf ich ihm ein Leckerchen zu, freute mich darüber, dass er sich freute. Es war noch zu früh, ihn laufen zu lassen. Andererseits war der Hund ausgebildet und sollte aufs Wort gehorchen.

Nach ungefähr einer Stunde – ich konnte das Wasser des Sees schon glitzern sehen – ließ ich ihn von der Leine. Charlie warf mir einen Blick zu, als wollte er fragen: Ist das dein Ernst? Dann wedelte er mit der Rute und lief weiter neben mir. Ich belohnte ihn und war stolz auf meinen Hund.

Wir kamen an das Ufer des Sees. Die Luft war kühler und frischer als zwischen den Bäumen. Es gab Bänke und Abfallkörbe, die überquollen und stanken. Ich rümpfte die Nase und wandte mich nach rechts. Immer noch lief der Hund dicht neben mir, schaute jedoch sehnsuchtsvoll zum See. Ein Anteil seines Mixes war unübersehbar Labrador, eine Rasse, die Wasser liebt.

»Worauf wartest du?«, fragte ich ihn belustigt, nahm einen Stock und warf ihn ins Wasser. Charlie sprintete los, holte den Stock und brachte ihn mir freudig zurück. Wir spielten das Spiel etliche Male, gingen dabei langsam weiter am Ufer entlang. Auf einmal blieb der Hund in Hab-Acht-Haltung stehen. Den Kopf erhoben, die Nase witternd. Er fiepte. Bisher hatte ich ihn kaum einen Laut geben hören. Charlie war kein Hund, der anschlug, wenn eine Katze über den Hof schlich. Vielleicht hatte er auch noch nicht die Bindung zu uns und erst recht nicht zu dem Haus. Vielleicht war er grundsätzlich kein Wachhund. Mir fiel ein, dass ich mich nicht danach erkundigt hatte.

»Was ist los, alter Junge? Riechst du was?«

Sein Blick war starr in eine Richtung gerichtet, er sah mich nicht an, kam auch nicht, als ich ihn zu mir rief.

»Charlie?« Er reagierte nicht. Was konnte dort sein? Seine

Nase war ungleich feiner als meine. Irgendetwas witterte er. Ich holte tief Luft, gab mir einen Ruck. »Los. Such!« Ich bereute die Worte in dem Moment, als ich sie aussprach. Charlie lief los, zielstrebig über die Uferböschung und in den Wald. Ich hatte Mühe ihm zu folgen, doch immer wieder blieb er stehen, sah sich nach mir um, so als wolle er sich vergewissern, dass ich ihm folgte.

Schließlich aber rannte er davon, hatte eine Spur aufgenommen. Nur wenig später hörte ich ihn irgendwo tief im Wald bellen.

»Charlie?« Ich folgte seinem Laut, kämpfte mich durch das Dickicht, verfluchte mich. Warum hatte ich den Hund losgelassen? Natürlich hörte er noch nicht auf mich, vielleicht würde er es nie tun. Es war leichtsinnig, ein wenig überheblich von mir, ihn laufen zu lassen.

Wahrscheinlich würde ich ihn nicht ohne weiteres einfangen können. Ich konnte ihn nicht mehr sehen, der Wald warf merkwürdige Echos seines aufgeregten Bellens. Verzweifelt versuchte ich ihn zu orten, rief ihn, pfiff, beschimpfte mich und ihn.

Das brachte mich meinem Hund keinen Deut näher. Ich verfing mich in Brombeerranken, Zweige peitschten über meine Arme, mein Gesicht. Irgendwann blieb ich keuchend und nach Luft schnappend stehen. Immer noch schlug Charlie an. Ich ging in die Hocke, versuchte mich zu fangen, meinen Atem zu kontrollieren, atmete langsam ein und aus. Wo war dieser Hund. Wohin war er gerannt? Ich richtete mich auf. Wo war ich? Irgendwo im Gebüsch, weitab des Weges. Es raschelte im Unterholz, und ich zuckte zusammen. Ein Hase schoss im Zickzacklauf an mir vorbei. Eine Krähe stieß ihren heiseren Ruf aus.

Charlie hatte aufgehört zu bellen.

Ich rief ihn, er antwortete kurz. Der Laut kam links von mir. Ich ging ein paar Schritte, traf auf eine Art Pfad. Jemand hatte das Unterholz beiseitegeschoben, die Brombeerranken geteilt. Ich folgte dem Pfad. Zwei alte Buchen waren ein

Stück vor mir umgestürzt. Die Sonne beschien die natürliche Lichtung. Charlie stand vor einem der Bäume, eine Pfote gehoben, Kopf und Rute gestreckt.

Schon bevor ich ihn erreichte, roch ich es. Der Gestank von Fäkalien und Verwesung. Übelkeit stieg aus meinem Magen hoch. Ich spürte den vermehrten Speichelfluss, schluckte heftig. Mein Puls raste, der Schweiß brach mir aus. Ich blieb stehen, unsicher, ob ich die drei Schritte nach vorne gehen sollte, um das zu sehen, was ich roch.

Dort lag ein toter Mensch.

Kapitel 24

Es dauerte ein wenig, ehe ich der Polizeidienststelle in Simmerath erklärt hatte, wo ich war. Noch länger dauerte es, bis sie mich fanden.

Nachdem ich meinen Würgereiz in den Griff bekommen hatte, ging ich vorsichtig an den Baumstamm. Ich achtete darauf, keine möglichen Spuren zu vernichten, fasste nichts an. Charlie befahl ich, sich zu setzen. Nachdem er mich erfolgreich hierher gelotst hatte, legte er sich zufrieden hin. Er war darauf trainiert, Leichen zu finden, und nachdem ich ihm das Kommando gegeben hatte zu suchen, tat er nur seine Arbeit.

Der Mann war vermutlich noch nicht lange tot, die Verwesung war noch nicht weit fortgeschritten. Ich konnte auf den ersten Blick keine auffälligen Verletzungen feststellen. Durch den Regen und die gefallenen Temperaturen in den letzten Tagen hielt sich der Madenbefall in Grenzen. Die Augen und die Mundhöhle waren besiedelt – soviel konnte ich sehen.

Ich nahm den Hund, lobte ihn ausgiebig und ging mit ihm ein paar Schritte aus der Lichtung hinaus. Ein Baumstamm bot sich an. Ich setzte mich und schmeckte die scharfe Säure im Mund. Noch hatte ich mich nicht übergeben müssen, und ich hoffte, dass es dabei blieb.

Zuerst traf die Schutzpolizei des nächsten Reviers ein. Keine halbe Stunde später erschienen Martin und die Kripo. Solange die Todesursache nicht feststand, würde ermittelt werden.

Martin nickte nur kurz zu mir herüber. Ich sehnte mich danach, von ihm in den Arm genommen zu werden, aber die Arbeit ging vor. In den weißen Papieranzügen und den Überschuhen sahen die Leute der Spurensicherung gespenstisch aus.

Nachdem meine Aussage aufgenommen worden war, durfte ich gehen. Im Moment bestand keine Möglichkeit, mit Martin zu reden, also ging ich den Weg zurück nach Hause. Ich ging absichtlich langsam, um Zeit zu schinden. Es war mühsam, der Rursee lag in einem steilen Tal. Hinab war es einfach, doch der Weg aufwärts war anstrengend. Der Schweiß lief in Ströme über meinen Rücken. Trotzdem fror ich.

Als ich um unsere Haus herumging, knurrte Charlie. Ich fasste die Leine enger.

»Hallo.« Wolfgang Bollendorf erhob sich von einem unserer Terrassenstühle und kam mir entgegen. Charlie entspannte sich, genauso wie ich.

»Wolfgang, wie schön! Möchtest du einen Kaffee?«

»Ich habe mir schon gedacht, dass du mit dem Hund unterwegs bist. Hast du meine SMS bekommen?«

»Habe ich. Danke.« Ich schloss die Tür auf, ließ Charlie von der Leine.

»Kaffee klingt wundervoll.« Er folgte mir ins Haus.

»Außer Nudeln ist es so ziemlich das Einzige, was ich hier kochen kann.«

»Immerhin. Ich kann noch nicht mal Kaffee.« Er lachte.

»Weil du keine Küche hast oder weil er dir anbrennt?«

»Eher letzteres.«

Ich füllte den Wassertank der Senseo-Maschine, legte ein Pad ein.

»Obwohl du von draußen kommst, siehst du blass aus.« Wolfgang sah mich besorgt an.

»Charlie ist ein Leichenhund. Er hat heute seine Arbeit getan.« Ich lehnte mich an den Schrank.

»Was?«

»Ach.« Ich schüttelte den Kopf. »Das ist total bizarr. Ich war mit ihm unten am See, und auf einmal rennt er los, durch den Wald. Und dann hörte er nicht auf zu bellen. Ich bin ihm gefolgt. Da lag ein toter Mann.«

Wolfgang starrte mich an, den Mund leicht geöffnet, die Augen aufgerissen.

»Es stinkt – Tote riechen entsetzlich. Der Geruch setzt sich in der Nasenschleimhaut fest.« Ich drückte den Schalter der Kaffeemaschine, gab Wolfgang eine Tasse, nahm die zweite. Mein Gesicht hielt ich in den Dampf, atmete den würzigen Geruch tief ein.

»Was hast du gemacht? Wer war es?«

»Ich habe die Polizei gerufen und Martin so zu einem weiteren Job verholfen. Komm, lass uns ins Wohnzimmer gehen.«

Der Ofen strahlte eine schwache Wärme aus. Ich setzte mich davor. Es wunderte mich nicht, dass Wolfgang sich ein Kissen nahm und sich zu mir auf den Boden setzte. Er war der Typ dazu.

»Dein Martin ist Bulle?«

Ich lachte kurz, wurde dann wieder ernst. »Nein, er ist Rechtsmediziner.«

»Ach, du Scheiße, CSI Eifel?«

»So wie im Fernsehen ist das nicht.« Ich nippte an meinem Kaffee, suchte nach einem Themenwechsel. Das Letzte, worüber ich jetzt sprechen wollte, war der Tote. »Ich habe bei der Nummer angerufen, die du mir geschickt hast, aber da lief nur der Anrufbeantworter.«

»Warum hat man denn einen Rechtsmediziner gerufen? War es Mord?«

Ich stöhnte leise. Mir war klar, dass ein Toter in der Nähe Aufmerksamkeit erregte. »Ich habe keine Ahnung, woran der Mann gestorben ist. So nah bin ich nicht an ihn herangegangen. Bei unklaren Todesfällen wird immer die Rechtsmedizin hinzugezogen. Und normalerweise stirbt man nicht einfach so im Wald.«

»Ein Penner?«

»Möglich.« Darüber hatte ich noch nicht nachgedacht. Der zweite tote Obdachlose am Rursee innerhalb weniger Wochen? Zufall? Oder gab es einen Zusammenhang? Fragen, die ich nicht klären musste.

Mein Handy klingelte. Ich stand auf. Es steckte noch in meiner Jackentasche. Martin erklärte mir, dass er mit einem Dienstwagen gekommen sei. Er hatte jemanden von der Polizei dazu bewegen können, mich abzuholen und nach Aachen zu bringen. Der Beamte würde gleich kommen. Martin versprach mir heute Nacht noch nach Hause zu kommen. Ich hatte kaum aufgelegt, als der Streifenwagen schon auf den Hof fuhr.

Wolfgang verabschiedete sich hastig, wahrscheinlich überforderte ihn diese Situation. Ich konnte ihn verstehen, mir ging es ähnlich. Meine Sachen waren schnell im Wagen verstaut. Der Hund nahm, ohne zu murren, im Fußraum Platz. Als wir losfuhren, fing es wieder an zu regnen. Ein feiner Nieselregen, der alles durchdrang und sich auf die Haut setzte. Ich war froh, dass der Beamte schweigsam war.

Kapitel 25

Es lagen nur ein paar Rechnungen auf der Treppe des Altbaus in der Oppenhoffallee. Diese und die obligatorische Werbung sammelte ich ein, stieg langsam nach oben. Es roch vertraut wie immer. Ein wenig gammelig, so wie alte Häuser nun mal riechen. Frau Schulz von nebenan hatte Kohl gekocht, irgendwo im Haus war etwas frittiert worden.

Der Polizeibeamte trug die Tasche, stellte sie vor der Tür ab, murmelte ein paar flüchtige Worte und ging wieder. Ich hatte ihm glaubhaft versichert, dass ich den Rest alleine hoch tragen würde.

Charlie folgte mir unruhig. Er hatte die Ohren angelegt, schnupperte intensiv.

»Keine Leiche, mein Freund.« Ich schloss auf. »Das ist unser Zuhause.«

Charlie drängte sich an mir vorbei in die Wohnung. Obwohl es erst später Nachmittag war und die Sonne wieder schien, kam mir die Wohnung düster vor. Ich schaltete das Licht an, brachte die Tasche ins Schlafzimmer und holte die restlichen Sachen nach oben. Charlie untersuchte jeden Raum gründlich. Seinen Wassernapf stellte ich neben den Herd. Er trank ausgiebig, trottete dann ins Wohnzimmer, drehte sich dreimal im Kreis und legte sich dann mit einem zufriedenen Seufzer hin. Auch ich ging langsam durch die Räume. Alles war so wie immer, trotzdem hatte ich das Gefühl, als hätte sich etwas grundlegend verändert. Ich packte aus und duschte lange. Die Müdigkeit wollte nicht weichen. Ich stellte eine Maschine Wäsche an, gab ausnahmsweise Weichspüler hinzu. Obwohl die Leiche im Wald gelegen hatte und ich ihr nicht wirklich nahe gekommen war, hatte ich doch das Gefühl, alles würde nach Tod riechen.

Ich nahm mir ein Glas Wein, zündete ein paar Duftkerzen an, setzte mich auf das Sofa und umarmte ein Kissen, das ich mir gegen den Bauch drückte. Im Fernsehen lief eine Kochsendung, doch bei dem Anblick von scharfen Messern und blutigem Fleisch lief ein ganz anderer Film in meinem Kopf ab. Ich versuchte zu lesen, auch das wollte mir nicht gelingen. Nachdem ich einen Satz dreimal gelesen hatte, ohne dass sich mir sein Sinn offenbarte, zog ich mir warme Sachen an und ging mit dem Hund nach draußen.

Inzwischen war es dunkel geworden. Die Straßenlaternen

gossen Pfützen aus Licht auf den Asphalt. Ich ging zum Neumarkt, drehte dort eine Runde. Unsere Praxis lag verlassen da. Die Tür war abgeschlossen, fast schon zwanghaft überprüfte ich das. Außer ein paar Hundebesitzern und zwei oder drei Kneipengängern war niemand unterwegs. Immer wieder schaute ich mich um, aber keiner folgte mir.

Ich hatte Theißen vergessen – bis zu dem Moment, als ich mit dem Hund die Straße betrat. Das Gefühl von »Da-war-noch-etwas« und die aufkeimende Angst schärften meine Sinne. Es roch nach Abgasen, feuchtem Laub und Pommesbude. Das Rauschen des Verkehrs schien überlaut zu sein. Irgendwo rief jemand, Musik dudelte, Fernseher liefen. Die normale Geräuschkulisse einer Stadt. Ich beobachtete jeden, der mir entgegenkam. Keiner schien mich zu beachten.

Erst als wir wieder in der Wohnung waren, beruhigte sich mein Puls. Das Licht im Wohnzimmer brannte. Es roch intensiv nach den Duftkerzen, dabei war ich mir sicher, dass ich sie ausgepustet hatte, bevor ich ging. Irgendetwas war anders. Meine Nackenhaare stellten sich hoch. Charlie zeigte keine Besorgnis. Ich ließ ihn nicht von der Leine, ging mit ihm langsam durch den Flur, die Wohnungstür ließ ich aufstehen, um eine schnelle Fluchtmöglichkeit zu haben.

Martin lag auf der Couch, die Augen geschlossen, den Mund leicht geöffnet. Er schnarchte leise. Ich stieß erleichtert die Luft aus. Als ich zurückging, um die Wohnungstür zu schließen, sah ich seine Jacke an der Garderobe hängen, und auch die Schuhe standen neben der Tür.

Du wirst verrückt und siehst Gespenster, dachte ich entnervt. Ich setzte mich neben ihn auf das Sofa, strich vorsichtig die Haare aus seiner Stirn, dann lehnte ich mich an ihn und schloss die Augen.

Ich wachte abrupt auf, als Martin versuchte sich umzudrehen. Mein Nacken war steif, und ich fror.

»Hey, Süßer. Zeit ins Bett zu gehen.«

Martin schlug die Augen auf und sah mich verwirrt an. Er schüttelte den Kopf, um wach zu werden, gähnte herzhaft.

»Seit wann bist du da? Wie viel Uhr ist es überhaupt? Und wo warst du?«

Ich lachte. »Ich war mit dem Hund draußen, es ist gleich eins, und wir sind beide auf dem Sofa eingeschlafen.«

»Früher ist uns das nie passiert. Werden wir alt?«

»Vermutlich.« Ich zog ihn hoch.

Als wir nebeneinander im Dunkel in unserem Bett lagen, suchte Martins Hand meine. Er umfasste sie, und ich fühlte mich sicher und geborgen. Der Gedanke an den Liebesakt lag bei uns beiden in weiter Ferne, und ich war zufrieden, einfach nur mit Martin hier zu sein. So würde es sein, wenn wir wirklich alt wären. Der Gedanke hatte etwas Großartiges.

»Schlaf gut.« Ich drehte mich zu ihm, küsste ihn leicht.

»Der Tote war wahrscheinlich auch ein Obdachloser.«

Ich schluckte, stopfte mir das Kissen unter dem Kopf zurecht. Wir lagen nebeneinander, Hand in Hand, starrten an die Decke drei Meter fünfzig über uns und sprachen über einen toten Mann. Daran war nichts tröstlich oder romantisch. Es beschäftigte ihn, und er musste darüber reden. Das verstand ich.

»Todesursache?« Meine Stimme klang gepresst.

»Wahrscheinlich Herzstillstand. Die Leiche war kaum verwest. Ich konnte keinerlei Verletzung finden, auch keine Kampf- oder Abwehrspuren. Saubere Fingernägel, der Traum jeder Mutter, aber der Albtraum der Spurensicherung.«

»Er ist einfach so im Wald eingeschlafen?«

»Sieht so aus. Ich könnte noch einige Tests machen, aber vermutlich wird die Staatsanwaltschaft das nicht für notwendig halten.« Er wandte sich zu mir, strich mir durch die Haare. »Es tut mir so leid, dass gerade du den Toten gefunden hast.«

»Habe ich gar nicht.«

»Sondern?«

»Charlie.«

Ich meinte es ernst, aber Martin lachte laut. »Wir behalten ihn trotzdem, nicht wahr?«

»Nur wenn er verspricht, dass er das nicht zu seinem Hobby macht.«

»Er ist dazu ausgebildet worden, Leichen zu finden. Das wirst du ihm nicht austreiben können. Aber normalerweise liegen sie ja nicht in der Gegend herum.«

»Es ist der zweite tote Obdachlose am Rursee innerhalb weniger Wochen.«

»Das ist mir auch aufgefallen.« Martin seufzte. »Während aber die Todesursache von John Doe Nummer eins zuerst unsicher war, liegt hier absolut kein Verdachtsmoment auf ein Verbrechen vor.«

»War der Tote von heute auch Junkie?«

»Ja. Einstichspuren am linken Arm.«

»Vielleicht dealt jemand mit verdorbenem Heroin?«

»Möglich. Ich glaube aber nicht, dass die Staatsanwaltschaft deshalb eine Fahndung einleiten wird.«

»Die Penner haben keine Lobby. Wisst ihr, wer es war?«

»Nein, es liegt keine Vermisstenanzeige vor. Der Mann wird genauso unbekannt begraben werden, wie er vermutlich gelebt hat. Es ist schon traurig, aber nicht zu ändern.«

»Keine Verletzungen, aber Spritzeneinstiche.« Da war irgendetwas, was nicht passte, doch ich kam nicht darauf. Wir schwiegen, jeder in seine Gedanken versunken. Schon bald hörte ich Martins tiefe Atemgeräusche, er war eingeschlafen.

Charlie hatte sich ohne Zögern auf seine Decke gelegt. Auch er atmete gleichmäßig und ruhig. Nur mich wollte Morpheus wieder einmal nicht haben.

Kapitel 26

Martin wirkte frisch und ausgeruht, als er am nächsten Morgen Kaffee kochte. Er war vor mir aufgestanden und hatte zusammen mit dem Hund Brötchen geholt. Ich hoffte, dass dies zu einer Routine werden würde.

Ich quälte mich aus dem Bett, duschte ausgiebig. Das heiße Wasser tat mir gut, der anschließende Kaffee brachte meine Lebensgeister zurück.

»Du hast nicht gut geschlafen«, sagte Martin. Es war eine Feststellung, keine Frage.

»Habe ich dich gestört? Tut mir leid. Ich habe an den Toten gedacht.«

»Manchmal spritzen sie sich eine Überdosis, manchmal ist der Stoff verunreinigt. Das passiert, es ist ihr Risiko. Es ist nicht schön, aber es passiert.«

»Das weiß ich. Meinst du, es ist eine Gruppe Männer, die irgendwo dort zusammen haust?«

»Möglich. Der Hauptkommissar hat auch so einen Verdacht geäußert. Wenn ihr Stoff unsauber ist, haben wir demnächst vielleicht noch mehr Kandidaten.«

»Kein schöner Gedanke. Ich werde die Spaziergänge mit Charlie dort einstellen.«

»Unsinn. Die Chance ist wirklich minimal, dass am See ein weiterer Toter auftaucht.«

»Wir werden Charlie seine Ausbildung nicht nehmen können. Sollte dort noch einer sein, dann findet der Hund ihn.«

»Richtig. Aber John Doe Nummer eins wurde an einer ganz anderen Stelle gefunden. Der Rursee ist groß.«

»War bei Nummer zwei alles so wie bei Nummer eins?«

»Nummer eins war stark verwest, besonders im Leisten- und Bauchbereich. Deshalb konnten wir eine Stichwunde nicht ausschließen. Ein Messerstich in die Weichteile wäre möglich gewesen.« Er hielt inne.

»Was?«

»Ganz ausschließen kann ich das immer noch nicht, aber auch nicht nachweisen. Bei Nummer zwei gibt es keine Verletzungen. Er hat eine vergrößerte Leber, Milz und die Nieren auch.«

»Hepatitis?«

»Sehr wahrscheinlich. Die inneren Organe waren alle angegriffen. Das war, soweit noch vorhanden, bei Nummer eins auch so. Möglicherweise hatten beide Aids. Die angegriffenen Organe wirst du aber bei fast jedem Junkie so finden. Die Typen saufen, sie spritzen, sie ernähren sich nicht gesund, falls sie überhaupt essen. Manche trinken nur.« Er überlegte. »Diese beiden allerdings nicht, sie haben in den letzten Monaten gegessen.«

»Hast du Restaurantquittungen bei ihnen gefunden?«

Martin lachte. »Nein. Wenn man nichts isst, schrumpft der Magen. Kalorien bekommen sie über den Alkohol. Bei beiden war jedoch die Magengröße normal.«

»Gibt es eigentlich so etwas wie offene Wohngruppen für Junkies?« Mir fiel plötzlich ein, was mich gestern Nacht gestört hatte. Die sauberen Fingernägel passten nicht zu einem Penner.

»Betreutes Wohnen?« Martin lachte. »Wer soll das finanzieren, und welchen Zweck hätte es? Es gibt genug Einrichtungen, die sich um Obdachlose und Drogenabhängige kümmern, aber diese Menschen sind erwachsen, die zwingt niemand zu nichts.«

»Keiner wird freiwillig drogenabhängig, Martin. Bei jedem steht ein Schicksal dahinter.«

»Genau. Das ist dein Ding. Und bei fast jedem ist die Mutter schuld. Constanze, die Männer sind erwachsen. Sie haben die Wahl. Drogen oder nicht.«

Ich nahm meine Kaffeetasse, merkte, dass meine Hände zitterten, stellte die Tasse ab, ohne getrunken zu haben.

»Nicht immer ist das Elternhaus schuld, das weißt du, Martin.«

»Herrgott!« Martin schob den Stuhl so heftig zurück, dass es quietschte. »Wir führen eine Diskussion. Wir reden über tote Junkies. Wir kommen aber bei der Analyse an. Alles hat bei dir Ursprung und Wirkung.«

Eine Welle der Wut schwappte in mir hoch. »Du hast davon angefangen. Nicht ich habe gesagt, dass bei den Männern das Elternhaus und die Kindheit die Ursache war. Kann ich doch gar nicht. Du untersuchst tote Menschen, erzählst mir immer wieder in allen Details von deiner Arbeit, aber meine tust du als psychokackig ab. Das ist ziemlich einfach und zudem noch feige.«

»Liegt an meiner Mutter, Conny. Die will auch immer das letzte Wort haben.«

»Dann geh zu deiner verdammten Mutter und erzähl ihr von den Toten. Erzähl ihr von Säurebädern und Knochenresten, von Maden und Fliegen. Sprich mit ihr über tote Kinder, Frauen und Männer. Über Eintrittswinkel und Schussbahnen. Und dann lass sie deine nach Leichen stinkende Wäsche waschen. Mach das! Es steht dir frei.« Meine Stimme war immer lauter geworden.

»Ach ja? Ich soll zu meiner Mutter gehen? Als ob Mütter immer die Ursache wären. Das wäre ganz schön einfach. Aber darin liegt dein Problem, Constanze. Deshalb willst du nicht Mutter werden. Du hast Angst, dass deine Kinder später einmal zu einem Therapeuten rennen und über die Fehler reden, die du gemacht hast.« Martin stand auf.

»Du hast gesagt, dass Mütter die Ursache wären, nicht ich.« Meine Stimme klang müde, so fühlte ich mich auch.

»Ironie erkennst du wohl immer nur dann, wenn man es als Fußnote markiert. Wach auf, Conny! Das richtige Leben ist nicht so.«

»Du bist der Richtige, um mir etwas über das Leben zu erzählen. Du bist den ganzen Tag nur mit Toten zusammen. Da kannst du ironisch sein bis zum Abwinken, antworten oder lachen wird niemand.«

»Das hast du ja wunderbar hingebogen. So wie immer.« Martin schüttelte den Kopf. »Ich fahre jetzt.«

»Wie einfach – wegfahren. Mach doch!«

Martin sah mich an. Jedes Lächeln, jede Wärme waren aus seinem Gesicht gewichen. Er nickte stumm.

»Pass auf dich auf«, sagte er. Dann fiel die Tür ins Schloss.

Ich ließ den Kopf auf den Tisch sinken und fluchte leise. Eine feuchte Hundenase strich über meine Hand, eine warme

Zunge leckte über meine Finger. Ich drehte mich zu Charlie um, vergrub mein Gesicht in seinem Fell und weinte. Der Hund ließ es klaglos über sich ergehen.

Dieser Streit war so unnötig wie das zweimal jährlich stattfindende Familienessen bei Martins Eltern. Wir betrieben höfliche und gezwungene Konversation oder schwiegen. Seine Mutter saß mit verkniffenem Gesicht dabei, sagte nichts, nie. Es war auch eine Tradition, wenngleich eine ungeliebte.

Über seine Eltern hatte Martin nie wirklich reden wollen. Wenn er über seine Familie sprach, tat er es wie ein Wissenschaftler, der über einen seltenen Stamm in einer entlegenen Gegend berichtete. Herzogenrath war zwanzig Fahrminuten von Aachen entfernt. Für ihn waren es gefühlte zwanzig Flugstunden.

Ich verstand ihn, aber dass er seinen Frust an mir ausließ, empfand ich als zutiefst ungerecht.

Nach einigen Minuten hatte ich mich beruhigt und wusch mir das Gesicht. Die nächste Schlacht stand an. Ich hatte Stephanie noch nichts von Charlie gesagt.

Kapitel 27

Es war kühl, aber trocken, als ich zur Praxis ging. Meine Sprechzeiten begannen später als die der Kinderarztpraxis. Dort war der Empfangsbereich voller Mütter mit Kindern, das Wartezimmer war auch schon gut gefüllt.

Ich schloss die Tür zu meinen Praxisräumen auf. Charlie folgte mir, drehte eine kurze Runde und legte sich dann unter den Schreibtisch. Ich wusste nicht, wie er sich Kindern gegenüber verhielt. Eine Möglichkeit für ihn war tatsächlich der Innenhof. Dort gab es eine kleine überdachte Terrasse, auf die er ausweichen konnte, sollte es zu Problemen kommen. Doch erstmal musste ich das mit Stephanie abklären.

Ich ging in die kleine Teeküche zwischen unseren beiden Praxen und kochte zwei Tassen Kaffee. Bis zu meinem ersten Termin hatte ich noch eine gute halbe Stunde Zeit.

Mit dem Kaffee ging ich zu ihr. Ich erwischte sie gerade zwischen zwei Patienten.

»Hi.« Sie nahm mir die Tasse ab und zwinkerte mir zu. »Den kann ich gut gebrauchen. Der Wetterumschwung hat mir viele Erkältungen beschert. Es tobt der Mob.«

»Und der Rubel rollt.« Ich lachte.

»Heute Morgen war ein junges Mädchen hier und hat nach dir gefragt. Sie wollte später noch mal wieder kommen. Und nein, bevor du fragst, sie hat keinen Namen genannt.«

»Es gibt da was, was ich mit dir besprechen möchte.« Ich zögerte.

»Da sind wir schon zwei. Ich habe auch etwas auf dem Herzen.« Sie schaute auf ihre Armbanduhr. »Muss los. Was meinst du, heute Mittag beim Italiener?«

Den Morgen verbrachte ich mit zwei Patienten, schrieb mehrere Berichte und bereitete mich auf einen Test vor, den ich am Nachmittag mit einem zehnjährigen Mädchen durchführen wollte. Sie hatte eine ausgeprägte Zwangsneurose, mir war noch nicht klar, woher diese stammte. Ich befürchtete, dass ich auch mit dem Test nicht weiterkommen würde und uns nur Hypnose helfen könnte.

Nach und nach wurde es in der Kinderarztpraxis nebenan ruhiger. Schließlich hörte ich, wie sich die Arzthelferin in die Mittagspause verabschiedete.

»Komm«, rief ich Charlie. Nachdem ich hinter mir abgeschlossen hatte, wartete ich einen Moment im Flur. Wie würde Stephanie auf den Hund reagieren? Ich ging zögernd auf ihre Praxistür zu, als sich diese öffnete.

»Einen Hunger hab … Hallo, wer bist du denn?« Stephanie hockte sich vor Charlie, ließ ihre Hand beschnüffeln und kraulte ihn dann hinter den Ohren. »Du bist aber ein Prachtkerl. Wo hast du den denn her und seit wann, Conny?«

»Ich erzähle es dir in Ruhe.«

Der Italiener war voll, und so gingen wir zum Spanier eine Straße weiter. Die Sonne schien. Es war warm genug, um draußen zu sitzen. Stephanie wählte einen Tapas-Teller, ich nahm Fisch. Ich erzählte ihr, wie ich auf den Hund gekommen war und auch von dem Leichenfund. Meine Freundin hatte die Gabe, gelassen zuzuhören, ohne dass man das Gefühl hatte, sie zu überfordern. Mich wunderte, dass sie das Essen nur auf dem Teller umherschob. Hatte sie nicht gesagt, sie hätte Hunger?

»Was hast du auf dem Herzen?«

»Auf dem Herzen eher weniger, darunter habe ich etwas.« Sie sah mich nicht an, nahm eine Zigarette, zündete sie an, inhalierte tief.

»Bitte?«

»Na, du hast mich schon verstanden. Ich bin schwanger. Vermutlich siebte Woche.« Sie räusperte sich, vermied immer noch, mich anzuschauen. »Ich wusste nicht so recht, wie ich es dir sagen sollte. Deshalb dieser Frontalangriff.«

Ich lehnte mich zurück, schob meinen Teller beiseite. »Du bist schwanger? Von wem?«

Stephanie war seit fünf Jahren geschieden. Zu ihrem Exmann, einem verkopften Geologen, hatte sie ein freundschaftliches Verhältnis. Hin und wieder landeten die beiden auch noch gemeinsam im Bett. Ansonsten hatte sie wechselnde, sehr kurze Affären. Soweit ich wusste, gab es niemanden, an dem ihr Herz hing. Allerdings bekam ich zunehmend weniger von ihrem Leben mit, seit wir das Haus in der Eifel hatten.

»Ich weiß nicht von wem. Es könnte ein Typ sein, den ich flüchtig kenne, es könnte aber auch von Arno sein.«

»Von deinem Ex?«

Sie nickte. Ich schwieg. Es traf mich, dass sie so einfach ein Baby empfangen konnte, ohne es zu wollen und ohne dafür irgendwelche Prozeduren auf sich nehmen zu müssen. Damit umzugehen fiel mir schwer. Ich hatte mich in der Vergangenheit schon von einigen Freunden distanziert, als diese Eltern wurden. Babys und schwangere Frauen verursachten ein Gefühl von Hilflosigkeit, Verzweiflung und Wut in mir.

»Ich weiß, es ist nicht einfach für dich.« Stephanie nahm sich eine weitere Zigarette.

»Das solltest du jetzt nicht mehr tun.« Meine Stimme klang dünn und hoch.

»Rauchen? Vermutlich nicht. Aber ich habe mich noch nicht für oder gegen das Kind entschieden. Ich weiß es erst seit ein paar Tagen.«

»Du willst es nicht behalten?«

Stephanie zuckte mit den Achseln. »Keine Ahnung. Kinder gehörten nie in meine Lebensplanung. Ich bin alleine, und so wie es aussieht, werde ich das auch bleiben.«

»Was sagt Arno dazu?« In mir schien sich alles zu drehen.

»Er weiß es nicht und der andere, mögliche Vater auch nicht. Ich muss doch erst einmal für mich eine Entscheidung treffen. Da hängt soviel dran. Mein ganzes Leben würde sich verändern. Ich könnte die Praxis nicht mehr führen.«

Daran hatte ich noch gar nicht gedacht. Mit Kind – vor allem mit einem Säugling, konnte Stephanie unmöglich so weiter arbeiten wie bisher. Was, wenn sie ihre Praxis verkaufen würde? Was wäre dann mit mir und mit meiner Hälfte? Ich hatte keinen Bedarf für alle Räume, konnte mir das auch nicht leisten. Die Gemeinschaft war für uns beide von Vorteil, mit jemand anderen könnte es unter Umständen schwierig werden.

»Es gibt doch sicherlich Möglichkeiten …«

»Klar gibt es die, Conny. Kinderfrau, Au-pair-Mädchen, Krippe. Ich weiß bloß gar nicht, ob ich das überhaupt will. Keine Nacht mehr schlafen, Windeln, Geschrei. Ich sehe kein Kind in meinem Leben – einerseits. Andererseits ist das vielleicht der Wink des Schicksals, vermutlich die letzte Gelegenheit für mich, Mutter zu werden.«

»Dann werde dir klar über deine Gefühle. Ich kann dir nicht helfen.« Ich wusste, dass ich verbittert klang. »Denk darüber nach, ob du dein Leben wirklich umstellen willst. Ein Kind ist keine Leihgabe, wenn du es hast, dann bis ans Ende deiner Tage.«

»Nicht gerade tröstlich.« Sie drückte die Zigarette im Aschenbecher aus. »Ich habe mich nie mit dem Gedanken befasst, es stand nie zur Debatte. Bei dir schon. Was ... ich meine, wie denkst du darüber?«

Ich sog die Luft tief durch die Nase ein, hielt einen Moment inne. Was sollte ich antworten? Das war kein Gespräch für die Mittagspause, gleich drohten neue Termine, Patienten. So ein Gespräch führt man bei einem Glas Wein, Kerzenlicht und netter Hintergrundmusik, und es dauert länger als das vorgegebene Zeitfenster von fünf Minuten pro Patient.

»Was machst du heute Abend?« Martin würde aller Wahrscheinlichkeit nicht nach Hause kommen. Wenn wir stritten, zog er sich zurück, er konnte Konfrontationen nur schlecht aushalten.

»Heute? Keine Ahnung. Grübeln, wahrscheinlich.«

»Ich bin zu Hause. Alleine.«

»Kochst du?«

Ich warf einen Blick auf ihren Teller. Sie hatte fast nichts angerührt. »Wirst du etwas essen?«

»Ich werde es versuchen.«

In Gedanken überschlug ich meine Vorräte. Ich musste einkaufen. Kochen war eine wunderbare Ablenkung. Normalerweise aß Stephanie für zwei, kochte aber nicht gerne. Sie bestellte Essen, wenn Gäste kamen. Um einen Mann zu beeindrucken, briet sie manchmal eine Zwiebel scharf an, bevor er kam, und versenkte die Verpackungen vom Chinesen im Müll.

»Wie wäre es mit Chinesisch?« Ich zwinkerte ihr zu, bezahlte die Rechnung und drehte im Viertel eine Runde mit Charlie, bevor ich meine Sprechstunde wieder aufnahm.

Kapitel 28

Nadine Simmer wartete schon vor der Tür, als ich zurückkam. Ihre Haare waren zu einem Zopf zusammengefasst, sie trug Jeans und ein überweites Sweatshirt. Ihre Schultern waren nach vorne gebeugt, und sie wirkte gedrungener als sie war.

»Hallo, Nadine.« Ich schloss die Tür auf.

»Ist das Ihr Hund? Darf ich den anfassen?«

Ich befahl Charlie, sich zu setzen, und erlaubte ihr, ihn zu streicheln.

»Der ist ja schön. Ein Rassehund?«

Ich lächelte. »Quasi. Eine ganz besondere Rasse.«

Sie richtete sich wieder auf, sah über meine Schulter in den Flur. »Haben Sie einen Moment Zeit?«

»Nur einen Moment. Wenn du einen Termin willst, können wir den gerne vereinbaren.«

»Ich brauche nicht lange.« Immer noch sah sie an mir vorbei. Ihr Mundwinkel zuckte.

»Komm rein.« Ich ging vor, ließ die Tür offen. Charlie legte sich unter den Tisch, so als würde er das seit Jahren tun. Ich gab ihm ein Leckerli und nahm hinter dem Schreibtisch Platz. Nadine war im Eingang stehengeblieben.

»Schließe die Tür hinter dir.« Ich wies auf den Sessel. Sie nahm Platz, die Beine zusammengepresst, den Rücken gekrümmt. Die rechte Faust hatte sie geballt und kaute auf den Fingerknöcheln.

»Wie geht es dir?«

Sie antwortete nicht, kaute weiter, schob die linke Hand unter ihren Oberschenkel. Geballte Anspannung in einer so kleinen Person.

»Nadine?«

»Ich kann es immer noch riechen. Geht das vorbei?«

Ich musste mich zwingen, nicht die Luft auszustoßen. Auch ich hatte den Leichengeruch immer noch in der Nase.

»Ja. Irgendwann vergisst du es. Es ist nur ein Geruch.« Eine Lüge im Dienste der Therapie.

»Weiß man inzwischen, wer er war?« Sie zog die linke Hand hervor, faltete die Hände, knetete sie.

»Warum ist dir das so wichtig?«

»Ich kann es einfach nicht vergessen.«

»Was hast du eigentlich dort gemacht?«

Zum ersten Mal hob sie den Kopf und sah mich an. Alles an ihr schien kantig und eckig zu sein.

»Ich war spazieren.«

»Alleine?«

»Ja.«

»Wie bist du dahin gekommen?«

»Papa hatte einen Termin und hat mich mitgenommen. Ich fand es langweilig, und das Wetter war schön, deshalb hab ich gedacht, ich könnte ein wenig zum See gehen. Ich wusste ja nicht, was dort war.«

Mir wollte nicht einfallen, was ihr Vater beruflich machte. Es stand sicher in ihrer Akte.

»Was dort war.« Sie hat den Toten entpersonifiziert, ihn zu einem Objekt gemacht – ein Schutzmechanismus.

»Dieser Geruch, er bleibt kleben, nicht wahr? In den Kleidern und so.« Sie zog den Zopf über die Schulter, drehte ihn zwischen den Fingern.

»Ja, für eine Weile ist das so. Aber wenn man sie wäscht, geht es wieder weg.«

»Ich weiß.« Sie nahm eine Haarsträhne in den Mund.

»Dieser Geschäftspartner von meinem Vater … Ich weiß nicht, wie er heißt, er ist komisch. Ich mag ihn nicht.«

Ein Themenwechsel. Oder hatte der Geschäftspartner etwas mit der Erinnerung zu tun, die sie quälte?

»Warum magst du ihn nicht?«

»Sein Auto stinkt.« Sie stand auf. »Ich muss gehen.«

»Du kannst jederzeit wiederkommen.«

»Ich weiß. Danke.« Sie sah mich nicht an, ging zur Tür und verließ den Raum.

Ich dachte über den Gesprächsverlauf nach. Irgendwas lag ihr schwer auf der Seele, sie wollte darüber sprechen, tat es dann aber doch nicht. Fehlte das Vertrauen, oder war das, was sie sagen wollte, zu groß, um ausgesprochen zu werden? Ich nahm ihre Akte hervor, studierte meine Notizen. Nach dem letzten Gespräch hatte ich angenommen, dass sie etwas gefunden hätte. Den Personalausweis des Toten oder irgendetwas, womit man ihn identifizieren konnte. Vielleicht lag ich da aber auch falsch. Möglicherweise fühlte sie sich verantwortlich für den Toten, weil sie ihn gefunden hatte. Schuldzuweisungen waren nichts Ungewöhnliches im Zusammenhang mit Todesfällen.

Diesmal war das Gespräch aber anders verlaufen. Es ging um den Geruch. Ich machte mir eine Notiz, nahm dann die Akte meiner nächsten Patientin hervor.

Ich arbeitete den Nachmittag durch. Gedanken an Martin und Stephanie schob ich beiseite. Auch über Theißen dachte ich nicht weiter nach. Bisher war nichts mehr passiert, und ich hoffte, dass er seine Rache befriedigt hatte.

Gegen sechs nahm ich noch zwei Akten aus dem Schrank, sie wollte ich zu Hause durchgehen. Dann nahm ich Charlie, schloss meine Praxis ab und ging mit ihm eine große Runde durchs Frankenberger Viertel.

Auf dem Rückweg stoppte ich bei meinem Lieblingssupermarkt. Der Inhaber war Türke und führte einige Zutaten, die ich für den Abend brauchte.

Im Flur des Hauses in der Oppenhoffallee roch es nach alten Gummistiefeln. Ich nahm die Post, die wie immer auf der Treppe lag. Zwei Schecks und eine Rechnung.

Charlie lief einmal durch die Wohnung, legte sich dann zufrieden auf seine Decke, nachdem er ausgiebig getrunken hatte.

Auf dem Anrufbeantworter war eine Nachricht des Handwerkers in Hechelscheid. Ich rief ihn zurück und erreichte ihn diesmal auch. In dieser Woche hatte ich wenige Termine, und deshalb verabredete ich mich mit ihm für Donnerstagnachmittag am Haus. Es machte mich froh, dass wenigstens dies endlich voranging.

Martin hatte sich nicht gemeldet. Ein wenig trotzig beschloss ich, ihn auch nicht anzurufen. Er war im Streit gegangen, nicht ich.

Ich würzte das Lammfleisch, das ich gekauft hatte, und bereitete einen Salat zu, dann knetete ich Brotteig und stellte ihn zum Gehen in den vorgewärmten Ofen. Vor acht würde Stephanie nicht kommen. Ich hatte also genügend Zeit, alles in Ruhe vorzubereiten. Mit einer Tasse Tee genoss ich die Abendsonne auf unserem Balkon.

Kapitel 29

Stephanie brachte zwei Flaschen Rotwein mit. Ich zog die Augenbrauen hoch, sagte aber nichts. Es war ihre Verantwortung, nicht meine. Den kleinen Tisch auf dem Balkon hatte ich liebevoll gedeckt, sogar eine Blumenvase hatte ich aufgestellt.

»Wie im Restaurant.« Stephanie lachte. »Darf ich die Karte sehen?«

»Heute nur Menü.« Mit einem satten Ploppen zog ich den Korken aus dem Flaschenhals.

Nachdem ich unsere Gläser gefüllt hatte, trug ich den Salat auf. Ich hatte ihn auf zwei Tellern schön angerichtet und mit Physalis dekoriert.

»Willst du mich zu irgendetwas überreden?«

»Ich hatte einfach Lust zu kochen. Das ist in der letzten Zeit viel zu kurz gekommen. Wir ernähren uns hauptsächlich von Nudeln und Fastfood.«

»Habt ihr euch übernommen mit dem Haus in der Eifel?«

»Übernommen?« Ich dachte einen Moment nach. »Finanziell nicht, aber wohl was die Arbeit angeht. Wir haben immer noch keine Küche.«

»Und das wird noch dauern?«

»Martin sagt, bis Weihnachten ist sie fertig. Allerdings hat er kein Jahr genannt.«

Stephanie lachte. Sie langte kräftig zu, trank das Glas Wein aus, nahm sich nach. »Und wie geht es euch sonst?«

»Martin hat viel zu tun.« Ich drehte das Weinglas in meiner Hand. Das Licht der Kerze fing sich in der rubinroten Flüssigkeit.

»Ihr habt Stress.« Stephanie nickte. Sie besaß eine Art professionelle Freundlichkeit, um die ich sie beneidete – sanft aber unverbindlich.

»Das Wochenende war eine Katastrophe. Na ja, nicht wirklich, es hat uns Charlie beschert. Martin musste am Sonntag zurück nach Köln, diese Familie …«

»Ich habe es in den Nachrichten gesehen. Grauenvoll.« Meine Freundin brach sich ein Stück Brot ab. »Es duftet köstlich. Was hast du gemacht?«

»Lamm. Dauert noch einen Moment.« Ich nippte an dem Wein, er schmeckte samtig und aromatisch. Ich überlegte, ob ich ihr von dem anderen toten Mann erzählen sollte und dass ich vermutete, dass die beiden zusammengehörten, unterließ es dann aber.

»Ich finde es gut, dass du wieder einen Hund hast. Du brauchst einen. Er scheint sehr lieb zu sein.«

»Ja, bisher keine Klagen. Aber ich habe ihn erst seit Samstag.« Heute war Dienstag. Kaum zu glauben, ich hatte das Gefühl, als würde Charlie schon ewig bei mir sein. »Ich hoffe nur, es geht mit den Patienten. Manche Kinder sind ängstlich. Ich habe überlegt, eine Hütte in den Hof zu stellen. Wäre das in Ordnung?«

Stephanie hob die Hände. »Tu, was du willst und was dich glücklich macht. Meinen Segen hast du.«

»Und was machst du?« Ich schob die Teller zusammen, trug sie in die Küche, kehrte mit dem Hauptgericht zurück.

»Ich weiß es nicht. Wirklich nicht.«

»In welcher Woche bist du?«

»Siebte, schätzungsweise. Vielleicht auch achte. Ich habe es nicht so genau kontrolliert.«

»Verhütest du nicht?« Diesmal war ich diejenige, die das Essen über den Teller schob.

»Natürlich. Drei-Monats-Spritze. Seit Jahren schon. Irgendwas hat diesmal nicht gewirkt, keine Ahnung, wieso. Hundertprozentig ist nichts.«

Doch, eine Sterilisation, dachte ich, sagte es aber nicht. »Und du kannst dir ein Kind nicht in deinem Leben vorstellen?« Wenn ich ehrlich war, konnte ich das auch nicht. Nicht in ihrem Leben. Nicht so, wie es war.

»Noch nicht. Ich habe ja noch zwei Wochen Zeit, mir das zu überlegen. Warum möchtest du ein Kind?«

Das zu erklären, fiel mir schwer. Wir diskutierten zwei Stunden lang, leerten eine Flasche Wein – öffneten die nächste.

Obwohl das Telefon auf leise gestellt war, brach das Klingeln brutal in unser Gespräch ein. Ich starrte es einen Moment an, ohne zu begreifen. Nahm ab.

»Van Aken.«

Es rauschte atmosphärisch in der Leitung, da waren Atemzüge, oder bildete ich mir das nur ein?

»Hallo?«

Der Blick auf das Display offenbarte keine Nummer, »unterdrückter Anruf« stand da.

»Hallo? Wer ist da?«

Ein Klicken – er hatte aufgelegt. Oder sie. Plötzlich war mir kalt. Ich räumte die Teller ab.

»Falsch verbunden?« Obwohl Stephanie den Großteil des Weines getrunken hatte, klang ihre Stimme klar. Kein Verschleifen der Silben, keine Verzögerung der Worte. Sie stand auf und half mir, ihre Bewegungen waren sicher und gezielt.

»Ich habe keine Ahnung. Es hat sich niemand gemeldet.«

»Ein heimlicher Verehrer?« Sie lachte laut, eine Spur zu laut. Auch an ihr ging der Alkohol nicht so vorbei. »Da fällt mir ein, es ist gestern ein Päckchen für dich abgegeben worden.«

»Was?«

»Einer dieser Paketdienste. UPS oder Hermes. Du warst nicht da, Claudia hat es angenommen.«

Claudia war die Sprechstundenhilfe, die auch schon mal Termine für mich absprach und meine Post annahm.

»Was für ein Paket?«

»Ich habe es dabei. In der Tasche.« Sie ging in den Flur, holte einen Beutel. »Hier.«

»War ein Absender darauf?«

»Nein, ich glaube nicht, warte …«

»Fass es nicht an!« Mir war durch und durch kalt. »Du könntest Spuren verwischen.«

»Spuren? Constanze? Gibt es irgendetwas, was du nicht erzählt hast?«

Ich rief die Kripo an, sie versprachen mir, jemanden zu schicken. Dann schenkte ich uns einen Klaren ein, blies die Kerzen auf dem Balkon aus und führte Stephanie ins Wohnzimmer.

Es war kalt und ungemütlich. Ich vermisste den gusseisernen Ofen aus unserem Haus in Hechelscheid plötzlich schmerzlich. Die Gasetagenheizung, die ich nun anstellte, würde wesentlich länger brauchen, um die Räume aufzuheizen als der Ofen.

Stephanie hatte die Kerzen angezündet und es sich auf der Couch gemütlich gemacht. Charlie lag zu ihren Füßen.

»Was ist los, Conny?«

Ich setzte mich auf den Sessel ihr gegenüber, zog die Beine an, umschlang sie mit meinen Armen.

»Ich habe letzte Woche ein Paket bekommen. Ich dachte, es wäre von Martin, das war es aber nicht.«

Nach und nach erzählte ich ihr von Theißen, den Dessous und der CD.

»Verdammt, und das sagst du erst jetzt? Was ist das für ein durchgeknallter Typ?«

»Er hat seine Frau erschlagen. Mit einem Hammer.«

Kapitel 30

Es klingelte an der Tür, Charlie hob den Kopf, rührte sich aber nicht. Ich konnte mich nicht dazu zwingen aufzustehen.

»Ist das die Kripo?« Stephanie erhob sich. »Ich mache auf.«

Der Beamte stellte sich flüchtig vor, nahm die Tasche an sich. »Befürchten Sie eine Bombe? Dann bin ich der falsche Mann.«

»Nur ein durchgeknallter Exsträfling. Die Explosion hat, wenn überhaupt, in seinem Kopf stattgefunden.« Ich trat zögernd zu ihm.

»Okay.« Er zog Latexhandschuhe über, dann nahm er das Paket vorsichtig aus der Stofftasche. Es war quadratisch. Braune Pappe, schon mal verwendet, der ursprüngliche Aufkleber war abgerissen worden und durch einen neuen ersetzt. Kein Absender.

»Ich nehme es mit und untersuche es auf Spuren. Das kann ein paar Tage dauern.« Der Polizist packte das Paket umständlich in einen Plastikbeutel.

»Bromkes beurteilt es als eilig. Das wird er Ihnen sicher morgen sagen.« Ich verlagerte mein Gewicht von dem einen Bein auf das andere.

»Der Staatsanwalt ist schon eingeschaltet? Dann geht es natürlich schneller. Schönen Abend noch, die Damen.«

Er ging und nahm das Paket mit. Mich erleichterte der Gedanke. Ich wollte nichts von Theißen in meiner Wohnung haben.

»Herrje.« Stephanie nahm mich in den Arm. »Du bist ganz blass. Am besten gehst du ins Bett. Mit einer Wärmflasche. Kommt Martin heute Abend noch?«

Ich schüttelte den Kopf. »Ich muss noch mit dem Hund raus.«

»Jetzt? Alleine? Wo Theißen weiß, dass du hier bist? Und wahrscheinlich weiß er auch, dass Martin nicht da ist.«

»Der Hund muss trotzdem raus. Charlie ist ausgebildet, er wird keinen an mich heranlassen.«

»Nach drei Tagen? Bist du dir sicher?« Stephanie schnaufte. »Bewegung wird mir guttun. Ich gehe mit. Und wenn wir wiederkommen, rufst du Martin an. Wenn du es nicht tust, tue ich es. Herrgott, der Mann liebt dich. Er sollte hier sein.«

Ihre klaren Worte lösten das Gefühl der Unwirklichkeit auf, das mich erfasst hatte.

Wir gingen die Oppenhoffallee hinauf, Stephanie hakte sich bei mir ein.

»Weshalb ist Martin sauer?«

»Wir haben uns gestritten. Eigentlich um Banalitäten.«

»Wie das meistens so ist.«

»Ja, dem liegen aber andere Probleme zu Grunde – tiefere.«

»Anerzogene Verhaltensmuster, die euch in die Quere kommen und die Kommunikation behindern?«

»Stephanie?« Ich warf ihr einen verblüfften Blick zu. »So viele schwierige Worte?«

»Hey, ich habe den Jargon voll drauf.« Sie lachte. »Aber du bist doch vom Fach, du wirst das Problem lösen können.«

»Ich kann mich schlecht selbst therapieren und Martin auch nicht.«

»Ist es so schlimm?«

»Im Grunde nicht. Wir haben uns ein wenig festgefahren, aber der Karren steckt noch nicht allzu tief im Dreck. Martin macht sich Sorgen wegen Theißen, verständlich. Aber er thematisiert jetzt auch wieder meine Gutachtertätigkeit. Ihm wäre es lieber, wenn ich das nicht machen würde. Schon immer.«

»Kann ich verstehen, du kommst ja auch in gefährliche Situationen.«

»Blödsinn. Das sind wirklich nur vereinzelte Ausnahmen und nicht die Regel, Stephanie. Aber das will er nicht sehen. Auf der anderen Seite habe ich Probleme mit seinem Job. Ich kann verstehen, dass er manchmal über seine Fälle reden muss, es belastet ihn, wenn er ein Kind auf dem Tisch hat und die Stichwunden ausmessen muss. Mich belastet das allerdings auch.«

»Weiß er das?«

»Schon. Aber ich glaube nicht, dass ihm das Ausmaß bewusst ist. Ich habe manchmal Albträume davon.«

»Ich gebe dir mal einen professionellen Rat, und das ganz umsonst: Sag es ihm. Gedanken kann er nicht lesen, und eine Kristallkugel hat er auch nicht.«

Ich musste lachen. Natürlich hatte sie recht. »Manche Fälle interessieren mich ja auch. Der Junkie, der vor zwei Wochen gefunden wurde. Martin stellte da einige Ungereimtheiten fest. Wir haben darüber diskutiert, das war spannend.«

»Wo ziehst du die Grenze? Wann ist es spannend, und wann belastet es dich?«

»Keine Ahnung, darüber muss ich mal nachdenken.«

»Mach das. Du wirst eine Lösung finden.«

Wir gingen schweigsam weiter, jeder in seine Gedanken versunken.

»Rufst du Martin an?«, fragte Stephanie, als wir wieder in der Wohnung waren.

»Ja.«

Sie blieb im Flur stehen, sah mich nachdenklich an. »Wann?«

»Sofort. Du kannst gehen. Ehrlich. Ich schließe hinter dir ab, rufe Martin an und gehe ins Bett. Ich kann mir nicht vorstellen, dass Theißen heute Abend hier auftaucht. Der Mann will mich erschrecken, mich in Panik versetzen.«

»Es gelingt ihm.«

»Aber immer nur zeitweise. Es ist ein Spiel, das er mit mir spielt. Wenn er mich hätte schnappen wollen, hätte er es schon längst getan.«

»Die Möglichkeit, dass er es noch tut, besteht aber.«

»Ja. Doch erst dann, wenn er dieses Spiel ausgereizt hat. Und irgendetwas sagt mir, dass er erst am Anfang steht. Ich habe ihn nun durchschaut, und das nimmt mir den Schrecken.« Ich belog mich selbst, hoffte, dass Stephanie es nicht bemerken würde. »Du kannst beruhigt nach Hause gehen.«

»Sicher?«

»Ja.« Ich lachte. »Gute Nacht.«

»Träum süß.« Stephanie trat in den Hausflur, drehte sich noch einmal zu mir um. »Schließe ab! Und ruf Martin an!«

»Ja, mache ich.« Ich lächelte. »Und ich trinke meine Milch. Und dann kommt auch schon das Sandmännchen.«

Kapitel 31

Martin konnte ich nicht erreichen, aber ich hinterließ eine Nachricht auf seiner Mailbox. Nachdem ich alle Räume kontrolliert, alle Fenster und Türen geschlossen hatte, legte ich mich ins Bett. Die Lampe im Flur ließ ich an, das Telefon legte ich griffbereit auf den Nachttisch. Ich hatte gelogen. Die Angst ballte sich zu einer Faust in meinem Magen. Bei dem Versuch, das Gefühl zu analysieren, schlief ich ein. Mitten in der Nacht wurde ich wach und merkte, dass sich die Angst in eine verzehrende Furcht verwandelt hatte, die mir den Hals zuschnürte. Das war fast noch schlimmer.

Ich stand auf, machte in jedem Raum das Licht an, kontrollierte die Türen und Fenster, fand nichts, was mich beunruhigen konnte.

Martin hatte mir eine SMS geschickt und mir eine gute Nacht gewünscht. Er hatte Stress, wieso und mit wem, führte er nicht weiter aus. Es war kurz vor drei. Ich verwarf den Gedanken, ihn anzurufen. Er brauchte seinen Schlaf genauso wie ich. Ich wusch mir das Gesicht, trank einen halben Becher warme Milch und legte mich wieder ins Bett. Als der Wecker klingelte, fuhr ich hoch. Überraschenderweise war ich ohne Probleme eingeschlafen, und kein Alb hatte meinen Schlaf gestört.

Die Sonne schien schon von einem hellblauen Himmel, die Luft war klar, wie so oft im Frühherbst. Meinen Frühstückskaffee trank ich auf dem Balkon. Danach räumte ich die Küche auf, stellte die Spülmaschine an, duschte ausgiebig und ging zusammen mit Charlie zur Praxis.

Heute hatte ich einen neuen Sorgerechtsfall. Zwei Menschen, deren Ehe gescheitert war, die es aber vorher geschafft hatten, zwei Mädchen zu bekommen, die sie nun unbedingt emotional zerstören wollten.

Der Anwalt der Mutter sowie der Anwalt des Vaters hatten mir ellenlange Briefe geschrieben und mich in den letzten Wochen wiederholt telefonisch belästigt. Ich versuchte, ihnen klarzumachen, dass mein Terminkalender begrenzt war und dass sie sich gedulden müssten. Heute kam die Mutter ohne die Töchter. Sie würde mir ihr Leid klagen, über den Vater herziehen und das Wohl der Kinder vergessen. Morgen kam der Vater, und die Situation würde sich spiegeln.

Ich steckte den Schlüssel in das Schloss und stellte erschrocken fest, dass nicht abgeschlossen war. Hatte ich das vergessen? Konnte ich das überhaupt vergessen haben bei meiner momentanen Phobie, was Türen und Fenster anging? War das eine dissoziative Reaktion meiner Psyche?

Ich sah mich um. Die Kinderarztpraxis war wie immer gut gefüllt. Die Sprechstundenhilfe saß nicht hinter ihrem Schreibtisch, aber sie würde sicher gleich wieder auftauchen. Ich zog Charlie zu mir, befahl ihm aufzupassen. Er stellte die Ohren hoch, öffnete das Maul, gab aber keinen Laut von sich. Eine Leiche war ganz sicher nicht in meiner Praxis, sonst hätte er sich anders verhalten.

Meine Hände waren schweißnass. Langsam drückte ich die Klinke herunter, öffnete die Tür, spähte vorsichtig hinein.

»Guten Morgen, Conny.« Werner Bromkes saß in dem Sessel des Wartezimmers. »Das nette Mädchen von nebenan sagte, dass du gleich kämst, und sie hat mir schon mal aufgeschlossen.«

»Grundgütiger, Werner. Ich wäre beinahe gestorben, als ich feststellte, dass nicht abgeschlossen war.«

»Oh, das tut mir leid. Ich wollte dir dein Päckchen zurückbringen.«

Ich schloss die Tür, ließ Charlie von der Leine. Er ging zielstrebig nach nebenan und legte sich unter meinen Schreibtisch.

»Ich will es nicht.« Abwehrend hob ich die Hände, schüttelte den Kopf. »Nimm es wieder mit, ich will es nicht.«

»Deine Mutter würde sehr enttäuscht sein, wenn du es nicht nimmst. Sie hat sich sicher jede Menge Mühe mit der Marmelade gegeben.«

»Meine Mutter?« Meine Eltern waren nach der Pensionierung meines Vaters in den Norden gezogen. Dort kauften sie ein Haus mit einem großen Garten voller Obststräucher. Jeden Herbst veranstaltete meine Mutter eine wahre Einkochorgie und schickte mir einige Gläser. Letzte Woche hatte sie mir das Päckchen angekündigt. Ich hatte es vergessen.

Da ich tagsüber nicht zu Hause war und meine Nachbarn nicht immer auf das Klingeln des Paketboten reagierten, gewöhnte sie es sich an, die Sachen an die Praxis zu schicken.

Ich stieß die Luft aus, wischte mir die Hände an meiner Hose ab. »Lieber Himmel. Marmelade.«

»Conny«, Werner sah mich besorgt an. »Du siehst nicht gut aus. Diese Sache macht dir mehr zu schaffen, als du zugibst.«

»Es ist ja nicht alltäglich, dass jemand hinter mir her ist.« Ich seufzte. »Es ist immer nur der erste Schreck, und dann ist es eigentlich auch wieder gut. Möchtest du einen Kaffee?«

Der Staatsanwalt warf einen Blick auf seine Uhr, nickte dann. »Einen. Ich habe erst in einer halben Stunde einen Termin. Seit wann habt ihr einen Hund, oder ist er nur ausgeliehen?«

»Charlie gehört seit Samstag zur Familie. Er ist ausgebildeter Polizeihund.«

»Ein Wachhund? Sehr gut.«

Ich lachte. »Eigentlich ist er eher ein Leichenspürhund. Er hat mir am Montag auch direkt seine Fähigkeiten bewiesen und einen Toten am Rursee gefunden.«

Werner zog die Stirn kraus. Er schien zu überlegen, ob ich mir einen Spaß mit ihm erlaubte.

»Es ist eine etwas längere Geschichte.« Ich ging in die kleine Teeküche und setzte Kaffee auf. Mir war ein wenig flau. Das heiße Getränk würde mir guttun, redete ich mir ein.

Bromkes war mir gefolgt. Ich erzählte ihm die Geschichte in der Schnellversion.

»Für wie gefährlich hältst du Theißen wirklich? Sag mir bitte die Wahrheit und versuche nicht, mich zu schützen«, fragte ich dann.

»Ich kann ihn nicht einschätzen, Constanze. Er hat einmal gemordet. Und er hasst dich. Ob er dich nun nur in Angst und Schrecken versetzen will und sich so an dir rächt oder ob da noch mehr hintersteckt, kann ich nicht sagen. Wie sieht Martin es?«

»Martin steckt bis über beide Ohren in Arbeit. Er wird wahrscheinlich die Woche über in Köln bleiben.«

Werner rieb sich über das Gesicht. »Du bist also nachts alleine? Das gefällt mir nicht.«

»Ich habe doch jetzt Charlie.«

»Ein Hund, der erst dann was tut, wenn du als Leiche im Raum liegst.«

»Ich glaube nicht, dass er erst dann reagiert. Aber der Gedanke hat was.«

Ich habe einen Leichenhund und einen Freund, der sich mehr mit Toten beschäftigt als mit mir, dachte ich. Ich hätte Bestatterin werden sollen.

»Du gehst von dem Schlimmsten aus, nicht wahr, Werner? Will Theißen mich umbringen?«

»Darauf habe ich keine Antwort.«

Das war so deutlich, als hätte er »Ja« gesagt.

»Conny, ich muss los. Was machst du heute Abend?«

»Willst du mich zum Essen einladen?«

»Ich wollte noch einmal mit dir reden, in Ruhe. Wir können es ja mit einer Mahlzeit verbinden. Ich rufe dich an.«

Er hatte seinen Kaffee kaum angerührt. Ich schüttete das Getränk in den Ausguss, spülte die Tasse und stellte sie zum Trocknen auf die Spüle. Dann setzte ich mich an meinen

Schreibtisch und nahm die Akten der Scheidungsfamilie hervor.

Zwei kleine Mädchen, die wahrscheinlich vor lauter Gezerre und Loyalitätskonflikten nicht mehr wussten, wo unten und oben war. Sie hatten mein tiefstes Mitgefühl.

Ich versenkte mich in meine Arbeit. Mittags drehte ich eine Runde mit dem Hund und bemerkte, dass ich mich nun auch tagsüber öfters umsah. Die Paranoia wurde klinisch.

Kapitel 32

Als ich abends die Praxis abschloss, fühlte ich eine tiefe Unruhe in mir. Zu dem Essen mit Werner würde es nicht kommen, er hatte einen Termin mit offenem Ende. Mittags hatte ich mir nur ein Brötchen gekauft, aber trotzdem verspürte ich keinen Hunger. Martin hatte eine SMS geschrieben, er wusste noch nicht, ob er nach Hause kommen würde oder nicht, wollte es aber auf jeden Fall versuchen.

Langsam ging ich zu meiner Wohnung in der Oppenhoffallee. Es war noch Rotwein vom Abend zuvor da, aber ich mochte jetzt nichts trinken, auch wenn es mich entspannt hätte. Ziellos lief ich durch die Wohnung. Charlie folgte mir. Hin und wieder stupste er mich an, schließlich gab er auf und legte sich vor die Couch. Es erschien mir so, als wolle er mich auffordern, mich auch hinzusetzen. Ich hockte mich neben ihn, kraulte ihn. Doch dann wurde ich wieder unruhig. Irgendetwas musste ich tun. Ich zog meine Laufschuhe und eine Jogginghose an, nahm den Hund an die Leine und ging mit ihm zu meinem Auto. Dann fuhr ich los.

Ich parkte am Gut Entenpfuhl, machte ein paar Dehnungsübungen und begann zu laufen. Charlie folgte mir problemlos. Es tat mir gut, meinen Körper zu fordern. Nach einer halben Stunde kehrte ich um. Es roch nach Tannen und Bucheckern im Wald, hin und wieder knackte es im Gebüsch. Charlie spitzte die Ohren. Er wich jedoch nicht von meiner Seite. Der weiche Boden federte unter meinen Schritten.

Die Angst und die Unruhe waren von mir abgefallen. Den Gedanken an Theißen konnte ich jedoch nicht vollständig verdrängen.

Ich fand einen Parkplatz auf der Oppenhoffallee direkt vor der Haustür.

Im Flur duftete es nach Zitrone und Fisch, was mich überraschte. Als ich die Wohnungstür öffnete, schlug mir eine aromatische Dampfwolke entgegen.

»Martin?«

»In der Küche bei der Arbeit.«

Erleichtert ging ich zu ihm, nahm ihn in den Arm und küsste ihn fest auf den Mund.

»Hey!« Er schob mich ein wenig von sich fort, sah mich nachdenklich an. »Schön, dich zu sehen.«

Er hatte eine CD von Cecilia Bartoli aufgelegt und sich von dem Rotwein genommen.

»Wo warst du?«

»Oben am Entenpfuhl, laufen.«

»Mit Charlie? Was macht sein Bein?«

»Kein Problem.«

»Willst du auch ein Glas?«

Ich nickte. »Aber erst mal brauche ich ein Bad. Was machst du? Es duftet verführerisch.«

»Dorade auf Zitronenschaum. Brot war noch da. Hast du das gestern gebacken?«

»Ja, Stephanie war zum Essen hier. Wir mussten reden.«

»Oh, was Ernstes?«

»Erzähle ich dir später.«

Ich ließ Wasser in die Wanne, stieg aus meiner Kleidung. Kumuluswolken aus Dampf füllten das Badezimmer, das Wasser war so heiß, dass ich das Gefühl hatte, meine Haut würde abplatzen. Langsam ließ ich mich in die Wanne gleiten.

Nach ein paar Minuten kam Martin herein. »Bist du schon gar? Du siehst aus wie eine frisch gekochte Garnele.«

»Lecker, oder?«

»Nur mit Knoblauchsoße. Hier.« Er stellte ein Glas Rotwein auf den Badewannenrand. »In zehn Minuten gibt es Essen.«

»Perfekt.«

Cecilia Bartoli sang im Hintergrund eine Arie von Gluck. Ich nippte an dem süffigen Wein und merkte, dass ich mich zunehmend entspannte. Eigentlich hätte ich jetzt und hier einschlafen können. Ich schloss die Augen und vergaß die Zeit und den Raum um mich herum.

»Essen!« Martins Ruf brachte mich in die Wirklichkeit zurück. Ich trocknete mich ab, zog mir etwas Bequemes an und ging ins Wohnzimmer. In der Tür blieb ich stehen. Er hatte den Tisch mit Blumen und Kerzen dekoriert, das gute Geschirr eingedeckt und auch Servietten nicht vergessen.

»Hast du mich betrogen? Ist das ein Wiedergutmachungsessen?«

Martin lachte laut. »Nein. Komm, setz dich.«

Zögernd nahm ich Platz, noch traute ich dem Ganzen nicht. Mein Lebensgefährte trug die Teller auf. Das Essen war köstlich.

»Womit habe ich das verdient?«

»Ach, Conny, manchmal bekommt man Dinge, die man nicht verdient hat.« Er zwinkerte mir zu.

Ich erzählte ihm von Stephanies Schwangerschaft. Martin wurde ganz still.

»Sie will es nicht?«

»Sie weiß es nicht.«

Er räusperte sich, trank einen Schluck Wein, räusperte sich wieder.

»Hast du eine Gräte verschluckt?«

»Hast du schon mal …« Er zögerte, drehte sein Glas in der Hand. »Ich meine, hast du schon mal über Adoption nachgedacht?«

»Was?« Ich lehnte mich zurück. Hatte ich ihn richtig verstanden?

»Adoption. Ein Kind adoptieren. Aufnehmen in die Familie. Wie ein eigenes.«

»Ich kenne den Begriff.« Ich schluckte. »Du meinst, ihr Baby?«

»Warum nicht?« Er sah mich an. Seine Augen waren warm und gütig, so wie immer. »Sie bekommt ein Kind, will es nicht. Wir wollen ein Kind, können es nicht bekommen. Jedenfalls nicht einfach so. Wäre das nicht eine Lösung? Gut für alle Beteiligten und vor allem für das Kind?«

»Ist das dein Ernst?«

»Klar.«

»Wirklich?«

»Warum nicht?«

»Weil sie meine Freundin ist, weil wir zusammenarbeiten, weil …« Mir fehlten die Worte.

»Was spricht dagegen?«

»Das Kind. Wie würdest du es ihm erklären? ›Das ist Tante Stephanie, sie ist eigentlich deine Mutter, aber sie wollte dich nicht‹?«

»Herrgott, Constanze. Wir reden über ein ungeborenes Kind und die Möglichkeit, ihm ein Zuhause zu geben. Und was machst du? Du gehst direkt zwanzig Jahre weiter und bereitest seine Therapie vor. Es muss doch gar nicht problematisch sein. Denk doch einfach nur einmal an das Kind.«

»Im Moment denke ich nur daran, dass du deine Bedürfnisse erfüllen willst. Ohne Rücksicht auf Verluste. Du willst ein Kind, da ist eins, lass es uns nehmen.«

»Manchmal bist du wirklich grausam. Kannst du dir nicht vorstellen, dass ich an das Baby denke? Nicht an mich? An das Kind?«

Ich atmete tief durch. »Entschuldigung, Martin. Der Gedanke kam zu plötzlich. Daran hatte ich tatsächlich noch nicht gedacht. Du hast recht, es wäre eine Möglichkeit. Aber zuerst muss sich Stephanie entscheiden.«

»Wir sollten mit ihr reden. So hätte sie eine weitere Möglichkeit, die sie in Betracht ziehen kann.«

Ich nickte langsam.

»Was macht der Tote?«

»Ein Themenwechsel, Conny?« Martin lächelte. »Er macht nicht mehr viel. Die Staatsanwältin wird ihn morgen freigeben. Wir konnten keine gewaltsame Todesursache feststellen. Multiples Organversagen. Entweder durch eine Krankheit oder durch Drogen.«

»Sieht die Staatsanwältin keinen Zusammenhang mit dem anderen Toten?«

»Das ist ihr anscheinend egal. Es gibt keinen, und ich zitiere sie: keinen brauchbaren Hinweis auf ein Gewaltverbrechen. Akte zu. Fertig, aus.«

»Siehst du das anders?«

»Um ehrlich zu sein: nein. Ich sehe allerdings einen Zusammenhang bei den Todesfällen.«

»Wieso?«

Martin tupfte sich den Mund mit der Serviette ab. Er schenkte uns beiden Wein nach.

»Ich habe auch auf der zweiten Leiche Stallfliegenmaden gefunden. Nicht viele, aber ein paar. Der Fundort ist nicht zwingend der Todesort. Im Wald und vor allem dort, wo John Doe Nummer zwei gefunden wurde, gibt es keine Stallfliegen und somit auch keine Maden. Aber auf dem Toten waren welche. Es besteht noch die Möglichkeit, dass er unsauber war und sowieso Stallfliegenmaden in irgendwelchen Wunden hatte. Allerdings habe ich keine alten, schwärenden Wunden an ihm gefunden.«

»Oder es gibt diese Junkies, die in einem Stall oder einer Scheune hausen, die verschmutztes Heroin spritzen und nacheinander wegsterben. Sie bringen die Toten in den Wald und hoffen, dass sie dort ihre letzte Ruhe finden.«

»Ja, und dann kommt ein Mädchen und findet den einen, und dann kommt Charlie und findet den nächsten.«

»Wer weiß, wie viele noch nicht gefunden wurden.«

»Darüber mag ich gar nicht nachdenken, Conny. Soll ich noch einen Wein aufmachen?«

Wein war eine gute Idee nach all diesen Problemen. Wir machten es uns auf der Couch gemütlich, lauschten den italienischen Arien.

Kapitel 33

Irgendwann ging ich zu Bett. Martin räumte die Küche auf, machte die Abendrunde mit dem Hund.

Als er wiederkam, war ich gerade eingeschlafen. Ich fuhr hoch, weil er unter meine Decke kroch.

»Keine Angst, ich bin es, Conny.«

Ich atmete tief ein.

»War noch irgendetwas? Oder hat dich nur die Sache mit Stephanie beschäftigt?«

»Es war schon ein Schlag. Wenn sie das Kind bekommt und behält, wird sie vielleicht die Praxis aufgeben. Was wird dann aus mir?«

»Was wäre, wenn du schwanger wärst? Was würdest du dann machen? Darüber haben wir uns nie unterhalten. Würdest du weiter arbeiten wollen?«

Ich überlegte. »Darüber nachgedacht habe ich natürlich. Ich hab wesentlich weniger Termine als Stephanie. Ich habe keine Laufkundschaft, ich kann meine Termine so legen, wie ich will, meistens zumindest. Ich würde mir eine Kinderfrau organisieren und weiterarbeiten, ja. Allerdings weniger.«

»Noch weniger?« Martin lachte.

»Es reicht, so wie es ist, Martin. Es reicht finanziell und auch sonst. Ja, ich nehme im Moment wenig Patienten an. Wenn ich ein oder zwei Gutachten im Monat mache, habe ich das Geld wieder raus.«

Martin hatte meinen Rücken gestreichelt, nun drehte er

sich um, starrte an die Decke. »Diese Gutachten bringen Geld, aber eigentlich brauchen wir das nicht.«

Ich drehte mich zu ihm. »Wie meinst du das?« Ich wusste, was er meinte, fragte trotzdem.

»Du bringst dich in Gefahr.«

»Nein. Theißen ist eine Ausnahme.«

»Und die Sache im Gefängnis?« Er fuhr mit dem Finger ganz sachte über die Narbe an meinem Hals. Ich zuckte zusammen, stand auf.

»Conny, wo willst du hin?«

»Nur nachschauen, ob die Fenster und Türen geschlossen sind.«

»Hast du plötzlich Angst vor Zug?« Seine Stimme klang deprimiert.

»Es ist nicht normal. Du fürchtest dich.« Martin lag auf dem Rücken, die Hände auf der Brust gefaltet, als ich zurück ins Bett kroch. Er sah aus wie ein Toter.

»Ja, ich gebe zu, ich habe Angst. Angst vor Theißen.«

»Bromkes macht sich Sorgen.«

Ich setzte mich im Bett auf. »Bist du deshalb heute Abend hier? Hat Werner dich angerufen?«

»Und wenn?«

»Du machst dir Sorgen um meinen Geisteszustand.«

»Conny, egal, was war, noch nie hast du dich gefürchtet. Etwas ist jetzt anders.«

»Noch nie ist jemand in mein Privatleben eingedrungen, Martin. Das ist anders. Aber dies ist ein Bett und keine Couch. Du bist Rechtsmediziner und kein Analytiker. Also lass es. Versuch nicht, mich zu analysieren.«

»Warum? Würde ich schreckliche Erkenntnisse erlangen? Ach verdammt, Conny. Lass uns nicht streiten. Ich liebe dich, und ich habe auch Angst.«

Ich wandte mich zu ihm, nahm ihn in den Arm. »Es tut mir leid. Es wird vorbeigehen. Ganz sicher. Lass uns nie aufhören zu reden. Reden ist wichtig.«

Als Antwort kam ein trockenes Lachen.

»Martin?«

Er drehte sich um, den Rücken zu mir. »Lass uns schlafen.«

»Schlafen?«

»Ja. Alles ist gut. Gute Nacht.«

»Ich werde das glauben«, antwortete ich und merkte, dass mein Mund trocken war. »Ich werde das glauben in Anbetracht der Alternative.«

Ich schlief überraschend schnell ein. Mitten in der Nacht wurde ich wach. Einen Moment überlegte ich, wo ich war und wer dort neben mir atmete. Ich war nicht in Hechelscheid, ich war in Aachen. Es war zwei Uhr nachts und Donnerstag. Heute Nachmittag würde ich in die Eifel fahren und mich mit dem Handwerker treffen. Davon hatte ich Martin noch nichts erzählt.

Der Hund schnaufte im Flur, stand auf, ging in die Küche, trank aus seinem Wassernapf, kehrte zu seiner Decke im Flur zurück, drehte sich ein paar Mal im Kreis und legte sich dann nieder.

Martin stöhnte leise.

»Bist du wach?«, flüsterte ich in das Dunkel, das nur von der Anzeige des digitalen Weckers erleuchtet wurde. »Alles in Ordnung?«

»Klar«, sagte er zu schnell. Er war unter seiner Decke eingerollt und lag mit dem Rücken zu mir.

»Ich fahre heute Nachmittag nach Hechelscheid. Dort werde ich mich mit einem Handwerker treffen.«

»Bleibst du da?«

»Ja, ich habe keine weiteren Termine, muss nur ein paar Gutachten schreiben. Das kann ich auch dort.«

»Gut. Ich habe das Gefühl, dass du da sicherer bist. Die Adresse kann er nicht kennen.«

Ich war mir nicht ganz so sicher. Theißen war intelligent. Wahrscheinlich hatte er schon längst bemerkt, dass wir übers Wochenende nicht in Aachen waren. Ich war mir sicher, dass er mich beobachtete. Hinter mir her zu fahren, dürfte für ihn kein Problem sein. Ich schob den Gedanken von mir, faltete das Kissen, so dass mein Kopf auf einer kühlen Stelle lag, und schloss die Augen.

Martin war schon aufgestanden, als ich wach wurde, aber das Bett auf seiner Seite war immer noch warm. Ich rollte mich auf seinen Platz und legte mein Gesicht auf das Kissen, wo ich ihn riechen konnte. Ich liebte seinen süßlich-herben Geruch.

Kapitel 34

Der Vater der Scheidungsfamilie war genauso mit Hass erfüllt wie seine Exfrau. Sie hatte gestern zwei Stunden lang jede seiner schlechten Eigenschaften aufgezählt. Obwohl ich mich redlich bemühte, konnte ich sie nicht bremsen. Über die Kinder sprach sie nicht.

Nachdem ich mir eine Stunde lang unflätige Begriffe über die Mutter seiner Kinder angehört hatte, beendete ich das Gespräch mit dem Vater. Ich griff zum Telefon, nachdem der Mann die Praxis verlassen hatte, und rief die zuständige Familienrichterin an. Wir waren vor ein paar Monaten bei einem anderen Sorgerechtsfall heftig aneinandergeraten, und ich wusste nicht, wie nachtragend sie war.

»Platzen«, meldete sie sich nach dem zweiten Klingeln.

»Van Aken. Richterin Platzen, ich habe hier einen Sorgerechtsfall vorliegen. Zwei kleine Mädchen.«

»Die Schmidt? Mein Beileid.«

»Sie haben sie mir zugewiesen.«

»Ja, ich dachte, Sie bekommen sie in den Griff. Wenn ich mich recht erinnere, sind Sie nicht zimperlich.« Sie lachte ein raues, tiefes Lachen.

»Ist das Ihr Ernst?«

»Warum nicht?«

»Wir sind beim letzten Fall nicht gerade gut miteinander ausgekommen.«

»Ich lade Sie nicht übers Wochenende auf meine Finca ein. Ich möchte ein sauberes Gutachten, in dem die Kinder und nicht die Eltern berücksichtigt werden. Ich halte Sie für fähig.«

»Vielen Dank, Richterin Platzen. Dann möchte ich erstmal nur mit den Kindern sprechen, und zwar ohne die Eltern.«

Ich hörte, wie sie die Luft einzog, dann langsam ausatmete. »Wir können den Kinderschutzbund einschalten. Ich könnte mich darum kümmern.«

»Gut, dann machen Sie das. Die Eltern hassen sich, das werden wir nicht ändern können. Wir müssen nur eine vernünftige Lösung für die Kinder finden, damit diese weniger leiden.«

»Vernünftige Lösung klingt gut.«

»Leider ist Vernunft bei Scheidungen so selten.«

Sie lachte wieder, und wir beendeten das Gespräch. Ich packte die Akten zusammen, die ich bearbeiten wollte, ging in die Oppenhoffallee, belud den Wagen und machte mich auf in die Eifel.

Dadurch, dass kein Wochenendverkehr war, hatte ich die Straße fast für mich alleine. Ich fuhr schneller als erlaubt, als könnte Hechelscheid plötzlich verschwinden, wenn ich zu spät kam.

Die Sonne stand hoch am Himmel, als ich auf den Hof fuhr. Die kristallklare Luft und die scharfen Schatten wirkten beinahe surreal deutlich.

Charlie sprang aus dem Wagen, lief schnüffelnd über den Hof, markierte die Büsche ringsum, als müsse er sein Heimrecht für jeden klarmachen. Ich lachte, dann packte ich die Sachen aus und lüftete das Haus. Obwohl ich es erst vor drei Tagen verlassen hatte, roch die Luft staubig und abgestanden.

Ich rief Martin an, um ihm zu sagen, dass ich angekommen sei. Wir hatten verabredet, dass wir in engem Kontakt bleiben wollten. Er hoffte, abends in die Eifel kommen zu können, wusste aber noch nicht genau, ob er es schaffen würde. Immer noch war der Familienmord nicht genau rekonstruiert. Es gab zu viele Spuren, das ganze Haus war praktisch blutverschmiert und es war nicht klar, in welcher Reihenfolge der Täter zugeschlagen hatte. Immer noch ging die Kripo davon aus, dass der Vater seine Familie ausgelöscht hatte, bevor er sich selbst umbrachte. Doch einige Spuren waren verwirrend, und ein zweiter Täter konnte nicht hundertprozentig ausgeschlossen werden. Auch das Motiv war unklar.

Ich hatte Martin gesagt, dass mich der Fall mehr als gewöhnlich mitnahm und er mir die Details ersparen sollte. Der Tod der Junkies interessierte mich seltsamerweise ungleich mehr. Vielleicht verspürte ich auch eine Art von Verantwortung, weil ich die zweite Leiche gefunden hatte, ähnlich wie es Nadine zu gehen schien.

Als der Handwerker eintraf, konnte ich meine düsteren Gedanken beiseiteschieben und mich dem Umbau widmen. Die Küche war vorrangig.

Der Mann schien ein echtes Allroundtalent zu sein. Schnell einigten wir uns über die wichtigsten Arbeiten. Er wollte direkt am nächsten Tag anfangen.

Er ging, drehte sich noch einmal um und winkte mir. Ich winkte erleichtert zurück. Endlich lief etwas rund.

Ich drehte eine Runde mit dem Hund, entdeckte dabei den Hofladen eines Bauern, kaufte dort frisches Obst und duftendes Brot, etwas Salat und Tomaten, die so aussahen, als wären sie nicht nur aus Wasser.

Zuhause machte ich mir eine Kleinigkeit zu essen und setzte mich mit meinen Akten an den Esstisch. Gegen Abend wurde es spürbar kühler. Ich machte Feuer im Ofen. Das Ritual des Holzanzündens hatte etwas Tröstliches, wahrscheinlich ein archaisches Überbleibsel aus unserer Vergangenheit, als Feuer Schutz bedeutete.

Gegen sieben Uhr rief Martin an.

»Schatz, ich fürchte, ich kann heute nicht kommen.«

Ich schluckte meine Enttäuschung hinunter. »Aber Morgen?«

»Ja, ganz sicher. Wir wissen jetzt, dass er die Mutter zuletzt getötet haben muss. Ihre Blutwerte zeigen eine ungeheure Ausschüttung an Adrenalin. Außerdem hatte sie den Rhesusfaktor negativ und die Kinder positiv, aber Blutspuren mit positivem Rhesusfaktor sind in ihren Wunden nachgewiesen worden.«

»Erspare mir die Details«, bat ich ihn leise – zu leise vermutlich, denn er fuhr fort.

»Er hat sie wohl gefesselt und dann ein Kind nach dem anderen umgebracht. Zuerst hat er mit dem Brotmesser zugestochen, jedoch waren ihm die Wunden anscheinend nicht groß genug, denn er nahm das Fleischmesser und stach in dieselben Wunden. Die Kinder müssen geflohen sein und versucht haben, sich zu wehren …«

»Hör auf! Hör sofort auf!«, schrie ich in das Telefon.

Martin verstummte. Ich konnte seinen Atem hören.

»Es tut mir leid, Conny. Da sind wohl die Pferde mit mir durchgegangen. Ich …«

»Schon gut. Wir sehen uns morgen.« Ich legte auf, dann sah ich nach draußen, ohne etwas zu sehen. Es gab so viele grausame Menschen, so viel Leid und Kummer. Ich versuchte, mich wieder auf meine Akten zu konzentrieren, aber es wollte mir nicht gelingen. Schließlich stand ich auf und kochte mir eine Kanne Tee.

Ich nahm ein Buch und setzte mich vor den Ofen. Die Klappe hatte ich geöffnet. Ich beobachtete, wie die Flammen am Holz leckten. Charlie legte sich neben mich, drehte sich auf den Rücken und ließ sich den Bauch kraulen.

Plötzlich sprang er auf, blieb in Hab-Acht-Stellung stehen und knurrte in Richtung Tür. Ich hatte nichts gehört. Vielleicht, dachte ich kurz, war eine Katze oder ein fremder Hund über den Hof gelaufen.

Er fing an zu bellen, kurz bevor jemand fest an die Tür klopfte.

Zögernd stand ich auf. Ich erwartete niemanden. Wer wusste, dass ich hier war?

»Fuß, Charlie! Pass auf!« Charlie hatte aufgehört zu bellen, knurrte jedoch bedrohlich.

»Wer ist da?« Meine Stimme war zu hoch. Niemand antwortete.

Kapitel 35

Die Farben verblassten, wichen aus dem Tag. Der Schein des Ofens spiegelte sich in den Fensterscheiben. Es sah so aus, als würde es draußen brennen.

Ich ging langsam durch den Flur zur Haustür. Charlie knurrte immer noch. Säure stieg in meinem Mund hoch, der Geschmack der Tomaten.

»Hallo?« Ich blieb an der Tür stehen, konnte nichts hören. War da jemand? Einen Moment lang hoffte ich, ich hätte mir alles nur eingebildet, aber Charlie hatte den Kamm aufgestellt und knurrte immer noch. »Ist da wer?«

»Constanze?« Die Stimme klang dumpf. »Bist du da? Hallo?«

Wolfgang! Ich öffnete vorsichtig die Tür. Morgen würde ich den Handwerker bitten, einen Spion einzubauen.

»Wolfgang!« Mir war die Erleichterung anzuhören.

»Ist was passiert? Mein Gott, du bist leichenblass. Constanze?«

»Was machst du hier?« Mir wurde bewusst, wie unhöflich ich klang. »Ich habe einfach niemanden erwartet und habe mich erschreckt, als es klopfte. Wir kennen doch hier keinen. Und keiner weiß, dass ich hier bin und …« Ich redete zu viel, erklärte zu viel.

»Darf ich reinkommen?«

»Entschuldigung. Natürlich. Magst du eine Tasse Tee? Roibosch.«

Er lachte. »Tee? Was immer dich glücklich macht.«

Charlie knurrte nicht mehr. Ich öffnete die Tür ganz und

ließ Wolfgang hinein. Er hielt die Hände hinter dem Rücken verschränkt und zögerte einzutreten.

»Ich habe Licht gesehen und den Kamin gerochen. Es ist Donnerstag, ich wusste nicht, ob du auch in der Woche hierherkommst. Vor einiger Zeit gab es hier Obdachlose, die sich in leerstehenden Häusern und Scheunen niedergelassen haben. Ich hatte Sorge, dass jemand hier eingebrochen war. Andererseits …« Wolfgang lächelte nervös.

»Andererseits?« Ich drehte mich um, sah ihn an. »Was?«

»Ach komm, das ist irgendwie … ich weiß nicht … peinlich?« Er lachte, es klang schüchtern.

»Dir muss nichts peinlich sein. Wirklich nicht.«

»Andererseits habe ich gehofft, dass du wieder hier bist. Deshalb habe ich auch eine Flasche Prosecco mitgebracht.«

Ich stellte die Flasche in den Kühlschrank, nahm das frische Brot, eine Schüssel Kräuterquark und ein paar Tomaten mit in das Wohnzimmer. Wolfgang hatte sich an den Tisch gesetzt.

Ich schob die Akten zusammen, legte sie beiseite.

»Du hast dir Arbeit mitgebracht?«

»Berichte schreiben kann ich auch hier. Es ist zeitfüllend, aber langweilig.« Ich schenkte uns Tee ein. »Diese Geschichte mit den Obdachlosen interessiert mich. Waren sie hier im Dorf?«

»Nein, in einer Scheune, ein Stück die Straße runter und in verschiedenen verlassenen Häusern in der Umgebung.«

»Wann war das?«

»Das weiß ich nicht mehr genau. Letztes Jahr? Warum interessiert dich das?«

»Wegen des Toten am See. Er war vermutlich auch ein Obdachloser und ein Junkie.«

Wolfgang zog die Stirn in Falten. »Woher weißt du das?«

»Das vermutet die Kripo.«

»Und du kommst an solche Informationen heran?«

Ich schüttelte den Kopf. »Manchmal erzählt Martin ein wenig.«

»Was war er noch einmal? Gerichtsmediziner?«

»Rechtsmediziner, ja.«

»Und weiß man schon, woran der Mann gestorben ist? Das war doch hoffentlich kein Verbrechen?« Wolfgang klang besorgt.

»Nein, kein Verbrechen.« Ich versuchte beruhigend zu klingen. »Entweder Herzversagen, oder er hat sich den goldenen Schuss gesetzt.«

»Hier draußen im Wald?«

Ich überlegte, ob ich noch mehr dazu sagen sollte, entschied mich dagegen.

»Diese Geschichte mit den Obdachlosen letztes Jahr – weiß die Polizei hier darüber Bescheid?«

»Ich denke schon, Constanze. Sicher bin ich mir aber nicht. Wieso?«

»Ach, vielleicht ist diese Gruppe ja immer noch hier, und der Tote gehörte dazu. Seine Identität ist nicht geklärt, aber vielleicht könnte man über die anderen herausfinden, wer er war.« Wenn man die anderen fand, könnte man sie auch warnen, denn die Chance, dass ihr Stoff unrein war, war groß, dachte ich. Doch das war nichts, worüber ich mit Wolfgang diskutieren wollte.

Wolfgang trank einen Schluck Tee, verschluckte sich, hustete. »Wird nach den Pennern gefahndet?«

»Nein.« Ich lachte. »Das kann ich mir nicht vorstellen. Wie gesagt, es war kein Gewaltverbrechen. Woher wusstest du von ihnen?«

»Weiß ich gar nicht mehr. Vermutlich Klatsch und Tratsch. Man kann hier nur wenige Dinge verbergen. Deshalb ist Fremdgehen hier auch ein Fremdwort. Das ganze Dorf wüsste es nach zwei Tagen – spätestens.«

»Die Trommeln arbeiten.«

»Ja. Inzwischen ist auch bekannt, dass du einen Hund hast.« Er lachte. Ich mochte sein Lachen, es klang wie bei einem kleinen Jungen, nur dunkler.

»Das ist gar nicht so verkehrt. Du könntest jetzt verbreiten, dass es ein Polizeihund ist, abgerichtet und scharf.«

»Ist er das?« Wolfgang sah sich unsicher nach Charlie um. Der Hund lag vor dem Kamin und schlief.

»Natürlich. Sieht man das nicht?«

»Du willst mich veräppeln. Ist dir gelungen. Einen Moment lang hatte ich Angst.« Er wischte sich über das Gesicht, brach dann ein Stück Brot ab, kaute bedächtig. »Aber wenn du willst, werde ich das natürlich verbreiten. Gibt es irgendetwas, was dir Sorgen macht?«

»Ach, nicht wirklich.« Ich versuchte zu lächeln, es wollte mir nicht gelingen.

»Du hast Angst? Deshalb der Hund? Wovor oder sollte ich lieber fragen: vor wem?«

Er war direkt und hatte ein gutes Gespür für Schwingungen. Anders als Martin. Ich musste daran denken, wie sehr Martin mich vorhin verletzt hatte, weil er es nicht schaffte, Rücksicht zu nehmen.

Das Feuer knisterte im Ofen, es roch nach Kieferharz und Tanne. Hin und wieder barst ein Ast knackend. Im Zimmer drohten Schatten. Ich wollte die Lampe nicht anschalten. Das kalte Licht hätte die heimelige Atmosphäre zerstört. Bisher hing nur eine nackte Glühbirne in der Fassung. Deshalb stand ich auf und zündete ein paar Kerzen an. Ihr Lichtschein spiegelte sich in den Fensterscheiben. Draußen war es dunkel geworden. Es musste schon spät sein, aber ich war nicht müde. Sollte ich Wolfgang von Theißen erzählen? Ich beschloss den Prosecco aus dem Kühlschrank zu holen.

Kapitel 36

Der Prosecco war herrlich trocken und gut gekühlt. Schweigend prosteten wir uns zu. Wolfgang durchmaß den Raum mit seinem Blick.

»Ein Sofa habt ihr nicht?«

»Doch, aber nicht hier. Hier ist alles noch zu unfertig. Der Tisch kommt in die Küche, wenn sie dann mal Küche ist.«

»Viel zu tun. Hat sich Günther gemeldet?«

»Der Handwerker? Er heißt Günther?« Mir fiel ein, dass ich überhaupt nicht nach einem Namen gefragt hatte. »Ja, er war hier. Toller Mann, wenn er hält, was er verspricht.«

»Wird er. Sonst hätte ich ihn dir nicht empfohlen.«

Ich glaubte ihm. Wolfgang meinte, was er sagte. Er schien ein durch und durch vernünftiger und verantwortungsbewusster Mensch zu sein.

»Hast du eigentlich eine Partnerin?« Ich sprach den Satz völlig unüberlegt aus und kam mir einen Moment später furchtbar neugierig vor. Es ging mich nichts an, ich hätte nicht nachfragen sollen.

»Nein.« Seine Stimme klang offen und ohne Vorwurf. »Ich war jahrelang liiert, es hat nicht gehalten. Nach dem Tod meines Vaters habe ich nur für meine Arbeit gelebt.«

»Ja, das kenne ich. Sich auf die Arbeit konzentrieren.«

»Du bist Psychiaterin, geschult darin, Probleme zu lösen.«

»Stimmt. Und Probleme anderer zu lösen ist soviel einfacher, als die eigenen zur Kenntnis zu nehmen.«

»Das nehme ich dir nicht ab. Du machst absolut nicht den Eindruck, als würdest du dich nicht reflektieren.« Er drehte das Glas in seiner Hand, sah mir in die Augen.

»Ich nehme das mal als Kompliment.« Wieder dachte ich an Theißen. Wolfgang gab mir ein Gefühl von Sicherheit.

»Ich meine das so, wie ich es gesagt habe.« Er schwieg nachdenklich. »Was macht dir Angst?«

»Ein ehemaliger Klient.«

»Du bist Kinderpsychiaterin. Ein Kind?« Er schüttelte den Kopf.

»Ich mache auch Gutachten für die Staatsanwaltschaft. Gerichtsgutachten.«

»Psychologische Gutachten? Ob jemand bekloppt genug ist, die Tat begangen zu haben?«

Ich lachte. »Manchmal trifft das zu, ja. Aber im Grunde sind es andere Dinge, die ich prüfe, auf anderen Ebenen.«

»Das hab ich mir schon gedacht. Du hast also Angst vor jemanden, den du mal begutachtet hast. War er unschuldig?«

»Nein, ganz sicher nicht. Er hat seine Frau erschlagen.«

»Dann sitzt er doch ein?«

»Jetzt nicht mehr. Er hat seine Strafe bei guter Führung abgegolten.«

»Und jetzt bedroht er dich?« Wolfgang lehnte sich vor.

»Ja.« Ich versuchte ein tapferes Lächeln.

»Wie?«

»Ich habe Anrufe bekommen. Und er hat mir ein paar Sachen geschickt.«

»Was?«

Auf diese Frage wollte ich nicht antworten. Ich nippte an dem Prosecco, schenkte uns noch einmal nach. Wolfgang wartete, zog dann verstehend die Augenbrauen hoch.

»Ich hoffe, es war nicht irgendetwas Grauenvolles. Das Kaninchen im Kochtopf oder ein abgeschnittenes Körperteil.«

»Nein, es war Kleidung.«

Er überlegte einen Moment. »Unterwäsche?«

Ich nickte.

»Woher weißt du, von wem das war? Hat er unterschrieben?«

»Es ist nur eine Vermutung, aber er wurde vor kurzem entlassen und hasst mich.«

»Weil du ihn für bekloppt erklärt hast?«

»Nein, weil ich meinte, dass es keine Tat im Affekt war. Er hat die Frau mit einem großen Vorschlaghammer totgeschlagen. Im Esszimmer.«

»Ja, und was hast du damit zu tun? Ich meine, ist das nicht Sache der Polizei? Spurensicherung?«

Wieder lachte ich. »Das war alles geklärt, Wolfgang. Er hatte behauptet, sie hätten gestritten. Das wird auch so gewesen sein. Und rein zufällig lag der Hammer da, und er erschlug sie. Im Affekt. Aber er war viel zu kühl und zu durchdacht. Er hat auch versucht, auf geistige Verwirrung zu plädieren, aber verwirrt ist das Letzte, was er ist. Schon eher voller Hass.«

»Kann die Polizei nichts tun, wenn er dich bedroht?«

»Man muss ihm etwas nachweisen können.«

»Dass heißt, dir muss erst etwas passieren, bevor die Polizei einschreitet.« Er schnaubte kurz auf. »Das ist schrecklich. Ich kann verstehen, dass du Angst hast.«

»Es ist gar nicht so schlimm. Schlimm ist nur die Unsicherheit, nicht zu wissen, was er will, was er plant. Im Moment will er mich nur erschrecken.«

»Im Moment. Und wann hört der Moment auf? Wann fängt die nächste Stufe an? Was wird er dann machen? Constanze, er ist doch vermutlich ein Psychopath.«

»Er ist auf jeden Fall voller Hass.«

Charlie streckte sich, gähnte lauthals, stand auf und kam zu mir. Er stupste mich mit seiner feuchten Nase an. Ich kraulte ihn zwischen den Ohren.

»Du willst raus, nicht wahr?«

»Du wirst doch wohl nicht ernsthaft jetzt noch alleine mit dem Hund gehen? Nachts? Schau mal raus! Hier gibt es keine beleuchteten Straßen, die Bürgersteige sind hochgeklappt, hier schläft alles tief und fest.«

»Das ist richtig, deshalb gefällt es mir hier auch so gut.« Ich legte meine Hand auf seinen Arm. »Keine Sorge, er weiß nicht, dass ich hier bin.«

»Bist du dir sicher?« Wolfgang stand auf, starrte in die Dunkelheit hinaus. Er zog sein Portemonnaie aus der Hosentasche, nahm etwas heraus, drehte sich zu mir um. »Hier, meine Visitenkarte. Da steht meine Handynummer. Du kannst mich immer anrufen, Tag und Nacht.«

Ich nahm die Karte, ein warmes Gefühl durchfloss mich. Hier war jemand, der freundlich war.

»So, und nun komm.« Wolfgang lachte leise. »Der Hund muss raus. Alleine gehst du nicht.«

Kapitel 37

Der Mond war nur eine dünne Sichel, die weit entfernt am Himmel stand. Schweigend gingen wir nebeneinander her. Hin und wieder berührten sich unsere Arme unabsichtlich. Ich fühlte mich wohl und sicher zusammen mit Wolfgang.

Charlie schnupperte intensiv, erleichterte sich. Ein Kaninchen rannte fast direkt vor uns vorbei, doch der Hund spitzte nur die Ohren. Andere Hunde hatte ich hier noch nicht gesehen, aber ich hatte früher auch nicht darauf geachtet.

»Hier gibt es wenige Haushunde. Auf den Bauernhöfen sind natürlich Hofhunde, aber nur so zum Streicheln und Spazierengehen hat hier kaum einer einen Hund. Zwei, drei Dackel, einen Pudel oder so. Meine Mutter wüsste es genau.« Wolfgang schien meine Gedanken gelesen zu haben.

»Ich hatte früher immer Hunde, aber der Tod des letzten brach mein Herz. Ich bin lange nicht darüber hinweg gekommen.« Er nahm meine Hand und hielt sie fest. Wir gingen ein Stück weiter, es fühlte sich vertraut an.

»Ich verstehe immer noch nicht wirklich, was du als Gutachterin machst. Du kannst mich jetzt für blöd halten oder neugierig, aber ich würde es einfach nur gerne wissen.«

»Im Grunde schaue ich nur, wie jemand veranlagt ist. Ich habe einen Täter, ich muss keine Beweise mehr anführen, das tun andere vorher. Es geht um die Schuldfähigkeit. War der Täter in der Lage zu beurteilen, dass das, was er getan hat, falsch war, oder war er es nicht. Kann er seine Schuld erkennen, ist er schuldfähig. Kann er es nicht, ist er schuldunfähig.«

»Und das kannst du erkennen?«

»Das ist nicht alles. Es geht auch um die Steuerungsfähigkeit. Weiß er, dass es falsch ist, kann es aber nicht steuern, vielleicht auf Grund von inneren Trieben, ist er nur bedingt schuldfähig. Ich mache Tests, stelle Fragen … Es ist manchmal schwierig. Es geht um das Leben eines Menschen, um seine Historie. Es geht um viel mehr als nur die Tat.«

Wolfgang schwieg. Er drückte meine Hand, seine Haut war warm und angenehm.

»Dieser Mann«, sagte er schließlich, »war schuldfähig?«

»Ja.«

»Und er hasst dich?«

»Ja, ich denke schon.«

»Scheiße.«

»Wahrscheinlich will er nur seine Wut abreagieren und mich erschrecken, mehr nicht. Die meisten Stalker tun nicht mehr.«

»Er hat schon gemordet.«

»Stimmt. Aber es war eine Beziehungstat.« Ich wusste, dass ich Ausreden suchte, um die Angst nicht noch mehr zu schüren. Mir war klar, dass Theißen während seiner Haftzeit eine Beziehung zu mir aufgebaut haben konnte. Nur in seinem Kopf, einseitig und voller Hass. Ich atmete tief durch. Irgendwo schrie ein Nachtvogel.

»Wir reden die ganze Zeit über mich. Erzähl du doch mal von dir, Wolfgang.«

»Da gibt es nicht viel zu erzählen. Mein Leben ist langweilig und monoton.«

»Wie schrecklich.« Ich lachte leise.

»Ja, aber ich bin zufrieden. Meine Arbeit macht mir Spaß.«

»Forschung ist doch spannend.«

Er nickte, schien aber nichts anfügen zu wollen.

»Woran arbeitest du denn konkret?«

Wir hatten eine Runde gedreht und waren nun auf dem Rückweg. Wolfgang schwieg. Ich ließ seine Hand los, hatte das Gefühl ihm zu nahe getreten zu sein.

»Sei mir nicht böse, aber ich darf darüber nicht sprechen. Es geht um Medikamente. Und gerade hier in der Gegend ist man sehr empfindlich.«

»Wegen Grünenthal und der Contergan-Sache? Kann ich verstehen.«

Wir bogen in den Hof ein. Mir fiel auf, dass ich mich nicht einmal umgeschaut hatte. Wolfgang blieb stehen, schien nachzudenken. Dann kam er auf mich zu und umarmte mich.

»Das war ein schöner Spaziergang. Du hast meine Nummer, ruf an, wenn was ist. Ich bin dann sofort da.«

»Danke.«

Für einen kurzen Moment fühlte ich mich versucht, ihn zu küssen, doch der Augenblick ging vorbei.

Wolfgang wartete, bis ich im Haus war, winkte kurz und ging. Ich sah ihm nach. Er verschwand aus dem Lichtschein der Hoflampe, und mit einem Mal fühlte ich mich sehr einsam.

Mein Handy hatte ich auf dem Tischchen in der Diele vergessen. Drei Anrufe in Abwesenheit, alle von Martin. Es war schon nach zwölf, und daher scheute ich mich, ihn noch anzurufen. Möglicherweise war er schon zu Bett gegangen. Andererseits machte er sich vielleicht Sorgen. Ich schrieb ihm eine SMS, räumte das Wohnzimmer auf und ging zu Bett. Das Handy und Wolfgangs Visitenkarte legte ich auf meinen Nachttisch.

Am nächsten Morgen weckte mich das Singen der Vögel um fünf Uhr früh. Die Sonne war schon aufgegangen, aber es war diesig. Die Welt vor dem Fenster sah wie vorläufig aus.

Ich drehte mich um, konnte aber nicht mehr einschlafen. Da der Handwerker heute kommen wollte, beschloss ich, den Tag schon jetzt zu beginnen. Charlie freute sich über den Spaziergang, legte sich danach in die Diele und schlief. Ich fegte den Ofen aus, holte frisches Holz von unserem Vorrat. Obwohl der Tag schön zu werden versprach, würde es abends wieder kühl werden.

Günthers Wagen bog pünktlich um halb acht in den Hof. Mir fiel ein, dass ich nichts zu trinken hatte, was ich ihm anbieten konnte. Ich führte den Handwerker in die Küche, besprach noch einmal unsere Pläne und Vorstellungen, dann setzte ich mich in den Wagen und fuhr nach Simmerath. Dort gab es alles, was man brauchte.

Kapitel 38

Als ich wieder in Hechelscheid ankam, klingelte mein Handy. Es war Martin, er klang ärgerlich.

»Wo warst du gestern Abend? Ich habe mehrfach versucht, dich zu erreichen.«

»Ich habe dir eine SMS geschickt, dass alles in Ordnung ist.«

»Ja, etwa eine Stunde später.«

»Ich hatte das Handy vergessen, Martin. Es tut mir leid.«

»Vergessen? Wo warst du denn? Jetzt sag nicht, dass du mitten in der Nacht ohne Handy mit dem Hund spazieren warst.«

Ich schwieg.

»Constanze, bist du des Wahnsinns? Wie kannst du bloß so leichtsinnig sein? Ich habe mir furchtbare Sorgen gemacht, wollte schon losfahren und nachsehen.«

»Entschuldige. Es war aber nicht so schlimm. Ich …«

»Nicht so schlimm?«, fiel er mir ins Wort. »Aha, es war also nicht schlimm.«

»Du könntest mich ausreden lassen. Ich war nicht alleine.«

Jetzt schwieg Martin. Ich konnte seinen Atem hören.

»Unser Nachbar war da.«

»Unser Nachbar? Seit wann kennst du irgendwelche Nachbarn dort?«

»Wolfgang – du weißt schon … Ich habe mit ihm zusammen studiert. Seine Mutter hat die Apotheke hier.«

»Muss ich mich an irgendein Gesicht erinnern? Seit wann kennst du ihn?«

»Martin, wir haben ihn bei Andreas getroffen, weißt du nicht mehr?«

»Um ehrlich zu sein: nein. Wieso war er bei dir, und was habt ihr gemacht. Ach, verflucht, beantworte das nicht. Ich klinge wie ein eifersüchtiger Esel.«

Ich lachte. »Bist du es?«

»Eifersüchtig? Sollte ich es sein?« Seine Stimme hörte sich angespannt an.

»Nein. Dazu gibt es keinen Grund. Wir sind uns zufällig über den Weg gelaufen.« Irgendwie klang das falsch, und das war es ja auch. Aber wie sollte ich Martin erklären, dass Wolfgang gestern Abend mit einer Flasche Prosecco vor dem Haus gestanden hatte? »Wir haben ein wenig gequatscht, und dann hat er mich auf dem Hundegang begleitet.«

»Wie nett von ihm.« Martin klang nicht freundlich.

»Der Handwerker ist da.« Ich wechselte das Thema, wollte mich nicht mit ihm streiten.

»Sehr gut. Was macht er?«

»Er fängt mit der Küche an. Rohre legen, verputzen.«

»Gut. Hast du dir schon Gedanken über die Einrichtung gemacht?«

»Jede Menge.« Ich lachte. »Aber zu einem Entschluss bin ich nicht gekommen. Vielleicht können wir nachher darüber reden und weiter planen.«

Pause.

»Oder kommst du nicht?« Ich spürte mein Herz klopfen, biss mir auf die Unterlippe.

»Ich weiß noch nicht, wann. Wir haben noch eine Besprechung. Die letzte, hoffe ich. Ich melde mich.« Er beendete das Gespräch. Plötzlich spürte ich einen Druck in der Magengegend. Irgendwie lief es schief. Musste ich ein schlechtes Gewissen haben wegen Wolfgang? Zu hundert Prozent konnte ich die Frage nicht beantworten. Martin und ich schienen immer öfter in unterschiedlichen Galaxien zu sein.

Ich steckte das Handy in meine Tasche, sah mich um. Nichts in mir lockte mich in das Haus. Charlie strich durch den ausgefransten Wiesensaum, schaute sich immer wieder nach mir um, als wolle er mich auffordern, endlich mitzukommen. Es war zwar angenehm, aber nicht zu warm. Für eine halbe Stunde konnte ich das Bier, den Wein und das Fleisch im Wagen lassen.

»Komm, Charlie!« Ich stapfte um das Haus herum und in

östliche Richtung. Diesen Weg war ich noch nie gegangen. Ein kleiner Pfad führte zwischen den Sträuchern und der Friedhofsmauer entlang. Es roch intensiv nach Goldrute. Ein Duft wie flüssiger Honig. Ich folgte dem Pfad, ließ Charlie frei laufen. Er hatte nie gezogen, nie den Ansatz gemacht, eins der Kaninchen zu jagen, die vor unseren Füßen herliefen. Er hörte gut, dachte ich, doch dann schoss Charlie los und lief davon. Alles Rufen nutzte nichts, er kam nicht zurück.

Rechts von mir war die Friedhofsmauer, links nur Gestrüpp. Der Hund war dem Pfad gefolgt, also lief ich ihm nach. In Abständen rief ich seinen Namen. Kurz darauf hörte ich ihn in der Ferne bellen. Es war das gleiche Bellen wie am See. Mir stellten sich die Nackenhaare auf. Das konnte nicht sein, es durfte nicht sein.

Der Pfad machte eine Biegung, die Zweige der Bäume filterten das Licht. Schon waren einige der Blätter gelb oder rötlich verfärbt. Es hätte wunderschön sein können, wenn nicht dieses beklemmende Gefühl gewesen wäre. Das Laub raschelte unter meinen Füßen. Einen Moment blieb ich stehen und lauschte. Es war kein anderes Geräusch zu hören, außer dem immer wiederkehrenden Gebell meines Hundes.

Ich bog um die Ecke und befand mich plötzlich auf einem Hof. Ein typisches Vennhaus stand dort. Ein anderthalbgeschossiges, strohgedecktes Fachwerkhaus. An der Wetterseite reichte das Dach fast bis auf den Boden, und eine Rotbuchenhecke schützte es gegen Wind und Regen. Die Scheune war an der windabgekehrten Seite, davor stand Charlie. Es gab noch zwei neuere Nebengebäude, deren Zweck ich auf den ersten Blick nicht erkennen konnte.

»Charlie! Fuß!« Meine Stimme klang scharf, aber flach. Ich atmete tief durch und beschritt den Hof. »Komm hierher!«

Der Hund stand in Hab-Acht-Haltung vor der Scheune. Er wedelte mit der Rute. Schau her, ich habe meine Pflicht getan, bedeutete das. O Gott, bitte nicht, dachte ich. Nicht noch eine Leiche.

Ich ging weiter, trat aus dem gedeckten Grün des Pfades in

das flimmernde Sonnenlicht auf dem Hof. Es roch nach Erde und harzigem Holz. Mein Blick erfasste eine Ladung frisch geschlagener Stämme, die an der Seite aufgeschichtet waren.

Ich wusste nicht, wer hier wohnte, und wollte es in diesem Augenblick auch nicht wissen.

Charlie stand immer noch vor dem Scheunentor, er bellte nicht mehr. Niemand war zu sehen, niemand trat aus der Haustür. Ich ging zu meinem Hund, lobte ihn, nahm ihn an die Leine.

Dann starrte ich das Tor an. Es war eine große Schiebetür, grün gestrichen, die Farbe blätterte ab. Noch einmal schaute ich mich um, dann berührte ich den Türgriff. Kalt fühlte sich das Metall in meiner Hand an. Ich zog, aber ich konnte die Tür nicht bewegen. Irgendwo gab es bestimmt einen Riegel, ein Schloss, doch wo?

Im Gebüsch hinter mir knackte es. Ich fuhr herum. Nur eine Katze, die mit einer Maus im Maul langsam aus dem Unterholz auf den Hof lief. Sie würdigte uns keines Blickes, legte die tote Maus vor der Haustür ab, setzte sich und leckte sich die Pfoten.

Charlie schnupperte in ihre Richtung, rührte sich aber nicht. Er war nicht auf tote Mäuse konditioniert, sondern auf menschliche Leichen.

Ich sog tief die Luft ein. Es roch nach von der Sonne gewärmten Steinen und Dahlien. Neben der Haustür war ein großes Beet mit blutroten Dahlien. Leichengeruch roch ich nicht.

Ich zog Charlie mit mir und ging zurück. Mir war schlecht.

Kapitel 39

»Was haben Sie eigentlich hier gemacht?« Ein wütender Handwerker empfing mich mit diesen Worten, als ich das Haus betrat. »Das ist alles schief und krumm. Und da wollen

Sie eine Küche einpassen? Das kann nicht Ihr Ernst sein. Keine Wand steht gerade, alle Fliesen sind schief verlegt. Wer hat das verbrochen?« Seine Stimme wurde immer lauter.

Ich schluckte. Charlie stand an meiner Seite, knurrte tief im Rachen. Ich konnte es nur fühlen, nicht hören. Anscheinend gefiel dem Hund der Tonfall nicht. Mir ging es ähnlich, aber ich war zu erschöpft und aufgelöst, um zu streiten.

Günther sah mich an, die Augenbrauen zusammengezogen, die Stirn gefurcht. »Was ist denn mit Ihnen los? Ist Ihnen ein Geist über den Weg gelaufen?«

Ich versuchte ein Lächeln. »Ich habe mich nur erschreckt.«

»Ob das dann das richtige Haus für Sie ist, wenn Sie schreckhaft sind? Direkt am Friedhof? Nun setzen Sie sich erst mal, Sie sind ja leichenblass.«

»Ich habe Einkäufe im Wagen ...«

»Kein Problem, die kann ich holen.«

Er ließ keinen Widerspruch zu, entlud den Wagen und kochte Kaffee.

»Wem gehört das Haus, hier an der Friedhofsmauer entlang, oben auf dem Hügel?« Ich umklammerte den Becher mit beiden Händen, atmete den würzigen Duft tief ein.

»Der alte Hof? Bollendorfs.«

Ich zuckte zusammen. Das konnte nicht sein.

»Ich meine, es gehört schon immer der Familie. Früher hatten sie Landwirtschaft, dann machte Heinz die Apotheke auf. Er starb früh, seine Frau hat alleine weitergemacht. Irgendwann soll der Sohn sie übernehmen.«

Ich nickte langsam. Was zum Henker konnte Charlie dort gerochen haben? Waren die Obdachlosen dort in der Scheune gewesen? Aber das Haus war doch bewohnt. Ich konnte mir keinen Reim darauf machen.

»Es ranken sich einige Gerüchte um den Hof. Eine Widerstandsgruppe soll im Krieg dort untergekrochen sein. Als die Amis kamen, gab es Tote. Aber Genaueres weiß ich nicht. Wolfgang weiß das sicher. Ihn kennen Sie doch.«

Wenn es dort Tote gegeben hatte, vielleicht roch Charlie

das dann immer noch. Konnte das sein? Ich wusste es nicht, würde es aber herausbekommen.

Mir fiel ein, dass Charlie vom Dienst suspendiert worden war, weil er nicht mehr zuverlässig arbeiten konnte. Vielleicht hatte er auch etwas ganz anderes gerochen, eine tote Katze oder einen Hasen. Ich trank meinen Kaffee aus, fühlte mich gestärkt.

»Dann lassen Sie uns mal über die Küche reden«, sagte Günther.

Wir einigten uns darauf, dass er den Fliesenspiegel an der Wand wieder entfernen und die Wand komplett neu verputzen würde. Obwohl er dann etwas länger brauchte, hätten wir anschließend keine Probleme mehr mit schiefen Wänden und nicht passenden Anschlüssen.

Er gab mir eine Materialliste. Ich setzte mich in den Wagen und machte mich auf nach Aachen zu meinem bevorzugten Baumarkt. Als ich vom Hof fuhr, hörte ich den Meißel dröhnen.

Nachdem ich Säcke an Putz und etliche Kartons Fliesen sowie anderes in meinen Wagen geladen hatte, überlegte ich, ob ich in der Oppenhoffallee vorbeifahren sollte. Ich entschied mich dagegen.

Kaum war ich vom Ring Richtung Kornelimünster abgebogen, als mein Handy klingelte. Es war Stephanies Arzthelferin. Ein Mädchen stehe bei mir vor der Praxis, sie mache einen aufgelösten Eindruck.

Ich wendete und fuhr zurück Richtung Neumarkt. Das Mädchen konnte nur Nadine sein.

Ich hatte die Arzthelferin gebeten, meine Praxis aufzuschließen und Nadine in das Wartezimmer zu führen. Hoffentlich blieb das Mädchen auch dort. Schon beim letzten Besuch schien sie mir hin- und hergerissen zu sein und war gegangen, ohne das erzählt zu haben, was ihr auf der Seele lag. Manchmal arbeitete die Zeit für einen, manchmal dagegen. Wenn sie über längere Zeit ein Problem mit sich herumtrug und es nicht herausließ, könnte das zu einem Trauma führen.

Nadine saß auf dem Sessel und hob nur kurz den Kopf, als ich eintrat. Sie zog an ihren Haaren, knetete ihre Hände, knackte mit den Knöcheln. Ihre Füße rutschten unruhig über den Boden, und das linke Bein zuckte nervös. Die Luft bebte.

»Nadine, komm herein.«

»Ich dachte, Sie wären hier.« Sie stand auf, schob einen Fuß vor den anderen, folgte mir zögernd.

»Jetzt bin ich hier.« Ich setzte mich hinter meinen Schreibtisch, lächelte ihr freundlich entgegen.

»Ich habe gewartet.« Sie klang trotzig.

Das typische Verhalten von Kindern und Jugendlichen. Die Welt dreht sich um sie.

»Ich bin jetzt ganz für dich da. Ist etwas passiert?«

Das Mädchen kauerte sich auf den Stuhl, schaute auf den Boden, schüttelte verhalten den Kopf. Ich schwieg und wartete. Therapeutische Pause, sie wirkte.

»Es ist wieder Papas Wochenende.« Sie sprach leise, fast unhörbar.

Ich beugte mich vor. »Alle vierzehn Tage? Freitags bis sonntags?«

Sie nickte.

»Freust du dich?«

»Ich habe meinen Papa sehr lieb.« Ihre Stimme klang kindlich.

Ich wartete. Nadine verknotete ihre Haare, zog sie vor das Gesicht. Sie sagte nichts.

»Wann geht es denn los?« Ich musste nicht auf die Uhr schauen, um zu wissen, dass es kurz nach ein Uhr war. Der Geräuschpegel aus der Nachbarpraxis war verebbt. Durch die geschlossenen Fenster hörte man nur mäßig den Verkehrslärm.

»Gegen drei. Er … er muss noch arbeiten, holt mich aber dann schon ab.«

Nach ihrem letzten Besuch hatte ich in der Akte nachgeschaut. Herr Simmer arbeitete in einem chemischen Betrieb.

»Nimmt er dich mit zur Arbeit?«

»Er muss was ausliefern.«

Ich erinnerte mich daran, dass sie den Toten auch auf einem Ausflug mit ihrem Vater gefunden hatte. Vielleicht hatte sie Angst vor einer Wiederholung. Sie direkt darauf anzusprechen war nicht klug. Ich suchte nach den richtigen Worten.

»Wissen Sie, Frau van Aken, ich fand das immer schön. Diese Fahrten mit Papa.« Sie war mir zuvorgekommen. Endlich schien sie erzählen zu wollen. »Manchmal sind wir nach Köln gefahren oder nach Düsseldorf. Papa hat mich dann abends zum Essen ausgeführt oder ist mit mir irgendwo hingegangen.« Sie setzte sich gerade hin, steckte die Hände zwischen die Knie.

»Hört sich gut an. Ein Vater-Tochter-Abend in einer anderen Stadt.«

Nadine nickte. »Aber seit einiger Zeit hat er diesen Kunden.« Sie starrte wieder auf den Boden. Mit einer solchen Intensität, dass ich versucht war, aufzustehen und nachzusehen, was dort so interessant war.

»Er hat also einen neuen Kunden.« Ich bemühte mich einen Ansatz zu finden.

»In der Eifel.« Ihre Stimme wurde hoch und dünn. Ein Zeichen von Angst. Ich wartete.

»Ich mag da nicht mehr hin.« Sie flüsterte die Worte.

In der Eifel, dort, wo sie den Toten gefunden hatte.

»Warum?«

Sie schwieg, kaute auf ihrer Lippe.

»Ist dort etwas, was dir nicht gefällt, Nadine?«

Sie räusperte sich. »Eine meiner Lehrerinnen ist ganz furchtbar.« Ein Themenwechsel. Sie wich aus. »Sie hat ein ganz schreckliches Parfüm. Und Mundgeruch.«

Was hatte das mit ihrem Problem zu tun? Mir wollte der Assoziationsgang nicht klar werden.

»Ja?«

»Ich bin da ganz empfindlich irgendwie. Es ist voll krass, aber den anderen Schülern geht es auch so. Den meisten.«

Geruch – es hatte etwas mit Geruch zu tun.

»Der Mann in der Eifel, der Kunde deines Vaters, riecht der auch komisch?«

Ich hatte einen furchtbaren Verdacht.

Nadine schüttelte den Kopf.

Kapitel 40

»Nadine, was ist mit diesem Kunden deines Vaters? Hat er eigentlich einen Namen?«

»Papa nennt ihn Bo. Ob das sein Name ist, weiß ich nicht. Ist das überhaupt ein Name?«

Ich dachte an Bo Derek, unterdrückte ein Grinsen. »Vielleicht ist es einfach ein Spitzname. Gut, Bo. Was macht dein Vater bei Bo?«

»Er bringt ihm Desinfektionsmittel, glaube ich. Ganze Kanister voll.«

»Desinfektionsmittel?«

»Ja. Papa liefert sie aus, die Firma stellt sie her, und manchmal bringt Papa die Kanister zu Kunden. Bo hat eine kleine Klinik oder arbeitet dort, keine Ahnung.«

Eine Klinik? Ich hatte immer noch das Gefühl, im Dunkeln zu tappen.

»Ward ihr da?«

»Nein, wir sind daran vorbeigefahren. Papa trifft sich mit ihm in einem Lokal. Sie trinken was, reden, dann tauschen sie die Kanister, volle gegen leere.«

In einem Lokal? Das hatte etwas von Betrug und schwarzen Geschäften. Möglicherweise verkaufte Nadines Vater das Desinfektionsmittel unter der Hand und an der Steuer vorbei. Mir war das egal, ich arbeitete nicht für die Steuerfahndung. Es konnte aber sein, dass Nadine die Illegalität der Treffen spürte und es ihr deshalb unangenehm war.

Nadine hatte die Arme um sich gelegt, schaukelt leicht

von vorn nach hinten. Ein Paradebeispiel innerer Zerrissenheit.

»Was ist daran schwierig für dich? An den Treffen?«

»Weiß nicht.« Sie schaukelte stärker. Sie wusste es, wollte es aber nicht aussprechen.

»Macht dir etwas Angst oder Sorgen?«

Nadine hielt abrupt in der Bewegung inne, sah mich an. Ihre Augen waren weit aufgerissen, sie wirkte blass und verletzlich.

»Ich möchte da nicht noch mal hin. Wie kann ich das Papa sagen?«

»Was, befürchtest du, wird passieren, wenn du es ihm sagst?«

»Er wird sauer sein.«

»Weil du nicht mit willst?«

Sie nickte, schaukelte wieder.

»Kannst du es ihm nicht erklären?« Ich hoffte, sie würde mir endlich sagen, was sie so verschreckte.

»Nein, ich glaube nicht, dass er das verstehen würde.«

»Das kannst du nicht wissen, wenn du es nicht ausprobierst, Nadine. Was macht ihr denn nach den Treffen?«

»Wir fahren nach Hause.«

»Was würdest du denn am liebsten machen?«

»Hierbleiben.«

»Ich könnte mir gut vorstellen, dass dein Vater das versteht. Du nicht? Wenn du ihm sagst: Ich bleibe lieber hier und warte auf dich?«

Sie stand auf, ging ein paar Schritte, setzte sich wieder, schwieg.

Ich wartete.

»Ich habe es schon versucht.«

»Was? Ihm das vorzuschlagen?«

Nadine nickte.

»Wie hat er reagiert?«

»Er war enttäuscht.«

»Er konnte es gar nicht verstehen?«

Sie schüttelte den Kopf.

»Was genau hat er denn geantwortet?«

»Wir haben nur kurz telefoniert, gestern.«

Das war keine Antwort auf meine Frage. »Und was hat er gesagt?«

»Er hat mich gebeten, doch mitzukommen.«

Der Vater bittet die Tochter, eine Geschäftsfahrt mitzumachen, obwohl sie offensichtlich nicht will. Aus welchem Grund tat er das? Legte er soviel Wert auf die gemeinsame Zeit, oder hatte er einen Vorteil von ihrer Anwesenheit? Spielte Nadine doch eine Rolle in der Geschäftsbeziehung, war sie gar ein Teil davon? Mir wurde kalt.

»Soll ich deinen Vater für dich anrufen und versuchen, mit ihm zu sprechen?« Ich würde ihn sowieso anrufen, aber das brauchte Nadine nicht zu wissen.

»Vielleicht hat Papa ja auch Angst vor ihm.«

»Warum hast du Angst vor dem Mann?«

»Ich weiß nicht.« Sie flüsterte. »Sein Auto stinkt.«

»Wonach?«

Nadine schwieg, sie starrte wieder auf den Boden. Sie war ganz in sich zusammen gesunken.

Geruch spielte eine große Rolle bei ihrem Trauma. Was hatte sie in seinem Wagen gemacht und nach was roch es dort? Wieso sollte ihr Vater Angst haben? Setzte dieser Bo ihn unter Druck? Womit?

»Nadine?«

»Es riecht nach Tod.«

Ich lehnte mich zurück und stieß die Luft aus. Der intensive Leichengeruch war für sie zu einem großen Problem geworden. Sie hatte den Toten gefunden, während ihr Vater sich mit dem Kunden traf. Wahrscheinlich hatte sie deshalb ein negatives Gefühl für ihn entwickelt und assoziierte den Geruch mit dem Mann. Am einfachsten würde es sein, wenn sie tatsächlich wieder dorthin fuhr und feststellte, dass sein Wagen nicht so roch.

»Bist du dir sicher?«

»Ich rieche es immer noch. Überall.«

Ich atmete tief durch. Dieses Problem würden wir lösen können.

»Riechst du es hier auch?«

»Nein.« Sie schüttelte den Kopf, sah mich überrascht an.

»Nadine, ich weiß, wie es stinkt und wie sich dieser Geruch festsetzt, aber hier ist er nicht und auch nirgendwo sonst. Wann hast du das im Auto gerochen? Bevor oder nachdem du den Toten gefunden hast?«

»Danach?« Es klang mehr wie eine Frage statt einer Antwort.

»Und das Auto roch wirklich so, oder hattest du den Gestank nur in der Nase und in deiner Kleidung?«

Sie setzte sich gerade hin, ihre Schultern waren nicht mehr verkrampft nach oben gezogen. Zum ersten Mal sah sie ruhig und entspannt aus.

»Ich habe es mir nur eingebildet?«

»Das kannst nur du beantworten. Denk einmal genau nach.«

Sie schaute mich an. »Ich war mir so sicher, dass der Wagen danach roch. Wirklich.«

»Unsere Sinne spielen uns manchmal erstaunliche Streiche.«

Sie stand auf, lächelte mich an. »Vielen Dank, Frau van Aken.«

»Was machst du jetzt?«

»Ich muss den Bus kriegen, damit ich rechtzeitig bei Papa bin. Ich fahre mit ihm und schnüffele.« Sie lachte.

»Viel Erfolg.«

»Darf ich mich noch einmal bei Ihnen melden?«

»Wann immer du willst.«

Ich hoffte, dass sie ihr Problem lösen und überwinden würde. Die Chancen standen gut.

Kapitel 41

Ich war spät dran. Günther wartete bestimmt schon auf das Material. Vor Fringshof staute sich der Verkehr. Ich fluchte, obwohl ich wusste, dass ich mit meiner Ungeduld auch nicht schneller vorankommen würde. Endlich löste sich der Verkehr auf. Ich fuhr die kurvenreichen Straßen schneller als erlaubt, war froh, als ich in unseren Hof einbog. Günther half mir den Wagen zu entladen. Dann machte ich mit Charlie einen langen Spaziergang.

Nadines Ängste hatten wir benannt und eingekreist. Sie stellte sich der Angst vor einer Wiederholung. Ich gedachte, dasselbe zu tun, und ging mit Charlie zum See. Unterwegs dachte ich an heute Morgen und sein seltsames Verhalten an der Scheune. Ich nahm das Handy aus der Tasche und rief Erik an. Er als Ausbilder und Vorbesitzer des Hundes konnte mir sicherlich genaue Auskunft geben.

Irgendwo mähte jemand seinen Rasen, es duftete nach frisch geschnittenem Gras.

Erik ging ans Telefon. Er erkundigte sich ausgiebig nach Charlie.

»Ihm geht es gut, er hat sich offensichtlich schnell eingelebt. Er frisst, er trinkt, er ist bewegungsfreudig. Also kein Anlass zur Sorge«, sagte ich.

»Das freut mich. Er fehlt uns.«

»Kann ich verstehen. Sag mal, wieso genau ist er nicht mehr diensttauglich?«

»Es gab da diesen Unfall, Charlie wurde verschüttet, er brach sich das Bein, und danach weigerte er sich, Fährten zu folgen.«

»Aber er würde anschlagen, wenn er auf eine Leiche trifft?«

»Mal ja, mal nein. Wir üben natürlich ständig mit den Hunden. Da reichen schon ein paar Tropfen verwestes Material – menschliches Fleisch, das uns die Pathologie zur Verfügung stellt.«

Ich war mir nicht sicher, ob ich alle Details hören wollte. »Darauf hat er nicht mehr reagiert?«

»Nicht mehr zuverlässig. Aber er findet inzwischen zuverlässig jeden toten Hasen. Doch der darf ihn eigentlich nicht interessieren.«

Ich war erleichtert. »Du hast mir sehr geholfen, danke.«

»Keine Ursache. Erklärst du mir auch, wobei?«

Ich erzählte ihm von dem Obdachlosen und auch von Charlies Verhalten heute Morgen an der Scheune meines Nachbarn.

»Sicher kannst du nur sein, wenn du nachschaust, aber geh davon aus, dass in der Scheune ein totes Tier liegt oder lag. Der Geruch hält sich ewig, und Hundenasen sind empfindlich. Sorgen würde ich mir keine machen.«

Ich bedankte und verabschiedete mich. Dann versuchte ich, den Spaziergang zu genießen. Meine Gedanken kehrten immer wieder zu dem Gespräch mit Nadine zurück. Ich hatte das Gefühl, etwas übersehen zu haben. Da war noch ein loses Ende, das ich nicht fand.

Günther rührte einen großen Eimer Putz an. Er hatte sich ein Bier aus dem Kühlschrank genommen und es auf den Tisch im Hof gestellt.

Inzwischen hatte die Sonne ihren Zenit überschritten und tauchte den Hof in ein warmes Licht. Ich stellte die Flasche in den Schatten. Mein Magen knurrte. Ins Haus gehen und etwas kochen wollte ich nicht, dort füllten Staubwolken die Luft. Ich überlegte, nach Simmerath oder Monschau zu fahren und dort essen zu gehen. Doch mir fehlte der Antrieb. Im Dorf erwarb ich ein paar Brötchen. Mit ihnen und meinen Akten setzte ich mich in die Sonne. Der dicke Sandstein der Hauswand hatte die Wärme gespeichert und strahlte sie nun wieder ab wie ein großes Tier.

Ich fühlte mich wohl und sicher, freute mich auf Martin und einen ruhigen Abend zu zweit. Unsere Probleme würden wir in den Griff bekommen. Alles, was uns fehlte, waren Ruhe und Zeit.

Es war so schön in der Sonne, dass ich die Akten bald wieder weglegte und den Tag genoss.

Ich hatte Fleisch gekauft. Gegen Abend machte ich den Grill sauber. Obwohl ich es mehrfach versuchte, konnte ich Martin nicht erreichen. Vielleicht war er schon auf dem Rückweg und hatte keinen Empfang.

Günther beendete gegen sechs seine Arbeit. Er hatte die Küchenwände neu verputzt und Anschlüsse gelegt. Auch in der Waschküche hatte er die Anschlüsse erneuert, so dass ich nun dort eine Waschmaschine anschließen konnte.

Er wollte am nächsten Tag wiederkommen und weiterarbeiten. Ich war froh, dass ich ihn gefunden hatte. Ich putzte den Flur und die unteren Räume. Überall lagen Staub und Dreck, aber nach einer Stunde war ich zufrieden mit meiner Arbeit, auch wenn ich wusste, dass es morgen wieder dreckig werden würde. Verschwitzt und müde duschte ich und zog mich um. Noch immer hatte Martin sich nicht gemeldet, aber nun konnte es nicht mehr allzu lange dauern, bis er eintraf.

Ich füllte Kohle in den kleinen, wackeligen Grill und zündete sie an. Dann nahm ich mir ein erfrischend kaltes Bier aus dem Kühlschrank und bereitete einen Salat zu.

Charlie lag neben mir auf dem Boden und beobachtete mich. Plötzlich sprang er auf und lief knurrend zur aufstehenden Hoftür.

»Hallo?« Es war Wolfgang. »Jemand zu Hause?«

»Komm rein.«

»Ich glaub, dein Hund lässt mich nicht …« Er lachte, es klang etwas gezwungen.

Ich rief Charlie zu mir.

»Ich wollte nur nachsehen, ob bei dir alles in Ordnung ist. Hatte mir Sorgen gemacht, weil ich nichts von dir gehört habe.«

»Ich dachte, ich soll mich melden, wenn etwas ist und nicht anders herum.« Ich lachte. »Magst du ein Bier?«

»Ist Martin oben?«

»Nein, Martin ist noch nicht da. Ich hoffe, er kommt gleich, denn die Kohlen glühen schon.«

»Grillen ist Männersache. Das Bier ist im Kühlschrank?«

Ich nickte, und Wolfgang nahm sich eine Flasche.

»Da Grillen ja Männersache ist – magst du das übernehmen?« Ich hielt ihm den Teller mit dem Fleisch hin.

»Ist das eine Einladung?«

»Na ja, da du schon mal hier bist, kannst du auch gleich zum Essen bleiben.«

»Herzlichen Dank. Ist schon ewig her, dass ich gegrillt habe, aber wahrscheinlich verlernt man das ebenso wenig wie Fahrrad fahren.«

Wolfgang ging hinaus, Charlie folgte ihm. Er hatte die Ohren nach hinten gestellt. Mir fiel der Spaziergang von heute Morgen ein. Ich würde Wolfgang darauf ansprechen müssen.

Ich versuchte noch einmal, Martin zu erreichen, diesmal ging er ans Telefon.

»Wo bist du?« Ich hörte Stimmen im Hintergrund.

»In Köln. Wir sitzen noch zusammen.« Er zögerte. Ich war mir sicher, Marias Lachen zu erkennen.

»Wer ist wir, und wann kommst du?«

»Andreas und ein paar Kollegen. Irgendwie haben wir uns festgequatscht, und ich habe, ohne nachzudenken, ein paar Bier getrunken. Ich schätze, ich kann nicht mehr fahren.«

Wut und Enttäuschung machten sich in mir breit. Mein Herz pochte. Ich hatte einen bitteren Geschmack im Mund.

»Dann wünsche ich dir einen schönen Abend«, sagte ich kalt und legte auf.

Kapitel 42

Schweigend deckte ich den Tisch auf der Terrasse. Wolfgang schaute sich um und zog die Stirn kraus.

»Nur zwei Teller? Ist was passiert?«

»Martin kann nicht kommen.«

»Das tut mir leid.« Er wandte sich wieder dem Fleisch zu, schien zu spüren, dass ich nicht darüber reden wollte. Dann räusperte er sich. »Wenn du allein sein möchtest, ist das in Ordnung. Ich habe dafür Verständnis.«

»Ich glaube nicht, dass ich das schaffe.«

»Was? Mich rauszuschmeißen? Du, wirklich, gar kein Problem.«

»Nein, das ganze Fleisch alleine aufzuessen.«

Er lachte leise. »Okay. Aber demnächst bin ich dran zu kochen. Ich komme mir ja schon wie ein Schmarotzer vor.«

»Ich werde dich beim Wort nehmen.«

»Gut.«

Ich war froh, dass Wolfgang hier war. Er war ein angenehmer Mensch, ruhig, gelassen und humorvoll. Kein Ersatz für Martin, aber weitaus besser, als den Abend alleine zu verbringen.

Das Steak war herrlich zart, noch leicht blutig, so wie ich es mochte. Der frische Salat vom Bauernladen schmeckte viel besser als seine Treibhausverwandten aus dem Supermarkt.

Die Sonne ging unter, die Farben verblassten allmählich. Wir saßen schweigend nebeneinander, lauschten dem Vogelgezwitscher. Es war kein unangenehmes Schweigen, das man mit belanglosen Worten hätte füllen müssen.

»War denn heute irgendetwas? Irgendein Zeichen von deinem rachsüchtigen Klienten?«

»Nein. Ich war zwar heute in Aachen, aber nicht in meiner Wohnung. Falls dort Post ist, muss sie bis Sonntag warten.«

»Du warst in Aachen? Ich dachte, du hättest frei?«

»Ich war Putz kaufen und neue Fliesen. Ist ein großes Hobby von mir. Ich liebe Baumärkte.«

Er lachte sein dunkles Lachen.

»Und es gab einen Notfall.«

»Notfall? Ein Kind ist durchgedreht? Bitte nicht böse sein, wenn ich deine Arbeit noch nicht so richtig durchschaue.«

»Eigentlich habe ich selten Notfälle. Dies Mädchen aber

trug seit ein paar Wochen ein Problem mit sich herum. Ich hoffe, wir haben es heute lösen können.«

»Es ist schlimm, wenn Kinder seelische Probleme haben.«

»Das ist wahr, aber damit verdiene ich meine Brötchen. Meistens liegt es nicht an den Kindern, sondern an ihrem Umfeld.«

»Es muss ein gutes Gefühl sein, wenn man in dem Bereich erfolgreich ist und einem Kind geholfen hat.«

»Manche Eltern haben ihre Kinder nicht verdient. Diese Eltern sind nicht von Gott geschaffen, sondern Cousins der Affen.«

»Glaubst du an Gott?«

»Das kommt auf meine Tagesform an, Wolfgang. Hin und wieder ist der Himmel ein sehr tröstlicher Gedanke. Und du?«

Wolfgang verschränkte die Arme vor der Brust und starrte in die Bäume.

»Wenn die Frage zu persönlich ist, ziehe ich sie zurück, Euer Ehren.«

Er schnaubte. »Ich habe mit dem Tod meines Vaters aufgehört, an Gott zu glauben.« Er klang ernst.

»Es ist schwer, ein Elternteil zu verlieren.«

»Ja. Und es war so ungerecht. Viel zu früh. Er war Mitte vierzig, hätte noch einiges an Leben vor sich gehabt.«

»War es ein Unfall?«

»Nein.« Wolfgang schüttelte den Kopf, schien aber nichts hinzufügen zu wollen.

Ich überlegte, ob ich das Thema wechseln sollte.

»Für meine Mutter war es die Hölle. Jahrelang hatten sie sparen müssen, die Apotheke hat nicht viel Geld abgeworfen. Und endlich hatten sie Rücklagen und konnten sich etwas leisten, da stirbt er.«

Wolfgang hatte immer noch nicht gesagt, woran sein Vater gestorben war. Ich vermutete, dass er sich umgebracht hatte. Oft hatten die Angehörigen von Suizidfällen Schuldgefühle. Selbstmord war für die Zurückbleibenden schwerer zu ertragen als Tod durch Krankheit oder Unfall, denn sie fragten sich meist, ob sie etwas tun und die Tat verhindern hätten können. Schuldgefühle waren immer ein schlechter Wegbegleiter durchs Leben.

»Das war sicher nicht einfach für deine Mutter.«

»Nein, weiß Gott nicht. Sie ist nie darüber weggekommen und hadert immer noch mit dem Schicksal.«

»War er krank?«

»Er war völlig gesund, bis sie diese Reise gemacht haben. Es war Mutters Traum, sie wollte schon immer mal nach Afrika.«

»Er ist dort krank geworden?«

»Malaria. Allerdings hat das hier niemand erkannt, und als es erkannt worden war, war es zu spät.«

Ich überlegte, was ich über diese Krankheit wusste. Nicht viel, nur dass sie von Mücken übertragen wurde und in verschiedenen Stadien ablief.

»Es ist schon Jahre her. Damals war die Krankheit fast unbekannt in Deutschland. Außer natürlich im Tropeninstitut in Hamburg.« Er seufzte.

»Es belastet dich.«

Für einen Moment schwieg er, dann sah er mich an. Seine Augen waren dunkel geworden. Er rieb sich mit der flachen Hand über das Gesicht. »Ja. Es hat mein Leben verändert. Ich musste meine Mutter unterstützen, konnte mein Medizinstudium nicht beenden, musste mich mit Pharmazie beschäftigen. Das hatte ich nie gewollt. Diese verfluchte Apotheke hat mein ganzes Leben bestimmt, und tut es heute immer noch irgendwie.«

»Deine Mutter kann dich nicht zwingen, etwas zu tun, was du nicht willst, Wolfgang. Du bist erwachsen.«

»Richtig. Aber ich bin auch Sohn. Meine Mutter war verzweifelt, depressiv. Heute ist es nicht mehr so schlimm. Damals war es das.«

Ich nahm ihm die Aussage nicht ab. Er war verbittert und hatte sich nicht wirklich von seiner Mutter abnabeln können. Manche Menschen können das nie. Es erschreckte mich immer wieder, wie viel Einfluss einige Eltern auf ihre Kinder hatten, manchmal ein Leben lang.

»Weißt du, Constanze, als es passierte, musste ich für meine Mutter da sein. Ich habe es gehasst. Heute sehe ich das anders. Trotzdem bleibt ein wenig bitterer Nachgeschmack, wenn ich darüber nachdenke. Sicherlich gibt es dafür ein schönes psychologisches Fachwort.«

»Heutzutage erklärt man die meisten Probleme mit Schwierigkeiten der Neurotransmitter. Aber das, was du empfindest, ist durchaus normal und absolut nicht ungewöhnlich.«

»Du würdest mir also keine Therapie empfehlen?« Er lächelte.

»Och, schaden kann das nicht.« Ich lachte leise. »Du wohnst mit deiner Mutter zusammen?«

»Nein. Nicht wirklich. Ich habe eine eigene Wohnung in einem der Nebengebäude. Ich schaue einmal am Tag nach ihr, wenn es hochkommt.«

Plötzlich fiel mir Charlies Verhalten an der Scheune auf Bollendorfs Hof wieder ein. Ich biss mir auf die Lippe.

Kapitel 43

»Was hast du? Du bist ganz bleich auf einmal.«

Ich holte tief Luft. »Ihr wohnt auf dem Hügel? Hier an der Friedhofsmauer entlang?«

»Genau, der alte Hof dort. Wir haben eine Buchenhecke.«

»Ich war heute Morgen dort. Zufällig.«

»Ich war nicht da – schade.« Wärme stieg in seinem Gesicht auf. Eine leichte Rötung unter den Augen verriet es.

»Den Weg an der Mauer entlang bin ich vorher noch nie gegangen. Ich wusste zwar, dass dort noch ein Hof ist, aber nicht, dass es euer Hof ist.« Ich stockte.

»Für gewöhnlich kommt man ja auch von der anderen Seite,

dafür muss man um den Friedhof und die Kirche fahren oder gehen. Der Pfad hier wird kaum genutzt. Eigentlich nur von mir, wenn ich zu dir gehe.« Er lächelte mich an, sah ein wenig verlegen aus, so als müsse er sich dafür entschuldigen.

»Ich habe Charlie laufen lassen …« Mir fehlten die richtigen Worte. Charlie lag in der letzten Pfütze Sonnenlichts an der Seite des Hofes. Ich ging zu ihm, hockte mich neben ihn und kraulte seinen Rücken. Der Hund streckte sich.

»Du lässt ihn jetzt schon von der Leine? Hast du keine Angst, dass er wegläuft?«

»Nein, eigentlich nicht. Er hört ganz gut, außer er hat eine Fährte aufgenommen.«

»Fährte? Wie war das noch? Er ist ein Polizeihund?«

»Er war ein Leichenspürhund.«

»Ganz ehrlich, Constanze, er macht ja einen netten Eindruck, aber die Berufsbezeichnung klingt ekelig.«

»Das stimmt, so ging es mir auch. Aber er ist ja pensioniert.«

»Also nimmt er keine Fährten mehr auf. Außer eine Leiche liegt am Wegrand.«

Ich nickte, schwieg, wusste nicht, wie ich fortfahren sollte.

»Gibt es irgendetwas, was dich beunruhigt?« Wolfgang stand auf und trat neben mich. Ich musste zu ihm aufschauen.

»Nun, heute Morgen habe ich ihn laufen lassen, und er hat eine Fährte aufgenommen. Auf eurem Hof … Es klingt irgendwie blöd, aber er stand vor der Scheune und hat angeschlagen.«

»Wie bitte?«

»Ich vermute, du hast keine Leichen in der Scheune.« Ich lachte zaghaft. »Aber ein toter Hase könnte dort liegen.«

»Du meinst die Scheune mit dem großen Schiebetor? Dort war ich schon ewig nicht mehr drin. Da sind Sachen von meinem Vater und ein alter Traktor, wenn mich nicht alles täuscht. Aber Leichen?« Er schüttelte den Kopf, zog die Stirn in Falten.

Ich richtete mich auf, legte ihm die Hand auf den Arm.

»Wolfgang, ich wollte nicht andeuten, dass du dort Leichen versteckst. Es war mir nur aufgefallen. Ich habe mit seinem ehemaligen Trainer gesprochen. Der meinte, Charlie würde nicht mehr zuverlässig arbeiten, wahrscheinlich wäre es ein totes Tier, das er gerochen hat.«

Wolfgang schüttelte meine Hand ab und drückte sich an mir vorbei, als wäre ich ein Hindernis.

»Nun, bei all dem, was hier in der letzten Zeit so gefunden wurde …«

»Jetzt bist du sauer.« Ich wurde traurig. »Das wollte ich nicht.«

»Nein, Constanze. Nicht sauer, eher beunruhigt. Wir haben doch über diese Penner gesprochen, hier in der Gegend. Ich mache mir Sorgen. Was, wenn sie in der Scheune waren?«

»Aber ihr wohnt doch da. Es wäre euch doch aufgefallen.«

»Conny, meine Mutter geht morgens in die Apotheke. Dort bleibt sie bis abends. Und ich bin meistens nicht zu Hause, sondern im Labor. Um ehrlich zu sein, gehe ich durch die Haustür in meine Wohnung. Der Eingang liegt nicht auf der Hofseite, sondern zur Straße hin. Ich kann dir gar nicht sagen, wann ich zum letzten Mal im Hof gewesen bin. Ich bin da nur drüber geeilt, auf dem Weg hierhin. Das klingt jetzt verworren, ich bin auch durcheinander. Ich muss nachschauen. Mein Gott, wenn sie wirklich dort sind …«

Er schüttelte den Kopf, ging in Richtung Pfad.

»Warte, ich komme mit. Ich muss nur eben das Haus abschließen.«

Der Grill war heruntergebrannt, die Kohlen glühten nur noch schwach. Ich holte Charlies Leine, eine Jacke und schloss die Türen ab. Dann folgte ich Wolfgang, der unruhig wartete. Er ging voraus, so schnell, dass ich ihm kaum folgen konnte.

Der Hof war wie unserer mit Kies bedeckt. Unkraut und Grasbüschel durchbrachen das triste Grau. Es roch nach Kaminfeuer. Aus dem Schornstein stieg Rauch.

»Meine Mutter ist zu Hause.« Wolfgang murmelte die

Worte. Er war stehengeblieben, schaute in Richtung Scheune, dann holte er tief Luft. Es machte auf mich den Eindruck, als ob er sich überwinden musste weiterzugehen.

»Wolfgang, ich bin mir ganz sicher, dass Charlie nur ein totes Tier gerochen hat.« Ich versuchte beruhigend zu klingen.

»Das werden wir ja jetzt sehen.« Plötzlich ging er entschlossen auf die Scheune zu. Er zog ein Schlüsselbund aus der Tasche, wählte einen großen, verrostet aussehenden Schlüssel aus und steckte ihn in das Schloss, das ich am Morgen in meiner Panik nicht gesehen hatte. Wolfgang hatte Mühe, den Schlüssel zu bewegen.

»Ich sag doch, in der Scheune war seit ewiger Zeit keiner.«

»Gibt es noch einen weiteren Eingang? Ein Fenster?«

»Auf der anderen Hausseite, ja.« In diesem Moment ließ sich der Schlüssel drehen. Mit einem quietschenden, hohen Geräusch, das mir in den Ohren wehtat, zog er die Tür auf. Staubwolken wehten uns entgegen. Charlie nieste. Diesmal war er ruhig geblieben, hatte nicht angeschlagen oder ein anderes Zeichen von Interesse gezeigt.

Wolfgang ging zwei Schritte vor, blieb stehen. In der Scheune war es dämmerig. Auf der linken Seite stand ein alter Traktor, auf der rechten Seite Möbel, die mit Bettlaken verhüllt waren und etliche Kartons.

»Und jetzt?« Wolfgang schaute sich zweifelnd nach mir um. »Wo sollen wir suchen?«

»Ich lasse Charlie los.«

Der Hund blieb für einen Augenblick in der Scheunentür stehen, als müsse er sich erst an das Dämmerlicht gewöhnen. Er hob die Schnauze, schnüffelte, lief dann zielstrebig in die linke Ecke zu dem alten Traktor. Dort blieb er stehen, hob die Pfote und bellte.

Kapitel 44

Langsam folgten wir ihm. Die Luft war erfüllt von Staub – und irgendwie von alten Erinnerungen, an denen ich keinen Anteil hatte. Wolfgang atmete tief ein und aus. Ich war mir nicht sicher, ob er Angst hatte, etwas zu finden, oder ob ihn etwas anderes belastete. Er ging zwei Schritte vor mir. Die Luft war so unbewegt und dicht, dass ich erwartete, seine Spur zu sehen.

»Charlie, still!« Der Hund hörte auf zu bellen.

»Es ist zu dunkel, ich kann kaum etwas erkennen.«

Der Hund stand neben dem Traktor, auf den ersten Blick war dort nichts zu sehen bis auf ein paar alte Säcke.

»Gibt es hier Licht, oder hast du eine Taschenlampe?« Ich zog die Luft tief ein, aber es roch nicht nach Verwesung oder Tod. Wolfgang drehte sich wortlos um, ging zum Scheunentor zurück, betätigte dort einen Schalter. Zwei Neonröhren flackerten auf, summten laut, dann erlosch eine wieder.

»Reicht das?« Wolfgangs Stimme klang flach und weit entfernt. Ein Schwalbenpaar drehte über uns aufgeregt einige Runden, bevor es durch das Tor nach draußen flog.

»Ich weiß nicht. So sehe ich nichts, aber dort liegen ein paar alte Säcke. Um ehrlich zu sein, bin ich nicht scharf darauf, sie anzuheben.«

»Ich mache das schon.« Wolfgang ging an mir vorbei. Er hatte eine alte Harke oder Forke mitgenommen und hob nun die Säcke an. Darunter war nichts zu sehen. Charlie stürzte los und schnüffelte intensiv an der Stelle.

»Was auch immer da war – jetzt ist es weg.« Ich sah mich noch einmal um. »Es sieht auch nicht so aus, als ob sich hier in den letzten Jahren irgendjemand aufgehalten hätte.«

Wolfgang brummte etwas, was ich nicht verstand. Ich war mir auch nicht sicher, ob es an mich gerichtet war.

»Komm!« Ich rief meinen Hund, und er reagierte zu meiner Freude sofort.

Als ich das Tor erreichte, drehte ich mich um. Wolfgang stand immer noch neben dem Traktor, starrte aber auf die verhüllten Möbel.

Er ging auf die andere Seite der Scheune, hob ein Bettlaken an, schaute darunter, ließ es wieder fallen, ging zum nächsten Möbelstück. Vor einem Karton hockte er sich hin, strich behutsam den Staub weg und öffnete den Karton. Ich konnte Wolfgangs heftigen Atem hören. Die Konfrontation mit der Vergangenheit schien ihn zu belasten. Ich überlegte, nach Hause zu gehen und ihn mit seinen Erinnerungen alleine zu lassen, aber das kam mir feige vor.

»Hey.« Ich trat hinter ihn und berührte ihn vorsichtig an der Schulter. Er zuckte zusammen, heftig und krampfartig, als hätte er einen Stromschlag bekommen. Ich zog meine Hand erschrocken zurück. »Bist du in Ordnung?«

Wolfgang sah mich nicht an, seine Schultern bebten sacht. Ich kniete mich neben ihn. Er nahm meine Hand und drückte sie. »Es ist nur«, flüsterte er mit belegter Stimme. »Es ist nur, mein Vater … ich habe ihn geliebt. Aber ich hab es ihm nie gesagt …«

Ich legte meinen Arm um ihn. »Es ist okay zu trauern.«

Er schüttelte den Kopf, versteifte sich.

»Soll ich gehen?«, fragte ich leise.

»Nein.« Endlich drehte er sich zu mir um, seine Augen glitzerten. Auf seiner Stirn waren tiefe Furchen zu sehen. Ich strich langsam darüber, so als könne ich ihm damit die Trauer nehmen.

Er holte tief Luft. »Es ist mir peinlich.«

»Das muss es nicht sein. Du bist ein Mensch, du hast Gefühle. Lass sie zu.«

»Sprichst du als Therapeutin?« Er versuchte ein zaghaftes Lächeln, es wirkte gequält.

Ich schüttelte den Kopf. »Nein, als Freundin.«

Wolfgang stand auf, zog mich hoch. Ich konnte seinen Atem an meiner Wange spüren. Einen Moment überlegte ich, ob mir die Nähe unangenehm war – sie war es nicht.

»Danke.« Er zog mich an sich, sprach in meine Haare, drehte uns beide von einer Seite zur anderen. Sein Pullover kratzte rau über meine Haut, er roch angenehm nach Aftershave und Leder. »Ich habe mich nicht hier hineingetraut. Habe gedacht, ich würde es nicht ertragen können. Meine Mutter wollte schon lange, dass ich die Sachen entsorge, aber ich hab es nicht über mich bringen können.«

»Das ist normal.« Ich streichelte über seinen Rücken, konnte die Muskeln fühlen. »Du musst dich darauf einlassen. Es wird wehtun, aber es wird dich auch befreien.«

»Ja. Danke.« Er ließ mich los, und ich trat verlegen einen Schritt zurück.

Wolfgang sah an mir vorbei nach draußen. Inzwischen war es dunkel geworden. Charlie lag vor dem Tor. Als ich mich zu ihm umdrehte, wedelte er freudig.

»Komm, lass uns mit dem Hund gehen.«

Wir gingen am Hof vorbei Richtung See. In Wolfgangs Gegenwart fühlte ich mich sicher. An Theißen dachte ich kaum noch, er schien weit weg zu sein und stellte hier keine Gefahr dar.

Hin und wieder berührten wir uns flüchtig. Wir schwiegen eine Weile, dann begann Wolfgang von seiner Kindheit und seinem Vater zu erzählen. Gemeinsam machten wir eine große Runde. Schließlich standen wir wieder vor meiner Haustür.

»Es tut mir leid, ich habe dir ein Ohr abgequatscht.« Er lächelte nervös.

»Überhaupt nicht. Es war interessant und spannend. Du hast mir ein Stück deines Lebens und deiner Seele offenbart. Ein großer Vertrauensbeweis. Ich fühle mich geehrt.«

Ich schloss die Tür auf, machte das Licht im Flur an. Wir blieben einen Augenblick schweigend stehen. Ich überlegte, ob ich ihn noch hinein bitten sollte, wusste aber auch, dass er dann bleiben würde. Dazu war ich nicht bereit.

»Pass auf dich auf.« Wolfgang wartete, bis ich die Tür hinter mir geschlossen hatte, bevor er sich auf den Heimweg machte.

Das Geschirr stand noch auf dem Tisch im Hof. Es würde auch morgen früh noch dort stehen. Ich fütterte den Hund und ging zu Bett. Martin hatte sich nicht mehr gemeldet.

Kapitel 45

Am nächsten Morgen herrschte dicker, tiefhängender Nebel. Die Köpfe der weidenden Kühe schienen in der Luft zu treiben. Ich ging ins Dorf und holte Brötchen. Danach kochte ich Kaffee und zündete das Feuer im Ofen an. Es war empfindlich kühl und feucht, auch wenn die Sonne den Nebel in ein paar Stunden aufgelöst haben würde.

Günther kam, so dass ich mich ins Schlafzimmer verzog und ihn arbeiten ließ. Ich nahm mir nun endlich meine Akten vor. Die Zeit verging wie im Fluge, und als ich das nächste Mal nach draußen schaute, war die Luft klar, und die Sonne schien. Das Geräusch, das mich aus meiner Arbeit gerissen hatte, war Martins Wagen, der in den Hof einbog. Der Kies knirschte unter den Reifen.

Ich holte tief Luft. Mir war nicht nach Streit, aber die Enttäuschung über sein Verhalten lag mir immer noch im Magen.

Er schloss die Tür auf, Charlie sprang hoch und lief nach unten. Ich hörte Martin ins Wohnzimmer gehen, danach in die Küche. Er begrüßte den Hund, dann stellte er sich dem Handwerker vor. Ich hörte das Stimmengemurmel, konnte aber die Worte nicht verstehen. Wie gelähmt saß ich auf der Bettkante, die Akten auf meinem Schoß.

Schließlich kam er die Treppe hoch. Er ging langsam. Anscheinend fiel es auch ihm schwer, zu mir zu kommen. Ich versuchte, gleichmäßig zu atmen. Wut war immer ein schlechter Begleiter, und ausgesprochene Beschimpfungen kann man nicht mehr zurückholen. Manchmal schlagen Worte zu wie

Raubvögel, reißen Wunden und nagen am Innersten des Gegenübers.

»Hallo.« Martin blieb in der Türöffnung stehen, lehnte sich an den Rahmen und sah mich an. Ich suchte nach einer passenden Begrüßung, aber mir wollte nichts einfallen.

»Bist du sehr sauer auf mich, Conny? Es tut mir leid.«

Immer noch wusste ich nichts zu sagen.

»Ich habe nicht nachgedacht. Wir haben diskutiert, und wie das manchmal so ist, vergisst man die Zeit, nimmt sich gedankenlos ein Bier, noch eins, und dann fällt einem ein, dass man ja noch hätte fahren müssen.«

»Gedankenlos trifft es.« Meine Stimme klang fremd.

»Du weißt doch, wie das ist.« Martin sah mich verlegen an.

»Eigentlich nicht.«

Ich kam mir schäbig vor. Er hatte sich entschuldigt, ich sollte ihm vergeben. Die Akten legte ich auf das Bett, dann stand ich auf, ging auf ihn zu und nahm sein Gesicht in meine Hände. Er war nicht rasiert, seine Haut war stoppelig und rau.

»Mach das bitte nicht, Martin! Lass mich bitte nicht so hängen!«

»Es tut mir doch leid.« Er schloss die Augen.

Ich küsste ihn, erst zart und vorsichtig, dann immer gieriger. Er zog mich in seine Arme und hielt mich fest. Seine Hände wanderten über meinen Körper.

»Komm.« Er zog mich zum Bett.

»Martin!«

»Was?«

»Der Handwerker …«

Martin lachte leise, ging zur Tür und schloss sie ab. »Nun komm schon. Hat so ein bisschen was Verbotenes, so wie poppen, wenn Mami und Papi nebenan sind.«

Ich musste lachen. Er zog mich aus, seine Hände schienen überall auf mir zu sein, er stöhnte vor Lust. Die Wärme von Haut auf Haut wurde zur Hitze. Ich nahm ihn auf, nahm ihn gefangen. Unsere Lust wurde zu langen, zuckenden Wellen.

Ich fühlte mich wunderbar hilflos und ließ mich fallen. Dann saugten wir uns aneinander fest, liebten uns, kämpften, ich biss Martin in die Lippe und wusste, es war zum Teil Leidenschaft, zum Teil aber auch Zorn.

Erschöpft lagen wir nebeneinander, der Schweiß glänzte auf unseren Körpern wie frischer Lack. Martins Atem ging immer noch stoßweise. Dann sprang er auf, ging, ohne ein Wort zu sagen, ins Badezimmer. Ich hörte das Wasser rauschen, er duschte.

Eigentlich sollte ich glücklich und erfüllt sein, fühlte mich aber nur leer. Ich dachte an Wolfgang und wie Sex mit ihm sein würde, verbot mir jedoch diesen Gedanken.

Martin kam zurück, er hatte sich nur flüchtig abgetrocknet und hinterließ eine Wasserspur auf dem Dielenboden. Er schlüpfte in frische Sachen und ging nach unten.

Ich hatte die Decke über mich gezogen, es war mir peinlich, dass er mich nackt sah. Das Gefühl war falsch, und alle Alarmglocken in meinem Kopf schrillten, doch ich wusste nicht, wie ich mich verhalten sollte.

Auch ich ging unter die Dusche, zog mich dann an. Als ich die Treppe herunterkam, stand Martin in der Tür.

»Ich muss schnell in den Baumarkt. Uns fehlt Fliesenkleber.« Er ging, ohne mich angesehen zu haben.

Super, dachte ich und spürte Tränen hochsteigen. Ich kniff die Augen zusammen, schüttelte den Kopf.

»Alles klar?« Günther war neben mich getreten und blickte mich besorgt an.

»Bestimmt.« Ich räusperte mich, versuchte ein Lächeln. »Ich fahre nach Simmerath, Pommes holen. Soll ich Ihnen etwas mitbringen?«

»Das käme einer lebenserhaltenden Maßnahme gleich.« Er lachte. »Aber Ihr Mann ist doch gerade nach Simmerath gefahren, er hätte doch Essen mitbringen können.«

»Martin fährt in den Baumarkt.« Ich lächelte verschwörerisch. »Das kann dauern.«

Ich nahm mein Portemonnaie und ging zu meinem Wagen.

Charlie rannte hinter mir her und sprang sofort hinein, als ich die Wagentür öffnete. Er zog die Lefzen hoch und schien mich anzugrinsen.

»Und?« Ich schob ihn in den Fußraum des Beifahrersitzes. »Was bist du? Die Pommes, die Currywurst oder das halbe Hähnchen?«

Er gab kurz Laut, und ich lachte. Plötzlich fühlte ich mich befreiter.

Kapitel 46

»Du hast gegrillt?« Martin schaute auf den kleinen, wackeligen Grill, der am Rand der Terrasse stand. »Wann?«

»Es war schönes Wetter, und ich dachte, du kommst.« Ich hatte den Grillrost noch nicht sauber gemacht, die Kohlen nicht entfernt.

»Grillen ist doch Männersache.« Martin lachte leise. Er saß an dem kleinen Bistrotisch und aß die Pommes frites, die ich ihm mitgebracht hatte.

»Stimmt.«

»Und du hast es trotzdem alleine gewagt?« Martins Stimme klang belustigt.

»Nicht wirklich.«

»Wie bitte?«

»Wolfgang kam zufällig vorbei. Er hat deinen Part übernommen.« Ich entschloss mich, ehrlich zu sein, spürte Hitze an meinem Hals hochsteigen und mein Gesicht überfluten.

»Meinen Part? Ganz?« Martin sah mich an, ich schaute weg. »Constanze, gibt es da etwas, worüber wir reden sollten?«

»Bestimmt. Viele Dinge. Maria zum Beispiel. War sie gestern da?«

»Was hat Maria damit zu tun?« Martin zerknüllte das Papier um die Pommes-Schale.

»Und Wolfgang? Was hat er damit zu tun? Er war gestern hier. Na und?«

»Vorgestern auch.« Martin klang betroffen, gekränkt.

»Mit wem warst du vorgestern zusammen? Ich habe vergessen zu fragen.«

»Was soll das, Constanze?«

»Es war nur eine schlichte Frage. Hast du darauf keine Antwort?«

»Misstraust du mir? Glaubst du, dass ich mit Maria etwas habe?«

»Ich glaube gar nichts, Martin. Ich habe nur gefragt.«

»Nach Maria.«

»Maria. Zum Beispiel. War sie vorgestern da?«

Martin zögerte. »Ich weiß es nicht mehr. Ich weiß nicht, wer da war. Wir haben gearbeitet, sie ist meine Kollegin. Möglicherweise war sie da, vielleicht auch nicht. Es spielt für mich keine Rolle.«

»Gestern war sie da – als ihr einige Biere gekippt habt.«

Er verzog das Gesicht. »Wir waren am Ende, Constanze. Am Ende.«

»Das war ich auch. Vor Angst und Sorge. Ich dachte, du würdest dir auch Gedanken um Theißen machen.«

»Das ist jetzt unfair, Conny.«

»Nein, es ist ehrlich. Du bist mein Partner. Du hast vorher ein riesiges Bohei um Theißen gemacht, und plötzlich ist das unwichtig. ›Du machst das schon, du machst das richtig‹ – das implizierst du und auch: ›Du machst das schon richtig ohne mich.‹« Ich schluckte hart, lehnte mich an die warme Sandsteinwand, drückte mich dagegen, so als ob sie mir Schutz bieten könnte. »Und ich bin hier – allein. Warte auf dich. Aber du musst noch ein Bier trinken. Zwei, drei. Ich bleib alleine hier. Wolfgang kommt vorbei, und ich lade ihn ein. Er ist da, er geht mit mir mit dem Hund. Nachts. Er ist da. Du bist es nicht, und nun wirfst du mir das vor? Wie blöd ist das denn?«

»Was war das? Ein Gratis-Analyse?«

»Es ist kompliziert.«

»Das glaube ich dir aufs Wort.« Martin stand auf, ging ein paar Schritte. »Hast du was mit diesem Wolfgang?«

»Du mit Maria?«

»Du bist unfair, Constanze.«

Mein Lachen kam zu schnell, war zu laut.

»Wolfgang ist unser Nachbar hier. Er wohnt gerade mal den Hang hinauf. Er hat sich Sorgen gemacht und ist vorbeigekommen. Du warst nicht da. Das ist alles.«

»Das ist alles? Wir haben das Haus seit eineinhalb Jahren, kennen fast niemanden hier, und plötzlich taucht Wolfgang auf, und zwar täglich.«

»Du weißt, dass du dich gerade lächerlich machst, Martin? Ich habe Wolfgang bei deinem Freund Andreas wieder getroffen. Auf einer Fete, auf die ich nicht wirklich scharf war. Auf einer Fete, bei der du schnellstmöglich zu anderen Leuten verschwunden bist. Soweit ich mich erinnere, war Maria auch mit dabei.«

»Was ist das jetzt hier? Zickenalarm?«

»Willst du Haare spalten, Martin? Ich bin nicht zickig. Ich habe mit dem Nachbarn gegrillt.«

»Dem Nachbarn, den ich nicht kenne.«

»Du warst nicht da. Du hattest jede Chance der Welt, ihn kennenzulernen. Aber du warst nicht da.«

»Meine Schuld – ich verstehe das schon.« Er drehte sich um und ging ins Haus.

Ich seufzte laut. Charlie kam zu mir, legte seinen Kopf in meinen Schoß. Ich kraulte ihn eine Weile, beschloss dann ein wenig zu laufen.

Meine Laufschuhe hatte ich mitgebracht, ich zog sie an und überlegte, ob ich Charlie mitnehmen sollte. Der Weg durch den Wald ging erst steil bergab, dann steil bergauf. Ich hatte bisher keinerlei Probleme mit seinem Bein und seiner Hüfte erkennen können. Nach längeren Spaziergängen zog er manchmal das Bein ein wenig nach, aber das gab sich schnell wieder.

Ich rief ihn zu mir, nahm die Leine zwar mit, ließ ihn aber laufen.

Auf den Weiden standen die Kühe mit träger Leidenschaftslosigkeit. Erst gegen Abend, wenn der Bauer kam, um sie zu melken, schienen sie lebendig zu werden. Im Wald roch es jetzt deutlich nach Herbst. Die Blätter fielen schon vereinzelt, die Pflanzen hatten das Wachstum eingestellt, zogen sich langsam, aber sicher in sich zurück, um zu überwintern und dann im nächsten Frühjahr mit geballter Kraft wieder aufzuwachen. Ich traf ein paar Pilzsucher. Pilze sammeln war etwas, was ich mir nicht zutraute. Selbst mit einem guten Bestimmungsbuch waren Verwechslungen möglich. Eigentlich war das Gebiet Nationalpark und das Sammeln von Pilzen verboten. Aber hier kontrollierte selten jemand. Weiter runter in Richtung Rursee sah das anders aus.

In der Ferne hörte man das auf- und abschwellende Summen der Motorräder. Es schien mir, als hätten sich alle noch einmal getroffen, um die Serpentinen und das gute Wetter auszunutzen. Auch an diesem Wochenende würde es wieder zu Unfällen kommen. Organspendewetter nannte Martin die Tage mit Sonne und blauem Himmel.

Manches Mal war mir ein Motorradfahrer in einer Kurve gefährlich nahe gekommen. Ich hatte Angst vor dem Moment, wo einer von ihnen vor meinen Wagen rutschen würde. Die Strecke hinunter nach Rurberg vermied ich nach Möglichkeit.

Kapitel 47

Ich trabte etwa eine Stunde gemütlich durch den Wald und die Wiesen, machte mich dann auf den Rückweg. Charlie blieb manches Mal stehen, um etwas zu beschnüffeln, kam aber zügig zu mir, sobald ich ihn rief.

Die Gedanken um Martin und mich ließen mich nicht los.

Ich wusste, dass ich mich falsch verhalten hatte. Eigentlich hätte ich seine Abwehrmechanismen sehen und vor allem durchschauen müssen. Ich hätte mit ihm gehen und ihn nicht frontal angreifen sollen. Mein Verhalten war unprofessionell.

Die Abendsonne beschien unsere Terrasse, als ich auf den Hof einbog. Günthers Wagen parkte nicht mehr dort. Ich nahm an, dass der Handwerker seine Arbeit für heute abgeschlossen hatte.

Martin saß in der Sonne, die Augen geschlossen. Erst als ich ihn fast erreicht hatte, drehte er sich zu mir um.

»Wo warst du?« Seine Stimme klang vorwurfsvoll.

»Einkaufen – sieht man das nicht?«

»Du solltest das Handy mitnehmen, wenn du laufen gehst, Conny.«

»Ich habe es vergessen. Mea culpa.«

»Das Kreiskrankenhaus in Simmerath hat angerufen. Sie brauchen eine Konsultation.«

»Von mir? Weshalb?«

»Ich habe keine Ahnung. Ruf an, finde es heraus.«

»War es dringend?«

»Sie haben drei Mal angerufen.«

Ich rieb mir den Schweiß von der Stirn, ging ins Haus. Mein Handy lag auf dem Dielentisch. Martin hatte die Anrufe angenommen. Das war ungewöhnlich, denn normalerweise respektierten wir die Privatsphäre des anderen.

Die Nummer war gespeichert. Eine Krankenschwester meldete sich. Sie wusste nicht, warum ich angerufen worden war, und verband mich weiter. Nach etlichen Versuchen erreichte ich die richtige Abteilung. Ein offensichtlich verwirrter Mann war eingeliefert worden. Er trug ein Krankenhaushemd, allerdings keines aus Simmerath. Er war orientierungslos, und ich sollte beurteilen, ob er in die Psychiatrie eingewiesen werden konnte. Ich bat um etwas Zeit. Der Arzt versicherte mir, dass es nicht eilig sei, deshalb duschte ich in Ruhe und zog mich an.

Als ich in Simmerath auf den Parkplatz des Sankt-Birgida-Krankenhauses fuhr, flog der Rettungshubschrauber los. Der

Start- und Landeplatz lag neben dem Parkplatz. Ich hielt mir die Ohren zu. Ob sie einen verunglückten Motorradfahrer holten? Ich schüttelte den Kopf und war froh, dass Martin nicht Motorrad fuhr.

Ich fragte mich, was mich im Krankenhaus der Malteser erwartete. Es war nicht ungewöhnlich, dass ich einen verwirrten Menschen begutachten musste. Ältere Leute verloren oft die Orientierung, wenn sie dehydriert waren. Manchmal war es aber auch krankhaft. Wenn keine Verwandten da waren, musste das Amt über den Verbleib des Kranken befinden.

In der kühlen Empfangshalle meldete ich mich beim Pförtner. Der Arzt, mit dem ich gesprochen hatte, kam in diesem Moment die Treppe herunter.

»Sind Sie Frau Doktor van Aken?«

»Bin ich.«

»Ich habe versucht, Sie anzurufen.«

»Wann? Vorhin?« Ich zog das Handy aus meiner Jackentasche. Der Akku war leer.

»Vor einer Viertelstunde. Ich habe Ihnen auf die Mailbox gesprochen. Der Mann, wegen dem Sie hier sind, ist gerade nach Aachen verlegt worden. Tut mir leid, dass Sie umsonst gekommen sind.«

»Nach Aachen? Ins Alexianer?« Dort hatte ich meinen Facharzt gemacht. War ein Verwandter des Mannes aufgetaucht und hatte die Zustimmung zur Einweisung gegeben?

»Nein, ins Klinikum. Der Mann ist kollabiert.«

»Nervenzusammenbruch?«

»Nein, nein. Körperlich. Er hatte eine Art Anfall, wir haben das nicht in den Griff bekommen. Ich tippe auf Organversagen. Er muss aus einem Heim oder Krankenhaus weggelaufen sein, denn er trug einen Krankenhauskittel und hatte einen Zugang. Allerdings haben wir nicht herausgefunden, woher er kam.«

»Das ist ja seltsam. Aber spätestens morgen wird der Patient doch sicher vermisst werden.«

»Die Polizei ist eingeschaltet. Er war hochgradig verwirrt,

sprach davon, dass ihn Außerirdische gefangengenommen hätten.«

»Möglicherweise eine Halluzination auf Grund von Medikamenten?«

»Wir haben ihm zwar Blut abgenommen, aber das Labor hat auf den ersten Blick nichts gefunden. Nur sehr erhöhte Entzündungswerte.«

»Manche Krankheiten führen zu schizoiden Reaktionen.«

»Er wusste seinen Namen, aber nicht das heutige Datum. Eine Anschrift konnte er auch nicht nennen.«

»Weil er sich nicht erinnerte?«

»Das weiß ich nicht. Ich hatte eher den Eindruck, als gäbe es gar keine Anschrift.«

»Ein Obdachloser?«

Der Arzt nickte kaum erkennbar. »Das ist nur eine Vermutung. Er war sauber, aber die Zähne sahen ungepflegt aus. Er gab sein Alter mit achtunddreißig an, sah aber mindestens zwanzig Jahre älter aus.«

»Ein Junkie.« Mir lief es kalt den Rücken herunter. »Er ist im Klinikum?«

»Der Hubschrauber ist vorhin losgeflogen, er sollte gleich da sein. Die Intensivstation erwartet ihn.« Er reichte mir zum Abschied die Hand und bedankte sich.

Ich musste nicht lange überlegen, die Vermutung, dass der Mann zu der Gruppe Junkies gehörte, die schon zwei Todesopfer zu beklagen hatte, lag auf der Hand. Ich versuchte die Serpentinen zurück nach Hechelscheid nicht zu schnell zu fahren, hatte aber das Gefühl, dass die Zeit drängte und mir ein Teufel im Nacken saß.

Kapitel 48

Ohne viele umständliche Worte zu machen, erzählte ich Martin, was ich erfahren hatte. Wir stiegen in seinen Wagen und fuhren sofort nach Aachen. Charlie nahmen wir mit.

Bis Fringshaus waren wir jeweils in unsere Gedanken versunken, dann unterbrach Martin das Schweigen.

»Ob wir anrufen sollten und die Intensivstation informieren sollten, Conny? Dann können sie sofort ein Drogenscreening machen und eventuell Gegenmaßnahmen einleiten.«

»Der Akku meines Handys ist leer.«

Martin tastete die Taschen seiner Jacke ab. »Verflucht. Ich habe meines liegen lassen.«

»Wir sind in zwanzig Minuten da.«

»Zwanzig Minuten können Leben oder Tod für ihn bedeuten.«

Ich wusste, dass er recht hatte, konnte aber an der Situation nichts ändern.

»Glaubst du, dass es da eine ganze Gruppe von Junkies gibt?«

»Glaube spielt hier keine Rolle. Ich vermute es, ja.«

»Aber warum hatte er einen Zugang?«

»Vielleicht haben sie ärztliche Hilfe gerufen. Einen Notarzt oder so.«

»Und der legt ihm einen Zugang, zieht ihm ein Krankenhaushemd an und geht?«

»Constanze, wir können hier rätseln, bis wir schwarz sind, es wird uns nicht weiterbringen. Vielleicht wurde er wirklich von Außerirdischen entführt, untersucht und nun wieder laufengelassen.« Martin lachte leise.

»Das wird es sein.« Ich verschränkte die Arme vor der Brust. »Wie weit seid ihr heute mit der Küche gekommen?«

Den Rest der Fahrt bis zum Klinikum redeten wir über den Umbau und unsere zukünftige Küche. Die Spannungen vom

Nachmittag schienen wie weggeblasen zu sein, etwas, was mich freute.

Wir parkten am Klinikum und nahmen den Aufzug C4, um zur Station A zu kommen. Aller Wahrscheinlichkeit nach war er dorthin gebracht worden.

»Ich hasse diesen Teppich«, murmelte ich.

»Das satte Grün?« Martin lachte. Das gesamte Klinikum war mit hellgrünem Teppichboden ausgelegt.

»Die Farbe erzeugt Augenkrebs.«

Wir fuhren in den siebten Stock und klingelten an der verschlossenen Glastür. Es dauerte eine Weile, bis eine Schwester erschien und uns öffnete. Ich versuchte zu erklären, warum wir da waren und was unser Anliegen war. Sie erklärte, dass sie an diesem Abend keinen Patienten aufgenommen hätten, wollte sich aber erkundigen, auf welcher Station der Mann sein könnte.

Charlie hatten wir im Wagen gelassen. Ich ahnte, dass diese Nacht lang werden könnte, und bat Martin, den Hund in unsere Wohnung in der Oppenhoffallee zu bringen.

Er ging, und ich wartete auf der Dachterrasse zwischen den beiden Stationen auf die Schwester. Ich war froh eine Jacke angezogen zu haben, denn die Nacht war kühl.

Unten vor der Notaufnahme fuhr ein Notarztwagen mit Blaulicht vor. Saphirene Lichter, Kronjuwelen des Unglücks.

Ich ging wieder hinein, setzte mich auf einen der unbequemen Plastikstühle im Wartebereich.

Das Klinikum Aachen war eine riesige Stadt für sich. Über sechstausend Menschen arbeiteten hier. Man konnte hier wochenlang leben, ohne das Gebäude verlassen zu müssen. Es gab eine Cafeteria, einen Friseur, einen Supermarkt, einen Buchladen, sogar eine Sparkasse. Mehr als einmal hatte ich mich hier in den gleichaussehenden Gängen verlaufen – mit den Nummern und Glaskästen, die von Aluminiumjalousien verdeckt wurden. Für mich roch es immer nach Reinigung, Desinfektionsmittel und einer leichten Spur von Angst.

Nach einer gefühlten Ewigkeit – in Wahrheit war nur eine

halbe Stunde vergangen – kam die Schwester wieder. Sie erklärte mir, dass der Mann mit Verdacht auf Meningitis eingeliefert worden sei. Dann nannte sie uns die Station, wo er zu finden war. Er lag in Quarantäne, daher konnte ich nicht zu ihm. Sie gab mir das Telefon, so dass ich mit dem behandelnden Arzt sprechen konnte. Ich stellte mich als Doktor van Aken vor und implizierte so, dass ich die zuständige Ärztin aus der Eifel war. Das nahm er widerspruchslos hin. Er erklärte sich bereit, einen Drogentest zu machen, war aber der Ansicht, dass der Mann körperlich ernsthaft erkrankt war, und sah keine Anzeichen von Drogenmissbrauch. Trotzdem wollte er mit mir in Verbindung bleiben und auch mit der Polizei wegen des möglichen Zusammenhangs mit den beiden Todesfällen sprechen. Allerdings erst dann, wenn sich der Zustand seines Patienten verbessert hatte. Ich hörte im Hintergrund das Piepsen der Monitore und Alarme, spürte seine Eile. Schließlich notierte er sich meine Handynummer, bevor er das Gespräch beendete.

Ich hatte nicht viel erreicht. Martin war noch nicht wieder aufgetaucht. Ich wusste nicht, ob er auf dem Weg hierher war oder in der Oppenhoffallee auf meinen Anruf wartete. Mein Handy war leer, seines in Hechelscheid. Wir hatten nicht konkret besprochen, wie es weitergehen sollte.

Ich fuhr mit dem Aufzug ins Erdgeschoss und suchte das Münztelefon. Es war defekt. Das nächste befand sich in der zweiten Etage bei der Notaufnahme. Ich überlegte dort hinzugehen, aber dann hätte ich Martin verfehlt, wenn er käme. Unschlüssig blieb ich in der Empfangshalle stehen und sah mich um.

Jemand legte die Hand auf meine Schulter. Ich zuckte erschrocken zusammen.

»Hast du etwas klären können?« Martin drehte mich zu sich um.

»Großer Gott, wie kannst du mich so erschrecken?«

Kapitel 49

Wir entschieden uns, über Nacht in Aachen zu bleiben. Schweigend fuhren wir zur Oppenhoffallee, suchten einen Parkplatz. Erst drei Querstraßen weiter fand Martin eine enge Parklücke.

Charlie begrüßte mich freudig. Gemeinsam gingen wir eine Runde durch das Viertel. Ich erzählte Martin, dass der Mann wahrscheinlich Meningitis hatte. Ungläubig sah er mich an.

»Meningitis. Das könnte auch die Todesursache der beiden anderen gewesen sein. Darauf bin ich überhaupt nicht gekommen. Wenn sie zusammenhocken, das gleiche Spritzbesteck benutzen, dann bekommen es alle.«

»Ein Grund mehr, die Gruppe zu finden.«

»Ich spreche morgen mit der Staatsanwältin.«

Am nächsten Tag waren wir beide früh wach. Auf meinem Handy war eine besorgte SMS von Wolfgang. Er hatte sich gewundert, dass kein Licht mehr bei uns brannte und wir offensichtlich das Haus in Eile verlassen hatten.

Ich überlegte, ihn zurückzurufen, entschied mich aber dagegen und schrieb ihm nur, dass es uns gutginge. Außerdem telefonierte ich mit der Station im Klinikum und erkundigte mich nach dem Mann. Immer noch fieberte er hoch. Die Testergebnisse aus dem Labor waren bisher nicht eingetroffen. Sie versprachen, sich bei mir zu melden, sobald es etwas Neues gab.

Nach einem schnellen Frühstück fuhren wir zurück nach Hechelscheid. Mit Charlie spazierten wir gemütlich bis zum Rursee, gingen essen und genossen den freien Tag. Abends packten wir unsere Sachen und fuhren nach Aachen zurück. Wir redeten nicht viel, fühlten uns aber wohl miteinander.

Am Montag hörte ich nichts aus dem Klinikum. Ich war versucht anzurufen, dachte mir aber, dass man mich informieren würde, sollte sich etwas an dem Zustand des Patienten ändern. Mittags ging ich mit Stephanie essen. Sie hatte sich immer noch nicht für oder gegen das Kind entschieden, langsam drängte die Zeit. Martins Vorschlag, das Kind zu adoptieren, unterbreitete ich ihr nicht. Ich hatte darüber nachgedacht und für mich entschieden, dass ich das nicht könnte. Wenn ein Kind, dann ein eigenes, dachte ich.

Martin kam am Abend nicht nach Hause, aber wir telefonierten. Es gab nichts Neues von Theißen. Meine Angst legte sich allmählich. Am Dienstag betreute ich zwei Patienten, schrieb anschließend einige Berichte, als es an die Tür zu meiner Praxis klopfte.

»Frau Doktor van Aken?«

»Ja?«

»Wir sind von der Kripo und hätten ein paar Fragen.«

Martin hatte mit der Staatsanwaltschaft gesprochen. Endlich kam Bewegung in die Sache. Nach den Obdachlosen würde nun gesucht werden, dachte ich erleichtert.

»Nehmen Sie Platz. Ich weiß allerdings nicht, ob ich Ihnen in der Angelegenheit behilflich sein kann. Es gibt Gerüchte über eine Gruppe Obdachloser, die sich in der Gegend um Heschelbach und Rurberg aufgehalten haben soll.«

»Wie bitte?« Die beiden Männer nahmen mir gegenüber Platz, sahen mich verwundert an.

»Es geht doch um die Junkies?«

»Junkies? Frau Doktor van Aken, Sie haben eine Patientin namens Nadine Simmer?«

»Das ist richtig.« Ich schluckte hart. Was war mit Nadine?

»Wann haben Sie sie das letzte Mal gesprochen?«

»Das muss am Freitag gewesen sein.« Die ganze Hin- und Herfahrerei hatte mein Zeitgefühl durcheinandergebracht.

»Letzten Freitag?«

»Ja, vor vier Tagen.«

»Haben Sie mit ihr telefoniert?«

»Nein, sie war mittags hier bei mir in der Praxis. Ich war nur zufällig in der Nähe. Claudia, die Sprechstundenhilfe der Kinderarztpraxis, hatte mich angerufen.«

»Nadine hatte keinen Termin bei Ihnen?«

»Nein.«

»Kam sie häufiger einfach so vorbei?«

Ich wusste nicht, wohin die Fragen führten. »Ich habe Nadine vor ein paar Jahren betreut. In den letzten Wochen hatte sie ein Problem und bat mich um Hilfe. Warum fragen Sie?«

»Routine.« Der Mann überlegte.

»Sie war jetzt nicht bei Ihnen in Behandlung?«

»In Behandlung? Sie meinen in Therapie? Nein, war sie nicht. Sie brauchte nur Hilfe bei einem persönlichen Problem.«

»Was für ein Problem?«

»Auch wenn sie nicht in Therapie war, unterliegt das der Schweigepflicht.«

»Hatte es mit ihrem Vater zu tun?«

Ich schwieg und verschränkte die Arme vor der Brust.

»Frau van Aken, es ist wichtig. Bitte beantworten Sie die Frage.«

»Es unterliegt der Schweigepflicht.«

»Sie könnten uns helfen, möglicherweise ein Verbrechen aufzuklären.«

»In dem Fall wäre ich verpflichtet, ja. Aber welches Verbrechen? Was hat Nadine getan? Oder ihr Vater?« Ich überlegte, ob es um den illegalen Handel mit Desinfektionsmittel ging. Wenn es so wäre, würde ich nicht antworten. Betrug war kein schweres Verbrechen, und ich würde nicht das Vertrauen meiner Patientin missbrauchen.

»Nadine hat nichts getan. Wir würden trotzdem gerne wissen, worüber sie mit Ihnen gesprochen hat.«

»Und weshalb?«

»Hat sie erzählt, was sie am Freitag oder am Wochenende vorhatte?«

Die Frage war relativ unverfänglich zu beantworten. »Ja.«

»Und was war das? Ich bitte Sie, lassen Sie sich nicht jedes Wort aus der Nase ziehen. Hatte das Mädchen etwas mit ihrem Vater vor?«

»Ja.«

»Und was genau?«

»Das hat sie nicht gesagt. Warum fragen Sie mich das alles?«

»Nadine und ihr Vater sind verschwunden. Sie wurden am Freitag das letzte Mal gesehen. Die Mutter hat Anzeige erstattet.«

»Die beiden sind verschwunden?«

Kapitel 50

Ich starrte den Kripobeamten entsetzt an. »Das kann doch nicht Ihr Ernst sein. Verschwunden? Wohin?«

»Wir vermuten, dass der Vater mit der Tochter untergetaucht ist. Es gab Probleme und Streitigkeiten wegen der Unterhaltszahlungen. Hat Nadine irgendetwas erwähnt, was in diese Richtung zielt?«

»Nein, absolut nicht.« Ich dachte nach. »Oder vielleicht doch. Jedes zweite Wochenende verbrachte sie mit ihrem Vater. Meistens begleitete sie ihn freitags auf einer Tour. Er arbeitet für ein Chemieunternehmen als Vertreter. Diesmal wollte sie nicht mit.«

»Sie wollte das Wochenende nicht mit ihrem Vater verbringen?«

Ich überlegte, wie viel ich preisgeben konnte. »Doch, das schon. Sie wollte ihn nur nicht auf dieser Tour begleiten.«

»Wohin ging die Tour, und was macht er genau?«

»Ich weiß nicht sicher, wohin es ging. In die Eifel, aber wohin genau, weiß ich nicht. Er lieferte wohl Mittel der Firma aus.«

»Das haben wir überprüft. Freitags hatte er in der letzten Zeit keine Touren mehr.«

Ich hob die Hände. »Ich kann Ihnen auch nur das sagen, was Nadine mir erzählt hat.«

Der zweite Beamte hatte die ganze Zeit geschwiegen. Nun nahm er einen Notizblock aus der Tasche und kritzelte etwas darauf.

»Nadine wollte ihren Vater also nicht begleiten. Aber Sie wissen nicht, wieso? Hatte der Vater angedeutet, dass die Tour weiter weg gehen sollte?«

Ich schüttelte den Kopf. Über die Beweggründe meiner Patientin würde ich mich nicht äußern. »Was mich jetzt stutzen lässt ist, dass ihr Vater Nadine gedrängt hat mitzukommen. Vielleicht hatte er ja tatsächlich einen Plan, um mit ihr zu verschwinden. Aber wohin verschwindet man einfach so?« Ich lehnte mich zurück.

»Ach, Sie wissen doch vermutlich, was manche Eltern im Scheidungskrieg alles machen. Kinder entführen ist nur eine Möglichkeit.«

Das stimmte – ich hatte es oft genug bei Gericht erlebt.

»Die Scheidung ist allerdings schon eine Weile her. Jahre. Ich hatte das Gefühl, dass die Eltern sich arrangiert hatten.«

»Er musste trotzdem noch Unterhalt zahlen. Wir haben sein Konto überprüft. Er hat in der letzten Zeit keine größere Summe abgehoben, das spricht eigentlich gegen eine Flucht. Wir werden die Kontobewegungen jedoch im Auge behalten. Sobald er irgendwo Geld abhebt, erfahren wir es. Falls Ihnen noch irgendetwas einfällt, was von Bedeutung sein könnte, rufen Sie uns bitte an.«

Der Beamte nahm eine Visitenkarte aus der Tasche und legte sie auf meinen Schreibtisch.

»Hoffentlich taucht Nadine bald wieder auf.« Ich verabschiedete die Polizisten und blieb mit einem mulmigen Gefühl in der Magengrube zurück. Für das Mädchen wäre ein weiteres traumatisches Ereignis katastrophal. Ihr Vater wusste, dass sie an Magersucht gelitten hatte. Ich hoffte, dass er auf ihre Nahrungsaufnahme achten würde.

Einen Moment überlegte ich, Nadines Mutter anzurufen, unterließ es dann jedoch. Wenn sie reden wollte, wusste sie, wie sie mich erreichen konnte.

Den Rest des Tages erlebte ich wie in Trance. Abends telefonierte ich mit Martin und erzählte ihm von Nadine.

»Das ist in der Tat seltsam. Traust du dem Vater das zu? Du kennst ihn doch«, meinte Martin.

»Ich habe ihn ein paar Jahre nicht gesprochen. Ich weiß, dass ihn die Scheidung sehr belastet hat und er lange um das Sorgerecht kämpfte. Aber das ist Jahre her. Er sollte sich mittlerweile in die Situation gefügt haben. Vielleicht ist etwas passiert, was ihn zu einer Kurzschlusshandlung gebracht hat.«

»Du glaubst aber nicht, dass er sich und das Kind umgebracht hat?«

Auf den Gedanken war ich noch nicht gekommen. Mir stockte der Atem.

»Was treibt wohl Menschen dazu?« Martins Stimme klang sachlich.

»Hoffnungslosigkeit, Ausweglosigkeit. Es wäre möglich. Ich will es nicht hoffen, noch nicht mal daran denken.«

»Das war auch das Motiv für den letzten Fall. Der Mann war hoch verschuldet, das Haus stand zur Zwangsversteigerung, die Frau wollte ihn verlassen.«

»Und statt sich dem Leben zu stellen, bringt er seine Familie und sich um.«

»Ja, allerdings auf ganz grauenvolle Weise.«

»Manchmal ticken die Neurotransmitter aus, dann gibt es einen Aggressionsüberschwang, und der Mensch reagiert nicht mehr normal.« Ich schüttelte den Kopf.

»Was ist schon normal heutzutage?«

»Du und ich, hoffe ich zumindest.«

»Wir haben keine Kinder, Conny. Und wir verdienen beide genug. Sollte unsere Beziehung scheitern, können wir das auflösen, ohne uns mit dem Messer an die Kehle gehen zu müssen.«

»Denkst du über das Scheitern unserer Beziehung nach?«

»Was?«

»Willst du dich von mir trennen?«

»Wie kommst du darauf?«

»Du hast eben davon gesprochen.«

»Nein, ich habe eine Hypothese aufgestellt. Verdammt, analysiere doch nicht meine Sätze.«

»Tue ich nicht. Ich habe frei assoziiert.«

»Es ist mir egal, welches schwierige Wort du dafür benutzt.« Auf einmal klang er müde.

Wir beendeten das Gespräch friedlich. Ich ging mit Charlie hinaus, legte mich dann ins Bett. Der Gedanke an Nadine und ihren Vater ließ mich nicht los. Hatte ich irgendetwas übersehen? Ein Signal von ihr? Hatte sie unbewusst Angst vor ihrem Vater gehabt, weil sie spürte, dass eine Veränderung anstand? Ich hatte sie dazu gebracht, mit ihm zu fahren, und mich somit schuldig gemacht. In meinem Mund war plötzlich ein bitterer Geschmack, den ich auch nicht mit Wasser wegspülen konnte. Irgendwann schlief ich über meinen dunklen Gedanken ein.

Kapitel 51

Das dumpfe Trommeln von Regentropfen am Fenster weckte mich am frühen Morgen. Nach kurzem Schlaf wusste ich nicht sofort, wo ich war. Der Regen rauschte in den Fallrohren, es gluckerte laut. Ich spürte einen Druck hinter den Stirnhöhlen und wusste, dass ich Kopfschmerzen bekommen würde. Langsam drehte ich mich auf die Seite, schloss noch einmal die Augen, konnte aber nicht mehr einschlafen. Zu viele Gedanken gingen mir durch den Kopf.

Ich hoffte, dass Nadine und ihr Vater schnell wieder auftauchen würden, ohne dass ihnen etwas geschehen war. Ich hoffte auch, dass mich die Polizei darüber informieren würde. Vielleicht sollte ich mit dem Staatsanwalt sprechen, er würde mir Informationen unter der Hand geben, da war ich mir sicher.

Der Tag heute würde anstrengend werden. Ich hatte einen Termin mit den beiden Mädchen des Sorgerechtsfalles. Sie würden von einer Erzieherin des Kinderschutzbundes begleitet werden, nicht von einem Elternteil. Ich hoffte, ich könnte den Mädchen den Druck nehmen und ein eindeutiges Urteil fällen, das allen gerecht werden würde. Im Grunde genommen war mir aber klar, dass dies reines Wunschdenken war. Kinder wünschen sich am meisten, dass ihre Eltern sich wieder versöhnten.

Am Nachmittag würde ich einen Intelligenztest bei einer Siebenjährigen durchführen, anschließend hatte ich einen weiteren Termin. Abends dann noch ein Gespräch mit einem weiteren Elternpaar. Mein Kalender war also prall gefüllt, aber mir stand nicht der Sinn nach Aufstehen. Charlie stupste mich sachte an. Ich kraulte ihn hinter den Ohren. Er jammerte leise, und mir wurde klar, dass er hinaus wollte oder musste. Ich erinnerte mich daran, dass Hundehaltung durchaus auch Schattenseiten haben konnte.

Leise fluchend stand ich auf und zog mich an. Meine Regenjacke konnte ich in der Eile nicht finden, also nahm ich eine andere Jacke mit Kapuze. Es regnete wie aus Kübeln. Ich merkte schon nach kurzer Zeit, wie die Nässe durch den Stoff der dünnen Jacke drang und sich kalt-feucht auf meine Haut legte. Charlie löste sich, er hatte Durchfall. Auch das noch, dachte ich entnervt. Meine Termine konnte ich unmöglich unterbrechen, um mit ihm Gassi zu gehen.

Wieder zuhause duschte ich heiß und zog mich warm an. Der Schmerz in meinem Kopf nahm beständig zu. Ich trank zwei Tassen Kaffee. Vielleicht würde das Koffein gegen den Kopfschmerz helfen. Zusätzlich schluckte ich noch ein Aspirin.

In der Praxis betrachtete ich den Hof. Könnte ich Charlie dort lassen, falls er unruhig würde? Es gab einen kleinen gepflasterten und überdachten Bereich, dort könnte er sich zur Not aufhalten. Bevor ich noch länger darüber nachdenken konnte, kam auch schon mein erster Patient.

Gegen Mittag hatte der Regen nachgelassen. Es nieselte nur noch. Der Himmel hatte die Farbe von mattem Aluminium. Ich ging mit Charlie um die Frankenberger Burg. Als ich in die Praxis zurückkam, reichte mir Stephanies Sprechstundenhilfe Claudia einen Zettel mit einer Telefonnummer.

»Es ist für dich angerufen worden. Du sollst zurückrufen. Klinikum.«

Die Nummer und der Name waren mir unbekannt. Ich wählte, wartete. Es schien ewig zu dauern, bis schließlich jemand abnahm.

»Nießen.«

Ein unpassender Name für einen Arzt, dachte ich, verkniff mir aber das Lachen. Die Stimme klang unfreundlich, vielleicht aber auch nur gehetzt.

»Van Aken. Sie hatten mich angerufen?«

Der Mann schwieg einen Moment. »Ach ja! Wegen des verwirrten Mannes. Sie sind seine Ärztin?«

Ich überlegte, ob ich ihm die Wahrheit sagen sollte, beschloss aber, es zu lassen. Die Erklärungen hätten zu lange gedauert. »Ja.«

»Er hat eindeutig keine Meningitis. Allerdings scheint er hochgradig verwirrt zu sein. War das schon immer so? Ich habe hier nämlich kein Krankenblatt vorliegen und heute erst durch Zufall Ihre Nummer gefunden. Ist er ein Demenzpatient?«

»Wenn er keine Meningitis hat – was hat er dann?« Ich hoffte, der Kollege würde nicht bemerken, dass ich seine Frage nicht beantwortet hatte.

»Das wissen wir nicht. Wir testen noch. Sein Krankheitsbild stellt uns vor Rätsel. Er hat hoch gefiebert, war nicht ansprechbar, hatte jedoch keine klare Nackenstarre. Das Rückenmarkswasser war unauffällig. Allerdings hat er hohe Entzündungswerte, aber wir wissen nicht, weshalb. Haben Sie eine Akte? Können wir die haben?«

»Ich bin Psychiaterin und nicht seine Hausärztin«, gab ich zu.

»Dann ist er ein Demenzpatient? Oder retardiert? Er scheint noch keine vierzig zu sein. Was hat er?«

»Das weiß ich nicht«, sagte ich verlegen. »Kann ich ihn sehen? Mit ihm sprechen?«

»Sicher, wann immer Sie wollen. Wie heißt er eigentlich?«

»Das weiß ich auch nicht. Ich weiß nur, dass er wohl keine Angehörigen hat, stattdessen hat er vermutlich Wahrnehmungsprobleme.«

»Ja, ganz sicher hat er die. Er redet die ganze Zeit von Außerirdischen und so einen Quatsch.«

Ich ließ mir die Stations- und Zimmernummer geben und verabschiedete mich.

Bis zu meinem nächsten Termin hatte ich gut zweieinhalb Stunden Zeit. Der Obdachlose interessierte mich. Ich spürte, dass es eine Verbindungen zu den anderen Fällen gab. Deshalb beschloss ich spontan, ins Klinikum zu fahren.

Doktor Nießen saß im Ärztezimmer und schrieb Berichte. Es roch nach einem herben Aftershave, Desinfektionsmittel und alten Käsebrötchen.

»Doktor Nießen? Van Aken. Wir hatten telefoniert.«

»Kommen Sie herein, setzen Sie sich.« Er wischte einen Stapel Papiere vom Stuhl. »Ich habe nicht so ganz verstanden, in welcher Beziehung Sie zu dem Patienten stehen. Sie sind Psychologin? Sie behandeln ihn?«

Ich setzte mich und kratzte mich im Nacken. »Behandeln würde ich das nicht nennen.« Ich zögerte, entschloss mich dann, ihm die Wahrheit zu sagen. »Am Samstag rief mich das Malteser Krankenhaus in Simmerath an. Sie hatten diesen Mann hereinbekommen und brauchten eine Begutachtung, um ihn möglicherweise in die Psychiatrie einweisen zu können. Er war hochgradig verwirrt. Aber als ich dort eintraf, war er schon hierhin verlegt worden.«

»Ja, das habe ich der Akte entnommen. Er ist kollabiert. Sie kennen ihn also gar nicht? Was machen Sie dann hier?«

Ich erzählte ihm von den beiden toten Männern und meinem Verdacht.

»Beide stammten aus dem Obdachlosenmilieu?« Nießen rieb sich über das Kinn. »Das ist interessant. Dorthin würde ich unseren Patienten auch stecken.«

»Wieso?«

»Die Zähne sind schlecht, er sieht mindestens zwanzig Jahre verlebter aus, als er sein kann. Er hat Narben, die auf schwärende Wunden schließen lassen. Der Drogentest war jedoch negativ.«

»Haben Sie seine Haare untersucht?«

»Sie sind raspelkurz, das wird uns kein Ergebnis bringen.«

Raspelkurz waren die Haare der beiden Toten auch.

»Kurze Haare sind sehr ungewöhnlich für Obdachlose.« Er kniff müde die Augen zusammen.

»Hat er denn Einstiche? Wir hatten die Vermutung, dass es eine Gruppe ist, die unreines Heroin verwendet.«

»Wurde bei den Toten kein Drogenscreening gemacht?«

Ich schüttelte den Kopf. »Die Staatsanwaltschaft sah keinen Anlass dafür.«

»Unser Patient hat Narben, die darauf schließen lassen, dass er gefixt hat. Allerdings sind die Narben verheilt. Ein paar Einstiche findet man in seinem linken Arm. Da lag ja auch der Zugang. Das sieht aber technisch perfekt gemacht aus.«

»Medizinisch?«

Nießen nickte.

»War die Polizei hier? Wir hatten sie informiert.«

»Nicht dass ich wüsste. Aber ich war bis gestern im Urlaub. Jetzt bin ich allerdings schon seit vierundzwanzig Stunden wieder im Dienst.« Er schaute auf die Uhr. »Seit fünfundzwanzig Stunden.«

»Es ist die Hölle – ich weiß. Kann ich zu ihm? Vielleicht erfahre ich etwas, was im Zusammenhang mit den anderen Fällen nützlich wäre.«

»Sein Verhalten ist stark dissoziativ. Vor Arztkitteln hat er ganz sicher Angst, aber Sie tragen ja keinen Kittel.«

»Ist er ansteckend?«

»Ich weiß ja noch nicht mal, was er hat, Frau van Aken. Es

könnte alles sein. Nur die Pest nicht. Er hat etliche Insektenstiche. Wahrscheinlich Flöhe, obwohl er relativ sauber war, als er hier eintraf. Aber das Waschen könnte auch Simmerath erledigt haben.«

Ich schüttelte den Kopf. »Nein, da kam er schon im Krankenhaushemd an und mit Zugang.«

»Richtig, steht ja im Bericht. Merkwürdiger Fall. Reden Sie mit ihm! Alles, was wir an Informationen bekommen, kann uns weiterhelfen. Ach so, ich habe keinen Nachnamen, aber er sagt, er hieße Mannie.«

»Manfred?«

Nießen zog die Schultern hoch, hob die Hände.

Kapitel 52

Ich ging den Flur entlang, fand das Zimmer, klopfte, öffnete die Tür. Es war ein Einzelzimmer. Der Mann lag in dem Bett, angeschlossen an piepsende Monitore, verkabelt mit Schläuchen aller Art.

»Hallo?« Er war wach, schaute mich an. Ich lächelte.

»Manfred?«

»Mannie. Alle nennen mich Mannie.« Er sprach klar und deutlich, kein Verschleifen der Silben. »Wer sind Sie? Was wollen Sie?« Es lag ein Ton von Angst in seiner Stimme.

»Ich bin Conny, ich möchte mit Ihnen reden.«

»Conny ist kein Name.«

»Conny ist genauso ein Name wie Mannie. Ich heiße Constanze van Aken.«

»Was wollen Sie von mir?«

»Nur mit Ihnen reden.«

»Sind Sie vom Personal?« Er sah mich misstrauisch an.

»Sie meinen vom Klinikum? Nein.« Ich schüttelte den Kopf, zog mir einen Stuhl zu seinem Bett, setzte mich.

»Ich will hier raus. Ich will hier weg.« Er hatte plötzlich Tränen in den Augen, klang verzweifelt. »Ich weiß gar nicht, weshalb ich hier bin und wie ich hierher gekommen bin.«

»Sie sind krank. Sie sind krank auf einer Straße in der Eifel gefunden worden.« Ich versuchte beruhigend zu klingen.

»Ist es schlimm, was ich habe? Mir sagt keiner was. Keiner will mir etwas sagen. Die stecken mit denen unter einer Decke.« Er nickte, schaute dann aus dem Fenster. Die Station führte zu einem der Innenhöfe des Klinikums. Dort wuchsen Bäume.

»Ich weiß nicht, an was Sie erkrankt sind. Wie geht es Ihnen denn?« Ich versuchte Vertrauen aufzubauen.

»Jetzt geht es wieder. Das Fieber war schlimm, so schlimm hatte ich das noch nie.«

»Sie haben öfter Fieber?«

»Ja, ja. Seit die mich geschnappt haben. Alle von uns. Muss so eine Alienkrankheit sein.«

»Alienkrankheit?«

»Ja, von den Außerirdischen. So was gibt es hier gar nicht. Habe ich den Ärzten auch gesagt. Da können die Blut abnehmen bis zum Sankt- Nimmerleins-Tag. Das finden die nicht raus. Aber es wird ja besser. Jetzt bin ich ja da weg von denen.«

»Von wem, Mannie?«

»Von den Außerirdischen. Diesen Insekten. Sie sind hier mit einem Raumschiff, sie fangen Leute und untersuchen sie. Und irgendwas macht uns dann krank.«

»Außerirdische? Wie sehen die denn aus?«

»Ha!« Er lacht kurz und bitter. »Conny, Sie wollen jetzt was von grünen Männlein hören und stopfen mich dann in die Klatsche. Weit gefehlt! Ich bin nicht verrückt. Es waren Außerirdische. Die haben mich geschnappt. Es gibt zwei Rassen. Die einen sind so groß wie wir, weiß, haben einen eckigen Kopf, dicke Finger und atmen schwer. Die anderen sind wie große Fliegen. Ich weiß, Sie glauben mir das jetzt nicht.« Er wollte die Arme vor der Brust verschränken, aber wegen der Schläuche gelang es ihm nicht.

Er sprach klar, machte keinen desorientierten Eindruck. Ich hatte nicht das Gefühl, dass er sich dissoziativ verhielt. Stand er womöglich doch unter Halluzinogenen? Ein Mittel, das sich langsam abbaute, aber schwer nachzuweisen war? Es gab immer mehr künstliche Drogen, Ecstasy oder Ähnliches. Oder er hatte lange LSD konsumiert und war nun in einem Flashback. Vielleicht war er auch labil, und die Einnahme eines Halluzinogens hatte eine Psychose verursacht. Ich hatte vergessen zu fragen, ob ihm Diazepam verabreicht worden war. Dieses Medikament löst oft Psychosen und wirkt beruhigend auf den Patienten.

»Außerirdische haben Sie also entführt, Mannie. Von wo denn? Und wohin?«

»Ach, hören Sie auf, sich über mich lustig zu machen.«

»Mach ich nicht. Sie waren dort nicht alleine, haben Sie gesagt? Es sind mehrere Menschen gefangen worden?«

»Ja. Ich weiß nur von drei anderen, aber ich konnte auch nicht durch das ganze Raumschiff.«

»Sind die drei noch da?«

»Kalle nicht mehr, der ist tot.«

Der Mann hustete, verschluckte sich, hustete heftiger. Der Alarm eines Monitors ging an. Mannie holte tief Luft. Der Alarm ging aus.

Ich schluckte. Kalle? Konnte das einer der Toten vom Rursee sein?

»Kalle ist gestorben? Haben Sie das gesehen? Woran ist er gestorben?« Ich merkte, dass ich hektisch klang, und versuchte, ruhiger zu werden.

»Er war plötzlich nicht mehr da. Weg. Sein Bett leer, abgezogen. Ein paar Wochen vorher war das Gleiche mit Mike. Den kannte ich nicht so gut, war ein Kölner. War im Zimmer neben mir, sprach nicht viel.«

Im Zimmer neben mir. Sprach er wirklich von Zimmern?

»Das Raumschiff hat Räume?«

»Ja, so wie ein Haus irgendwie. Nur keine Fenster. Na ja, die Fenster waren mit Aluminium oder so etwas überzogen.

Wie Jalousien. Sie, die anderen, die Außerirdischen konnten anscheinend rausgucken – wir nicht.«

Er sprach ganz normal von den Außerirdischen, sie hatten eine tatsächlich existierende Relevanz in seinem Leben. Es war unwahrscheinlich, dass ein psychotischer Mensch nur ein Element seiner Wahnvorstellungen eins zu eins in die Realität integrierte.

»Wo war das Raumschiff denn?«

»Ja, verdammt, hörst du denn nicht zu?« Er wurde laut, die Monitore piepsten. »Woher soll ich das wissen? Ich konnte doch nichts sehen.«

»So habe ich das nicht gemeint. Sie sind doch geflohen, oder? Wo war das?«

»Das weiß ich nicht, daran erinnere ich mich nicht mehr.« Er zog die Schultern hoch, senkte den Kopf. Eine defensive Geste.

»Mike war Kölner?«

»Hat er gesagt, hat man gehört.« Mannies Atem ging stoßweise. »Scheiße, jetzt 'ne Zichte.«

»Zichte?«

»Ziggie, Zigarette.«

»Rauchen ist hier verboten.«

»Zu schade.« Er lächelte.

»Mike war also aus Köln. Und Kalle?«

»Na, der war von hier. Den kannte ich schon von früher. Vom Café Plattform.«

»Am Büchel?«

Er nickte.

»Tippelbrüder?«

Er nickte wieder. Martin und ich hatten recht gehabt mit unserer Hypothese über die Obdachlosen. Das machte mich nicht wirklich glücklich. Irgendetwas steckte hinter dieser Geschichte, doch ich kam nicht darauf.

»Mike war auch ein Tippelbruder? Aber aus Köln?«

»Mike war blöd. Der wusste nichts. Nicht, wo man unterkommt, wo man am besten schläft, wo es Essen gibt. Der kannte noch nicht mal die Tafel. Ich war auch mal in Köln. Bin rumgekommen. Bis in den Süden. Hat mich aber immer wieder hierher zurückgezogen, in die Heimat. Bin ein echter Öcher, wissen Sie?« Er lachte heiser.

Kapitel 53

Der Mann machte auf mich weder einen dementen noch einen retadierten Eindruck. Vielleicht hatte ich gerade einen klaren Augenblick bei ihm erwischt.

»Wie sind Sie da hingekommen?«

»Wohin? Wie sie mich gefangen haben? Das weiß ich nicht mehr. Da war ein Mann, wir haben Schnaps zusammen getrunken. Und dann war ich weg. Alles schwarz, aus die Maus. Und als ich wach wurde, hatte ich dieses komische Hemd an, war an ein Bett gebunden, so ähnlich wie das hier. Da waren auch überall Schläuche.«

Delirium tremens? War er zusammengebrochen und in einem Krankenhaus wieder aufgewacht? Vielleicht in einer Entzugsstation einer Psychiatrie?

»Man hat sich dort um Sie gekümmert?«

»Gekümmert? Ich wurde von diesen grässlichen Wesen untersucht, alles haben sie untersucht, Blut abgezapft ohne Ende. Komische Spritzen habe ich bekommen. Ich durfte lange nicht aufstehen. Überall hatte ich Einstiche von den Blutabnahmen. Brust, Rücken, Beine. Das waren die Kleinen. Die Großen in den weißen Anzügen mit dem eckigen Kopf, die haben alles Mögliche mit mir gemacht.« Er schnaufte.

Einstiche überall? Vielleicht doch Insekten. Flöhe wahrscheinlich. In seinem Wahn hatte er das Ungeziefer nicht erkannt.

»Und dann?«

»Ich bekam Fieber, immer wieder. Es war furchtbar. Krämpfe

hatte ich auch. Schüttelfrost. Das hat die nicht interessiert. Nach einer Weile durfte ich endlich aufstehen. Da gab es eine Art Gemeinschaftsraum, wo ich die anderen getroffen habe. Denen ging es genauso. Ich war verwirrt und hatte Angst, aber Kalle erklärte mir, dass es Außerirdische seien, die uns als Forschungsobjekte untersuchten, um etwas über die Menschen zu erfahren.«

Ich holte tief Luft. Das klang nach einer schweren Psychose. Alkoholiker auf dem Entzug, die sich gegenseitig ihre Halluzinationen bestätigten. Da hätten auch tausend weiße Mäuse in der Vorstellung des einen sein können. Jemand erzählt permanent davon, und die anderen übernehmen die Phantasien als Realität. Diese Psychosen konnten so weit gehen, dass der Patient die Tiere tatsächlich zu spüren meint.

Hier waren es keine Tiere, sondern Außerirdische. Ich war mir inzwischen sicher, dass sie in einem Krankenhaus gewesen waren. Weiße Anzüge, eckige Köpfe, das konnten auch einfach Kittel, Maske und Haube gewesen sein.

Seltsam war nur, dass kein Krankenhaus den Patienten zu vermissen schien. Und wieso waren die beiden anderen tot? Waren sie entlassen worden und kurz danach verstorben? Egal, wie ich es drehte und wendete – ich konnte es mir nicht erklären.

»Am schlimmsten war das hohe Sirren, die Stimmen der Aliens. So schrill und hoch. Ich kann das immer noch hören irgendwie.« Mannie schüttelte den Kopf. »Es war so furchtbar. Und jetzt bin ich hier. Was, wenn sie mich finden? Sie werden mich töten wie die anderen auch.« Er sah sich hektisch um, starrte mich dann an. »Oder bist du eine von ihnen? Haben sie dich geschickt? Ich will da nicht mehr hin. Ich will nicht mehr, will nicht mehr …« Er begann zu schreien. Sein Puls und die Herzfrequenz stiegen, der Alarm piepste.

Ich stand auf, um eine Schwester zu holen, aber sie kam mir schon entgegen. Im Flur traf ich Doktor Nießen.

»Und? Haben Sie etwas erfahren?«

Ich erzählte ihm von meinen Vermutungen.

»Wir haben alle Kliniken in der Umgebung angerufen. Nirgendwo wird jemand vermisst. Schon seltsam. Ich werde mit der Polizei sprechen.« Er nickte mir zu, ging weiter, drehte sich noch einmal zu mir um. »Er wird ins Alexianer überwiesen, da ist er besser aufgehoben.«

Das fand ich auch. »Der Mann ist ja deutlich verwirrt. Wie haben Sie ihn behandelt?«

»Wir haben beides probiert. Diazepam und Haloperidol. Er spricht auf nichts wirklich an. Unter Diazepam wird er ruhiger, aber auch nicht klarer.« Nießen zuckte mit den Schultern. »Wahrscheinlich ist in seinem Gehirn schon zu viel zerstört. Er scheint einen ganzen Cocktail an Giften zu sich genommen zu haben. Rauschgift, Alkohol. Da ist nichts mehr zu machen. Die Kollegen werden sich schon um ihn kümmern.«

Ein Blick auf meine Uhr zeigte mir, dass ich spät dran war. Eilig verabschiedete ich mich. Ich schaffte es gerade noch, den Test vorzubereiten, als die Patientin auch schon in die Praxis kam. Der Termin nahm meine ganze Aufmerksamkeit in Anspruch, ebenso der nächste Patient und das Elterngespräch am frühen Abend. Charlie hatte ich in den Hof gelassen. Er lag dort, ohne sich zu beschweren. Nach getaner Arbeit ging ich eine lange Runde mit ihm und kaufte ein paar Lebensmittel ein. Es begann wieder zu regnen, und ich war froh, endlich in unserer Wohnung in der Oppenhoffallee zu sein.

Martin rief an, doch ich war noch nicht für ein ausführliches Gespräch bereit und vertröstete ihn auf später. Den ganzen Tag hatte es leicht hinter meiner Stirn gepocht. Nun, da ich mich endlich entspannen konnte, wuchs sich das Pochen zu einem richtigen Kopfschmerz aus. Ich füllte die Badewanne, gab Schaumbad hinzu und zündete ein paar Kerzen an. Das heiße Wasser und eine weitere Aspirin taten ihre Wirkung. Als ich in meinen Bademantel gewickelt auf dem Sofa saß und mir eine Tasse Tee eingeschenkt hatte, rief ich Martin an.

»Du hattest einen stressigen Tag?« Seine Stimme klang sorgenvoll.

Plötzlich hatte ich heftige Sehnsucht nach ihm. »Kannst du nicht nach Hause kommen?«

»Tut mir leid. Hat sich die Polizei bei dir gemeldet?«

»Polizei?«

»Ja, wegen deiner Patientin und ihrem Vater.«

Ich hatte die Gedanken an Nadine heute erfolgreich verdrängt, nun stürzten sie wieder auf mich ein. Fröstelnd nahm ich den Teebecher. Der Tee war schwarz und erinnerte mich daran, dass diese Welt düstere Abgründe hatte. Ich stellte den Becher, ohne getrunken zu haben, zurück auf den Tisch.

»Ich habe nichts gehört. Kann auch ein gutes Zeichen sein.«

»Wofür?«

Martin hatte recht. Je länger sie verschwunden blieben, umso größer war die Gefahr, dass etwas passiert war. Nadine war sechzehn. Selbst wenn die beiden im Ausland wären, wüsste sie doch, dass sich ihre Mutter Sorgen machte. Sie würde sich sicher gemeldet haben.

»Vielleicht ist ja alles gut, und ich habe es nur noch nicht erfahren.«

»Das ist eine Möglichkeit.« Martin schien zu spüren, dass ich keine negativen Spekulationen anstellen wollte. »Was war heute los?«

Ich erzählte ihm von meinem Besuch bei Mannie im Klinikum.

»Durchgeknallte Alkoholiker, die eine Klinik für ein Raumschiff halten und die Ärzte für Aliens? Ist das nicht etwas weit hergeholt? In Amerika wäre so etwas glaubhaft, aber hier?«

»Er klang durchaus vernünftig.«

»Vernünftig? Für mich klingt das nach schweren Halluzinationen. Aber was willst du von einem Penner erwarten?« Martin lachte bitter.

»Er war obdachlos. Das heißt nicht zwingend, dass er davor nicht ganz normal gelebt hat. So wie er sich ausgedrückte, hat er einen gewissen Bildungsgrad. Nicht alle Penner sind dumm oder niveaulos.«

»Warnst du mich gerade vor einer sozialen Stigmatisierung?« Martin räusperte sich. »Du hast recht, es sind Vorurteile. Aber glaubst du die Geschichten von den kleinen grünen Männchen?«

»Ja. Und ich werde spätestens am Wochenende in der Eifel nach einem Raumschiff suchen.«

»Ich treffe morgen die Staatsanwältin und werde ihr berichten. Vielleicht kann die Polizei doch das Krankenhaus ausfindig machen. Die Todesfälle sind ja immer noch nicht geklärt. Interessant wäre zu erfahren, ob der Mann unsere beiden Toten kannte. Ob er sie tatsächlich da gesehen hat. Sie waren normal bekleidet, kein Krankenhaushemd. Das würde dafür sprechen, dass sie entlassen wurden.«

»Du meinst, es ging ihnen besser, man hat ihnen saubere Kleidung gegeben und wieder auf die Straße geschickt?«

»Klingt doch nach einem vernünftigen Verhalten. Warum sollen sie sie dabehalten, wenn es ihnen besser geht?«

»Und das Fieber, von dem er sprach?«

»Fieber ist eine Reaktion des Körpers. Alkoholiker haben ein geschwächtes Immunsystem. Vielleicht haben sie sich alle den gleichen Infekt zugezogen. Pfeiffersches Drüsenfieber – da hat man zum Teil mehrere schwere Schübe.«

Wir redeten noch ein wenig, verabschiedeten uns dann. Nach diesem anstrengenden Tag brauchte ich nicht lange um einzuschlafen. Ich schlief jedoch unruhig und träumte von großen Insekten, die mir Blut abnehmen wollten.

Kapitel 54

Am nächsten Morgen schien die Sonne. Die Luft war klar, es roch nach Herbst. Ich ging zu meiner Praxis und fühlte mich gut, obwohl ich schlecht geschlafen hatte und mehrfach aufgewacht war. Die Kopfschmerzen waren verschwunden. Mittags hatte ich immer noch nichts von der Polizei gehört. Der Gedanke an Nadine ließ mich nicht los. Ich gab mir einen Ruck und rief ihre Mutter an.

»Simmer?« Sie hängte ein Fragezeichen an ihren Namen, so als sei sie sich nicht sicher, ob der Name noch stimmte.

»Frau Simmer, die Polizei war vor zwei Tagen bei mir. Ich wollte mich erkundigen, ob es etwas Neues gibt? Hat sich Nadine gemeldet?«

Ich hörte ihren hektischen Atem am Telefon. Mir wurde klar, dass sie weinte.

»Frau Simmer?«

»Ich habe ...« Sie zog die Nase geräuschvoll hoch. »Ich habe nichts gehört, nein.« Dann legte sie auf.

Ich ließ den Hörer sacht auf das Telefon gleiten, starrte aus dem Fenster in den Hof. Ich hätte nicht anrufen sollen. Solange ich nicht mit ihr gesprochen hatte, war wenigstens die Hoffnung noch da. Die Hoffnung, dass alles ein großer Irrtum war, dass sich Nadine inzwischen gemeldet hatte, dass es eine vernünftige Erklärung gab. Etwas wie eine Autopanne und ein leeres Handy.

Jetzt fühlte ich mich, als hätte ich am Rande eines tiefen, dunklen Teiches gestanden, den Telefonhörer gegriffen, »zum Teufel« gesagt und mich hineinfallen lassen.

Das Telefon klingelte. Ein Geräusch wie Glas, das auf Steinboden zersplittert. Ich stöhnte auf, griff nach dem Hörer, zögerte kurz, meldete mich dann.

Es war die Mutter meines Patienten, der heute Nachmittag einen Termin hatte. Das Kind war vor drei Jahren an einem Gehirntumor erkrankt. Seit zwei Jahren war die Familie bei mir in Behandlung. Der Junge hatte einen Rückschlag und lag im Klinikum. Unter Tränen sagte die Mutter den Termin ab, wir versprachen uns, in engem Kontakt zu bleiben.

Diese Nachricht nahm mir die Luft. Ich rief Charlie, bat Stephanies Sprechstundenhilfe, mein Telefon zu übernehmen, und ging nach draußen. Einen Moment blieb ich unschlüssig stehen. Sollte ich wieder durch das Viertel laufen?

Mein Wagen stand nur um die Ecke. Ich fuhr über die Erzbergerallee zum Eselsweg. Dort lief ich mit Charlie durch die Felder. Das hohe Gras am Weg war noch immer feucht vom gestrigen Regen. In dem kleinen Wäldchen war es deutlich kühler als in der Sonne. Ich zog die Schultern hoch. Doch die Bewegung tat mir gut. Die ganze Zeit redete ich leise mit mir selbst, verfluchte das Leben, die furchtbaren Ereignisse, haderte mit Gott und fragte mich, warum wir Menschen uns gegenseitig soviel antaten, wo das Schicksal doch schon reichte.

Ich hatte noch einen Patienten am frühen Nachmittag. Im Kopf ging ich meinen weiteren Terminkalender durch. Ein Gespräch sollte ich morgen mit jemand vom Sozialpädagogischen Zentrum führen. Ich nahm mein Handy aus der Tasche und sagte den Termin ab. Die beiden wichtigen Gutachten, die ich bis Montag fertig haben musste, konnte ich auch in Hechelscheid schreiben. Heute Nachmittag würde ich noch dorthin fahren. Nachdem ich diese Entscheidung getroffen hatte, fühlte ich, wie eine Last von mir abfiel.

»Du gehst schon?« Stephanie sah mir verwundert zu, als ich meine Praxis abschloss.

»Ich habe jetzt Wochenende.«

»Glückwunsch. Ich habe eindeutig das Falsche studiert, ich hätte auch Psychiaterin werden sollen.«

»Wie geht es dir?« Ich schaute sie an, sie sah unverändert aus. Was hatte ich erwartet? Einen Bauch?

»Gut. Nein, falls du fragen willst, ich habe mich immer noch nicht entschieden.«

»Wie weit bist du denn? Wie lange hast du noch Zeit, dich zu entscheiden?«

»Ich war noch nicht beim Arzt.«

Ich schüttelte fassungslos den Kopf. »Warum nicht?«

»Solange ich es nicht auf dem Ultraschall gesehen habe, existiert es nicht wirklich. Das Baby, die Schwangerschaft – ich brauche noch ein paar Tage, um nachzudenken.«

»Und du hast dich auch nicht selbst geschallt?« Sie hatte ein Ultraschallgerät in der Praxis.

Sie schüttelte den Kopf. »Feige, ich weiß. Ich treffe mich am Samstag mit Arno. Vielleicht hilft mir das bei meiner Entscheidung.«

Ich zog die Augenbrauen hoch, überlegte, ob ich noch etwas dazu sagen sollte, ließ es. Wir redeten noch einen Moment, tauschten Belanglosigkeiten aus. Uns war beiden klar, dass wir Vermeidungstaktiken benutzten, und beendeten das Gespräch.

Ich versuchte Martin zu erreichen, sprach stattdessen auf seine Mailbox und teilte ihm meinen Entschluss mit. Ich hoffte, dass er am Abend in die Eifel kommen konnte.

Diesmal machte ich keinen Halt am Baumarkt in Brand. Ich hatte den Handwerker angerufen. Er wollte kommen, sobald ich da war. Ich beschloss, einen Schlüssel für ihn nachmachen zu lassen. In Simmerath gab es bestimmt einen Schlüsseldienst, und einkaufen musste ich sowieso. Ich hatte fast kein Hundefutter mehr, von frischem Obst und Gemüse ganz zu schweigen. Aber es war Donnerstagnachmittag, die Geschäfte waren geöffnet, die Sonne schien. Eigentlich sollte ich mich gut fühlen. Trotzdem war mir plötzlich speiübel.

Ich fuhr am Fringshaus vorbei nach links. Inzwischen merkte man, dass es Herbst wurde. Deutlich weniger Verkehr war zu sehen, deutlich weniger Fahrzeuge standen auf dem Parkplatz der Traditionsgaststätte. Für mich fühlte es sich jedoch an wie Wochenende, wenn ich die Akten, die auf dem Rücksitz lagen, vergaß.

Charlie sprang übermütig aus dem Wagen, schnüffelte über den Hof, markierte die Büsche. Er schien zu wissen, dass hier auch zu Hause war. Ich schloss die Tür auf. Der Briefträger hatte inzwischen erkannt, dass das Haus regelmäßig bewohnt war, und brachte uns nun auch die ganzen Werbe- und Einwurfsendungen. Ich legte den Packen neben die Holzkiste am Ofen. Prospekte waren gute Fidibusse.

Kaum hatte ich die Taschen aus dem Kofferraum nach oben gebracht, schallte schon ein fröhliches »Hallo, schon da?«

durch das Haus. Charlie war unten, gab aber keinen Laut. Auch mir kam die Stimme vage bekannt vor. Günther? Woher hatte er so schnell erfahren, dass ich da war? Die Dorftrommel schien gut zu funktionieren.

Kapitel 55

»Das sieht sieht sehr gut aus. Alles trocken, keine Risse, ich kann direkt mit dem Fliesen anfangen.« Der Handwerker begrüßte mich mit einem Handschlag. »Wenn Sie mir etwas zu essen besorgen und die Lampe aufstellen, werde ich mit dem Fliesenspiegel heute, spätestens morgen fertig. Die Küche ist bestellt? Die könnten wir am Samstag einbauen.«

»Die Geräte sind auf Lager.« Ich schnappte hektisch nach Luft. Dass es so schnell gehen würde, hatte ich nicht gedacht. »Die kann ich morgen abholen. Schränke … wir wollten einiges von Ikea nehmen, anderes selbst bauen …«

»Macht ihr mal. Das wird schon. Ich gehe jetzt an die Arbeit.« Er lachte.

Es war windig und kühl, die Bäume rauschten. Zu kühl, um sich auf die Terrasse zu setzen. Ich zog mich ins Schlafzimmer zurück und las meine Berichte, machte mir Notizen. Die beiden Fälle waren komplex. Bei dem einem musste ich ein Gutachten für das Gericht schreiben, der andere war ein Antrag zur Fortführung der Therapie bei der Krankenkasse. Beides hatte seine Tücken. Die Zeit verging, und ich schrak hoch, als jemand die Treppe hochkam.

»Junge Frau, Sie haben mir doch etwas zu essen versprochen.«

»Großer Gott, hab ich ganz vergessen.« Ich sprang auf. Günther war im Flur stehen geblieben und spähte nun neugierig über meine Schulter in das Schlafzimmer.

»Nett. Alles selbst gemacht? Böden? Wände?«

Ich nickte. So umgänglich er auch sein mochte – er war ein Fremder, und ich fühlte mich nicht wohl dabei, dass er in meine privaten Räume schaute. Ich schloss die Tür hinter mir, ging an ihm vorbei zur Treppe. Er roch nach frischem Schweiß, Bier und irgendetwas Metallischem.

»Was soll ich denn holen?«

»Beim Donath gibt es donnerstags immer Brathähnchen. Köstlich.«

»Donath?«

»Der Bauer die Straße runter nach Rurtal. Er hat so einen kleinen Hofladen.«

Ich erinnerte mich, dort hatte ich schon mal eingekauft.

»Donnerstags hat er frische Hähnchen, freitags selbstgeräucherten Fisch. Forellen, aus eigener Zucht.«

Günther folgte mir nach unten. Ich nahm meine Tasche und die Autoschlüssel. »Ist noch Bier im Kühlschrank?«

»Bis morgen sollte es reichen.« Er lachte.

Den Hof fand ich ohne Probleme. Ich erstand drei gegrillte Hähnchen und noch ein paar Kleinigkeiten aus dem Laden. Es erschien mir zwar etwas aufpreisig, doch mir wurde versichert, dass die Tiere aus der Bodenhaltung stammten und der Hof ein Bio-Siegel besaß.

Ich brachte Günther ein Hähnchen. Er setzte sich in den Hof, um zu essen. Mir war nicht nach Gesellschaft, deshalb nahm ich Charlie und ging mit ihm eine Runde durch den Ort.

Als ich zurückkam, saß Wolfgang neben Günther im Hof. Die beiden unterhielten sich angeregt, jeder hatte eine Flasche Bier in der Hand. Ich musste lachen.

»Constanze, ich hoffe, das war in Ordnung.« Er hob die Flasche und lächelte mich an. Mir schien, er war verlegen.

»Völlig in Ordnung, solange genug für Günther bleibt. Morgen fahre ich nach Simmerath zum Großeinkauf, dann bringe ich neues Bier mit.«

»Es sind noch ein paar Flaschen da. Ich hole dir eins.« Er lachte plötzlich sein tiefes, dunkles Lachen. »Es tut mir leid.

Ich bin einfach unmöglich. Dies ist dein Zuhause, und ich biete dir etwas zu trinken an.«

»Ich finde, dass machst du ziemlich professionell. Hast du mal in der Gastronomie gearbeitet?« Ich zwinkerte ihm zu. »Mir ist es zu kühl hier draußen.«

Ich ging ins Haus. Charlie stand im Flur vor seinen Näpfen und sah mich erwartungsvoll an. Ich machte ihn mit Futter glücklich. Wolfgang war mir nicht gefolgt, deshalb ging ich zurück zur Tür. »Willst du nicht reinkommen?«

»Ich habe überlegt, ob ich nicht zu aufdringlich bin.«

»Ich schätze, damit kann ich umgehen. Sobald du mir auf die Nerven gehst, fliegst du raus.«

»Ist das eine Drohung?« Jetzt lachte er.

»Ein Versprechen.«

Im Wohnzimmer zündete ich den Ofen an. Wolfgang setzte sich an den Tisch, umklammerte seine Bierflasche. Auf einmal machte er einen nervösen Eindruck. Ich holte mir ein Glas Weißwein und nahm ihm gegenüber Platz.

»Was war letztes Wochenende los? Es ist etwas passiert, oder?« Er biss sich auf die Unterlippe.

»Nein, eigentlich nicht. Ich wurde zu einer Konsultation nach Simmerath gerufen.«

»Konsultation?«

»Ja, ein Patient wurde eingeliefert. Es war nicht ganz klar, ob er nicht eher ein Fall für die Psychiatrie sei. Aber er war doch sehr krank, deshalb ist er nach Aachen verlegt worden. Ich habe mit ihm gesprochen.« Ich beugte mich vor und flüsterte: »Er wurde von Außerirdischen entführt. Sie sind hier, hier in der Eifel.«

Wolfgang runzelte die Stirn. »Was?«

»Nun ja, er ist Alkoholiker und wahrscheinlich drogenabhängig. Sein Gehirn scheint stark geschädigt zu sein. Er hatte Wahnvorstellungen.«

»Du hast mit ihm gesprochen?«

Ich nickte. Wolfgang rieb sich über den Nacken, trank einen großen Schluck.

»Außerirdische? Ist das ernstzunehmen?«

»Sicher.« Ich schnaubte belustigt.

»Wieso hast du mit ihm gesprochen, wenn sie ihn nach Aachen verlegt haben? Gibt es dort keine anderen Psychiater?«

»Ich habe ein wenig gemogelt und mich als seine Ärztin ausgegeben. Ich wollte mit ihm sprechen, ihn befragen. Wir wissen wahrscheinlich, woher die beiden Toten kamen.«

»Wer weiß das?«

»Na, Martin und ich haben eine Hypothese, aber sie scheint uns plausibel zu sein. Martin wollte mit der Staatsanwaltschaft sprechen.«

»Eine Hypothese?«

Ich sah ihn erstaunt an. Warum zitierte er mich?

»Ja. Du erinnerst dich an die beiden Toten am See? Wir hatten die Vermutung, dass sie dem Obdachlosenmilieu angehören. Das scheint zu stimmen. Sie waren in einer Klinik.«

»In einer Klinik? Hier? In Simmmerath?«

»Wir wissen noch nicht, wo. Aber Mannie, der Patient, mit dem ich gesprochen habe, war auch dort. Langsam kommt Licht ins Dunkel.«

»Wo ist dieser Mannie jetzt?«

»Vermutlich im Alexianer, der Psychiatrie in Aachen. Er war von seiner Geschichte völlig überzeugt. Psychotische Züge. Er war sich sicher, dass ihn Außerirdische entführt und untersucht hätten.«

Wolfgang lachte. Seine Anspannung schien abgefallen zu sein. »Er hat wohl zu viele schlechte Science-Fiction-Filme aus den fünfziger Jahren geguckt.«

»Das wäre möglich. Manchmal zerstören Drogen Synopsen im Gehirn, die Neurotransmitter funktionieren nicht mehr richtig, Verbindungen gehen nicht von A nach B, sondern von A nach F. Oder ein heftiger Fall von Delirium tremens.«

»Damit kenne ich mich nicht aus.« Er schaute auf seine Uhr.

»Termindruck?« Es sollte ein Scherz sein, aber er nickte.

»Immer. Die Versuche, weißt du. Wenn ich eine Versuchsreihe gestartet habe, kann ich sie nicht unterbrechen. Ich muss die Zyklen einhalten.«

Er verabschiedete sich. Kurze Zeit später ging auch der Handwerker. Auf einmal kam ich mir sehr einsam vor. Martin hatte sich noch nicht gemeldet.

Kapitel 56

Ich hatte mir mehrere Fachbücher mitgenommen. In der Kinder- und Jugendpsychiatrie war Alkoholismus für mich bisher kein Thema gewesen. Dadurch, dass Komasaufen in Mode gekommen war, würde ich über kurz oder lang auch damit konfrontiert werden, fürchtete ich. An einige Dinge erinnerte ich mich noch aus der Zeit meiner Ausbildung, doch ich wollte mein Wissen vertiefen.

Das Korsakow-Syndrom schien mir eine mögliche Erklärung für Mannies verwirrten Zustand zu sein. Konfabulation und Desorientiertheit waren die beiden Stichpunkte, die auf ihn zutrafen. Die betroffenen Patienten erzählen Geschichten, die objektiv falsch sind, aber von ihnen als wahr empfunden werden. Meistens setzen sich diese Geschichten aus Bruchstücken tatsächlicher Erlebnisse zusammen. Außerdem wähnen sie sich oft in einer anderen Zeit oder an einem anderen Ort, handeln aber ihrer als wahr empfundenen Realität entsprechend.

Er hatte sich in Gefangenschaft gewähnt, die Ärzte als Außerirdische gesehen und das Krankenhaus als Raumschiff erlebt. Möglicherweise war er früher tatsächlich Science-Fiction-Fan und hatte viele Bücher gelesen oder Filme gesehen. Diese Bruchstücke aus seiner Erinnerung setzte er nun zu einer eigenen Realität zusammen. Morgen würde ich im Alexianer anrufen und mich nach ihm erkundigen.

Ich blätterte weiter in dem medizinischen Lexikon und blieb im Kapitel über Malaria hängen. Wolfgang hatte erzählt, dass sein Vater an dieser Krankheit verstorben sei, fiel mir ein. Ein Wagen fuhr die Straße zu unserem Haus hoch, der Kies im Hof knirschte, ich sprang auf. Das musste Martin sein. Ich war unendlich froh, ihn zu sehen.

Die Hähnchen wärmte ich auf, machte einen Salat. Wir saßen zusammen im Wohnzimmer, aßen, der Ofen glühte sacht. Lange unterhielten wir uns über die Alkoholiker. Martin hatte mit der Staatsanwältin gesprochen. Sie wollte die Akten noch einmal einsehen und dann nach der Klinik suchen lassen. Wir beide waren davon überzeugt, dass es eine Klinik geben musste, und konnten nicht verstehen, weshalb diese noch keinen der Patienten als vermisst gemeldet hatte.

Später gingen wir mit dem Hund durch die Wiesen und Felder. Der Sternenhimmel war überwältigend, so wie er nur im Herbst und auf dem Land sein kann. Man sah immer mehr Sterne, je länger man schaute. Ich schaute Martin an, wie er da im schwachen Licht des zunehmenden Mondes stand. Es war nicht wirklich ein Licht, mehr so wie ein weißer Schatten auf einem Negativ. Mein Herz klopfte, und ich spürte die tiefe Liebe, die uns beide verband. Er nahm mich in den Arm und drückte mich an sich.

»Hey«, murmelte er. Ich spürte das Wort an meinem Hals, ein warmer Hauch. Irgendetwas an seinem Verhalten beunruhigte mich. Ich drückte ihn von mir weg, sah ihn an. Er wich meinem Blick aus.

»Martin?«

Er schüttelte nur den Kopf.

»Was ist passiert?«

»Heute Abend ist nicht der richtige Zeitpunkt, um darüber zu reden.« Er stöhnte leise.

Mein Herz krampfte sich zusammen, als könne es jetzt hier, mitten auf der Wiese, aufhören zu schlagen. Ich konzentrierte mich auf meinen Atem, ein und aus, ein und aus. Was wollte er mir sagen? Wollte er mich verlassen? Maria.

Der Name klang in meinem Kopf wie ein Stück Blech, auf das jemand mit einem Hammer schlug. Maria. Hatte er sich in sie verliebt?

»Jetzt! Sag es jetzt!« Meine Stimme klang gepresst und zu hoch.

Martin nahm meine Hand, drückte sie und zog mich mit ihm. Wir gingen schweigend nach Hause. Charlie lief neben uns. Ich hatte ihn von der Leine gelassen. Das erste Mal streifte er durch die Wiesen und lief nicht dicht neben mir wie im Dienst. Darüber war ich froh. Er durfte jetzt einfach nur Hund sein.

»Martin!« Ich entzog meine Hand seiner, blieb stehen. »Was ist los? Sag es!«

Er schüttelte den Kopf, schaute sich um.

»Martin!« Ich schluckte hart. Meine Stimme scholl über die Wiesen. »Ist es wegen Maria?«, fragte ich leiser. »Du kannst es mir sagen. Aber sag es.«

»Maria?« Er sah mich verwundert an. »Was ist mit Maria?«

»Hast du dich … ich meine, hast du dich in sie … verliebt?«

»Was?«

»O Gott, du weißt, was ich meine. Hat sie … ist sie … dir … wichtig?« Die Worte kamen schwer heraus.

»Maria? Verdammt, Constanze! Nein! Es hat mit keiner anderen Frau zu tun. Hast du das wirklich gedacht? Ich liebe dich. Ich liebe dich so sehr. Spürst du das nicht?« Er zog mich in seine Arme und hielt mich fest. Ich konnte sein Herz schlagen spüren. Dann nahm er mich wieder bei der Hand, ging entschlossen auf unser Haus zu. »War etwas in Aachen in der Post?«

»Post?«

»Ja, in der Post. Hattest du Post?«

»Jede Menge, warum?«

»Conny, wir sind hier nicht in einer Rateshow. Du weißt doch, was ich meine.«

»Theißen.« Den Namen flüsterte ich nur. Ich hatte jeden Gedanken an ihn verdrängt, darin war ich gut.

Martin stieß seinen Atem hörbar aus, drückte meine Hand fest. »Hast du? Hat er dir etwas geschickt?«

»Nein. Warum?«

Er schwieg, ging schneller.

»Warum, Martin? Hast du etwas von Bromkes gehört?«

»Lass uns gleich darüber reden. In Ruhe.«

Eine Welle der Erschöpfung und Übelkeit schlug über mir zusammen. Ich musste stehenbleiben, rang krampfhaft nach Luft. Ein Nachtvogel stieß einen schrillen Warnschrei aus, ich zuckte zusammen.

»Komm, Conny, lass uns gehen.« Martins Stimme klang beunruhigend und unsicher.

Wir erreichten den Hof. Keines der Lichter brannte, doch ich war mir sicher, wenigstens das Hoflicht angelassen zu haben. Wir blieben stehen, ich hörte Martins Atem. Wir mussten nichts sagen, dachten beide das Gleiche.

»Nimm Charlie an die Leine, geh mit ihm in den Touran, verschließe die Türen.« Es war ein klarer Befehl, doch ich zögerte.

»Und du?«

»Ich gehe nachschauen.«

»Ich komme mit.

»Nein, das tust du nicht.« Er strich sich mit der flachen Hand seitlich am Gesicht herunter.

»Dann setzen wir uns beide in den Touran und fahren nach Aachen.«

Er stieß die Atemluft laut aus. »Nein.

»Ist es Theißen? Ist er hier?«

Martin antwortete nicht. Charlie stand neben mir, ich nahm die Leine, legte sie ihm an. »Komm.«

Langsam ging ich über den Hof. Der Kies knirschte unerträglich laut unter meinen Schuhen.

Kapitel 57

Martin folgte mir, packte mich am Arm und zog mich zurück.

»Geh ins Auto«, zischte er.

Ich schüttelte den Kopf und ging weiter. Charlie holte ich eng zu mir, hielt die Leine straff. Er hob den Kopf, schnupperte, knurrte leise und tief in der Kehle. Wir erreichten die Haustür und Martin schloss auf. Mit einem Ruck stieß er die Tür auf, griff um die Ecke zum Lichtschalter. Nichts tat sich.

»Scheiße!« Martin ging in den Flur. Die große Maglite-Taschenlampe lag auf dem Dielentisch. Er nahm sie, schaltete sie an. Der harte Strahl glitt wie ein Suchscheinwerfer durch den Flur. Alles sah unverändert aus. Ich ließ Charlie von der Leine, schnüffelnd lief er in das Haus, aber er schlug nicht an. Vor dem Hauswirtschaftsraum blieb er stehen, am Sicherungskasten. Er knurrte. Martin leuchtete in die Ecken, öffnete die Küchentür, schaute in den leeren Raum. Ich war im Eingang stehengeblieben. Mein Herz pochte schmerzhaft, und meine Nackenhärchen hatten sich aufgestellt.

»Nichts.« Martins Stimme hallte im Flur.

Er ging zum Sicherungskasten, öffnete ihn und lachte. Ein kurzes Schnauben ohne Heiterkeit.

»Die Hauptsicherung ist durchgebrannt. Deshalb geht das Licht nicht.« Er drehte die defekte Sicherung heraus und eine neue ein. Das Licht im Flur und im Hof ging an. Für einen Moment schloss ich geblendet die Augen. Ich trat ein, schloss die Tür hinter mir, drehte den Schlüssel zweimal herum. »Haben wir irgendetwas an Schnaps da?«

»Grappa.« Martin holte die Flasche aus dem Hauswirtschaftsraum.

Ich setzte mich ins Wohnzimmer vor den Ofen. Obwohl das Feuer fröhlich knisterte und Martin noch einen weiteren Holzscheit auflegte, war mir kalt, deshalb wickelte ich mich in eine Wolldecke. Martin schenkte uns Grappa ein, reichte mir das Glas. Er blieb stehen, nippte nur kurz.

»Willst du dich nicht zu mir setzen und mir erzählen, was los ist? Du hast mir einen riesigen Schrecken eingejagt.«

Mein Lebensgefährte schüttelte nur kurz den Kopf. »Ich gehe noch einmal durch das Haus.«

Ich hörte ihn die Treppe hochgehen, Türen öffnen, wieder schließen. Als er wieder zurückkam, sah er immer noch angespannt, aber nicht mehr so besorgt aus. Er trank den Grappa aus, schenkte sich nach und setzte sich zu mir auf die großen Kissen vor dem gusseisernen Ofen.

»Spuck's aus.« Ich schaute auf den Boden, konzentrierte mich auf die Dielenritzen.

»Ich habe ein Päckchen bekommen. In das Rechtsmedizinische Institut.« Martin stockte. »Darin war ein …« Wieder hielt er inne.

»Nun sag es schon!«

»Darin war ein Foto von dir.«

»Und?«

»Und ein abgeschnittener Finger, ein männlicher Mittelfinger.«

»Das ist ein Scherz, richtig?«

»Nein, keineswegs.«

»Verdammt«, sagte ich halb erstickt in meine Handflächen hinein.

»Das ist noch nicht alles, Conny.«

»Was noch?«

»Auf dem Foto sitzt du in der Sonne, auf der Terrasse. Hier.«

»Nein!«

»Doch. Ich habe mit Werner und auch mit der Drauer gesprochen. Wir sind uns sicher, dass das Päckchen von Theißen stammt, auch wenn wir keinerlei Spuren gefunden haben. Der Finger ist post mortem abgeschnitten worden, er stammt von einem Toten. Sauber abgetrennt mit einem sehr scharfen Messer oder Beil. Vielleicht auch einer Flex.«

»Er weiß, dass ich hier bin.«

»Ja.«

»Er zeigt dir den Mittelfinger.«

»Ja.«

»Lag ein Brief bei?«

»Nein, nichts weiter. Aber die Symbolik ist doch ausreichend. Er zeigt mir den Stinkefinger und ein Bild von dir in Hechelscheid. Kann nur ein paar Tage alt sein, denn Charlie ist mit auf dem Foto.«

»Kann ich es sehen?« Ich schluckte die aufsteigende Magensäure herunter.

Martin schüttelte den Kopf. »Es liegt in der Akte.«

»Er hat eine Persönlichkeitsstörung mit gewalttätigen Neigungen.«

»Er ist gehirntot und gefährlich.«

»Wenn er gehirntot wäre, könnte er nicht solche perfiden Spielchen mit uns spielen. Es ist scheußlich. Ich habe Angst, Martin.«

»Ich auch. Das Dumme ist, wir können nicht viel tun. Wir können es ihm nicht nachweisen, auch wenn wir uns sicher sind, dass er es ist. Wir wissen noch nicht mal, wo er ist.«

»Es gibt keine Adresse?«

»Er ist ohne Auflagen aus der Haft entlassen worden.«

»Und jetzt?«

Martin schaute in die Flammen, er atmete schwer. »Ich weiß es nicht. Wir könnten dich im Schutzprogramm unterbringen. Du müsstest quasi für eine Weile untertauchen.«

»Das geht nicht. Was machen dann meine Patienten?« Ich zog die Beine an, schlang die Arme um sie.

»Was machen deine Patienten, wenn du tot bist? Ach, Conny, ich weiß auch nicht, was wir machen sollen. Ich kann dich nicht rund um die Uhr bewachen, niemand kann das. Und solange er dir gegenüber nicht tätlich wird, haben wir gar keine Handhabe. Aber ich mache mir verdammt große Sorgen.«

»Der Finger – woher hat er ihn?«

Martin zuckte mit den Schultern. »Der Abdruck war nicht

in der Datei, also von niemand, der straftechnisch aufgefallen ist. Wir überlegen, ob es sich lohnt, eine Genanalyse zu machen und mit der Datenbank zu vergleichen, halten das aber für wenig erfolgreich.«

»Aber woher bekommt man den Finger eines Toten?«

»Weiß der Henker! Möglicherweise hat er ihn aus einem Großkrankenhaus. Vielleicht von einem amputierten Arm. Auch da gäbe es keinen frischen Blutfluss.«

Wir schwiegen beide. Heute Abend, das wusste ich, würden wir keine Lösung finden. Wir beschlossen, ins Bett zu gehen. Im Dunkeln hielten wir uns eng umschlungen, Haut an Haut, sein Herzschlag an meinem Herzschlag. Wenigstens für einen Augenblick fühlte ich mich sicher und geborgen.

Kapitel 58

Am nächsten Morgen herrschte kräftiger Wind, die Bäume rauschten wie Wasser. Emily-Brontë-Wetter. Wir liebten uns sanft und zärtlich, standen dann gemeinsam auf und machten Frühstück.

»Ich muss nach Köln. Es geht nicht anders. Wir müssen den Fall abschließen, und ich war von Anfang an dabei. Ein anderer Kollege müsste sich erst zwei Tage lang einlesen.« Martin seufzte leise. »Willst du mitkommen?«

»Und in der Rechtsmedizin herumsitzen?« Ich schüttelte den Kopf. »Günther kommt doch gleich. Er kann direkt nach den Sicherungen schauen. Ich bin jedenfalls nicht alleine hier, und Wolfgang ist auch in der Nähe.«

Martin verzog das Gesicht. »Wolfgang – ich höre immer nur von ihm, gesehen habe ich ihn noch nicht. Er kommt mir vor wie ein Gespenst.«

»Meinst du, ich leide an einer schizoiden Identitätsstörung und bilde ihn mir nur ein?« Ich lachte leise.

»Dafür bist du die Fachfrau, ich werde keine Diagnose stellen. Heute Abend bin ich auf jeden Fall wieder da und werde auch bis Sonntag bleiben. Dann können wir in Ruhe überlegen, wie wir weiter vorgehen.«

Martin fuhr erst, als Günther da war. Die beiden schauten sich den Sicherungskasten an. Günther versprach, die Leitungen zu überprüfen. Er arbeitete fröhlich pfeifend unten, während ich mich mit meinen Gutachten nach oben ins Schlafzimmer verzog.

Mittags machte ich eine Pause, ging eine lange Runde mit dem Hund durch das Dorf. Die Gefahr, dass Theißen mich am helllichten Tag mitten im Dorf angreifen würde, erschien mir lächerlich gering. Anschließend fuhr ich nach Simmerath und machte einen Großeinkauf. Ich achtete darauf, ob mir ein Wagen folgte, konnte aber nichts Beunruhigendes feststellen. Mein Handy lag aufgeladen und griffbereit neben mir.

Zurück in Hechelscheid kochte ich einen deftigen Eintopf. Das Essen und das frisch gekaufte Bier machten Günther glücklich.

»Wir haben ein Problem mit den elektrischen Leitungen. Irgendwo muss noch eine klassische Nullung sein. Ich habe gestern die Steckdosen in der Küche angebracht und eine weitere Leitung im Hauswirtschaftsraum gezogen. Ich schätze, deshalb ist die Sicherung rausgeknallt. Ich werde das gleich mal durchmessen.«

Günther hätte genauso gut von Fußball reden können – ich verstand kein Wort. Ich nickte ihm aber freundlich zu und gab ihm in allem recht. Nach dem Essen zog ich mich wieder nach oben zurück. Hin und wieder hörte ich Arbeitsgeräusche von unten. Sie störten mich nicht, im Gegenteil, sie beruhigten mich.

Es war erst vier Uhr, und doch wurde es draußen plötzlich dunkel. Ich ging ans Fenster. Der Himmel sah aus wie mit einer dunklen Folie überzogen, gefüllt mit Wasser, das nur auf den richtigen Augenblick wartete, um herabzustürzen. In der Ferne meinte ich Wetterleuchten zu sehen. Der Wind hatte nachgelassen, die Natur schien mit hängendem Kopf auf das drohende Unwetter zu warten. Eine Amsel stieß ihren Alarmschrei aus, ansonsten war nichts zu hören. Noch regnete es nicht, und ich beschloss, schnell mit dem Hund zu gehen.

Günther war schon fort, als ich zurückkehrte. Er hatte mir einen Zettel hingelegt. Er müsse noch Material besorgen, würde aber morgen wiederkommen.

Ich rief Martin an. Er versprach mir, sich spätestens in einer Stunde auf den Heimweg zu machen. Nachdem ich Fenster und Türen kontrolliert hatte, kochte ich mir eine Kanne Tee und zündete das Feuer im Ofen an. Ich hatte ein großes Stück Holz aus unserem Vorrat hinter dem Haus geholt. Obwohl das Holz trocken war, bereitete es mir Probleme, das Feuer in Gang zu bekommen. Ich nahm die Werbeprospekte und zerknüllte sie, legte das Papier unter das große Holzscheit. Plötzlich hielt ich einen Briefumschlag in den Händen, er musste zwischen den Prospekten gelegen haben. Mein Name war mit Schreibmaschine daraufgeschrieben, aber keine Adresse und auch kein Absender standen auf dem Umschlag. Jemand hatte den Brief eingeworfen. Im Zimmer drohten überall Schatten.

Ich legte den Brief mit spitzen Fingern zur Seite, er würde spurentechnisch untersucht werden müssen.

Auf einmal fing das Holz Feuer. Es loderte auf. Das Tosen des plötzlichen Feuers klang wie ein gefangener Vogelschwarm, der wild unter der Decke flatterte. Schnell schloss ich die Ofentür. Durch das winzige Glasfenster leuchtete der Feuerschein, erhellte den Raum aber nicht. Draußen war es nachtschwarz. Ich stand auf, ging an das Fenster. Die ersten Blitze des Gewitters tauchten auf. Es war, als mache irgendjemand Fotos.

Dicke Regentropfen klatschen vereinzelt auf den Hof. Der Wind erwachte wieder. Ich schaltete die Tischlampe an, so dass der Kreis der Finsternis zurückwich. Mein Blick wanderte zurück zu dem Brief. Ich wollte wissen, was dort drin stand, ob er von Theißen war oder ob ich mich nur verrückt machte. Für einen Moment bedauerte ich es, dass ich nie Geschmack an Zigaretten gefunden hatte. Etwas, um die Nerven zu beruhigen, etwas, was meine Finger beschäftigte, würde mir jetzt guttun. Mit aller Macht widerstand ich der Versuchung, den Brief zu öffnen.

Auf dem Tisch lagen Unterlagen, die Martin mitgebracht und heute vergessen hatte. Ich setzte mich, schlug sie auf. Es waren die Berichte über die beiden toten Obdachlosen. Mit der Verzweiflung eines Ertrinkenden las ich mich darin fest, nur um die Zeit herumzubringen. Jedenfalls zuerst, doch dann fesselten mich die Details. Da war etwas, das ich nicht auf Anhieb greifen konnte. Wieder und wieder las ich die Obduktionsberichte, aber ich kam nicht darauf.

Inzwischen prasselte der Regen herunter. Ein Blitz erhellte das Wohnzimmer für einen Moment taghell, dann krachte der Donner direkt über mir. Ein weiterer Blitz folgte, wieder konnte ich jedes Detail erkennen, scharf gestochen. Es knallte, und das Licht ging aus. Ich fluchte. Charlie stand auf und knurrte.

»Beruhige dich, Junge. Es wird nur der Blitz eingeschlagen sein.« Meine Stimme klang hoch und fremd. Ich ging in den Flur, tastete nach der Maglite, fand sie aber nicht auf dem Dielentisch. Wieder fluchte ich. Charlie drückte sich an mir vorbei zur Tür. Er knurrte immer noch.

»Es ist nur ein Gewitter, Charles.« Auf einmal war ich mir nicht so sicher. Konnte dort draußen jemand sein? In diesem tobenden Unwetter? Von Wolfgang hatte ich heute weder etwas gehört, geschweige denn ihn gesehen. Aber wenn Wolfgang vor der Tür wäre, würde Charlie nicht knurren, er kannte ihn inzwischen.

Wo war bloß die verdammte Taschenlampe? Martin hatte sie gestern noch gehabt. Hatte er sie mit nach oben genommen? Im Wohnzimmer waren Kerzen. Der schwache Schein aus dem Ofen erhellte das Zimmer nur spärlich. Nach einer Weile würden sich meine Augen an die Dunkelheit gewöhnen, hoffte ich.

Irgendwo knackte es laut. Ich zuckte zusammen.

Kapitel 59

Langsam ging ich ins Wohnzimmer zurück. Das schwache Licht wirkte wie vorläufig. Ein weiterer Blitz erhellte den Raum, der Donner kam direkt hinterher. Immer noch stand das Gewitter über dem Dorf.

Beinahe wäre ich über einen Stuhl gefallen. Ich stieß mir das Schienbein, es schmerzte heftig. Gestern waren noch Kerzen auf dem Tisch, jetzt fand ich sie nicht mehr. Es war wie verhext. Erst die Taschenlampe, nun die Kerzen. Ich konnte mich nicht daran erinnern, sie weggeräumt zu haben. Deshalb wartete ich auf den nächsten Blitz, um mich umzusehen. Hatte ich etwa die Kerzen ganz in Gedanken auf die Fensterbank geräumt?

Der Blitz ließ auf sich warten. Ich stand im Dunkeln, versuchte ruhig zu atmen. Martin – ich sollte ihn anrufen. Wo war mein Handy? In meiner Hosentasche war es nicht. Ich zwang mich nachzudenken.

Ich war in Simmerath gewesen, hatte eingekauft, den Einkauf ins Haus getragen. Dort fand ich Günthers Zettel, ging zurück zum Wagen, um noch ein paar Sachen zu holen. Mein Handy lag auf dem Beifahrersitz. Ich hatte es genommen, Martin angerufen, und …? Verwirrt schüttelte ich den Kopf. Mir wollte nicht einfallen, was ich dann mit dem mobilen Telefon gemacht hatte. Hatte ich es eingesteckt? War ich ins Haus gegangen?

Mit dem nächsten Blitz kam die Erinnerung. Ich hatte das Handy wieder auf den Beifahrersitz geworfen und den Kasten Bier ins Haus getragen. Dort im Wagen lag das Telefon immer noch.

Die Blitze wurden seltener, ließen nach. Inzwischen konnte man auch die Zeit zwischen Blitz und Donner messen. Das Gewitter zog vorbei. Dafür regnete es nun monsunartig. Ich ging langsam zum Fenster, die Hände ausgestreckt. In Aachen konnte ich mit geschlossenen Augen durch unsere Wohnung gehen, wusste, wo jeder Stuhl, jeder Tisch, jeder Schrank stand. Hier war alles neu und ungewohnt – und dunkel.

Ich tastete die Fensterbank ab, aber auch hier waren keine Kerzen. Der Regen prasselte in Böen herab, so heftig, dass der Kies im Hof hüpfte. In meinem Wagen war eine zweite, etwas schwächere Taschenlampe. Und das Handy. In mir wechselten sich die Emotionen ab. Wut über das Unwetter und über mich, weil ich das Telefon im Auto vergessen hatte. Angst, weil ich alleine war. Ich sehnte mich nach Martin und nach Licht. Mir war kalt, eine innere Kälte, gepaart mit Furcht.

Nach einer Weile hatte ich das Gefühl, dass der Regen nachließ. Das Gewitter war weitergezogen. In der Ferne sah man hin und wieder noch ein Aufzucken der Blitze, aber es grollte nur noch. Ich beschloss, nach draußen zum Wagen zu laufen, das Telefon und die Taschenlampe zu holen.

Meine Jacke fand ich an der Garderobe und zog sie über. Charlie befahl ich, sich hinzulegen und zu warten. Dann öffnete ich die Haustür, die nasskalte Luft schlug mir entgegen. Mich fröstelte. Ich starrte in die Finsternis, konnte meinen Wagen nur erahnen. Den Schlüssel nahm ich fest in die Hand, holte tief Luft und lief los. Gerade als ich die Beifahrertür aufschloss, blitzte es.

In der Ecke des Hofes stand jemand. Ich konnte nur einen Umriss erkennen, dann war es wieder dunkel. Panisch tastete ich den Beifahrersitz ab, stieß gegen das Handy, es fiel in den Fußraum. Ich spürte, dass sich mir jemand näherte.

Der Regen lief meinen Nacken entlang und den Rücken herunter. Ich suchte hektisch nach dem Telefon. Die Zeit schien sich auszudehnen und dickflüssig zu werden. Mein Herz klopfte heftig, das Blut rauschte in meinen Ohren, mein Atem ging unregelmäßig. Ich stand kurz davor zu hyperventilieren.

Atmen, Constanze, atmen! befahl ich mir. Da ist niemand, das war ein Baum oder ein Strauch, ein Schatten, kein Mensch.

Der Kies knirschte hinter mir.

Ich fuhr hoch, stieß mir den Kopf am Wagendach.

»Constanze?«

Es war Wolfgang. Er war gekommen, um nach mir zu schauen. Erleichtert drehte ich mich um, sah ihn aber nicht.

»Wolfgang?«

Er antwortete nicht. Es regnete immer noch beständig, ich hatte das Gefühl, ganz durchweicht zu sein.

»Wo bist du?«

»Ich habe ein Auto den Berg hochfahren sehen. Hast du Besuch?«

Er stand zwischen mir und der Haustür. Ich schaute zu der Ecke des Hofes, in der ich den Mann gesehen zu haben glaubte. Immer noch hatte ich Angst, war aber nun wesentlich ruhiger.

»Lass uns reingehen.« Ich ging auf ihn zu.

»Constanze.« Wolfgangs Stimme klang auf einmal gepresst. »Pass auf, hinter dir ...«

Ich drehte mich um, spürte einen stechenden Schmerz. Dann wurde es dunkel.

Kapitel 60

Als ich die Augen öffnete, zersplitterte das Licht schmerzhaft vor meinen Augen. Es kam mir vor wie eine gewaltige Explosion. Von der Decke her stürzte es auf mich herab. Ich stöhnte und krümmte mich mit den Armen über dem Kopf zusammen.

Was war passiert?

Ich fühlte mich benommen. Meine Zunge war dick und rau wie Sandpapier, Kopfschmerzen hämmerten hinter meinen Schläfen. Hatte ich gestern zu viel getrunken? Ich versuchte mich aufzusetzen, aber der Kopfschmerz ließ es nicht zu. Wimmernd zog ich mich zusammen, rollte mich auf die Seite, probierte tief und ruhig zu atmen. Nach einer Weile wurde die Übelkeit weniger und mein Kopf klarer.

Das Letzte, woran ich mich erinnerte, war der Hof vor unserem Haus. Regen, Gewitter, Dunkelheit. Da war jemand. Die Angst meldete sich mit kaltem Schweiß und Herzklopfen. Wovor hatte ich Angst? Ich öffnete meine Augen einen Spalt. Das grelle Licht blendete mich. Nirgendwo in unserem Haus hatten wir so helle Lampen.

Wo war ich?

Es roch nach Desinfektionsmittel, Scheuermilch und irgendwie süßlich. Wie nach welkenden Blumen. Ich lag in einem Bett. Das Kopfkissen war hart und steif an meiner Wange, das Laken kalt, die Decke dünn. Ich streckte die Hände aus, tastete. Immer noch konnte ich nicht viel erkennen, meine Wahrnehmung schien eingeschränkt zu sein. Nur mit Mühe schaffte ich es, meine Arme zu heben, meine Augen zu reiben. Wieder versuchte ich mich umzuschauen. Langsam gewöhnte ich mich an das grelle Licht.

Ich lag in einem Metallbett. Die Wand, auf die ich sah, war weiß gestrichen. Keine Tapete, nur verputzte, gestrichene Wand.

Stöhnend drehte ich mich um, jede Bewegung, jedes Anspannen der Muskeln war eine Qual. Mein Atem ging schwer. Erschöpft blieb ich auf der Seite liegen, versuchte, meinen Blick zu fokussieren. Grauer Linoleumboden.

Wo, zum Teufel, war ich?

Ich hob meinen Kopf. Auch das wollte mir nicht recht gelingen. Jeder Muskel schmerzte, und mein Körper wollte den Befehlen nicht gehorchen. Neben dem Bett stand ein metallener Nachttisch. Ein Krankenhausmöbel. Die Angst kroch mir in den Magen. Am liebsten hätte ich mich übergeben, aber es gelang mir nicht.

War ich im Krankenhaus? Was war passiert? Ich schloss die Augen und versuchte, meine Gedanken zu sammeln. Alles um mich herum verwischte und verschwamm.

Hatte ich einen Unfall gehabt? Eine Frage, auf die ich keine Antwort fand. Meine Füße konnte ich spüren und bewegen, die Beine und Arme auch. Der rechte Arm schmerzte mehr als der linke. Ich versuchte ihn zu heben, schaffte es nicht. Auch meine Augen bekam ich nur einen Spalt breit auf. Die Übelkeit nahm zu. Dann wurde es wieder dunkel um mich.

Das nächste Mal, als ich erwachte, hatte der Kopfschmerz etwas nachgelassen. Sofort war die Erinnerung da. Ich lag in einem Krankenhaus. Etwas war passiert, aber ich wusste nicht was. Doch hier wurde mir sicherlich geholfen.

Wolfgang – plötzlich fiel mir ein, dass Wolfgang da gewesen war. Und jemand anderes.

Theißen.

Aber ich war in einem Krankenhaus. Wolfgang hatte mich gerettet. Ich holte tief Luft, Tränen stiegen in meine Augen.

Was hatte Theißen gemacht? Mein Arm schmerzte, alles tat weh, aber der rechte Arm am meisten. Hatte er auf mich geschossen? Ich konnte mich an keinen Knall erinnern.

Langsam tastete ich mit der linken Hand den rechten Arm ab. Ich fühlte keinen Verband. Nichts. Nur eine Stelle am Oberarm reagierte auf Berührungen empfindlich. Immer noch sah ich nur verschwommen. Irgendetwas mit meiner Wahrnehmung stimmte nicht. Wahrscheinlich hatte ich ein Schmerzmittel bekommen. Mir wurde bewusst, dass ich ein Nachthemd trug. Nur ein Nachthemd.

Wo waren meine Sachen? Wer hatte mich ausgezogen? Warum war hier niemand? Ich lauschte angestrengt. Das Blut rauschte in meinen Ohren, ansonsten konnte ich nichts hören.

Mir wurde klar, dass irgendetwas grundsätzlich verkehrt war an dieser Situation, aber ich konnte meine Gedanken nicht sammeln. Ich kippte wieder weg in die Bewusstlosigkeit.

Das grelle Licht war immer noch angeschaltet, als ich erneut wach wurde. Ich hatte jedes Zeitgefühl verloren, wusste nicht, ob es Tag oder Nacht war. Wann war ich das letzte Mal wach gewesen? Wie viel Zeit war inzwischen vergangen? Nur Minuten oder Stunden?

Mein Mund war staubtrocken, meine Zunge fühlte sich dick geschwollen an. Diesmal war mein Blick klarer. Das Licht kam von einer Lampe, die in die Decke eingelassen war. Auf dem Nachttisch stand eine Wasserflasche und ein Glas. Ich versuchte, mich hinzusetzten und nach der Flasche zu greifen, doch meine Arme gehorchten mir nicht. Stöhnend ließ ich mich zurücksinken. Warum kam denn keiner? Warum half mir niemand? Wo war ich, und was war mit mir passiert?

Auf dem Nachttisch stand auch eine Vase mit welkenden Blumen. Daher kam der süßliche Geruch, der mir Übelkeit verursachte. Ich hörte ein lautes Schluchzen, ein Geräusch, das mich zusammenzucken ließ. Mein Gesicht war feucht. Dann wurde mir klar, dass das Geräusch aus mir kam. Ich weinte.

Kapitel 61

Ich fühlte mich elend, aber immerhin schaffte ich es nun, mich aufzurichten und das Glas mit Wasser zu füllen. Ich trank. Es war göttlich. Der Nachgeschmack war allerdings bitter.

Mir war heiß. Hatte ich Fieber? Schweiß lief an mir herab. Ich versuchte mich aufzusetzen, bekämpfte den Schwindel und die Kopfschmerzen, die immer noch hinter meinen Schläfen pochten. Auf der Bettkante blieb ich einen Moment sitzen, den Kopf gesenkt, tief Luft holend. Ich wollte nicht wieder zurücksinken, nicht wieder bewusstlos werden. Nach einer Weile beruhigte sich mein Herz, ich bekam leichter Luft.

Langsam tastete ich meinen Körper ab. Zwischen meinen Schenkeln klebte es unangenehm und feucht. Blut? Verunsichert versuchte ich nachzudenken. Wann hatte ich das letzte Mal meine Periode gehabt? Das war erst zwei Wochen her, fiel mir ein. Ich zögerte, fuhr dann mit der Hand an meinem

Bein entlang, bis zum Schoß. Eine weiße, klebrige Substanz. Sperma?

Panisch schaute ich mich um. Eine Nierenschale stand unter dem Nachttisch. Im letzten Moment konnte ich sie ergreifen, hielt sie mir vor den Mund und erbrach eine wässerige, Fäden ziehende Flüssigkeit in die Metallschale.

War ich vergewaltigt worden? Ich mochte gar nicht in mich hineinfühlen, verdrängte den Gedanken.

Das Zimmer war kahl. Ein Fenster war auf der anderen Seite des Raumes. Eine Aluminiumjalousie verdeckte das Fenster von außen. Ein großer Spiegel hing an der Wand gegenüber dem Bett. Alles in mir weigerte sich, aufzustehen und nachzusehen, wie ich aussah. Ich wollte es gar nicht wissen.

Das Nachthemd, das ich trug, war weiß und schlicht. Ich konnte keinen Aufdruck eines Krankenhauses erkennen. Vergeblich suchte ich nach einem Notschalter, um eine Schwester zu rufen.

Neben dem Spiegel war eine Art Kästchen an der Wand angebracht. Welchen Zweck es erfüllte, wollte sich mir nicht offenbaren.

Ich hatte das Gefühl, dass es immer wärmer wurde, unangenehm warm. Langsam wischte ich mir den Schweiß von der Stirn, trank noch mehr Wasser. Mein Kreislauf drohte schon wieder abzusacken.

Dann stand ich vorsichtig auf, meine Beine fühlten sich geleeartig an, meine Knie zitterten. Ich stützte mich am Bett ab, setzte einen Fuß vor den anderen. Die Tür erreichte ich schwer atmend. Sterne tanzten vor meinen Augen, und der bohrende Schmerz hinter meinen Schläfen schien sich zu vervielfältigen.

Der metallene Türgriff lag kalt in meiner Hand. Ich drückte die Klinke herunter, aber die Tür ließ sich nicht öffnen. Ich versuchte es ein weiteres Mal, doch mir wurde klar, dass ich eingeschlossen war, gefangen. Ich hämmerte mit der flachen Hand gegen das Holz, rief, konnte jedoch nichts hören. Niemand kam. Es war überhaupt kein Geräusch zu hören. Ich schrie laut, meine Stimme hallte zwischen den scharfkantigen Flächen und dem blanken Boden.

Ich hatte plötzlich das Gefühl, ganz alleine auf dieser Welt zu sein. Ein unwirkliches, furchterregendes Gefühl. Ich drehte mich um, lehnte mich mit dem Rücken an die Tür und rutschte langsam zu Boden.

Es wollte mir nicht gelingen, meine Gedanken zu sammeln und eine vernünftige Erklärung für die Situation zu finden. Ich war gefangen, eingesperrt. Von wem und weshalb? Was würde mit mir passieren?

Mannie fiel mir ein. Der obdachlose Verrückte. Er hatte von einem Raumschiff gesprochen, von Räumen dort, die so aussahen wie dieser hier. Jetzt konnte ich ihn verstehen. Fremd, nicht mehr auf dieser Welt, gefangen von Unbekannten aus mir nicht ersichtlichen Gründen. Ich gehörte nicht zu der Klientel, ich war nicht obdachlos, kein Junkie. Vielleicht wusste ich zu viel, ohne es zu verstehen? Immer wieder drückte ich die Fäuste gegen meine Stirn, fluchte, weinte, verstand nicht, was passierte und warum.

Wo war ich und weshalb? Wo war Martin? Würde er mich finden, mich retten? Wolfgang? Was hatte er damit zu tun, oder war er auch nur eine Schachfigur auf einem großen Brett?

Mannie hatte von seiner Gefangenschaft berichtet. Es hatte sich für mich so angehört, als ob sich das über einige Wochen hingezogen hätte. Wie passte Theißen dann in das Bild? Er war erst vor drei Wochen aus der Haft entlassen worden, diese Geschichte schien aber schon länger zu gehen. Erschöpft und verzweifelt schlief ich über diese Gedanken ein.

Mir taten die Hüftknochen und die Beine weh, als ich wieder wach wurde. Immer noch kauerte ich auf dem Boden vor der verschlossenen Tür. Mir schien es, als wäre es noch wärmer, noch stickiger als zuvor. Nur das Licht war nicht mehr so grell.

Ich richtete mich auf, zog nochmals an dem Türgriff, nur zaghaft. Eigentlich wusste ich, dass es kein Entkommen gab.

Mühsam schleppte ich mich zum Bett. Es gab nichts, was ich machen konnte. Gar nichts. Ich war gefangen.

Resigniert kroch ich zurück in das Bett, zog die Decke über mich, obwohl es eigentlich zu warm für eine Decke war. Trotzdem bot sie eine Art Schutz.

Ich hatte die Wasserflasche geleert, nun machte sich meine Blase bemerkbar. Es gab nichts in diesem Raum, in das ich mich hätte erleichtern können. Eine Weile blieb ich einfach liegen, versuchte nicht daran zu denken.

Zeit hatte eine andere, völlig neue Dimension angenommen.

Der Geruch von Erbrochenem füllte das Zimmer. Säuerlich und nach Galle roch es, vermischt mit dem süßlichen Geruch von welkenden Blumen.

Die Blumenvase – ich richtete mich auf, nahm die Blumen heraus und erleichterte mich in das Gefäß. Nun stank es auch noch nach Urin.

In meinen Ohren rauschte es, mein Magen rebellierte, Angst saß wie ein dicker Klumpen in meinem Hals.

Das hohe, sirrende Geräusch, das ich plötzlich wahrnahm, schob ich auf meine Nerven.

Meine Haut begann zu kribbeln. Ich schaute auf meinen Arm. Eine sehr große Mücke saß dort und saugte. Ich schlug nach ihr, tötete sie, sah eine weitere Mücke direkt daneben.

Ich hatte Halluzinationen.

Kapitel 62

Verzweifelt schloss ich die Augen, kniff sie zusammen, wollte das Insekt und den Geruch ausblenden. Wieder kribbelte es auf meiner Haut.

Außerirdische in Form von Insekten, die einem Blut abnahmen. Das hatte Mannie gesagt. Ich lachte hysterisch auf. Nun hatten sie mich auch in ihrer Gewalt.

Das hohe, sirrende Geräusch verstärkte sich, schien in meinem Kopf zu sein und überall um mich herum. Ich öffnete die Augen wieder, und dann sah ich sie. Hunderte, vielleicht Tausende. Der ganze Raum wurde plötzlich dunkel. Mücken. Ein Schwarm. Sie kamen aus dem Kästchen neben dem Spiegel.

Ich rieb mir über die Augen, wollte die Wahnvorstellungen vertreiben, es gelang mir nicht. Die Insekten fielen über mich her, schienen mich für eine lebende Bohrinsel zu halten. Dicke Quaddeln bildeten sich auf meinen Armen und Beinen. Ich zog die Decke über mich, rollte mich ganz eng zusammen, versuchte, jeden Fetzen Haut zu bedecken, und bekam keine Luft mehr.

War das Sinnestäuschung, oder waren tatsächlich riesige Mücken in diesem Zimmer? Eine besondere Form der Folter? Sollte ich hier zu Tode gebissen und ausgesaugt werden?

Es war, als sei ich aus einem Albtraum in einen noch entlegeneren aufgewacht, befand mich in einer bizarren Ecke meines Unterbewusstseins.

Ich wurde verrückt.

Ein weiteres Geräusch mischte sich in das hohe Sirren der Insekten, ein Schrei, ein lautes, verzweifeltes Schluchzen. Ich schrie und schrie. Dann wurde es dunkel.

Als ich wieder zu mir kam, war es dämmerig in dem Raum. Immer noch war es heiß, aber es stank nicht mehr. Ich lag auf dem Rücken, Arme und Beine von mir gestreckt. Alles tat mir weh, die Haut juckte schrecklich. Ich wollte kratzen, aber meine Extremitäten gehorchten mir nicht mehr. Es dauerte eine Weile, bis mir klar wurde, dass ich an das Bett gefesselt war.

Diese Hilflosigkeit war noch schrecklicher als alles andere zuvor.

Was machte er mit mir und warum?

Mücken – das Wort setzte sich in meinem Kopf fest. Ich wiederholte es wie ein Mantra. Irgendwo musste es einen Sinn, eine Erklärung geben.

Mücken – es waren keine mehr zu sehen. Auch das schreckliche Sirren hatte aufgehört. Waren wirklich Mücken in dem Raum gewesen? Ich war mir nicht sicher. Ein anderes Geräusch hörte ich nun, ein gleichmäßiges Piepsen, das mir bekannt vorkam. Krankenhausgeräusche. Ein Monitor und ein Perfusor. Ich war verkabelt, angeschlossen an Instrumente. Vor Erleichterung hätte ich heulen können. Ich war doch in einem Krankenhaus, alles andere vorher mussten Träume oder Sinnestäuschungen gewesen sein. Eine Amnesie, hervorgerufen durch einen Sturz mit folgender Konfabulation? War in meinem Wahn die Erinnerung an die Erzählungen des Alkoholikers zu einer mir eigenen Realität geworden?

Mein Mund war trocken, doch ich fühlte mich nicht mehr so ausgetrocknet. Ich bekam eine Infusion. Dehydration konnte auch zu Wahnvorstellungen führen. Ich vermutete, dass ich versucht hatte, mich zu verletzen, und deshalb nun am Bett gesichert war. Bestimmt würde gleich jemand kommen und mich losbinden.

Martin, ganz sicher war auch Martin in der Nähe. Alles würde gut werden.

Mein Kopf war klarer, auch die Kopfschmerzen waren verschwunden. Wie war ich zu diesen Halluzinationen gekommen? Ein Schlag vor den Kopf, ein Sturz? Daran hatte ich keine Erinnerung mehr. In meiner Bewusstlosigkeit mussten sich Erinnerungen in meinem Gedächtnis zu einem bösen Albtraum vermischt haben, der mir so realistisch erschien, dass ich ihn für wahr hielt. Das Unterbewusstsein ist ein psychischer Vorratsbehälter. Ein Teil unseres Bewusstseins, in den wir Erfahrungen und Gefühle einlagern, mit denen wir nichts zu tun haben wollen. Wenn eine bedrohliche Situation herrscht, kann er umkippen, und die Erinnerungen können sich vermischen. Das musste mir passiert sein.

Ich hatte in meinen medizinischen Lehrbüchern geblättert und war bei Malaria hängen geblieben. Die Anopheles-Mücke überträgt den Malaria-Erreger. Wer mit Malaria tropica infiziert wird, leidet zunächst an Kopf- oder Gliederschmerzen und bekommt unregelmäßige Fieberschübe. Hat sich das Plasmodium falciparum erst einmal im menschlichen Körper ausgebreitet, kann es die roten Blutkörperchen befallen. Blutarmut und schwere Organschäden können die Folge sein.

Diese Information hatte sich in meinem Kopf mit den Erzählungen des Obdachlosen vermischt.

Die Malaria-Parasiten benötigen zwei Wirte, um zu überleben: die Mücke als Hauptwirt und den Menschen als Zwischenwirt. Im Laufe dieser Entwicklung ändern sie ständig ihre Form. Jeder der Wirte ermöglicht ihnen ein neues Lebensstadium. Um einen Menschen infizieren zu können, muss die Mücke vorher selber infiziert worden sein.

Jetzt wusste ich plötzlich, warum mich das stutzig gemacht hatte. Die beiden Toten am See und auch Mannie hatten vielfältige Organschäden. Vergrößerte Milz, Leber und Nieren. Mannie hatte von immer wiederkehrenden Fieberschüben gesprochen. Das alles passte auch zu Malaria. Aber Malaria in der Eifel? Ich hätte gelacht, wenn da nicht plötzlich dieser bittere Geschmack in meinem Mund gewesen wäre.

Kapitel 63

Die Tür öffnete sich. Erleichtert versuchte ich, mich zur Seite zu drehen. Ich war so froh, dass endlich jemand kam und mir erklären würde, was passiert war. Ich erwartete eine Schwester oder einen Pfleger. Doch die Person, die nun das Zimmer betrat, entsetzte mich.

Jemand in einem weißen Quarantäneanzug, mit einer Atemmaske und einer Haube.

»Wer sind Sie? Wo bin ich?« Meine Stimme klang schrill.

Er antwortete nicht, überprüfte nur den Perfusor und den Monitor.

»Ich will wissen, wo ich bin!«, schrie ich und versuchte, mich aufzurichten. Mit aller Macht zerrte ich an den Bändern, die meine Arme ans Bett fesselten.

»Willst du noch eine Runde Beruhigungsmittel, Constanze?« Seine Stimme klang belustigt. »Kannst du haben, kein Problem.«

»Wolfgang?« Ich ließ mich zurückfallen.

»Du erkennst mich? Besser spät als nie. Ich hätte dich für cleverer gehalten. Hätte gedacht, dass du eher darauf kommst.« Er lachte böse.

»Wo bin ich, und warum bin ich hier? Was ist mit mir, und weshalb hast du einen Schutzanzug an?«

»Die Lüftungsanlage ist eigentlich hervorragend, aber man weiß nie, ob sich nicht ein oder zwei der Viecher doch noch hier verstecken.« Jetzt klang sein Lachen rau.

»Viecher?« Ich kniff die Augen zusammen, riss sie wieder auf. War das eine weitere Halluzination?

»Du hast es noch nicht verstanden, oder? Immer noch nicht. Ich habe dich immer für sehr klug gehalten, aber das bist du gar nicht. Du nicht und dein Freund auch nicht.«

»Martin? Wo ist er?«

»Der Idiot sucht dich. Aber nicht hier. Er war hier, hat nach dir gefragt, wann ich dich zuletzt gesehen hätte.« Wolfgang schnaubte. »Dieser Theißen kam mir gerade richtig. Es hätte für mich nicht besser laufen können.«

»Ich verstehe nicht.«

»Du bist wirklich blöd, nicht wahr? Du hast geglaubt, Theißen wäre hinter dir her. Er hätte dir die Sachen geschickt. Angst hattest du. Es war so schön, das mit anzusehen.«

»Du hast mir die Sachen geschickt? Warum?«

»Warum? Immer diese Fragen nach dem Sinn, Frau Doktor van Aken. Jetzt wirst du endlich einen Sinn erfüllen. Du wirst mir helfen.«

»Helfen?«

»Ja, helfen. Hast du Durst?«

Ich nickte. Wolfgang verließ das Zimmer. Die Tür ließ er offenstehen. Ich konnte sehen, dass sie dick verkleidet war, wahrscheinlich zur Isolation. Jetzt hörte ich auch Geräusche. Irgendwo lief Wasser, Heizungsrohre gluckerten. Regnete es immer noch? Jemand schrie. Ich konnte es deutlich hören. Jemand rief um Hilfe. Ein entsetzlicher Schrei, verzweifelt und panisch. So hatte ich auch geschrien. Es war eine Stimme, die mir bekannt vorkam, doch ich konnte sie nicht einordnen.

Wieso hielt Wolfgang uns gefangen? Welche Viecher meinte er, und wobei sollte ich ihm helfen? Ich konnte keinen Sinn in seinen Worten erkennen.

Martin suchte mich. Er würde mich finden, da war ich mir sicher. Aber Martin suchte mich bei Theißen. Ich biss mir auf die Lippe, zu fest, es schmeckte metallisch nach Blut.

Wolfgang kam zurück, brachte eine Schnabeltasse mit, die er mir an den Mund hielt. Ich trank gierig. Es schmeckte süßlich. Er stellte die Tasse auf den Tisch, untersuchte meine Fesseln, nickte zufrieden.

»Warum hasst du mich?« Ich wollte mit ihm im Gespräch bleiben, wollte herausbekommen, worum es hier ging. War es Rache? Wofür? Was hatte ich ihm getan?

»Hass ist das falsche Wort. Enttäusche mich doch nicht schon wieder, Constanze. Du zerstörst alle meine Illusionen.« Er nahm ein Fieberthermometer, drückte es in mein Ohr, kontrollierte den Wert.

»Was machst du mit mir? Und mit den anderen?« Immer noch konnte ich die verzweifelten Hilferufe hören.

»Jahrelang ist es gutgegangen. Ich konnte hier walten und schalten. Und ich bin so knapp vor dem Durchbruch.« Er hielt mir Zeigefinger und Daumen vor das Gesicht. »Dann zieht ihr hierher. Ich dachte, mich trifft der Schlag. Gerade du!Ich konnte dich noch nie leiden. Immer strebsam, immer erfolgreich. Constanze van Aken, hübsch, intelligent, aufsteigend. Sie kauft ein Haus in der Eifel. Die alte Bruchbude am Friedhof. Ich war fassungslos.«

Neid? War es Neid, der ihn antrieb?

»Ich wusste doch bis vor ein paar Wochen gar nicht, dass du hier wohnst. Ich habe dich nie gesehen, Wolfgang.«

»Und dann dein Freund. Ihn lasse ich noch zappeln. Er ist verzweifelt. Das ist auch richtig so. Soll er leiden.«

Oder war es Eifersucht? War Wolfgang während des Studiums in mich verliebt gewesen? Ich konnte mich nicht erinnern. Selbst wenn es so war – ich hatte es nie bemerkt.

»Ein Rechtsmediziner – das war die Krönung. Ich habe es nur zufällig erfahren. Aber es war wie ein Schock. Damals, als das blöde Mädchen die Leiche fand. Jahrelang geht alles gut, und dann kommt ihr und bringt alles in Gefahr.«

Das blöde Mädchen. »Nadine«, flüsterte ich.

»Genau, Nadine. Sie bekommt auch, was sie verdient.« Er lachte höhnisch.

Mir wurde übel. Jetzt wusste ich plötzlich, wer dort um Hilfe rief. Nadine. »Was hat sie damit zu tun?«

»Du begreifst gar nichts, Schätzchen.« Mit seinen Fingern fuhr er mir über den Arm. Das Latex des Handschuhes fühlte sich kühl auf meiner Haut an. Ich schauderte vor Ekel, konnte mich aber nicht gegen die Berührung wehren. »Jahrelang findet niemand die Probanden, und dann kommt dieses Mädchen. Hat Streit mit ihrem Papi und geht in den Wald. Sie kennt mich. Und wie ich zu meinem Entsetzen feststellen musste, dich kennt sie auch.« Er schüttelte den Kopf.

»Sie kennt dich?« Ich durchsuchte meine Erinnerungen. Woher sollte sie Wolfgang kennen? Bo. War da nicht der Kunde mit dem komischen Namen gewesen? Bo, eine Abkürzung von Bollendorf. Ihm hatte der Vater die Desinfektionsmittel gebracht. Was hatte Wolfgang mit den Leichen zu tun? Was meinte er mit Probanden? Meine Kopfschmerzen meldeten sich erneut.

Wolfgang hob die Decke an, betrachtete mich, deckte mich wieder zu. Durch die Maske konnte ich sein Gesicht nicht deutlich erkennen und seinen Blick nicht deuten.

Plötzlich piepte irgendetwas laut. Er drehte sich um und ging, ohne noch etwas gesagt zu haben.

»Wolfgang …«, rief ich ihm hinterher, doch die Tür hatte sich schon geschlossen. Ich war wieder alleine.

Kapitel 64

Mein Kopf pochte. Das Getränk, das Wolfgang mir gegeben hatte, war sehr süß und nun klebte mir die Zunge am Gaumen, ich hatte einen widerlichen Geschmack im Mund. Mir war heiß, und ich bekam nur schwer Luft. Hatte er etwas in das Getränk getan? Was hatte er mir vorher gegeben? Halluzinogene? Opiate? Bewusstseinsverändernde Drogen? Es musste in die Richtung gehen. Oder hatte ich mir das alles nicht eingebildet? Waren hier Mücken im Zimmer gewesen? Waren die Mücken die Viecher, von denen er gesprochen hatte?

Probanden – wir waren Probanden. Er forschte, war in der Forschung für ein großes Unternehmen, hatte er gesagt. War das so, oder forschte er auf eigene Faust?

Wie war ich auf Malaria gekommen? Es wollte mir nicht einfallen. Wieder verwischte und verschwamm alles. Ich schloss die Augen. Nur einen Moment, einen Augenblick, um wieder klar zu werden. Ich nickte weg, riss die Augen krampfhaft auf, um wach zu bleiben, schaffte es aber nicht.

Wolfgang stand vor mir, als ich mich wieder aus den Tiefen meines Unterbewusstseins emporkämpfte. Er hatte den Schutzanzug abgelegt, trug jetzt einen weißen Kittel. War er Arzt? Er hatte das Studium doch abgebrochen.

»Wach?« Er lächelte.

Mir war schwindelig. »Warum bin ich hier? Was habe ich dir getan?«

»Drogensüchtige, Alkoholiker, Obdachlose. Sie lassen sich gehen, betteln, schmarotzen. Parasiten dieser Gesellschaft. Ich habe ihnen einen Sinn gegeben. Eine Aufgabe.«

»Man weiß nie, warum sie abgerutscht sind. Manchmal stehen schreckliche Schicksale dahinter.« Ich versuchte zu schlucken, mein Hals tat mir weh.

»Mach dich nicht lächerlich! Abhängigkeiten und schlechte Gewohnheiten. Sobald sie etwas aus der Bahn wirft, werden sie rückfällig. Immer.«

»Hast du damit Erfahrung?« Angst und Panik hatten mich nicht weiter gebracht. Jetzt kochte Wut in mir.

»Erfahrung? Ja, habe ich. Mein Vater hat gesoffen. Und damit hat er meiner Mutter das Leben zur Hölle gemacht.« Er schnaubte. »Willst du noch etwas trinken?«

»Wasser.«

»Du wirst nehmen müssen, was du kriegen kannst.« Er hielt mir die Schnabeltasse an den Mund. Ich kniff die Lippen zusammen.

»Deine Entscheidung, Constanze.« Er stellte den Becher weg, drehte sich um und ging.

Dies war einer meiner klaren Momente. Ich atmete tief ein und aus, versuchte Sauerstoff in meine Lungen, in meine Blutbahn zu pumpen, wollte klar bleiben. Wie lange war ich schon hier? Ein paar Stunden, Tage? Ich wusste es nicht. Diese Unsicherheit und das Gefühl, vollkommen ausgeliefert zu sein, machten mich panisch.

Ich versuchte die Panik zu bekämpfen, sie brachte mich nicht weiter. Sein Vater war Alkoholiker gewesen. Hatte er mir nicht erzählt, sein Vater wäre an einer Krankheit gestorben? Malaria … da war endlich die fehlende Verbindung, nach der ich immer gesucht hatte. Natürlich, es war Malaria.

Mir wurde kalt. Wolfgang hatte das Medizinstudium abgebrochen und Pharmazie studiert, weil sein Vater starb und der Sohn die Apotheke übernehmen sollte. Die Krankheit des Vaters war damals nicht erkannt worden. Wolfgang forschte an einem Mittel gegen eine Tropenkrankheit. All die kleinen Puzzleteile setzten sich mit einem Mal zusammen. Der Vater war zudem Alkoholiker gewesen. Wolfgang hatte seinen Frust, seine Wut und seine Enttäuschung auf diese Gruppe Menschen projiziert.

Er fing an, für sich zu forschen. Die Obdachlosen wurden zu seinen Probanden. Zwei Fliegen mit einer Klappe. Er forschte an einem Gegenmittel für Malaria. Konnte das überhaupt sein? Malaria wurde nicht von Mensch zu Mensch übertragen, die Parasiten brauchten beide Wirte, den Menschen und die Mücke.

Mücken – ich hatte mir das nicht eingebildet, es nicht geträumt. Er hatte tatsächlich Mückenschwärme in diesen Raum gelassen. In diesen hermetisch abgeschlossenen Raum, den er vorher aufgeheizt hatte. Hunderte, vielleicht Tausende. Anopheles-Mücken. Moskitos.

Die Weibchen übertrugen die Krankheit. Mit jedem Stich gaben sie die Plasmodien über ihren Speichel weiter. Mit jedem Stich an einer infizierten Person nahmen die Mücken die Gametozyten des Erregers auf. Das war der tödliche Kreislauf. Je wärmer es war, umso rascher lief die Entwicklung.

Mich fror.

Er hatte die Obdachlosen als Probanden missbraucht. Menschen, die niemand vermisste, deren Verschwinden oder Tod gar nicht auffiel. Wahrscheinlich machte er das schon einige Zeit. Serientäter, die erfolgreich mordeten, ohne erwischt zu werden, werden mit der Zeit immer leichtsinniger. Vermutlich hatte er die Leichen am Anfang weit weg gebracht und sorgfältig versteckt. Selbst wenn sie gefunden worden waren, würde die Staatsanwaltschaft das Gleiche gedacht haben wie bei den beiden Toten am See: Obdachlose, die an ihrem Lebenswandel gestorben waren.

Ich mochte gar nicht daran denken, wie viele Tote in den Wäldern der Eifel oder im hohen Venn lagen. Männer, die gestorben waren, weil ein wahnsinniger Psychopath seinem Traum nachging.

Martin, Nadine und ich waren zu einer Bedrohung für ihn geworden. Leichtsinnig wie ich war, hatte ich ihm Informationen zukommen lassen, die es ihm ermöglichten, mit mir zu spielen und mich in Angst und Schrecken zu versetzen. Gleichzeitig hatte er so die Spur zu Theißen gelegt.

Dass Theißen aus der Haft entlassen worden war und der Staatsanwalt ihn für potentiell gefährlich hielt, war ein böser Zufall. Ein Wink des Schicksals für Wolfgang. Er schürte meine Angst, als er davon erfuhr.

Diese Grube hatte ich mir selbst gegraben.

Was war wohl mit Nadine? Sie hatte schrecklich verzweifelt geklungen. Ob er sie genauso für seine Studien missbrauchte wie mich? Was tat er überhaupt? An einem Mittel gegen Malaria forschen? Auf eigene Faust? Um der Welt zu zeigen, wie genial er war? Das Werk eines Psychopathen mit gestörtem Selbstwertgefühl, verursacht von einem dominanten, alkoholkranken Vater, dessen Tod ihn zwang, sein Medizinstudium aufzugeben, mutmaßte ich.

Ich zitterte, hörte auf, begann wieder zu zittern.

Die Chance, dass ich jetzt schon mit Malaria infiziert war, war groß. Ohne Medikamente würde ich qualvoll sterben. Meine Kehle wurde eng. Ich schloss die Augen, verlor mich.

Kapitel 65

Seine Hände glitten über meine Haut. Ich atmete flach, versuchte nicht hinzuschauen. Meine Lippe schmerzte immer noch dort, wo ich mich gebissen hatte. Er maß meine Temperatur, überprüfte die Infusion. Dann lockerte er die Fesseln, die meine Arme an das Bett banden.

»Ich hole dir jetzt etwas zu essen. Du sollst ja bei Kräften bleiben.« Er lächelte höhnisch.

Bei Kräften, dachte ich, das heißt aber nicht, dass ich gesund bleiben soll.

»Es ist Malaria, nicht wahr?«

»Kluges Mädchen.« Er zog die Augenbrauen anerkennend hoch. »Hat zwar gedauert, aber letztendlich hast du es erkannt.« Er löste die Fessel meiner linken Hand. »Wenn du Scheiße baust, wirst du es bereuen, das schwöre ich dir.«

Ich glaubte ihm aufs Wort.

»Wieso Malaria? In Deutschland gibt es kaum Bedarf für Medikamente.«

»Das wird sich mit der Klimaerwärmung schnell ändern. Jetzt schon leben Tigermücken hier. Die Anopheles wird folgen. Der Tourismus hat die Malariarate auch schon in die Höhe getrieben. Aber du hast recht, das waren nicht meine wirklichen Beweggründe.«

Vor einem halben Jahr hatte ich an einer Schulung teilgenommen. Es ging um das Verhalten bei Geiselnahmen. Man sollte versuchen, mit dem Täter im Gespräch zu bleiben, Empathie zu bilden. Die Gefahr des Stockholm-Syndroms bestand bei mir nicht. Ich würde mich nicht mit meinem Peiniger verbünden. Trotzdem hoffte ich auf Informationen. Nur so könnte ich Wege finden, mich zu befreien.

Wie lange war ich schon hier? Ich hatte nicht den Schimmer einer Ahnung.

»Dein Vater ist der Grund. Kann ich verstehen.« Es war ein Schuss ins Blaue.

»Wirklich?« Zweifelnd sah er mich an.

»Doch, doch. Das Verhältnis zu meinem Vater war auch nie einfach. Er hat meine Leistungen nicht anerkannt. Ich habe immer gekämpft, habe immer versucht, es ihm recht zu machen.« Das war gelogen, aber es implizierte konstruktive Selbstenthüllung. Ich offenbarte einen Teil von mir in der Hoffnung, er würde sich öffnen.

»Mein Vater.« Er verzog das Gesicht. »Er hat mich nie geliebt.«

»Das kannst du nicht wissen. Manche Eltern lieben ihr Kinder auch wenn sie es nie sagen.«

»Manche Eltern vielleicht. Mein Vater gehörte nicht dazu. Er hat sich über mich lustig gemacht, weil mein Studium schlecht lief. Immerzu hat er mich aufgezogen.« Seine Stimme wurde höher, schriller, wie die eines kleinen Jungen. »Ich konnte machen, was ich wollte, er hat es nie gesehen.«

Eine typische Abwehrreaktion, falsch gelaufene Kommunikation, unerfüllte Erwartungshaltung auf beiden Seiten. Das hatte ich immer wieder in meiner Praxis.

»Das kann ich nicht beurteilen. Aber jeder Mensch hat die Chance, sich von den Erwartungen der Eltern zu lösen und sein eigenes Leben zu leben.«

Er sah mich an, schüttelte dann den Kopf. »Das kannst du deinen minderjährigen Patienten erklären, aber nicht mir. Ich hatte diese Chance nicht. Mein Vater hat über seinen Tod hinaus mein Leben bestimmt.«

»Wie hat er das geschafft, Wolfgang? Als er tot war, konnte er dir doch egal sein.«

»Du hast überhaupt keine Ahnung.« Wolfgang schnaubte bitter. Er drehte sich um, verließ den Raum. Auch diesmal ließ er die Tür offen. Ich lauschte, konnte aber nichts hören. Nadine rief nicht mehr. Was das bedeutete, wollte ich mir nicht deutlich machen.

Meine linke Hand war nicht mehr gefesselt. Konnte ich die anderen Fesseln auch lösen? Ich probierte es, öffnete den Knoten des Bandes an der anderen Hand, ließ das Band aber so, dass es nicht auffiel. An die Fußfesseln würde ich mich später machen. Mir war inzwischen klar, dass der Spiegel eine einseitig verspiegelte Glasscheibe war und er mich dadurch beobachten konnte.

Die Chance, mich selbst zu befreien, war mehr als gering. Trotzdem wollte ich alles versuchen.

Meine Zunge klebte am Gaumen. Schweißtropfen bildeten sich auf meiner Stirn. Verräterische Anzeichen von Unruhe. Ich musste mich in den Griff bekommen, bevor Wolfgang wieder kam. Ich wusste, lügen fiel mir schwer. Mein Gesicht war ein offenes Buch mit extra großen Buchstaben für Sehschwache. Tief holte ich Luft, rieb mir den Schweiß von der Stirn.

Ich hörte Schritte.

Wolfgang stellte ein Tablett auf den Nachttisch. Ein Teller Suppe, etwas Brot. Er wirkte fahrig, schaute auf seine Uhr. Ohne ein weiteres Wort zu sagen oder mich zu beachten, verließ er das Zimmer.

Etwas schien in der dämmerigen, warmen Luft zu gären. Eine Unruhe, wie der Wartezustand einer Karawanserei. Nervös schaute ich zu dem Spiegel. Stand er jetzt dort? Sah er mich an? Ich drehte mich auf die Seite, setzte mich auf. Die rechte Hand ließ ich in der Fessel.

Halbgefesselt die Suppe zu essen war mühsam, aber ich genoss jeden Löffel. Es war einfache Instantbrühe, aber mir schmeckte sie besser als jedes Drei-Gänge-Menü. Ich nahm ein Stück Brot, kaute langsam. Meine Kräfte schienen zurückzukehren.

Ich wartete eine Weile. Es war still, nichts zu hören. Auch das fand ich unheimlich. In der Stadt war es nie vollkommen geräuschlos, und auch auf dem Land hörte man wenigstens den Wind oder Vögel. Doch hier war es so still wie in einem Mausoleum, abgeschnitten von der Welt. Dann löste ich die Fußfesseln, legte sie so hin, dass ich sie schnell wieder über meine Gelenke drapieren konnte, und stand auf.

Die Tür war nicht verschlossen.

Kapitel 66

Ich drückte die Türklinke herunter, öffnete die Tür einen Spalt, spähte in den Flur. Die Neonleuchte an der Decke summte und flackerte. Der Gang war leer und roch intensiv nach Nagellack, ein Geruch wie in der Pathologie.

Türen an den Wänden, alle geschlossen. Neben der Tür zu meinem Zimmer stand ein Stuhl. Darauf, ordentlich gefaltet, meine Hose und der Pullover. Meine Schuhe standen unter dem Stuhl. Sicherlich lagen auch die Socken und die Unterhose dort. Säuberlich zusammengelegt. Es waren die Sachen, die ich an dem Abend getragen hatte – wie lange mochte das her sein? Eine gefühlte Ewigkeit.

Ich strich über den Pullover. Er war trocken. Hatte er die Sachen in den Trockner geworfen, oder war genügend Zeit vergangen seit dem Unwetter? Ich hatte keine Ahnung. Sollte ich die Sachen anziehen? In dem Nachthemd kam ich mir unbekleidet, fast nackt vor. Doch zum Umziehen war jetzt nicht die Zeit. Wolfgang würde sein Ziel verfolgen – mit allen Mitteln, die ihm zur Verfügung standen. Ich war mir sicher, dass er bis zum Äußersten gehen würde.

Ich ging zwei Schritte, schaute mich um. Der Flur war lang, sah gleichförmig aus. In jeder Richtung das gleiche Bild – Flur mit Türen, kein Ende, kein Ausgang. Wohin der Flur führte, egal in welche Richtung, konnte ich nicht sagen. Wo war der Ausgang? Wo war das Haus überhaupt?

Mannie – er war auf einer Landstraße gefunden und nach Simmerath gebracht worden. Das hieß gar nichts. Es gab kein anderes Krankenhaus im Umkreis. Überall in der Voreifel konnte dieses Haus sein.

Es war beängstigend. Ich drückte mich an die Wand, ging weiter. Eine Tür. Kein Schlüssel. Ich drückte die Klinke, die Tür ließ sich öffnen. Ein Raum wie der, in dem ich gewesen war. Nur leer. Kein Licht, Bett nicht bezogen. Unheimlich.

Ich ging langsam weiter. Wie viele Leute hatte Wolfgang, oder betrieb er seine »Privatklinik« ohne Personal? Wie groß war die Chance, dass ich erwischt wurde, bevor ich einen Ausgang fand? Riesig wahrscheinlich.

Mannie hatte es auch geschafft. An dem Gedanke hielt ich mich fest, wiederholte ihn wie ein Mantra. »Mannie hatte es auch geschafft.«

In der nächsten Tür steckte ein Schlüssel. Ich lauschte, konnte aber nichts hören. Natürlich nicht. Alle Räume waren isoliert worden. Nachdem ich tief Luft geholt hatte, drehte ich den Schlüssel um, öffnete langsam die Tür. Der Raum war nicht beleuchtet. Ich musste die Tür weiter öffnen, so dass Licht aus dem Flur in das Zimmer fiel. Was würde mich dort erwarten? Schwärme von Anopheles-Mücken? Daran hatte ich nicht gedacht. Was, wenn dies ein Raum in einer anderen Testphase wäre? Ich öffnete die Tür trotzdem.

Der Raum war ebenso leer. Nur die Luft roch abgestandener, verbraucht und ein wenig nach Rindenmulch.

Zur nächsten Tür tastete ich mich nicht mehr an der Wand vor. Ich ging schneller, entschlossener. Auch hier steckte der Schlüssel. Ich drehte ihn, öffnete die Tür. Das Licht im Raum war grell. Ein Mann kauerte stöhnend auf dem Boden. Er schien nicht ansprechbar zu sein. Was sollte ich tun? Mich um ihn kümmern oder fliehen? Immerhin wusste ich nun sicher, dass es hier noch andere Gefangene gab.

Der Mann hob den Kopf, sah mich an. Seine Augen waren glasig, der Blick trüb. Simmer, Nadines Vater. Er würde mir nicht helfen können. Ich ließ die Tür offen, ging weiter. Immer schneller eilte ich, ließ die Zimmer rechts und links des Flures liegen. Dort hinten war eine Tür, die anders aussah. Ein Ausgang? Ich betete. Irgendwo hinter mir hörte ich plötzlich ein Geräusch. Schritte? Ein Räuspern? Ich war mir nicht sicher. Vielleicht spielte mir ja mein Gehirn einen Streich, und ich hatte wieder Halluzinationen.

Ich hätte mich umdrehen können, doch ich traute mich nicht. Stattdessen lief ich an der Wand entlang zur Tür am Ende des Flures. Ich drückte die Klinke herunter und stellte erleichtert fest, dass sich die Tür öffnen ließ. Ein dumpfer Geruch schlug mir entgegen. Feuchte Steine und Erde. Eine Treppe führte nach unten. Dies war kein Ausgang, dies war eine Kellertreppe. Nun hörte ich ganz sicher Schritte hinter mir. Ich hatte keine Wahl, ging weiter und schloss die Tür hinter mir.

Schwärze umgab mich. Es war deutlich kühler. Ich stand mit nackten Füßen auf einer Steintreppe im Dunkeln, bekleidet nur mit einem Nachthemd. Ich hob die Hände, breitete die Arme aus. Raue Wände, vermutlich Stein. Das Treppenhaus war schmal. Mit den Füßen tastete ich die Stufe ab. Die Treppe schien steil zu sein. Sollte meine Flucht hier ein Ende gefunden haben?

Meine Knie zitterten. Mir wurde schlecht. Ganz langsam und vorsichtig ging ich in die Hocke, setzte mich. Der Boden war kalt. Meine Füße schob ich über den Rand der Stufe zur nächsten, dann rutschte ich langsam weiter nach unten.

Zwei Stufen verfuhr ich so, hielt dann inne und lauschte. Von oben konnte ich nichts hören. Keine Schritte, keine Stimmen. Irgendwo tropfte Wasser, und es brummte leise, vermutlich eine Heizungsanlage. Ich rutschte noch ein paar Stufen weiter nach unten, dann trafen meine Füße auf den Boden. Es fühlte sich an wie Ziegelsteine. Unregelmäßig, kalt und feucht. Kellerboden.

Mein Atem war hektisch. Ich spürte Panik in mir hochsteigen. Ich konnte nichts sehen, absolut gar nichts, und wusste nicht, wo ich war. Unschlüssig blieb ich sitzen. Mich fror. Ich kauerte mich zusammen. Nach einer Weile meinte ich an den Beinen einen Luftzug zu spüren. Vielleicht gab es hier unten doch einen Ausgang.

Es kostete mich einige Überwindung aufzustehen. Vorsichtig setzte ich einen Fuß vor den anderen, hatte die Hände weit ausgestreckt. Ich verbot mir, darüber nachzudenken, welche Schrecken hier unten lauern könnten.

Das Brummen wurde lauter. Es roch nach Diesel, alten Turnschuhen und schlecht gewordener Milch. Ich atmete durch den Mund, um die Gerüche nicht an mich heran zu lassen.

Plötzlich stieß ich gegen etwas Kaltes, Hartes. Ich zuckte zurück, streckte dann die Hände wieder aus, tastete. Eine glatte Metallfläche. Eine Tür? Ich suchte nach einer Klinke, fand sie und drückte sie herunter.

Kapitel 67

Die Tür ließ sich öffnen, quietschte jedoch laut. Das Dröhnen wurde übermächtig. Ich hielt erschrocken inne. Hatte jemand das Quietschen gehört? Hatte ich mich verraten? Obwohl mir kalt war, stand Angstschweiß auf meiner Stirn.

Ich fühlte an der Wand entlang neben der Türzarge, spürte sandigen Putz und Spinnenweben. Es war keine Zeit, um sich zu ekeln. Der Lichtschalter war ein altes Modell zum Drehen. Ich betätigte ihn. Nichts passierte. Meine Oma hatte früher auch solche Lichtschalter in ihrem Haus gehabt. In welche Richtung man drehen musste, hatte ich mir damals nicht merken können. Nächtliche Gänge zum Klo waren dadurch zum Albtraum geworden, weil ich immer befürchtete, das Licht nicht anschalten zu können.

Ich drehte den Schalter anders herum. Eine kleine Glühbirne ging an. Das trübe Licht erhellte den Heizungskeller. Der Geruch des Diesels nahm mir beinahe den Atem.

Ich schaute mich um. An der Wand gegenüber stand ein Stuhl. Ein wackeliger alter Holzstuhl. Unterhalb der Decke befand sich ein Fensterschacht. Vor Erleichterung hätte ich schreien können. Dies war sicherlich der Fluchtweg, den auch Mannie benutzt hatte. Ich kletterte auf den Stuhl, versuchte, das Fenster zu öffnen. Es klemmte. Ich zog mit aller Kraft und Verzweiflung an dem Griff und wäre beinahe hintenüber gefallen, als das Fenster nachgab und aufschwang.

Für einen Moment blieb ich auf dem Stuhl stehen, atmete die Nachtluft tief ein, versuchte, mein pochendes Herz zu beruhigen. Würde ich durch die Öffnung passen? An das, was danach kam, wollte ich nicht denken.

Ich zog mich hoch, stützte die Ellenbogen auf, wand mich durch das Fenster, zog die Beine nach. Irgendwo war ein Nagel in der Wand. Das Nachthemd riss. Ich spürte einen brennenden Schmerz an meinem Oberschenkel.

Für einen Augenblick lag ich zusammengekauert auf der feuchten Erde. Wo war ich? Würde ich mich orientieren können? Am Himmel zitterten tausende Sterne. Es dauerte einen Moment, bis sich meine Augen an das Dunkel gewöhnt hatten. Vor mir waren große Tannen, die sich im Wind bewegten.

Ich stand auf, schaute an der Hauswand empor, konnte keine Fenster entdecken. Ich war vermutlich an der Rückseite des Hauses. Wo war ich? Bis auf das Rauschen des Windes in den Bäumen war nichts zu hören. Kein Verkehrslärm, nichts, was auf menschliches Leben hindeutete.

Ich schlich an der Wand entlang, schaute vorsichtig um die

Ecke. Bäume. Dies musste die Stirnseite des Hauses sein. Hier waren Fenster, doch keines war erleuchtet. Sollte ich weitergehen? Ich rieb mir über das Gesicht, strich mir die Haare aus der Stirn, stieß den Atem aus. Dann traute ich mich weiter.

Es war ein Gehöft, ein alter Bauernhof. Nur dieses Gebäude war neu. Der Hof zwischen den Häusern war mit Kies bedeckt. Vor dem Wohnhaus waren Blumenrabatten, soviel konnte ich im diffusen Nachtlicht erkennen. Irgendwie kam mir der Anblick bekannt vor, aber diese Höfe sahen sich alle ähnlich.

Vom Haus bis zu den Bäumen waren es nur wenige Meter, aber es kam mir vor wie eine Ewigkeit, bis ich sie erreichte. Unter den Bäumen blieb ich stehen, schöpfte Atem. Mein Bein schmerzte. Ich fuhr mit der Hand über meinen Oberschenkel und spürte eine klebrige Flüssigkeit. Blut.

Der Boden unter meinen nackten Füßen war uneben. Ich trat auf einen spitzen Stein. Vor Schmerz krümmte ich mich zusammen, blieb aber nicht stehen. Immer wieder schaute ich mich um, doch niemand folgte mir.

Der Mond ging auf. Zunehmender Mond. Ich konnte höchstens ein paar Tage gefangen gewesen sein. Oder einen Monat. Der Gedanke erschreckte mich.

Ich entdeckte zwischen den Bäumen einen kleinen Pfad, er führte einen Hang hinter. Am Wegrand standen hohe Brennnesseln. Ich konnte durch sie hindurchgehen oder über den Hof, um zu dem Pfad zu gelangen. Obwohl anscheinend noch keiner meine Flucht bemerkt hatte, traute ich mich nicht auf die offene Fläche. Ich biss die Zähne zusammen, zog das Nachthemd eng um mich und lief, so schnell ich konnte, durch die Pflanzen. Meine Beine brannten wie Feuer. Ich erreichte den Pfad, blieb keuchend stehen.

Keine Zeit für eine Rast, Constanze, sagte ich mir.

Die nächsten Meter ging ich langsam und vorsichtig. Dann sah ich auf der rechten Seite die Bäume zurückweichen. Dort war eine hohe Sandsteinmauer. Jetzt wusste ich, wo ich war –

es war die Friedhofsmauer, die auch ein Teil unseres Hauses war. Der Hof war Bollendorfs Hof, natürlich. Er hatte sein Labor dort im Neubau, einige hundert Meter von unserem Haus. Ich würgte.

Immer schneller ging ich nun, achtete nicht auf die Äste, die mir ins Gesicht schlugen, oder auf die Brombeerranken, die meine Haut aufrissen.

Nur noch ein wenig weiter, und ich war bei unserem Haus. Noch ein wenig weiter, und ich war in Sicherheit.

»Martin«, flüsterte ich. »Martin, Martin.« Sein Name war ein Rhythmus, der mich weitertrieb.

Ich bog um die Ecke, stand vor unserem Haus. Kein Fenster war erleuchtet. Auf dem Hof stand keiner unserer Wagen. Weder meiner noch der Touran.

Verzweifelt rüttelte ich an der Haustür, doch sie war verschlossen. Ich hämmerte gegen die Tür, rief Martins Namen, schrie. Tränen liefen mir über das Gesicht. Was sollte ich tun? Ich ging um das Haus, suchte nach einer Möglichkeit hineinzukommen. Doch kein Fenster stand auf Kippe. Noch einmal versuchte ich, die Haustür aufzudrücken, dann sank ich in mich zusammen und weinte haltlos. Der ganze Stress, die Furcht und auch die Kälte machten sich bemerkbar. Ich wusste, ich stand kurz vor einem Zusammenbruch.

»Ruhig, Constanze, ruhig«, murmelte ich. Ich zog die Beine an, legte meinen Kopf darauf, umarmte mich selbst, um mir ein wenig Wärme und Trost zu geben. Erschöpft ließ ich schließlich die Arme sinken. Meine Hand ertastete auf dem Boden neben mir einen dicken Kieselstein. Ich nahm ihn in die Hand, wog sein Gewicht. Würde ich damit eine Scheibe einschlagen können? Die Terrassentür war doppelt verglast. Ich könnte die Scheibe in der Haustür zerschmettern, doch Martin hatte die Tür sicherlich abgeschlossen, und das Fenster war nicht groß genug, um hindurchzuklettern. Mühsam stand ich auf, umrundete das Haus ein weiteres Mal. Das Fenster zum Hauswirtschaftsraum erschien mir geeignet. Es war groß genug für mich und nur einfach verglast.

Ich nahm den Stein, warf ihn so fest ich konnte. Das Glas zersplitterte, ein Geräusch, das mir in der nächtlichen Stille überlaut erschien.

In der Mitte der Scheibe klaffte nun ein Loch. Ich hatte unüberlegt gehandelt. Dieses Loch half mir gar nicht. Ich konnte weder hindurchfassen, geschweige denn hineinklettern. Ich war so einfältig. Noch einen Stein? Ich bückte mich, tastete den Boden ab. Dort war nur feiner Kies. Etwas anderes musste her. Nur was? Mir fiel der Aluminiumtisch auf der Terrasse ein.

Ich holte ihn, hob ihn hoch und schlug mit der Tischplatte gegen die Scheibe. Jetzt war genügend Glas zersprungen, ich konnte hineinfassen und das Fenster öffnen. Das Fenster öffnete sich nach innen, ich stieß es auf.

Vorsichtig kletterte ich auf das Fensterbrett. Der Boden im Hauswirtschaftsraum war mit Splittern übersät. Daran hatte ich nicht gedacht. Auf mich schimpfend betrachtete ich meine nackten Füße. Es half nichts. Langsam ließ ich mich hinunter gleiten. Krampfhaft klammerte ich mich an das Fensterbrett und versuchte, mit den Zehen die Scherben sachte beiseitezuschieben. Dann stellte ich vorsichtig erst einen, dann den anderen Fuß auf den Boden. Ich spürte die kleinen Glassplitter unter meinen Sohlen. Sehen konnte ich nicht viel, nur die grüne Leuchte des Tiefkühlschrankes und die digitale Anzeige des Radios. Es war kurz vor drei.

Ganz vorsichtig und langsam bewegte ich mich vorwärts. Rechts von mir befand sich der Kühlschrank. Neben dem Kühlschrank stand immer der Besen. Ich lehnte mich so weit vor, wie es nur ging, ohne das Gleichgewicht zu verlieren. Mit den Fingerspitzen konnte ich den Besenstiel berühren, doch zu packen bekam ich ihn nicht. Fluchend ging ich einen Schritt weiter. Eine Scherbe bohrte sich in meinen großen Zeh, so dass ich aufschrie.

Endlich konnte ich den Besenstiel fassen und zu mir ziehen. Ich schob den Besen vor mir her, versuchte so, einen Pfad durch die Scherben zu bekommen.

Schließlich erreichte ich die Tür. Meine Fußsohlen brannten. Ich blieb in der Türöffnung stehen, tastete nach dem Lichtschalter, fand ihn. Gab es Strom? Doch, es musste Strom geben, ich hatte die Digitalanzeige des Radios gesehen. Ich betete, drückte den Schalter.

Kapitel 68

Das Licht im Flur war kalt und grell. Es war nur eine Glühbirne in einer Fassung, die von der Decke baumelte.

Ich sah an mir hinunter. Das Nachthemd war zerfetzt, am Bein lief Blut herab, trocknete schon. Meine Arme waren zerkratzt und mit blauen Flecken übersät. Die dicke Scherbe steckte immer noch in meinem Zeh, der Schmerz pochte heftig. Was sollte ich zuerst tun? Martin anrufen oder meine Wunden versorgen? Noch verschloss die Scherbe die Wunde. Wenn ich sie herauszog, würde das Blut nur so sprudeln. Möglicherweise war auch der Knochen verletzt oder eine Sehne. Zumindest einen Druckverband würde ich brauchen, doch bis auf Pflaster hatten wir kein Verbandszeug im Haus.

Wo war mein Handy? Ich versuchte, mich an die Gewitternacht zu erinnern. Ich war in den Hof zu meinem Wagen gegangen, um das Handy und eine Taschenlampe zu holen.

Das mobile Telefon war mir vom Beifahrersitz in den Fußraum des Wagens gerutscht. Dort lag es vermutlich immer noch. Ich hätte schreien können. Was sollte ich tun? Ins Dorf gehen und um Hilfe bitten? Noch einmal alleine hinaus in die Nacht zu gehen, brachte ich nicht über mich.

Ich lehnte mich an die Wand, mein Atem ging keuchend, und nur mühsam unterdrückte ich die Tränen. Ich schloss die Augen, versuchte nachzudenken. Mein Mund war trocken, das Schlucken fiel mir schwer. Wasser war im Hauswirtschaftsraum, doch in das Zimmer würde ich ohne Schuhe nicht mehr gehen. Leitungswasser würde es auch tun. Ich humpelte zum Bad, hielt meinen Kopf unter den Wasserhahn und trank ausgiebig. Das Wasser erfrischte mich. Ich wusch mir Gesicht und Hände, strich mir die Haare aus der Stirn. In den Spiegel blickte ich nicht.

Dann setzte ich mich auf den Klodeckel, hob den Fuß an. Die Scherbe war nicht sonderlich groß. Die Spitze steckte vorne in meinem Zeh. Ich zerriss das Nachthemd, legte mir die Streifen zurecht und zog beherzt den Splitter heraus. Es blutete, aber nicht so schlimm, wie ich befürchtet hatte. Ich verband den Zeh, dann schaute ich mir die Wunde am Oberschenkel an. Ein tiefer Riss in der Haut. Ich säuberte die Wunde mit Wasser, klebte notdürftig ein paar Pflaster darüber.

Am liebsten hätte ich heiß und ausgiebig geduscht, doch dazu war jetzt nicht die Zeit. Ich brauchte dringend Kleidung. Würde ich es schaffen, die Treppe hochzusteigen? Ich schaffte es.

Erschöpft blieb ich an der Tür zum Schlafzimmer stehen. Immer noch wusste ich nicht, was ich jetzt tun sollte. Ich machte das Licht an, schaute in den Raum. Er war mir vertraut, aber plötzlich auch fremd. Wie lange war ich gefangengehalten worden? Tage? Wochen? Hatte Wolfgang mich für eine längere Zeit sediert? War das Leben ohne mich weitergegangen, die Zeit verstrichen?

Das Bett lockte mich. Einfach nur hinlegen, die Decke über den Kopf ziehen und schlafen. Etwas lag auf der Bettdecke, klein und schwarz. Ich sah es, konnte es aber nicht fassen. Mein Handy – wie kam es dorthin?

Fast wie in Trance ging ich zum Bett, nahm das Telefon in die Hand. Es war tatsächlich mein Handy. Ich drückte die Tasten, gab den Pin ein. Der Akku war fast leer. O Gott, würde es reichen? Hatte ich Empfang? Wo war Martin?

Ich wählte, ließ mich auf das Bett sinken, horchte. Es gab eine Verbindung, tutete einmal, zweimal, dreimal … Gleich würde die Mailbox anspringen …

»Ja?«

Martin. Es war seine Stimme, es war Martin.

»Martin …« Ich schluchzte haltlos.

»Conny? Wo bist du? Conny?« Seine Stimme wurde immer lauter. »Conny?«

»Der Akku ist gleich leer.«

»Wo bist du?« Er klang hektisch, war es sicherlich auch.

»Ich bin zu Hause …«

»In Aachen? Ich bin in einer Stunde bei dir. Wo ist Theißen?«

Theißen? Wie kam er auf Theißen?

»Martin, ich bin in Hechelscheid, und es ist nicht Theißen, es ist Bollendorf. Wo bist du?«

»Bollendorf? Wer ist das? Ich bin in Simmerath.«

»Was machst du da?«

»Ich bin bei der Polizei … Ach, verdammt, Conny, du bist in Hechelscheid? Im Haus? Ich bin in fünfzehn Minuten da.«

»Ihr müsst Bollendorf festnehmen. Jetzt, sofort! Bitte, Martin, und schickt Krankenwagen …«

Ich hörte das atmosphärische Rauschen in der Leitung, aber keinen Laut mehr von ihm. Kein Empfang mehr, Akku leer? Panisch nahm ich das Handy vom Ohr und starrte auf das Display.

»Constanze?« Das war nicht Martin, aber die raue Stimme kam mir trotzdem bekannt vor. Werner Bromkes, der Staatsanwalt.

»Werner …«

»Wo bist du, Conny?«

»In Hechelscheid.«

»In eurem Haus?«

Ich nickte, dann wurde mir bewusst, dass er mich nicht sehen konnte. »Ja.«

»Wo warst du? Sei ehrlich.« Er klang angespannt. »Wir suchen dich seit drei Tagen. Wenn du nur mit einem Lover abgehauen bist, dann sag es jetzt.«

»Was?«

»Conny, wo warst du?«

»Ich war auf dem Hof von Bollendorfs. Er hat dort eine Klinik …« Meine Stimme versagte, ich sackte in mich zusammen.

»Wolfgang Bollendorf? Euer Nachbar?«

Ich konnte nicht antworten.

»Conny? Constanze?«

Ich schluckte die Tränen hinunter. »Ja.«

»Du warst bei eurem Nachbarn?«

»Er hat mich gefangengehalten. Mich und auch andere. Er hat …« Der Gedanke war ungeheuerlich. Ich konnte ihn nicht aussprechen, zwang mich aber dazu. »Er hat dort ein Labor, eine Klinik. Er macht Versuche an Menschen.« An mir, dachte ich, und mir wurde wieder schlecht.

»Du bist jetzt in eurem Wochenendhaus?«

»Ja.«

»Hat er dich laufen lassen?«

»Nein.« Ich brachte das Wort kaum heraus

»Weiß er, wo du bist?«

Darüber hatte ich nicht nachgedacht. Ich war weggelaufen, geflohen. Ich hatte unser Haus gefunden. Es erschien mir wie eine Fluchtburg, die Rettung. Der Gedanke, dass Wolfgang mich hier zuerst suchen würde, war mir nicht gekommen. Überall hatte ich Licht angemacht. Ein Lichtermeer in der Dunkelheit, wie ein Leuchtturm. Deutlicher konnte ich meine Anwesenheit nicht machen. Das Haus war nicht sicher. Er konnte genauso gut und viel schneller durch das zerbrochene Fenster einsteigen

»Constanze?« Werners Stimme klang angestrengt.

»Ich lösche die Lichter und schließe mich im Schlafzimmer ein. Beeilt euch, bitte«, flehte ich.

»Wir sind schon unterwegs.«

Kapitel 69

Mein Bademantel hing wie immer an dem Haken neben der Tür. Ein verlässliches Zeichen dafür, dass es noch so etwas wie Normalität gab und sich nicht alles über Nacht veränderte.

Ich nahm den Bademantel und ging nach unten, löschte alle Lampen. Dann stieg ich, so schnell ich konnte, die Treppe wieder hoch, schloss mich im Schlafzimmer ein.

Viele warme Sachen hatte ich nicht hier, aber einen Fleecepullover und eine Jeans sowie Socken fand ich im Schrank und zog sie an. Dann löschte ich auch im Schlafzimmer das Licht und kauerte mich auf die Fensterbank. Wieder saß ich im Dunkeln, doch die Gerüche waren vertraut und auch die leisen Geräusche in der Nacht.

Die Farbe des Himmels veränderte sich. Noch wurde es nicht richtig hell, es waren nur die Vorboten davon. Die Sterne verblassten, aber die Umrisse der Bäume konnte man langsam erahnen.

Ich schaute auf die Einfahrt, wartete auf das Scheinwerferlicht der Wagen. Ich wartete vergeblich. Plötzlich hörte ich Reifen auf dem Kies knirschen, Motorengeräusche.

War das Wolfgang auf der Suche nach mir? Mir blieb die Luft weg.

Autotüren wurden geöffnet, jemand ging in Richtung Haus, steckte den Schlüssel ins Schloss. Das war Martin. Er war gekommen und hatte das Licht des Wagens ausgeschaltet, um nicht auf sich aufmerksam zu machen.

Nein.

Es war Wolfgang. Wolfgang konnte meinen Schlüssel haben, er war hier gewesen, hatte meine Sachen. Wahrscheinlich sogar meinen Wagen. Er würde zuerst hier nach mir suchen und sicherlich keine Gnade zeigen, wenn er mich fand.

Wie erstarrt blieb ich sitzen. Ich hörte Schritte auf der Treppe.

»Conny?«

Es war Martin!

Ich sprang auf, öffnete die Tür, fiel ihm um den Hals. Tränen liefen mir über die Wange. Hinter ihm stand Werner Bromkes.

»Constanze, beruhige dich.« Martin führte mich zum Bett, setzte sich neben mich. Werner holte sich den Stuhl aus der Ecke.

»Was genau ist passiert?«

»Ihr müsst zum Hof der Bollendorfs, hinter dem Friedhof ... Jetzt sofort! Er hat dort Menschen gefangen, macht Experimente mit ihnen. Medizinische Versuche.« Meine Stimme überschlug sich.

»Der Hof wird gerade von der Schutzpolizei gesichert, das SEK aus Köln ist unterwegs. Nun erzähl uns mal in aller Ruhe, was geschehen ist.«

Ich begann mit der Gewitternacht, dem Stromausfall und meinen Erlebnissen in dem Labor. Mein Bericht war wirr und nicht chronologisch, doch die Männer schienen mir folgen zu können. Das Entsetzen in Martins Augen wurde immer größer.

»Du musst ins Krankenhaus! Bist du verletzt?«

»Nur ein paar Schürfwunden und ein Schnitt im großen Zeh.«

»Trotzdem. Großes Blutbild und sofortige Antibiose. Malaria kann man bekämpfen, wenn die Plasmodien sich noch nicht zu stark ausgebreitet haben.«

»Nicht Malaria tropica.«

»Ich rufe den Krankenwagen.« Martin stand auf.

»Wieso lag mein Handy hier auf dem Bett?«

»Es war in deinem Wagen, Conny.«

»Und wo ist der?«

»In Köln bei der Spurensicherung. Ich wusste ja nicht, was passiert war. Alles war dunkel hier, der Hund lief wie bekloppt durchs Wohnzimmer und jaulte. Dein Auto stand mit geöffneter Tür im Hof, und du warst verschwunden. Irgendjemand hatte den Sicherungskasten manipuliert und so den Strom ausschalten können. Ich dachte natürlich sofort an Theißen und ob er mit dem Handwerker irgendwie in Verbindung stand. Die Großfahndung ergab nichts, gar nichts. Keinerlei Spuren. Es war die Hölle.«

Ich zog Martin an mich. »Das glaube ich dir.«

»Du hast viel mehr gelitten. Der Kerl kann froh sein, dass das SEK ihn festnimmt und er mir nicht ungeschützt über den Weg läuft.«

Werner Bromkes schaute auf seine Uhr. »Sie sollten gleich da sein. Wir rufen den Krankenwagen für dich und fahren dann zu Bollendorfs Hof.«

»Ich will beim Zugriff dabei sein.« Ich stand ebenfalls auf.

»Den Teufel wirst du tun.« Martin schüttelte den Kopf.

»Ich muss dabei sein, sehen, wie sie ihn festnehmen. Vielleicht kann ich auch Nadine direkt helfen.«

»Nadine?«

Ich hatte zwar von anderen Gefangenen gesprochen und sein Beuteschema erklärt, aber nichts über Nadine und ihren Vater gesagt.

»Nadine, meine Patientin, erinnerst du dich? Das Mädchen. Sie ist mit ihrem Vater verschwunden. Die Mutter hat sie als vermisst gemeldet. Der Vater … das alles zu erklären würde zu lange dauern. Lasst uns fahren. Das Mädchen ist jedenfalls auch dort.«

»Das passt doch gar nicht zusammen. Weder du noch Nadine gehören zu seinen üblichen Opfern«, sagte Martin, als wir in Bromkes Wagen saßen. Wir mussten einmal um die Kirche herumfahren, um zu Bollendorf zu gelangen.

Ich fror, versuchte aber nicht zu zittern. Bei dem kleinsten Anzeichen von Schwäche würde Martin mich in einen Krankenwagen stecken.

Werner hatte das Krankenhaus in Simmerath informiert, Notärzte waren unterwegs. Wie viele Probanden Bollendorf gefangenhielt, konnte ich nicht sagen.

»Ich vermute, dass seine Psychose zunimmt. Er ist von sich als Retter der Welt überzeugt. Ein intelligenter Täter, vorausschauend und äußerlich gelassen. In ihm jedoch tobt zusätzlich eine unbändige Wut, die er unterdrückt. Bisher ist ihm niemand auf die Schliche gekommen. Es gab nicht den Hauch eines Verdachtes, er konnte in aller Ruhe forschen und morden. Dann tauchen wir auf, du und ich. Er erkennt mich von früher, recherchiert, entdeckt, dass ich erfolgreich bin. Das macht ihn noch wütender. Und dann wird die erste Leiche entdeckt. Womöglich hat er dich am Fundort gesehen, du warst ja da. Er fragt sich, was du da tust.« Ich schluckte hart. »Es ist das erste Mal, dass jemand in seiner Umgebung aufmerksam wird.«

»Aber ich kannte ihn doch gar nicht.«

»Das wusste er vielleicht nicht. Oder sein krankes Gehirn hat Verbindungen hergestellt, die es nicht gab. Vielleicht befürchtete er, dass du ihn entdeckst. Er beobachtete uns, sein Zorn wird immer größer. Er schickt mir das Paket.«

»Von ihm war das? Nicht von Theißen?«

»Nein. Ich denke, Theißen hat mich vergessen. Da waren wir auf der völlig falschen Spur.«

»Verfluchte Scheiße.«

»Ach, Martin, selbst wenn Theißen nicht zufällig freigelassen worden wäre – an Bollendorf hätten wir im Leben nicht gedacht. Dann entdecke ich die zweite Leiche. Es ist für ihn wie verhext. Jahrelang kann er ungestört agieren, und nun zieht sich der Kreis um ihn zusammen. Er kann ja nicht ahnen, dass die Staatsanwältin einen natürlichen Tod der Probanden annimmt und die Fälle zu den Akten gelegt werden.«

»Wieso hat er Kontakt zu dir aufgenommen?«

»Ich denke aus zweierlei Gründen. Inzwischen machte ihm das Spiel mit meiner Angst Spaß. Er merkte, dass ich verunsichert war, wollte das Machtgefühl auskosten. Zum anderen wollte er erfahren, wie dicht wir ihm auf den Fersen waren.«

»Was für ein schräger Vogel«, sagte Werner.

»Das sieht er sicherlich anders. Er hat detailliert geplant

und eiskalt gehandelt. Er hat mich beobachtet, stellte fest, dass Nadine bei mir war. Ab da musste er an eine Art Verschwörung glauben.«

»Warum das?«

»Zum einen hatte Nadine die erste Leiche gefunden, und zum anderen machte er Geschäfte mit ihrem Vater. Er bezog Desinfektionsmittel und Chemikalien von ihm, schwarz. Das Mädchen kannte ihn, sie hatte ihren Vater mehrfach begleitet. So auch an dem Tag, als sie den Toten fand.«

»Schwarzgeschäfte ausgerechnet mit dem Vater deiner Patientin. Das hätte jeden Verschwörungstheoretiker nervös gemacht.«

Ich nickte. »Er musste sie in seine Gewalt bekommen. Das ist ihm auch gelungen. Und danach war ich fällig. Und zum Schluss wärst du dran gewesen, Martin.«

Kapitel 70

Wir blieben kurz vor der Einfahrt zum Hof der Bollendorfs stehen. Jemand von der Schutzpolizei trat an unseren Wagen. Werner ließ das Fenster herunter.

»Das SEK ist da, das Haus umstellt. Wir können loslegen.«

»Wir warten noch ein paar Minuten, bis die Krankenwagen auch da sind. Es sind Verletzte im Haus.«

Das erste Licht des Tages erschien am Horizont, ein schwaches Rosa ohne Selbstvertrauen. Morgennebel stieg vom klammen Boden auf wie feingesponnenes Silber.

Schweigend beschäftigte ich mich mit der alten Frage nach der Grausamkeit und Ungerechtigkeit des Lebens. Ich konnte das Zittern nicht mehr unterdrücken. Martin legte seinen Arm schützend um mich.

»Es ist vorbei«, flüsterte er, und ich spürte seinen warmen Atem an meinem Hals. Er belog sich und mich und wusste das vermutlich. Diese Geschichte würde uns lange beschäftigen und wahrscheinlich auch Folgen haben.

Zwei Wagen mit Kölner Kennzeichen hielten neben uns. Beamte des SEK stiegen aus. Werner gesellte sich zu ihnen, nur Martin und ich blieben im Wagen sitzen.

Einige nickten uns zu, andere beachteten uns nicht. Niemand sprach, die meisten rauchten. Die Anspannung war deutlich zu spüren.

Ein Sonderkommando kurz vor dem Zugriff ist eine hochexplosive Mixtur aus Nervosität, Entschlossenheit und Adrenalin.

»Es geht los.«

Die nächste halbe Stunde schien endlos anzudauern. Ich kauerte mich zusammen, versuchte, die Übelkeit zu unterdrücken, die wie dicker Faulschlamm in meinem Magen lag. Martin strich mir über den Rücken.

»Wie geht es dir?«, fragte er leise.

Fast hätte ich laut gelacht, aber ein Blick in sein Gesicht hielt mich davon ab.

»Beschissen«, antwortete ich überraschend ehrlich.

»Du wirst nicht infiziert sein.«

»Ich werde das erstmal glauben, in Anbetracht der Alternative.« Von meinem Verdacht, dass Bollendorf mich vergewaltigt hatte, erzählte ich ihm nicht. Das war zu viel, etwas, was er nicht hätte ertragen können.

»Wir werden dich ins Klinikum bringen.«

Ich nickte.

Plötzlich fuhren drei Krankenwagen an uns vorbei auf den Hof. Ein Zeichen dafür, dass der Zugriff beendet war. Ich hatte nichts gehört, keine Schüsse, keine Schreie.

Werner kam zu uns zurück.

»Es ist alles so, wie du es geschildert hast.« Er sah ernst aus.

»Und Bollendorf?«

Bromkes schüttelte den Kopf. »Wir haben ihn noch nicht. Er muss geflohen sein, oder er ist auf der Suche nach dir.«

Ich schloss die Augen.
»Nadine?«
»Sie ist bewusstlos, die Ärzte kümmern sich um sie. Ihr Vater steht unter Schock und hat wahrscheinlich Beruhigungsmittel bekommen. Drei weitere Männer waren dort. Es geht ihnen nicht gut. Hubschrauber sind angefordert.«
Die Fahrt nach Simmerath erlebte ich wie in Trance. Immer wieder nickte ich ein, fuhr erschrocken hoch, konnte mich nur schwer orientieren. Das Gefühl der Unwirklichkeit überkam mich.
Es sollte mich auch die nächsten Tage nicht verlassen. Ich wurde nach Aachen geflogen, kam dort – wie die anderen auch – auf die Intensivstation.
Es wurden vielerlei Test, gemacht, aber ich war zu schockiert, um nachzufragen, was man testete. Langsam begriff ich die ganze Tragweite des Geschehens.
Ich stand unter Schock, war selten ansprechbar. Martin wich mir kaum von der Seite. Die Sorgen hatten tiefe Furchen in sein Gesicht gegraben. Ich hätte ihn gerne getröstet, doch mir wollten keine passenden Worte einfallen.
Nach einer Woche verlegte man mich auf die normale Station. Gesundheitlich war ich stabil. Plasmodien konnten nicht nachgewiesen werden. Der Kelch der Tropenkrankheit war an mir vorübergegangen. Die anderen hatten es nicht so gut erwischt.
Einer der Männer starb noch am selben Abend, die beiden anderen waren schwer erkrankt. Sie würden den Rest ihres Lebens immer wieder Malariaschübe haben. Ihre Organe waren geschädigt.
Nadines Vater hatte einen gebrochenen Arm, zwei gebrochene Rippen. Auch er war infiziert, doch die Ärzte waren zuversichtlich, die Krankheit eindämmen zu können.
Nadine fieberte hoch. Eine Weile befürchteten wir das Schlimmste, dann stellte sich heraus, dass das Fieber andere Ursachen hatte. Sie war dehydriert und litt an einer schweren Lungenentzündung. Außerdem zeigte sie schizoide Züge,

Folgen der Gefangenschaft. Sie würde in der Psychiatrie stationär behandelt werden müssen. Ich war davon überzeugt, dass sie gute Chancen hatte, sie war eine Kämpferin, und im Gespräch mit mir zeigte sie ihre Bereitschaft, sich behandeln zu lassen.

Mir war bewusst, dass auch ich Hilfe brauchte. Ich schlief keine Nacht ohne Beruhigungsmittel, hatte Panikattacken und konnte kaum etwas essen. Meine Gewichtsabnahme beunruhigte die Ärzte, und sie wollten weitere Tests durchführen. Ich sprach mich dagegen aus, weil ich wusste, dass mein Problem psychischer Natur war.

Es kostete mich viel Überwindung, doch schließlich nahm ich das Telefon und wählte eine Nummer.

»Nebel.«

»Hallo, Miriam. Geht es dir gut?«

»Constanze.«

Ich wusste, wie sie jetzt aussah, hinter ihrem Schreibtisch sitzend, in ein farbenfrohes Gewand gehüllt, die Zigarette im überquellenden Aschenbecher. Miriam Nebel, meine Mentorin aus der Psychiatrie.

»Wie es mir geht, spielt keine Rolle. Die Frage ist: Kann ich dir helfen, Conny?«

Ich lachte leise, fühlte, wie sich meine Schultern verkrampften und die Muskeln sich zusammenzogen.

»Hoffentlich.« Es war nicht so einfach, die Seite zu wechseln und sich auf die Couch zu legen. »Ich habe ein paar aufregende Wochen hinter mir.«

»Davon hab ich gehört. Du willst darüber reden? Gut!«

Ich redete. Es tat mir tatsächlich gut.

Kapitel 71

Ich hasste Überraschungen, tat mein Möglichstes, um sie zu vermeiden. Gott hatte andere Pläne.

Da mein Kreislauf immer noch nicht stabil war, musste ich noch ein paar Tage länger im Klinikum bleiben. Weitere Tests wurden durchgeführt, um auszuschließen, dass ich mir nicht doch irgendeinen seltenen Infekt zugezogen hatte.

Nach zwei oder drei Gesprächen mit Miriam fühlte ich mich langsam besser. Ich konnte ohne Panik einschlafen, wachte nur noch selten auf. Unsere Gespräche waren durchsetzt von schweigsamen Pausen.

»Ich wünschte, ich könnte dir den Schmerz und die Angst nehmen«, sagte meine Freundin, die nun wieder meine Therapeutin war. »Aber das geht nicht, das weißt du.«

Ich wusste es, und ich wusste auch, dass ich es irgendwann verarbeitet haben würde. Zumindest oberflächlich.

Bollendorf war wie vom Erdboden verschluckt. Eine Tatsache, die mir Panik bereitete. Solange er frei herumlief, war er gefährlich. Nicht nur für mich, für viele andere auch.

Ich drängte die Ärzte jeden Tag, mich endlich zu entlassen. Meine Patienten warteten auf mich. Sich mit den Problemen anderer zu beschäftigen war auch eine Art von Verhaltenstherapie.

In der zweiten Woche kam mich Stephanie besuchen. Sie brachte Obst, Bücher und Illustrierte mit.

»Ich weiß, du liest keine Hochglanzpresse, aber Bilder gucken kann auch nett sein.« Stephanie lachte und umarmte mich. »Wie geht es dir? Blöde Frage. Spule das Band einfach zurück.«

»Mir geht es gut. Von der Panik mal abgesehen.« Ich verzog das Gesicht. »Das wird schon. Ich möchte bloß entlassen werden. Anscheinend steht dieser Wunsch jedoch einsam im Raum. Keiner der Ärzte mag sich anschließen.«

Stephanie holte hörbar Luft, schaute dann an mir vorbei aus dem Fenster. »Nette Aussicht.«

Ein progressiver Themenwechsel. Warum?

Von meinem Fenster aus sah man in einen der Innenhöfe. Dort wuchsen Birken und Weiden, es gab Bänke, auf denen man bei schönem Wetter sitzen konnte.

»Nett? Nicht nach zwei Wochen. Eigentlich schon nach zwei Tagen nicht. Es ist künstlich und langweilig.« Ich schnaubte. »Wie geht es dir?«

Ich sah sie aufmerksam an. Nichts an ihrem Aussehen hatte sich verändert. Es war wohl immer noch zu früh für einen Babybauch.

»Mir geht es gut. Die Praxis läuft. Wir haben deine Patienten informiert und vertröstet, nehmen die Anrufe entgegen. Ganz dringende Fälle verweisen wir an zwei Kollegen von dir. Ich habe das so entschieden und hoffe, das war in deinem Sinne.«

War es ihr unangenehm, dass sie eine Entscheidung über meinen Kopf hinweg getroffen hatte? Schaute sie mich deshalb nicht an?

»Das ist gut. Um alles weitere kümmere ich mich, sobald ich hier herauskomme. Lange kann es ja nicht mehr dauern.«

Sie nickte, sah an die Decke, dann zu dem Bild, das an der Wand hing. Mich schaute sie nicht an.

Ich räusperte mich, traute mich dann, die Frage zu stellen, die mir auf der Seele brannte. »Und? Wie ist es? Hast du dich entschieden?«

Endlich traf ihr Blick meinen. In ihrem Gesicht stand nur Unverständnis. »Entschieden?«

»Ja. Du weißt schon … das … deine Schwangerschaft …«

Stephanie schüttelte den Kopf. »Das weißt du noch nicht? Nein, natürlich nicht. Du wirst es nicht glauben, es ist auch irgendwie verrückt.« Sie lachte.

»Was?«

»Ich war nie schwanger.«

»Und der positive Test?«

»Es war eine Zyste am Eierstock. Wäre ich sofort zum Arzt gegangen oder hätte mich selbst geschallt, dann hätte ich es nach zwei Tagen schon gewusst. Vor drei Wochen hatte ich dann eine Blutung und dachte an einen Abgang. Da ging ich dann zum Arzt. Tja, Glück gehabt oder Pech. So genau weiß ich das nicht.«

»Eine Zyste? Und wieso Pech? Wolltest du doch ein Kind?«

»Nein, im Grunde genommen nicht. Aber der Gedanke hatte trotzdem etwas. Ein Kind hat keinen Platz in meinem Leben, eigentlich.« Sie schwieg. Ich auch, ich wartete.

»Es wäre vermutlich die einzige und letzte Chance für mich gewesen, ein Kind zu bekommen«, sagte Stephanie schließlich. »Ein wenig wehmütig hat es mich schon gemacht.«

»Hattest du mit Arno darüber geredet?«

Sie schüttelte den Kopf. »Nein, habe ich nicht. Erst nachher. Er hätte sich gefreut. Wir ... nun ... wir treffen uns jetzt wieder regelmäßig.«

Ich nickte. Ein Neuanfang durch eine grundlegende Krise. Ich wollte sie gerade nach ihren Gefühlen zu Arno fragen, als Martin in das Zimmer stürmte. Er sah atemlos aus, aufgewühlt.

»Sie haben ihn gefunden«, stieß er hervor.

»Wen?« Ich brachte das Wort kaum heraus, wusste die Antwort.

»Bollendorf.«

»Wo?«

»Er hat sich umgebracht. Muss schon direkt an dem Abend gewesen sein.«

»Wo?« Ich wiederholte die Frage, es war mir wichtig, auch wenn es eigentlich nicht mehr relevant war.

»In der Kirche.«

»In Hechelscheid? In der Kirche am Friedhof?«

Martin nickte stumm. In der Kirche, die beschützend über unserem Haus stand. Manchmal wählt Gott seltsame Wege, dachte ich.

»Und warum haben sie ihn erst jetzt gefunden?«

»Die Kirche ist geschlossen, wird nur noch zu Trauerfeiern benutzt oder zu besonderen Anlässen. Es gibt nicht genug Priester, die Gemeinden wurden zusammengelegt. Heute kam der Küster vorbei, um nach dem Rechten zu schauen. Er hat Bollendorf gefunden.« Martin sprach nicht weiter.

»Wie?«

Martin pustete die Luft aus, sah mich an. »Willst du das wirklich wissen?«

»Ja.«

»Er hat sich erhängt. Vor dem Kruzifix, vor dem Altar. Er hat eine abenteuerliche Konstruktion gebastelt mit Seilen. Muss wohl auf dem Altar gestanden haben und dann …«

»Ein inszenierter Tod. Bildhaft. Das hat was von Sühne, aber auch von Opfer. Er hat sich geopfert.« Ich zog die Beine an, mir war plötzlich kalt.

»Er war krank, Conny.«

Kapitel 72

Bisher hatte ich nicht nach dem Labor gefragt, nicht nach dem, was sie dort vorgefunden hatten. Nun brach der Damm. Ich musste alles wissen, jedes noch so kleine Detail.

Martin hatte zwar Akteneinsicht, aber viele Fragen konnte er mir nicht beantworten. Auf einige gab es keine Antwort, erklärte mir Werner Bromkes, als er mich mit Martin später am Tag besuchte.

»Wolfgang Bollendorf hat Medizin studiert.«

»Ja, das weiß ich. Mit mir zusammen. Ich kann mich allerdings nicht mehr an ihn erinnern.«

»Conny, lass mich ausreden. Er ist dreimal durch das Physikum gefallen. Was er dir erzählt hat, dass er wegen seines Vaters sein Studium aufgeben musste, war schlichtweg gelogen. Er hat auch nie Pharmazie studiert. Der Anbau am Haus ist aus den sechziger Jahren, da hatte die Mutter die Idee, Fremdenzimmer einzurichten. Hechelscheid ist aber zu weit weg vom Rursee, es hat sich nicht rentiert. Bollendorf hat die Räume umgebaut. Er hat tatsächlich eine Art Privatklinik eingerichtet und ein großes Labor.«

»Wie hat er das finanziert?«

»Der Vater hatte ihm Geld hinterlassen. Viel Geld. Da war keine Not am Mann. Sie hatten Güter irgendwo im Osten und haben vom Staat einen Ausgleich bekommen. Frag mich nicht, ich habe das nicht recherchiert. Ich weiß nur, dass das Geld aus keinem Betrug stammt.«

»Aber er hat doch auch krumme Geschäfte mit Nadines Vater gemacht.«

»Richtig, aber das ging wohl auf Simmers Konto. Der wollte Schwarzgeld, um weniger Unterhalt zahlen zu müssen. Bollendorf war das natürlich auch recht, so konnte er Spuren verwischen.«

»Wie lange hatte er das Labor?«

»Wir tippen auf zehn Jahre.«

Es war September. In diesem Jahr waren zwei Tote gefunden worden. Auf zehn Jahre gerechnet waren das zwanzig tote Männer. Männer, die keiner vermisste, die mit dem Leben auf ihre Art abgeschlossen hatten. Zwanzig war nur ein Mittelwert, das war mir klar.

»Die beiden Toten vom Rursee.« Martin hatte bisher schweigend dabeigesessen, nun sprach er leise. »Sie sind auf jeden Fall seine Opfer. Ich hatte Blutproben zurückbehalten. Wir haben positiv auf Plasmodien getestet. Beide hatten Malaria tropica. Kannst du dich noch daran erinnern, dass wir irgendetwas nicht stimmig fanden?«

»Da war eine Menge nicht stimmig. Gepflegte Obdachlose mit geschnittenen Haaren, sauberer Kleidung, saubere Fingernägel, mitten im Wald, weitab von jedem Kiosk, der Lambrusco oder Schnaps verkauft.«

»Das auch. Aber dann der Erste. Er war Linkshänder, haben wir vermutet. Darauf deuteten viele Indizien. Die Einstiche waren links in seinem Arm. Das passte nicht. Er war kein Junkie. Er hat Infusionen und Spritzen bekommen.«

Plötzlich fügten sich die Puzzleteile zusammen. Alles ergab einen Sinn.

»Das Labor war ausgeklügelt. Er hatte Terrarien angelegt mit verseuchtem Wasser. Hatte Moskitos gezüchtet zu optimalen Bedingungen. Hatte sie infiziert. Er hat Lüftungssysteme gebaut zum Einlassen und Absaugen der Insekten. Mit Filtern und allem Drum und Dran. Es gibt mehrere Laborbücher mit detailgenauen Aufzeichnungen und Tagebücher mit seinen Gedanken.« Martin biss sich auf die Lippe. Ich sah ihn an, dann Werner. Beide senkten den Blick.

»Tagebücher? Kann ich sie lesen?«

Niemand antwortete mir.

»Ich will sie lesen!« Meine Stimme wurde lauter, fast schrill.

»Das ist keine gute Idee, Conny.«

»Warum nicht? Hat er über mich geschrieben?«

Ihr Schweigen war das deutlichste »Ja«.

»Was hat er über mich geschrieben?«

»Das ist doch nun nicht mehr wichtig. Er ist tot. Es ist vorbei.«

Ich ließ diese Aussage auf mich wirken. Wolfgang Bollendorf war tot, das war ein Fakt. Sollte ich das Thema, sollte ich ihn ruhen lassen? Doch da war noch etwas.

»Bis wann geht das Tagebuch?«

»Bis zu seinem Tod. Er verdammt alle, er rechtfertigt sich, sieht sich als Retter der Welt, missverstanden und in die Ecke gedrängt.« Werner machte eine abfällige Geste. »Er war krank und hat Unfug von sich gegeben. Malaria ausrotten. Als ob das mit einer Pille getan wäre.«

»Davon rede ich gerade nicht, Werner. Er hat etwas über mich geschrieben?«

»Über dich, über Nadine, über ihren Vater, über all die Männer. Diese Männer – sie waren keine realen Personen für ihn, sie waren Spielzeuge oder so etwas Ähnliches.«

»Probanden.«

»Ja, auch das. Was auch immer. Constanze, es ist vorbei!« Werner schlug mit der Faust in seine flache Hand. Er sah weder Martin noch mich an. Martin starrte auf den Plastikboden.

»In der Scheune neben dem Haus haben die Leichenhunde angeschlagen. Dort hat er die Toten wohl erstmal gelassen. Deshalb die Stallfliegenmaden. Im Wald haben wir zwei Skelette gefunden, älter. Im Keller neben dem Heizungsraum einen toten Mann. Ihm fehlt der rechte Mittelfinger ...«

Der Finger, der Martin geschickt worden war. Was wäre passiert, wenn ich auf meiner Flucht in den Raum gekommen und auf den Toten getroffen wäre? Wahrscheinlich wäre ich wahnsinnig geworden. Ich atmete tief durch. Da war noch etwas anderes, etwas, was mich betraf.

»Was hat er geschrieben? Irgendetwas ist da, was ich nicht wissen soll. Was?« Meine Stimme verkam zu einem Flüstern.

»Constanze, der Mann war krank. Es gibt sicher unzählige Fachausdrücke, die seine Krankheit benennen. Schizophrenie, Psychose, Wahn. Was willst du hören?«

»Die Wahrheit.«

Beide schwiegen. Die Stille baute sich auf in dem kleinen Zimmer. Mir wurde die Luft knapp, obwohl das Fenster zum Innenhof offenstand.

»Martin!«, flehte ich.

Er antwortete nicht.

»Martin, was?«

Endlich sah er mich an. Unsere Blicke trafen sich. Seine Augen waren wie ein Tümpel. Schlammtrübes Wasser.

»Hast du keine Erinnerung, Conny?«

Die Erkenntnis war wie ein Einschlag, wie das tektonische Verschieben von Erdplatten. Die Vergewaltigung, die ich nur erahnte, hatte ich verschwiegen.

»Was meinst du?« Meine Stimme war rau, wie frisches Sägeholz.

»Wollen wir Spielchen spielen? Ich sehe was, was du nicht siehst?« Plötzlich klang er bitter.

Werner stand auf und verließ den Raum.

»Ich will nach Hause. Zu Charlie. In meine Wohnung. Zu meinem Patienten.«

»Charlie geht es gut, er ist bei Erik.« Martin schluckte, sein Adamsapfel hüpfte.

»Warum darf ich nicht nach Hause?«

»Wir warten noch auf Testergebnisse.«

»Welche Tests? Willst du mich verarschen? Es ist alles getestet, was es zu testen gibt. Sogar auf HIV wurde ich getestet.«

»Ich weiß.«

»Und was weiß ich nicht?«

Er stand auf, ging zum Fenster.

»Conny … du weißt es vielleicht nicht, vielleicht aber doch. Du hast nie darüber geredet. Bollendorf hat sehr intim über dich geschrieben.«

»Intim.« Ich hörte mich blechern an, ein Radio mit schlechtem Empfang.

»Er … er …«

»Er hat mich vergewaltigt. Ja, ich weiß. Nein, ich weiß es nicht, ich hab es nur vermutet.« Ich fing an zu weinen, schluchzte, bekam keine Luft mehr.

Endlich nahm Martin mich in den Arm. »Ja, das hat er. Es tut mir leid.«

»Jetzt liebst du mich nicht mehr?« Ich brachte die Worte kaum heraus.

»Conny, wie kannst du so etwas nur denken? Du kannst nichts dafür, bist nicht schuldig. Du nicht und … nun …« Er stockte.

Auf einmal war ich ganz klar. Mir wurde bewusst, auf welchen Test noch gewartet wurde. Dieser Test konnte erst in den nächsten Tagen ausgeführt werden.

Ich setzte mich im Bett auf, stieß die Decke beiseite.

»Wo sind meine Sachen? Ich gehe.«

»Conny!«

»Nein, Martin, ich will nach Hause. Tatsächlich ist es möglich, dass er mich geschwängert hat. Aber das muss ich nicht abwarten. Ich muss nicht mehr hier bleiben. Er ist tot. Und alles Weitere können wir entscheiden, wenn wir Gewissheit haben. Lass uns gehen!«

Danksagung

Ohne Hilfe hätte ich dieses Buch nicht schreiben können. Mein Dank gilt vor allem Dr. Gerlind Forsen, die mir Einblicke in das Gutachterwesen in NRW verschaffte, und Dr. Melanie Metzenthin, die mir als Ärztin und Psychiaterin geduldig meine zahlreichen Fragen beantwortete. Da sie selbst auch schreibt, war ihre Hilfe besonders wertvoll.

Danken möchte ich auch der Biologin Dr. Silke Schwengberg für das Brainstorming über Maden und Insekten und alle Informationen zu Malaria.

Die Rechtsmediziner aus Köln und Aachen haben auch bereitwillig Fragen beantwortet, vielen Dank.

Für alle Fehler, die ich möglicherweise trotzdem eingebaut habe, bin ich alleine verantwortlich. Herzlich danken möchte ich auch Rosa Nolden für die langen Fahrten durch die Eifel.

Danken möchte ich zudem meiner Kollegin Andrea Schacht, sie wird wissen, wofür, meinem Agenten Dirk Meynecke und Reinhard Rohn vom Aufbau Verlag.

Die Geschichte ist fiktiv. Von meinen Freunden Bernd und Renate habe ich das Haus an der Friedhofsmauer entliehen und von einer anderen Stelle der Eifel nach Hechelscheid versetzt. Ich hoffe, sie verzeihen es mir.

Am Neumarkt in Aachen ist tatsächlich eine Kinderarztpraxis, diese habe ich fiktiv umgestaltet, ebenso die Wohnung meiner Freunde Vera und Christian auf der Oppenhoffallee.

Meiner Familie gebührt großer Dank dafür, dass sie mich immer wieder erträgt, wenn ich ein Buch schreibe.

Und C. – ohne dich bin ich nur halb.

Fred Vargas
Der vierzehnte Stein
Kriminalroman
Aus dem Französischen von Julia Schoch
479 Seiten
ISBN 978-3-7466-2275-1

Vargas macht süchtig

Nach sieben erfolgreichen Kriminalromanen, unter anderem ausgezeichnet mit dem Deutschen Krimipreis, nun der nächste große Wurf der Bestsellerautorin: Durch Zufall stößt Adamsberg auf einen grässlichen Mord. In einem Dorf wird ein Mädchen mit drei blutigen roten Malen gefunden, erstochen mit einem Dreizack. Eines ähnlichen Verbrechens wurde einst sein jüngerer Bruder Raphaël verdächtigt. Doch seitdem sind 30 Jahre vergangen, der wirkliche Mörder ist längst begraben. Wer also mordet weiter mit gleicher Waffe? Für Adamsberg beginnt ein atemloser, einsamer Lauf gegen die Zeit und er wird selbst zum Gejagten.

»Ein Krimi, so atemlos wie fesselnd.« ELLE

Mehr von Fred Vargas (Auswahl):
Der vierzehnte Stein. Lesung. DAV 978-3-89813-515-2
Fliehe weit und schnell. AtV 2115
Die schöne Diva von Saint-Jacques. AtV 1510
Als Kriminalhörspiel. DAV 978-3-89813-180-3
Es geht noch ein Zug von der Gare du Nord. AtV 1512
Als Kriminalhörspiel. DAV 978-3-89813-312-8

Mehr Informationen erhalten Sie unter
www.aufbau-verlag.de oder in Ihrer Buchhandlung

aufbau taschenbuch

Camilla Läckberg
Die Töchter der Kälte
Kriminalroman
Aus dem Schwedischen
von Gisela Kosubek
474 Seiten
ISBN 978-3-7466-2476-1

Eiskalte Spannung

Frans Bengtsson macht einen fürchterlichen Fang: Mit seinem Netz holt der Fischer den leblosen Körper eines Mädchens ein. Die Autopsie ruft die Polizei auf den Plan. Im Leichnam finden sich Spuren von Süßwasser und Seife. Die siebenjährige Sara ist ertränkt worden, und zwar nicht im Meer. Patrik Hedström und seine Kollegen ermitteln. Gerade dieser Fall macht dem jungen Kommissar und seiner Frau Erica Falck zu schaffen, da sie selber erst Eltern einer Tochter geworden sind. Doch gegen alle Widerstände lösen sie Rätsel um Rätsel. Dabei tut sich hinter der idyllischen Fassade von Fjällbacka eine abscheuliche Realität auf: Familienfehden, Perversion und eine weit zurückreichende Schuld.

»Camilla Läckberg ist eine Krimi-Queen.« Bild am Sonntag

Mehr von Camilla Läckberg im Aufbau Taschenbuch:
Der Prediger von Fjällbacka. Kriminalroman. AtV 2400-6
Die Eisprinzessin schläft. Kriminalroman. AtV 2299-6

Mehr Informationen erhalten Sie unter
www.aufbau-verlag.de oder in Ihrer Buchhandlung

aufbau taschenbuch

Die Angst ist unter uns: Krimis aus deutschen Landen

BEATE BAUM
Dresdner Geschäfte
Die Journalistin Kirsten Bertram glaubt, ihr Leben im Griff zu haben. Sie hat sich von Privatdetektiv Dale getrennt. Beim Abschiedstreffen in ihrer alten Wohnung findet sie ihren Exfreund bewußtlos vor. Vieles deutet daraufhin, daß er Selbstmord begehen wollte. Kirsten beginnt zu recherchieren – und findet heraus, daß Dales letzter Auftraggeber durch eine Überdosis Schlaftabletten ums Leben gekommen ist. »Beate Baum beherrscht den lakonischen Stil, der gute Krimis auszeichnet.« DRESDNER NEUESTE NACHRICHTEN
Roman. 203 Seiten. AtV 2093

TESSA KORBER
Falsche Engel
Kommissarin Jeannette Dürer muß den Mord an einer 18jährigen aufklären. Lange tappt die Kripo Nürnberg im dunkeln, doch dann kommt der richtige Hinweis: In der populären Doku-Soap »My-Angel« wird das »Christkind« für den Weihnachtsmarkt gecastet – die Tote war eine Kandidatin. Unverhofft findet sich die Kommissarin plötzlich als vermeintlicher Teenager unter den publicityhungrigen Bewerberinnen. Zum Showdown trifft sie im Engelskostüm auf den Mörder und schwebt plötzlich in höchster Gefahr.
Ein Jeannette Dürer Krimi. 199 Seiten AtV 1977

JÖRN INGWERSEN
Schafsköpfen
Falscher Hase
Eine Leiche nachts am Strand, eine Fahrt mit einem Lamborghini, die in einer Katastrophe endet …
Jörn Ingwersen kennt die Abgründe und Schattenseiten der Insel wie kein zweiter. Mit Sprachwitz und der leichten Hand für Spannung erzählt er von den besonderen Verbrechen auf Sylt. Die ideale Ferienlektüre – nicht nur für den Strandkorb!
»Ingwersen hat ein Tempo wie Sylt in der Hauptsaison.«
KIELER NACHRICHTEN
Zwei Krimis auf Sylt. 510 Seiten AtV 2406

EVA MAASER
Kleine Schwäne
Es sieht fast romantisch aus, wie das Mädchen da in einem schwanenweißen Kleid am Ufer eines abgelegenen Sees bei Steinfurt ruht. Aber das Kind ist tot. Ehe die Ermittlerin Lilli Gärtner eine konkrete Spur verfolgen kann, wird ein weiteres totes Mädchen gefunden, ähnlich drapiert. Ein Serienmörder ist am Werk. Plötzlich nimmt Lilli ihre Umgebung mit anderen Augen wahr, sogar ihr Mann und ihre Töchter scheinen sich verändert zu haben.
Kriminalroman. 272 Seiten. AtV 1353

Mehr Informationen unter www.aufbau-verlag.de oder bei Ihrem Buchhändler

aufbau taschenbuch